ULLSTEIN

W0306686

Das Buch

Natürlich gab es im 18. Jahrhundert in der Royal Navy auch glückliche Schiffe, die Fregatte *Welfare* unter dem sadistischen Tyrannen Captain Daniel Swift gehört nicht dazu. Mühsam unterdrückter Zorn beherrscht die Mannschaft, von denen viele wider Recht und Gesetz von einer Pressgang an Bord geschleppt wurden, die Peitsche regiert den Alltag. Doch die Schmerzensschreie des zu Tode geschundenen Thomas Fox sind noch nicht verklungen, als Jesse Broad und seine Kumpane das Achterdeck stürmen. Eine Welle aus zügelloser Rache bricht über die *Welfare* herein, das Schiff wird zum Opfer einer blutigen Meuterei.

Der erste Band einer beeindruckenden marinehistorischen Romanserie, die als Einzige besonders die dunklen Seiten der Royal Navy nicht verschweigt und all die romantisierenden Sichtweisen vermeidet, die das Abenteuer Seefahrt üblicherweise verklären.

Der Autor

Jan Needle wurde in der Hafenstadt Portsmouth geboren und interessierte sich seit frühester Jugend für die Royal Navy. Er veröffentlichte unter Pseudonym mehrere erfolgreiche Spannungsromane, verdiente seinen Lebensunterhalt als bekannter Drehbuchschreiber beim Fernsehen und wurde mit mehreren Preisen ausgezeichnet, ehe er sich dem Genre des marinehistorischen Romans mit fast dokumentarischem Anspruch zuwandte.

Jan Needle

Harte Zeiten vor dem Mast

William Bentleys Aufstieg in der Royal Navy

Roman

Aus dem Englischen von
Dieter Bromund

Ullstein

Besuchen Sie uns im Internet:
www.ullstein-taschenbuch.de

Umwelthinweis:
Dieses Buch wurde auf chlor- und säurefreiem Papier gedruckt.

Ullstein Verlag
Ullstein ist ein Verlag der
Ullstein Buchverlage GmbH, Berlin.
Deutsche Erstausgabe
1. Auflage September 2004
© 2004 by Ullstein Buchverlage GmbH, Berlin
© der Originalausgabe by Jan Needle
Titel der englischen Originalausgabe:
A Fine Boy for Killing (Andre Deutsch Ltd., London)
Übersetzung: Dieter Bromund
Umschlaggestaltung: Buch & Werbung, Berlin
Die Titelabbildung wurde der Originalausgabe entnommen.
Gesetzt aus der Sabon
Satz: Pinkuin Satz und Datentechnik, Berlin
Druck und Bindearbeiten: Ebner & Spiegel, Ulm
Printed in Germany
ISBN 3-548-25913-8

Für Chris und Judy

Vorbemerkung des Verfassers

Das Leben William Bentleys und das seiner Freunde und Feinde spiegelt eine Zeit wider, die nicht von der eisernen Faust einer gesicherten Geschichtsschreibung und ihren Daten beherrscht wird. Nur so viel sei versichert: Die Ereignisse spielen vor Nelsons Tagen, als die amerikanische Ostküste noch von den Briten kontrolliert wurde – offiziell jedenfalls. Der Lebenslauf von William Bentley folgt keinem starren historischen Vorbild. Aber eines steht fest: Die Royal Navy bestimmte sein Leben.

J. N.

1

Ungefähr um die Zeit, als Thomas Fox seine alte dunkle Jacke anzog und sich fragte, ob der Morgennebel verschwunden sein würde, ehe er den sumpfigsten Teil der Straße erreichte, trank William Bentley an Bord der Fregatte *Welfare* mit seinem Onkel ein zweites Glas grünen Tee. Nur acht Meilen trennten sie voneinander – acht Meilen Luftlinie über Land und Wasser –, und noch an diesem Tag trafen sie sich, wie ihr Schicksal es vorgesehen hatte. Thomas, fünfzehn Jahre alt und Sohn eines unbedeutenden Bauern, war sehr aufgeregt. Allein auf sich gestellt, sollte er zwölf Schafe auf den Markt nach Portsmouth treiben. William, vierzehn Jahre alt, war nur ein bisschen beunruhigt. Auch seine Aufgabe war schwierig und verantwortungsvoll, doch für ihn war alles Routine.

»Die *Welfare* wird das Richtige für dich sein«, sagte sein Onkel und schlürfte Tee. »Man braucht nur eine kleine Besatzung, doch sie hat eine Menge Platz. Aber William, denk dran, genau genommen bewegst du dich nicht ganz im Rahmen des Gesetzes. Lass die Männer unbewaffnet. Dolby und Evans können meinetwegen Pistolen tragen, aber sie sollen sie nicht sehen lassen.«

William Bentley lächelte seinen Onkel an. Trotz aller Nervosität war er dankbar für den Auftrag und hoffte, er würde ihn erfüllen können. »Ich werde mein Bestes tun, Onkel«, antwortete er. »Wie viele Männer brauchen wir insgesamt noch?«

Daniel Swift schaute grimmig. »Offiziell fehlen uns nur noch zehn Mann bis zur vollen Stärke. Offiziell! Aber was haben wir wirklich? Abschaum, den letzten Dreck! William, wenn wir nicht bald ein paar erfahrene Seeleute finden, bekommen wir Probleme. Wir haben eine lange Reise vor uns.«

William hätte gerne gewusst, wie lange, aber es stand ihm nicht an zu fragen. Die Reise würde ohne Zweifel dauern, denn was an Proviant und Ersatzteilen in den letzten Tagen an Bord gestaut worden war, war reichlich. In seinem bisherigen Leben auf See hatte er nichts Vergleichbares gesehen. Wieder lächelte er, diesmal nur für sich. Er war bis jetzt ganze elf Monate auf See gewesen. Doch in den Büchern der Royal Navy wurde er seit seinem siebenten Lebensjahr geführt. Alle diese Jahre auf See war er ohne jeden Makel geblieben.

Onkel Daniel schnipste mit den Fingernägeln ans Glas. »Meinst du, du schaffst es, mein Junge?«, wollte er wissen. »Ist dir eigentlich klar, wie schwierig deine Lage ist?«

»Sir«, entgegnete William, »einen freien Mann zu pressen ist gegen das Gesetz. Wir müssen uns eben ganz an die Wünsche der Obrigkeit halten. Ein Kommandant, der eine Pressgang zum Einfangen von freien Männern losschickt, gilt in England in diesen Tagen als Schurke. Wäre ich Kommandant, würde ich einen solchen Schritt nicht einmal in Erwägung ziehen. Und ich kann mir auch niemanden in Seiner Majestät Navy vorstellen, der so etwas von seinen Offizieren oder den jungen Herren erwartet!«

Während er sprach, blickte er durch die quadratischen Fenster im Heck. Das Schiff schwoite, während die Tide, die nach Westen durch den Solent lief, einsetzte. Portsmouth schien trotz des Nebels langsam in Sicht zu drehen. Oberhalb des weißen Teppichs konnte man Portsmouth Hill aufragen sehen. Der Sommer war warm und trocken gewesen, und die Landschaft wirkte ausgetrocknet.

»Gib mir eine gute Mannschaft, Onkel«, fuhr William fort, »und wer weiß … Es könnte wieder ein erfolgreicher Tag werden. Das angenehme Wetter, meine einladenden Worte, die Hoffnung auf Beute und Prisengeld … Doch wir sind keine Pressgang, ich werde das nicht vergessen.«

Er leerte sein Glas, als gemeldet wurde, der Kutter sei bereit. Sein Onkel entließ ihn mit einem gemurmelten »Viel Glück« – und rief ihn dann noch einmal zurück.

»Mr. Bentley«, sagte er, »wir brauchen gute Leute, aber ehe

wir ganz ohne dastehen, nehmen wir notfalls schlechte. Die Männer an Bord sind Schurken und Hurensöhne. Aber die biegen wir hin. Und William«, fuhr er fort, »wir brauchen auch lebendes Vieh, mein Junge. Wir brauchen mehr als sonst. Die Reise ist weit. Hast du das Geld?«

William nickte und stieg an Deck hinauf. Er roch den kräftigen West, der den nahen Winter verriet. Ein Wind für Landratten – nach Portsmouth und zurück zum Ankerplatz in die St. Helen's Road, ohne zu kreuzen. William befahl, das Boot zu Wasser zu lassen.

Thomas Fox pfiff auf dem Weg nach Portsmouth im Nebel fröhlich vor sich hin. Er fror, und die Schafe ärgerten ihn, aber er war glücklich. Bald würde der Nebel sich ganz aufgelöst haben, was seine Aufgabe sehr erleichtern würde. Zwei- oder dreimal war er vom Weg abgekommen und in den salzigen Sumpf gestolpert. Sein rechter Fuß war nass. Die Schafe verhielten sich im Nebel zudem noch dämlicher als sonst. Anfangs hatte er eines an einem Strick mit sich gezerrt und gehofft, die anderen würden folgen. Aber jetzt lief er hinter ihnen her, wirbelte mit dem Stock durch die Luft und bellte gelegentlich wie wild und mit großem Erfolg.

Die Ostseite der Insel, auf der Thomas mit den Eltern und zwei Schwestern lebte, hatte kein gutes Land, es neigte zu Feuchtigkeit und brachte kaum einen Ertrag. Als er dem Weg zu den fruchtbareren Teilen der Insel folgte, dem Blöken der Schafe und dem geheimnisvollen Gurgeln des Sumpfes lauschte, ließ er seiner Fantasie freien Lauf. In Portsmouth ließ es sich bestimmt gut leben. Es war laut und schmutzig und voll wilder Seeleute und ihrer noch wilderen Weiber. Selbst Kingston, dachte er, als sein Pfad in einen größeren mündete, der sich schließlich als Hauptstraße durch Kingston und nach Portsmouth erwies, selbst Kingston ist schöner als unser Dorf im Sumpf. In Kingston spürte man das Leben.

Als der Nebel verwehte, wurde der schiefe Turm der Kirche von Kingston jenseits der Felder sichtbar. Thomas gab sich Mühe, die Schafe auf der breiten Straße zusammenzuhalten. Dann brach die Sonne durch, der Nebel rollte sich wie ein Teppich auf, und jenseits der Kirche sah man die Festungsanlagen.

Von See her starrte William Bentley genauso angestrengt auf die Stadt. Östlich breitete sich das Land flach wie ein Brett aus. Dann sah er das Weiß der steinernen Verteidigungsanlagen von Portsmouth. Zwischen dem eckigen Turm und dem runden Turm, vor der eigentlichen Hafeneinfahrt, lag der Eingang zur Stadt, auf den der Bootssteuerer zuhielt: Sallyport, das Ausfalltor.

Es segelte sich gut, aber William hatte fast ein schlechtes Gewissen, so viel Spaß daran zu finden. Er war schließlich ein Midshipman, kein Lustskipper. Unter seinem Kommando standen zwei weitere Midshipmen, einer wenigstens dreißig Jahre älter als er, und vierzehn von der Mannschaft. Das sind vermutlich die einzigen richtigen Seeleute an Bord der *Welfare*, dachte er grimmig. Er hatte einen Auftrag zu erfüllen, der nicht einfach sein, wahrscheinlich gegen das Gesetz verstoßen und möglicherweise ohne Erfolg ausgehen würde.

William beobachtete die kurzen grünen Seen, die breitseits fast in den Kutter wuschen, wickelte sich gegen die ständig wehende Gischt fester in seinen Bootsmantel und dachte über das Problem mit der Besatzung nach. Es war im Ganzen wirklich ein nichtswürdiger und brutaler Haufen, zusammengekratzt wie der letzte Dreck, zweibeinige Kreaturen, derartig primitiv, dass sie durchaus Tiere hätten sein können, wie sein Onkel meinte. Dann betrachtete er die kräftigen Kerle in sauberen Kleidern und mit Zöpfen an der Luvseite des Kutters. Das waren verlässliche Leute, gute Seeleute alle zusammen. Er sah zu Dolby hinüber, den grauhaarigen Midshipman. Zwei

Pistolen waren unter seinem Bootsmantel zu erahnen. Ohne die Drohung, die davon ausging, würden wahrscheinlich alle Männer fliehen.

William wusste, dass viele Kommandanten keinerlei Schwierigkeiten hatten, eine Mannschaft zusammenzustellen. Ein paar Plakate, ein paar Handzettel, ein bisschen Musik und der Schlag der Trommel – so konnte ein Schiff in ein paar Tagen voll bemannt sein. Sogar hervorragende Seeleute würden um Übernahme bitten und müssten abgewiesen werden. Doch sein Onkel, Captain Daniel Swift, Veteran einiger hervorragenden Einsätze seiner Fregatte, mutig bis zum letzten eigenen Blutstropfen oder dem seiner Matrosen, hatte einen gewissen Ruf – doch keinen, der sein Schiff mit Freiwilligen füllte.

Der Kutter, der jetzt fast über die kurzen grünen Seen flog, näherte sich der steilen Uferbefestigung mit dem groben Kies und der schwarzen Pier ein bisschen sehr schnell. William verdrängte alle anderen Gedanken und konzentrierte sich auf die Aufgabe, die jetzt vor ihm lag.

»Bringen Sie uns bitte in den Wind, Mr. Dolby«, sagte er scharf. »Wir bergen die Segel und laufen unter Riemen ein, mit dem Heck voraus. Wir haben an Land wichtige Aufgaben zu erledigen, und deshalb wollen wir auch trocken an Land kommen.«

Während das Boot in den Wind drehte und der große Seemann mit Geschick die flappenden Segel bändigte, vergaß William den schlechten Ruf seines Onkels. In fünf Minuten würden sie in Portsmouth sein. Es war seine Aufgabe, die Mannschaft aufzufüllen, eine Aufgabe, die nach fast vier Monaten immer noch nicht abgeschlossen war.

Thomas Fox wartete einen Augenblick, ehe er in die Stadt einzog. Die dummen Schafe hielten gern an und zupften Gras. Er kletterte auf einen kleinen Hügel, riss einen langen, trockenen Grashalm aus und kaute vergnügt darauf herum.

Jetzt, schon fast mitten am Vormittag, herrschte auf den Straßen nach Portsmouth ziemlich viel Trubel. Es gab große Ochsenkarren, leichtere Wagen und unzählige Fußgänger, die in die Stadt hinein und aus der Stadt herauswollten. Der meiste Verkehr bewegte sich in Richtung auf die Dörfer von Portsea Island, doch einige Wagen fuhren entschlossen nach Norden in Richtung Portsbridge, wo es den Fahrdamm gab und die Landstraße, die steil oberhalb von Portsdown nach London führte. Die Sonne schien, die Menschengruppen bewegten sich sehr fröhlich. Man winkte Thomas immer mal wieder zu. Er lüpfte dann seine Mütze.

Eigentlich interessierte er sich nicht sehr für die Stadt. Er war noch weit genug im Osten, um den Ozean zu sehen, der sich bis zur Insel Wight erstreckte. Auf den weißmähnigen Wellen lagen die Schiffe, Großbritanniens Verteidiger. Meistens gelb gepönt, wirkten sie unglaublich groß und edel. Die kleinen Handelsschiffe, die sich mit der steten Brise zwischen ihnen hindurchdrängten, schienen dunkel und unwürdig im Vergleich.

Manchmal dachte Thomas darüber nach, auf See zu gehen. Seine Familie hatte gute Verbindungen. Cousin Silas war Seesoldat, und er hatte ihn vage als großen, dünnen, gut aussehenden Mann in Erinnerung, der doppelt so alt war wie er. Vielleicht fuhr Silas auf einem der Schiffe, die dort ankerten. Seine Familie hatte ihn seit Ewigkeiten nicht mehr gesehen, es herrschte schließlich Krieg. Also ist die See wohl doch nichts für mich, dachte Thomas. Wann wurden Seeleute je ausgezahlt? Die Tante konnte sich nicht erinnern, jemals Geld aus Silas' Dienst bekommen zu haben. Dabei war er Seesoldat!

Thomas wandte den Blick von der See und spuckte den Halm aus. In seiner alten fadenscheinigen Jacke war ihm im Wind kalt. Er sah, wie ein hagerer Hund auf dem Bauch kriechend sich einem seiner Schafe näherte, und wartete, bis er nahe genug gekommen war, und warf einen Stein nach ihm. Der jaulte vor Schmerzen auf und humpelte eilig davon.

Die Stadt dehnte sich schon weit diesseits der Mauern mit ihren schmuddeligen Quartieren aus, und Thomas folgte der Straße, die durch eines der befestigten großen Tore führte. Sobald er in diesem Gewimmel war, wurde seine Aufgabe schnell schwieriger. Er band die vorderen Schafe mit einem Strick aneinander und legte den anderen Beinfesseln an. Doch er brauchte sein ganzes Können, viel Fluchen, Brüllen und Rufen, um sie einigermaßen zusammenzuhalten. Wild entschlossen setzte er seinen Stock ein, seine nackten Füße und die Steine, die er in seiner Hosentasche gesammelt hatte. Trotzdem kam er nur langsam voran. Immer wenn ein Wagen an ihnen vorbei fuhr, spielten die Schafe verrückt. Sobald sie ein Stückchen Grün entdeckten, hielten sie an und grasten. Wenn irgend möglich gönnte er ihnen an kleinen Feldstücken eine Pause. Doch je weiter er in die lebhafte Stadt kam, desto seltener wurden diese Felder.

William Bentley und seine Mannschaft kamen noch langsamer voran. Doch es lag nicht daran, dass vierzehn Seeleute zu führen schwieriger war als zwölf Schafe – selbst in den engen Straße von Spice Island. Es lag daran, dass er unschlüssig war und Ausschau hielt und nach etwas suchte, über das er sich nicht ganz im Klaren war. Als sie Broad Street verließen und in die Gassen mit den ärmlichen Hütten einbogen, verschwanden die Menschen wie durch Zauberei. Die Männer in all den geschäftigen Straßen suchten das Weite, wenn die Seeleute um die Ecke bogen. Frauen mit schmutzigen Gesichtern spuckten vor ihnen aus und starrten sie in offener Feindseligkeit an. William spürte seine Wut über diese Menschen und über sich selbst.

»Mein Gott«, sagte er leise zu Dolby, »was ist das für ein Abschaum! Was für ein Dreck! Wenn man sich vorstellt, dass wir solche Kanalratten brauchen, um die Schiffe unseres Königs zu bemannen!«

Dolby schwieg, denn er stammte aus solchen Verhältnissen.

Evans, der zweite Midshipman, der von Herkunft und Alter William näher war, schien aber ebenfalls entsetzt.

»Ich bin Ihrer Meinung, Mr. Bentley. Wirklich – was für ein Abschaum. Es steht ganz schön schlimm um unser Land.«

Schweigend stampften die vierzehn Seeleute weiter.

Nach einiger Zeit begriff William, dass sie für eine Pressgang gehalten wurden, fälschlich oder richtigerweise. Er war bereits einige Male durch Spice Island marschiert, jenen Teil von Portsmouth am äußersten östlichen Ende der Hafeneinfahrt, der besser als Point bekannt war. Ohne Ergebnis. Er bekam keine gesunden Männer oder Jugendlichen, ja nicht einmal Krüppel zu Gesicht. Anscheinend trieben sich nur Frauen auf den Straßen herum. So konnte er das Handgeld des Königs nicht einmal anbieten! Langsam fühlte er sich wie ein Narr. Onkel Daniel erwartete viel von ihm, und er wollte ihn nicht enttäuschen. Er ließ Dolby den Trupp anhalten und winkte Evans zur Seite.

»Hör mal, Jack«, sagte er, »hier hält man uns für Idioten. Ich werde Dolby und die Männer allein lassen und auf eigene Faust rekrutieren gehen.«

Evans sah ihn entsetzt an. »Aber unsere Befehle?«

»Zerbrich dir über die Befehle nicht den Kopf«, antwortete William. »Ich übernehme die Verantwortung. Bei diesem Ausflug habe ich von Captain Swift freie Hand.«

Er musste nichts erklären, denn Evans war sich sehr wohl bewusst, was es bedeutete, ein Lieblingsneffe zu sein.

»Ich bin dabei, William«, sagte er. »Hast du schon einen Plan?«

William grinste. »Noch nicht mal eine Idee von einem Plan. Lass uns im Cambridge einkehren, etwas essen und Gin trinken. Aber«, und seine Stimme wurde leiser, »zuerst wollen wir mal diesen dämlichen Dolby loswerden.«

Zwanzig Minuten später warteten Dolby und die Mannschaft des Kutters frierend im kalten Wind der Hafeneinfahrt. Währenddessen tranken William Bentley und Jack Evans im

Pub Cambridge Gin und aßen eine Hammelpastete. Zwar unterhielten sie sich fröhlich über die Probleme, die man mit Untergebenen hat, aber trotzdem war William ganz und gar nicht fröhlich zumute. Kühl, ja eiskalt lag ihm da etwas im Magen. Bisher hatte er nichts erreicht. Er kam sich vor wie ein Nichtsnutz, der Wahnideen nachjagte. Könnte er seinem Onkel überhaupt in die Augen sehen, wenn er mit leeren Händen zurückkehrte? Nein. Gereizt hörte er nur halb zu, wie Evans langatmig von einem Wilddieb erzählte, den er und sein Bruder beim Fallenstellen erwischt hatten und der dann gehenkt worden war. Er starrte aus den Fenstern auf die High Street. Die Stadt war quicklebendig: die Werften, die vollen Wohnhäuser, die Wagen, die zum Hafen hinabrollten. Und zum Markt.

Zu diesem Markt trieb Thomas Fox seine zwölf ruppigen Schafe. An der Einfahrt zum Hof des Cambridge hielt er an. Auch die Schafe blieben stehen. Sie begannen an dem bisschen Gras zu mümmeln, das neben den Pfosten an der Einfahrt wuchs. Thomas Fox schlug sich auf die Tasche. Darin steckten Brot und ein paar Pfennige. Das reichte für Butter und Bier. Er hob den Stock und trieb die Schafe in den Hof.

William Bentley leerte sein Glas Gin.

Mit einem Lachen unterbrach er Evans. »Sieh mal«, sagte er. »Da sind Schafe für die Schlachtbank.«

2

»Und was kostet das?«, fragte Thomas den Schankknecht.

»Nichts. Das gibt dir dein Freund da drinnen aus!«

Thomas hob den Mund vom Krug, und Bier tröpfelte sein Kinn hinunter. Er sah den kleinen Burschen mit dem schmuddeligen Gesicht an, der wie ein Affe grinste.

»Warum lachst du so und was redest du da, Bürschlein?«, sagte er.

»Für einen Bauernjungen hast du vornehme Freunde, muss ich schon sagen«, antwortete der Schankknecht.

Ehe Thomas antworten konnte, war er schon wieder im Schankraum verschwunden.

Thomas nahm beunruhigt einen weiteren Schluck und einen längeren. Falls das Bier auf geheimnisvolle Weise verschwinden würde oder irgendetwas Ähnliches passierte, wollte er wenigstens einen guten Teil im Bauch haben. Unsicher blickte er sich auf dem Hof um. Die Schafe standen in einer Ecke – ganz ruhig. Er griff in die tiefe Tasche, in die seine Schwester ihm einen Kanten Brot gesteckt hatte. Als er wieder hochsah, standen zwei junge Männer vor ihm, die er für Schiffsoffiziere hielt. Er sprang auf.

»Gutes Bier, nicht wahr, junger Mann?«, sagte einer.

Thomas Fox stand unbeholfen da und zerrte am Rand seiner Mütze. Das Brot war auf die Erde gefallen. Er spürte, wie sein Gesicht warm wurde, und schaute zu Boden.

»Lass das Brot liegen«, sagte der Offizier. »Hast du Appetit auf ein Stück Lammpastete?«

»Die ist sehr gut. Die kann ich nur empfehlen«, warf der andere ein. Er hatte eine hohe, fast quietschende Stimme.

Thomas errötete noch mehr. Er blickte zu seinen Schafen. Die standen unbewegt in ihrer Ecke. Er murmelte etwas, das er selbst nicht verstand.

»Höh, Schankknecht!«

Der grinsende Winzling erschien hüpfend wie ein Vogel im Eingang. »Euer Ehren?«

»Eine heiße Lammpastete für meinen Freund hier. Und dazu einen Krug von Eurem besten Bier. Und zwei Gin!«

»Aye, aye, Sir, Euer Ehren!« Kichernd verschwand der Knecht in der Küche.

»Setzen Sie sich, mein Herr«, sagte der erste Offizier. »Setzen Sie sich und trinken Sie. Wir beißen nicht, Jack und ich. Wir sind Freunde. Wir brauchen Ihre Hilfe.«

Vor solchen Herren konnte Thomas sich nicht setzen. Er umklammerte den Krug. Sein Mund war trocken. Scheu hob er ihn an den Mund, sehr langsam, so als hoffte er, sie würden nicht merken, dass er trank, wenn er sich nur langsam genug bewegte. So kippte er das Bier aus dem großen schwarzen Krug hinunter und sah die beiden Offiziere gerade noch über den Rand hinweg: zwei junge Männer in Blau; der zuerst geredet hatte, war klein, goldblond und lächelte amüsiert, ein jovialer Kerl, der sich voll im Griff hatte. Thomas Fox hatte Angst vor ihm, doch er konnte nicht sagen, warum. Dieser Offizier – noch ein Junge und sogar ziemlich sicher jünger als er selber – hatte etwas Herrisches an sich und noch irgendetwas anderes. Er wirkte glücklich, fast ausgelassen. Er hatte Thomas das Bier bestimmt aus einem bestimmten Grund spendiert – Thomas hatte Angst.

Der als Zweiter gesprochen hatte, war größer als Thomas und viel größer als der Blonde, hatte eine hohe Stimme und war nicht der Anführer. Allein vor einer so prächtig gekleideten Person zu stehen würde Thomas beunruhigt haben. Aber neben dem Kleinen sah er fröhlich aus, und er war noch jung, wie er selbst, nur eben kein Bauernjunge, sondern ein Offizier. Langsam trank Thomas weiter, hörte sein eigenes Schlucken, spürte seinen Adamsapfel. Er wünschte, die beiden würden verschwinden.

Als die Lammpastete kam, stand Thomas da wie ein Verbrecher. Er starrte den Schönen an, versuchte etwas zu sagen – vergeblich. Sein Brot lag zu Füßen des Schankknechts im Dreck. Seine schmutzigen Zehen krümmten sich, als seien sie hungrig und könnten das Brot riechen.

William Bentley beobachtete das alles mit großer Erleichterung. Vor ihm stand ein großer Tölpel, dieser Einfaltspinsel vom Land. Älter als er, größer, und er zitterte sichtlich aus Furcht und war verwirrt. Ein Junge, fast ein Mann, mit bleichen Wangen und langem schwarzem Haar. Wovor hatte er Angst? Diese einfachen Leute waren schon komisch! Der Tölpel hatte doch nichts zu fürchten. Von Gesetzes wegen jedenfalls. Nach dem Gesetz, das wusste Thomas Fox, war der Junge zu jung, um gepresst zu werden. Hilflos ließ er den Krug sinken.

»Na«, sagte der Schankknecht ungeduldig, »wird hier nun endlich jemand die Pastete essen und das hier trinken? Tut mir Leid, Euer Ehren, aber ich hab' auch noch woanders zu tun.«

»Nimm's, mein Junge«, sagte William dem Schäferburschen und zeigte auf den Bierkrug. »Trink und nimm dir ein bisschen Zeit für mich. Ich hab' ein Anliegen!«

Der Schankknecht nahm den leeren Krug und reichte Thomas einen vollen. Und in die freie Hand gab er ihm die heiße Pastete, die vor Fett triefte. William Bentley und Jack Evans hielten sich an ihren Gin. William Bentley gab dem Schankknecht eine Münze. Der verneigte sich und verschwand.

»Tut mir Leid, Euer Ehren«, murmelte Thomas. Das Fett lief jetzt seinen Rock hinab. Er leckte es von seinem Daumen.

»Also, mein Lieber«, sagte William herzlich, »unser Anliegen. Trinken Sie Ihr Bier, essen Sie die Pastete und hören Sie einfach zu. Aber erst mal setzen Sie sich. Jack, roll mal die Fässer hierher!«

Evans rollte drei kleine Fässer heran und stellte sie auf. William packte Thomas an der Schulter und drückte ihn auf eins. Thomas setzte sich und stürzte das Bier hinab. Er fühlte sich benommen, denn üblicherweise trank er wenig. Er wünschte, er wäre zu Hause oder auf dem Markt. Auf dem Markt! Dort musste er seine Schafe verkaufen! Sie fraßen ganz zufrieden draußen das bisschen Gras zwischen den Steinplatten. Thomas nahm noch einen großen Schluck.

»Also«, sagte der blonde Offizier, »ich werde mich erst mal vorstellen. Ich bin William Bentley von Seiner Majestät

Fregatte *Welfare*, die gerade im Hafen vor Anker liegt. Dies ist mein Freund und Kamerad Mr. Jack Evans, Midshipman dank der Gnade Gottes und Seiner Majestät, der geschworen hat, England vor seinen Feinden zu schützen. Und Ihr Name, Sir?«

Thomas Fox' Lider flatterten. Das Fett aus der Pastete hatte sich in seiner offenen Hand gesammelt und erstarrte beim Abkühlen.

»Und Ihr Name?«, quietschte Jack Evans.

»Ist auch egal«, sagte William. »Hören Sie, Mr. Namenlos, der König braucht Ihre Hilfe!«

Thomas Augen wurden groß. Der König? Er nahm wieder einen Schluck. Er schmeckte seltsam. Dann war der Krug leer. Der König brauchte seine Hilfe? William lachte.

»Es ist wahr, junger Freund. Der König braucht Ihre Hilfe. Dringend. Sind Sie ein gesetzestreuer Untertan?«

Thomas Fox schüttelte den Kopf, um klarer zu denken. »Ich darf nicht auf See!«, sagte er. Er war überrascht über seinen Ton und fuhr sanfter fort, sich fast entschuldigend: »Ich kann nicht gepresst werden, Euer Ehren«, murmelte er. »Ich bin zu jung. Und meine Familie braucht mich zum Überleben. Wir haben eine Farm ...«

Die beiden Offiziere lachten. Er fragte sich, warum. Dann dachte er an seine Schafe und sein schäbiges ländliches Aussehen. Er lächelte. Ohne Aufforderung war der Schankknecht mit neuem Gin und neuem Bier wieder da.

Eigentlich hätte Thomas ablehnen sollen. Aber hatte er den Blonden nicht sagen gehört, man würde ihn nicht pressen? Er rieb sich die Augen.

»Sie missverstehen uns, mein junger Herr. Wer redet von pressen? Nein, im Augenblick braucht Ihr König Sie nur als Bauern. Um es kurz zu machen, wir wollen Ihre Schafe kaufen, alle zwölf!«

Jack meldete sich piepsend: »Unsere Männer brauchen

Schafe, unser Schiff braucht Schafe. Und darum braucht unser König Schafe. Sie haben Schafe, also braucht unser König Sie! Wie ist Ihr werter Name, Freund des Königs?«

William Bentley beobachtete zufrieden, wie der Bauernbursche den schwarzen Krug wieder hob und das jetzt schon rosige Gesicht noch rosiger wurde. Die Wirkung beruhte mehr auf dem Gin als auf dem Bier, deshalb hatte er diese Mischung bei dem grinsenden Schankknecht bestellt.

Als der Adamsapfel zur Ruhe kam, rieb sich der Schäferbursche die Lippen mit dem Ärmel ab. »Thomas Fox«, sagte er dann mit belegter Stimme, »wenn Euer Gnaden erlauben.«

»Sehr gut«, sagte William bestimmt. »Schade, dass Sie nicht mit uns können, Thomas. Sie würden einen sehr guten Mann abgeben und wie eine Ente aufs Wasser passen. Aber sei's drum. Wollen Sie uns Ihre Schafe verkaufen? Um dem König zu helfen?«

Die Geräusche des Gasthofes wurden in Thomas Fox' Ohren undeutlich. Innerhalb des Raumes schien sich Nebel gesammelt zu haben. Er starrte auf seine Schafe. Sie schwankten unter seinem Blick. Zwölf Schafe. Dem König dienen? Nun, er hatte nie davon gehört, die Schafe woanders als auf dem Markt zu verkaufen. Doch er konnte nichts Schlimmes dabei finden. Warum die Schafe nicht den netten jungen Offizieren verkaufen – und noch dazu dem König dienen?

»Ich werde meinem Herrn, dem König, dienen«, murmelte er.

»Lauter. Sagen Sie's ganz laut, Sir!«, rief William Bentley. Strahlend drehte er sich zu Jack um. Der zwinkerte ihm fröhlich zu.

»Ich werde ihm dienen«, sagte Thomas. »Was bieten Sie denn? Ich muss natürlich meinen Preis bekommen, damit meine Familie keine Not leidet. Meine Familie darf auf keinen Fall Not leiden, Sir, nicht einmal, wenn es um Seine Ehren, den König, geht.«

»Das sind gute Worte«, quiekte Jack. »Wahre Worte, mein junger Freund, und gut gesprochen.«

»Genau«, pflichtete der Blonde bei. »Wenn Sie erfahren wären, würde ich Ihnen fünf Pfund bieten.«

»Hört, hört«, rief sein Freund.

»Und wenn Sie ein Seemann wären, wäre Ihr Preis zwei Pfund und zehn Schillinge.«

»Hört, hört«, rief sein Freund wieder.

»Aber weil Sie ein Mann vom Land sind, sagen wir ... dreißig Schillinge? Wie gefallen Ihnen dreißig Schillinge als Landmann?«

Thomas Fox wusste nicht, was er sagen sollte. Er konnte überhaupt nicht klar denken. Dreißig Schillinge für zwölf Schafe! War das mehr oder weniger, als er auf dem Markt erwarten konnte?

»Landmann, sag' ich. Wollen Sie dreißig Schillinge annehmen? Um dem König zu dienen?«

Thomas kniff die Augen zusammen, als der Blonde in Blau sich von seinem Fass erhob und auf ihn zutrat. »Strecken Sie Ihre Hand aus, Thomas Fox. Ich werde Sie auszahlen – in Silber.«

»Sehr gut, Will, wirklich sehr gut«, sagte der mit der quiekenden Stimme.

Thomas, der in der Rechten den schweren schwarzen Krug hielt, streckte die Linke aus und öffnete sie. Der Offizier hielt die Luft an. Er starrte auf seine Handfläche. Auf ihr sah er die Reste der Lammpastete, Reste von kaltem Fett, schwarzem Fleisch und dreckiger Pastete. Thomas wischte sich die Hand auf dem einst weißen Rock ab und nahm die dreißig Schilling in Empfang, das Handgeld des Königs.

Plötzlich sagte der Offizier mit der hohen Stimme etwas, scharf und abrupt, das Thomas nicht verstand. Aber der Blonde winkte ab.

»Thomas«, sagte er freundlich. »Sie müssen uns jetzt zur

Hafeneinfahrt helfen, zum Sallyport. Wir sind Männer der See. Was Schafe angeht, benehmen wir uns wie Lämmer. Wir würden die Tiere nicht ans Ziel bringen. Also, los jetzt!«

Einfach war es nicht, aber sie schafften es. Thomas hatte Kopfschmerzen. Seine Arme und Beine, von den Schafen ganz zu schweigen, waren nicht geneigt zu tun, was er wollte. Der Weg durch die High Street mit dem Verkehr und den vielen Menschen erwies sich als schwierig. Dabei lobte er sich immer wieder selbst, trunken, wie er war, dass er nicht zum Markt musste, um dort einen guten Preis zu machen. Er war den beiden dankbar, denn sie trieben gelegentlich ein Schaf mit Fußtritten in die Herde zurück und jagten streunende Hunde fort. Sie waren heiter, sahen das alles als Spiel, sprachen von einem Geleitzug und nannten Thomas das Flaggschiff. Thomas freute sich, sie getroffen zu haben, obwohl er sich wünschte, sie hätten ihm nicht so viel Bier spendiert. Es waren nette Kerle. Aber dreißig Schillinge? Waren dreißig Schillinge genug?

Dann trieben sie die blökenden Schafe durch die schmale Eingangspforte unter dem Porträt von König Charles hindurch in den Hafen. Die steife Brise blies geradewegs landwärts und presste Thomas' Rock gegen seinen Leib und durchdrang den dünnen Stoff. Plötzlich war ihm kalt. Seine Zähne klapperten. Ihm war auch sehr übel.

Die Schafe wurden sehr unruhig, als er sie die Pier entlangtrieb. Aber plötzlich hatte Thomas viele Helfer. Eine große Gruppe Matrosen folgte ihm und seinen Freunden. Die Schafe hielten immer wieder mal an, blökten, wollten umdrehen. Aber eine Wand aus entschlossenen Männern trieb sie wieder vorwärts. Die Luft war klar und kalt und nass. Die See verdunkelte sich, als die Sonne im späten Herbsthimmel unterging. Sie passierten einige ankernde Schiffe, Gruppen von Matrosen, die unbeteiligt dreinschauten und nichts sagten. Dann führten einige schlüpfrige Stufen hinunter zu einem Steg. Dort war ein

Boot festgemacht, das auf den Wellen tanzte. Der Mann, der sich um das Boot zu kümmern hatte, saß auf einem Poller.

Thomas wandte sich an seine Begleiter. »Wie kriegen wir die Tiere jetzt die Treppen runter, Euer Ehren?«, fragte er.

Der Blonde lachte. Er rief etwas. Drei Matrosen sprangen auf ein Schaf. Es gab einen schnellen Kampf, ängstliches Blöken. Ehe Thomas begriff, wie es geschah, lag das Schaf unten im Boot und – nach kurzer Zeit – auch alle anderen. Jetzt standen nur noch die beiden Männer, ein älterer Offizier und vier Matrosen auf der Pier. Der Wachmann auf seinem Poller hatte sich nicht bewegt.

»Nun, Thomas Fox«, sagte William Bentley, und sah den grüngesichtigen Jungen verächtlich an, »muss man dich reinheben oder schaffst du es selber?«

Thomas starrte ihn an. »Wie bitte, Sir?«, sagte er. »Ich mach' mich auf den Weg nach Hause. Es wird bald dunkel, und es gibt noch genug zu tun, nehm' ich mal an.«

»Los, rein ins Boot, Thomas Fox.«

»Nein! Ihr habt die Schafe gekauft, nicht mich.«

Er wollte den Steg zurücklaufen. Das Tor in der Stadtmauer, hundert Meter entfernt, war deutlich zu sehen. Doch quer über den Weg versperrten die vier Seeleute die Bahn.

»Thomas Fox«, sagte William Bentley, »steig in den Kutter, ehe ich die Geduld verliere, oder wir tragen dich rüber.«

»Und wenn du den nächsten Befehl nicht befolgst«, schrie Jack Evans schrill, »werden wir dich auspeitschen. Du hast das Handgeld des Königs genommen. Jetzt bist du ein Mann des Königs.«

»Handgeld? Ich habe meine Schafe verkauft. Meine Herren! Ich bin meine Schafe losgeworden, meines Vaters Schafe. Ich habe kein Handgeld genommen!« Er spürte, wie sein Magen sich zusammenzog, und fiel auf die Knie und begrub sein Gesicht in den Händen.

»Mr. Dolby«, sagte William Bentley kühl, »lassen Sie diesen

Dummkopf an Bord tragen, bitte. Lieber Gott«, wandte er sich dann an Evans, »und mit solchem Abschaum müssen wir heutzutage die Schiffe des Königs bemannen …«

3

Bei zwei Glasen saß William Bentley im Heck des Kutters der *Welfare*, in seinen dicken Bootsmantel gewickelt, und beobachtete missmutig die dunkle See vor dem östlichsten Punkt der Insel Wight. Das Boot hob und senkte sich sanft in der Dünung, und William fror Stein und Bein. Neben ihm saß der Dritte Offizier, ein Mann von zweiundzwanzig Jahren, Higgins. William hielt ihn für einen Idioten und war froh, dass ihre Aufgabe ihnen jede Unterhaltung verbot. Auf die eine oder andere Weise sind eigentlich alle Offiziere unter dem Kommando meines Onkels Idioten, dachte er wütend. Er sehnte sich nach dem Tag, an dem er endlich Aufsehenerregendes zustande bringen könnte, um zum Dienst tuenden Leutnant ernannt zu werden.

In der Gig war nur ein gelegentliches Knarren von den beiden Riemen im Heck zu hören, die bereits eingelegt und jederzeit einsatzbereit waren. Immer mal wieder tauchten die beiden Matrosen sie ein, um den Bug des Bootes in den Wellen auszurichten. Die anderen Bootsgasten hockten auf den Duchten und starrten in die Dunkelheit jenseits des Bugs. Auch William starrte voraus, sie lagen seit Mitternacht wartend hier, und bisher war nichts geschehen.

William war froh, hier zu sein. Er hatte seinen Onkel um Erlaubnis gebeten, sich der »Expedition« anschließen zu dürfen, und wegen seines Erfolgs bei der Aufstockung von Mannschaft und Proviant war sie ihm gewährt worden. Higgins mochte William nicht sehr und hätte das Boot lieber ohne ihn geführt, aber gegen das Wort des Kommandanten gab es natürlich keine Einwendungen.

Captain Daniel Swift hatte den Neffen auf dem Achterdeck erwartet, als er das Boot mit einer chaotischen Ladung seekranker Schafe und einem noch kränkeren Schäfer gekonnt längsseits brachte. Die schweißtreibende Aufgabe des Löschens erledigten Dolby und Evans. In den Roads lief eine gute See, und William starrte ein paar Minuten in die Gesichter der grinsenden Freiwache, ehe sein Onkel ihn unter Deck befahl. Vorher sprach Captain Swift noch ein paar Worte mit dem Bootsmann über den Zustand der Mannschaft. Dieser erfahrene Deckoffizier wusste natürlich, was den armen Kerlen blühte, wenn die Befehle nicht sachgemäß ausgeführt werden sollten.

Als er dann mit einem Glas warmen Tees in der Hand in der Kajüte seines Onkels saß, berichtete William über seinen Ausflug an Land. »Das Erscheinen einer blauen Uniformjacke hat wirkliche seltsame Effekte, Onkel. Man konnte fast das Scharren ihrer Schuhe hören, als diese verachtenswerten Ratten in ihren Löchern verschwanden. Weiber und Kinder gab's in Massen. Aber kein Zeichen von gesunden Kerlen, tut mir Leid.«

Daniel Swift kicherte. »Verlang mal keine Belobigung, mein Lieber«, entgegnete er. »Du weißt, dass du gute Arbeit geleistet hast. Ich hatte weniger erwartet. Ein halbes Dutzend Schafe samt ihrem Schäfer – ausgezeichnet!«

»Ein rundes Dutzend, Sir. Und sie haben mich nicht mehr als das Handgeld für einen Bauerntölpel gekostet.«

»Und alles im Rahmen des Gesetzes und allen Vorschriften entsprechend?«, fragte Swift.

William überlegte. Wollte sein Onkel wirklich erfahren, was nicht dem Gesetz entsprochen hatte? Oder sollte er darüber schweigen? Er räusperte sich. »Was das angeht, Sir …«

»Nun?«

William legte die Spitzen seiner beiden Zeigefinger auf die

Unterlippe und biss sanft zu. »Also, Sir, wir müssen davon ausgehen, dass Thomas Fox behaupten wird, er habe sich nicht freiwillig gemeldet.«

Swift starrte William unter seinen dichten wilden Brauen hervor an. »Aber das Handgeld hat er doch angenommen?«

»Er hat dreißig Schillinge akzeptiert.«

»Und?«

»Er könnte sagen, es war nicht das Handgeld des Königs, denn … Also, Sir, er war auf dem Weg zum Markt.«

Swift lächelte kühl. »Er war doch wohl nicht so dumm, sich von seiner Herde für dreißig Schillinge zu trennen?«

»Er schien in dem Augenblick damit zufrieden, Sir!«

Ein kurzes Lachen. »Nein, nein, Mr. Bentley, das glaube ich nicht. Dreißig Schillinge sind dreißig Schillinge. Was immer auch ein Dutzend Schafe wert sein mögen – und ich habe keine Ahnung von ihrem Preis –, die Summe ist zu passend. Fünf Pfund für einen Maat, zwei Pfund zehn Schilling für einen Seemann, dreißig Schillinge für einen Landmann.«

»Genau so wie ich es ihm gesagt habe, Sir.«

Der Mann blickte dem Jungen in die Augen. »Ach ja?«

»Ja, Sir. Evans hat es gehört, falls das je bezweifelt wird.«

»Vielleicht«, sagte Captain Swift nach einem Augenblick des Schweigens, »vielleicht kommen wir aus der Klemme, wenn ich ihm noch etwas mehr biete. Für die Tiere. Natürlich nur aus Großzügigkeit, denn ohne Zweifel hat er das Handgeld bei klarem Bewusstsein angenommen. Noch mal dreißig Schillinge, oder?« Er machte eine Handbewegung, und sein Steward füllte die Gläser erneut.

»Sehr wohl, Sir«, pflichtete William ihm bei. »Aber mir tut es wirklich Leid, dass ich nur Schafe und einen Mann vom Land mitgebracht habe. Vielleicht kann ich es ein weiteres mal versuchen?«

Doch Daniel Swift entließ den Steward und zog seinen Neffen ins Vertrauen, dass die Fregatte *Welfare* demnächst in See gehen würde. William fühlte Erregung. Lieber Gott, dachte er, es wäre wirklich toll, wenn endlich was passieren würde.

»Was die Mannschaft angeht«, sagte Onkel Daniel, »habe ich andere Pläne. Es ist ein Wagnis, aber es kann sich lohnen. Higgins wird heute mit einer starken Begleitung auf See sein, und ich hoffe, er macht einen guten Fang.« Er beobachtete Williams Augen.

Der Junge stellte eine Frage, ohne ein Wort zu verlieren.

»Schmuggler«, fuhr Captain Swift fort. »Ich halte meine Augen offen, seit wir hier ankern. Und ich habe mit ein paar sehr erfahrenen Offizieren in der Stadt gesprochen. Der Schmuggel blüht an den Stränden von Southsea und Eastney, in der Bucht hier und auf dem kleinen Fluss bei Bembridge. Heute Nacht erwarte ich einiges.«

Das war zu viel für William. »Higgins« entfuhr es ihm.

Die Augen des Kommandanten wurden kalt. Er starrte seinen Neffen an. »Ein Offizier mit sehr viel Talent«, sagte er. Seine Stimme klang sanft und hart zugleich.

William musste schlucken. Er hielt Higgins für träge und gefährlich schwach. Aber dazu hielt er besser den Mund. »Es tut mir Leid, Sir«, sagte er laut. »Mein Temperament ist mit mir durch gegangen. Ich war nur enttäuscht, dass Sie mich nicht auch benannt haben.«

Captain Swift war ein harter Mann, und William fragte sich manchmal, wie er seine Offiziere auswählte. Doch es gab keinen Zweifel an seiner Zuneigung für seinen Neffen.

Dieser wusste, ihm war verziehen, und er redete weiter: »Bitte, Sir, lassen Sie mich mitgehen. Erwarten wir viele Schmuggler? Einen Kampf? Lieber Gott, Sir, ich wünsche mir so sehr einen Kampf.«

Er brauchte nicht viel mehr Überredungskunst, verließ die Kajüte frohen Herzens und begab sich nach unten zu den Kojen der Midshipmen tief achtern im Schiff. Seine Freunde grüßten ihn mit wohlwollendem Neid. Sein Ruhm, zwölf Schafe und einen Halbidioten an Bord gebracht zu haben, war natürlich auch längst hierher gedrungen. Er sonnte sich in ihrer Bewunderung, enthielt sich aber jeden Hinweises auf die Aufgabe, die vor ihm lag. Sie würde sein Ansehen vermutlich in den nächsten Tagen noch steigern.

Ungefähr um dieselbe Zeit erwachte am anderen Ende des Schiffes Thomas Fox langsam aus seiner Trunkenheit und spürte wachsende Furcht, ja Panik. Um ihn herum herrschten Dunkelheit, Hitze, der Gestank von Erbrochenem und dem Mist der Tiere. Er schlug mit Armen und Beinen um sich und weckte damit ein allgemeines Blöken und Stöhnen. Er spürte warme Felle, sah die Umrisse von Schafen und begann sich langsam zu erinnern.

Er erinnerte sich an die schreckliche Tour von Sallyport quer über den Spithead in Richtung auf das Schiff, das am anderen Ende der Insel Wight ankerte. Er erinnerte sich an seinen verzweifelten Kampf um seine Freiheit, an wiederholte schwere Schläge, an seinen Fall von der Pier und ins Boot, bei dem er sich alle Knochen hätte brechen können, und an eine lange schaukelnde Seefahrt mit überkommender Gischt, unter Tränen und Seekrankheit.

Als man ihn roh die steile Wand der Fregatte emporgezogen hatte, war er praktisch bewusstlos gewesen. Erschöpft, elend, wütend, betrunken – so fühlte er sich. Doch am schlimmsten war seine Verzweiflung darüber, keine Reaktion in dem versteinerten Gesicht des jungen Midshipman entdecken zu können, der ihn so mitleidlos betrogen hatte.

Thomas lag zusammengekrümmt in einer ekelhaften Mischung aus dem Kot der Tiere und seinem eigenen Erbrochenen und weinte in seine Armbeuge. Warum das alles passiert war, begriff er immer noch nicht. Aber was geschehen war, war ihm sehr wohl klar. Er war in die Marine Seiner Majestät gepresst worden – oder durch Tricks in eine Falle gelockt oder einfach entführt worden, die Bezeichnung spielte keine Rolle. Er war an Bord eines Kriegsschiffes und würde sein Elternhaus und seine Familie nie wiedersehen.

Ehe sein gequältes Gehirn im Nebel versank, erinnerte sich Thomas an noch etwas. Als er über Deck getaumelt war, hatte er eine kleine Gruppe in Scharlachrot gesehen. Diese Seesoldaten standen angetreten an einem Mast und hatten lange Musketen und trugen Dreispitze. Sie waren sofort wieder vor seinen Blicken verschwommen, aber ein besonderes, rundes Gesicht hatte sich von allen anderen hervorgehoben.

Thomas hatte die Hand ausgestreckt und aufgestöhnt. »Silas!«, hatte er geschrien.

Aber der vermeintliche Schrei war nur ein trunkenes Grunzen gewesen. Das hellhäutige Gesicht hatte nicht das kleinste Zeichen von Mitgefühl oder Wiedererkennen gezeigt.

Thomas wurde in die Tiefe des Schiffs getrieben und gestoßen, in warme, stinkende Dunkelheit und in ein Loch mit den Schafen. Dort war ihnen allen erst richtig übel geworden, den Schafen wie dem Jungen.

Am selben Nachmittag genoss ein Mann aus dieser Ecke von Hampshire namens Jesse Broad denselben Wind, der William Bentleys Kutter ohne zu kreuzen nach Portsmouth und zurück geblasen hatte. Der Wind trieb die *Beauregard*, einen großen Lugger, schnurstracks von der Küste Frankreichs auf das östliche Ende der Insel Wight zu. Weit draußen im Kanal baute der steife Westwind eine kräftige kabbelige See auf. Die beiden Segel wurden gerefft, aber nicht wegen des harten Wetters. Broad und sein Freund Hardman hatten sich immer wieder mit dem französischen Skipper, Joel Gauthier, beraten und waren zu dem Schluss gekommen, Fahrt aus dem Schiff zu nehmen, damit sie nicht zu früh zu nahe vor die englische Küste kamen.

Hardman war sehr ungehalten. So ein Unternehmen fand

üblicherweise im Schutz der Dunkelheit statt. Doch diesmal war alles anders. Sie hatten keine Ladung an Bord, nur ein paar Fässer mit Dingen für den eigenen Verbrauch. Broad wollte jedoch vor Einbruch der Dunkelheit zu Hause sein, und auch Hardman wollte zur Taufe des kleinen Jem, Broads erstem Sohn, nicht zu spät erscheinen. Gauthier war zunächst einverstanden gewesen, sich noch bei Tageslicht auf dem Kanal blicken zu lassen – trotz vieler britischer Kriegsschiffe. Ungefähr vier Meilen vor der Küste der Insel im tiefen Dunkel der Herbstnacht drehte Gauthier in den Wind, und seine Männer halfen Broad und Hardman ihre Jolle von Bord zu hieven. Nachdem sie eine Leine am Bug an einer Klampe belegt hatten, hoben sie das Boot zu sechst an, drehten es in der Luft wie einen Lukendeckel und hoben es über die Reling. Ein Klatschen folgte, und dann tanzte die Jolle längsseits. Sie war schnell und leise und nach Broads eigenem Entwurf gebaut.

Drei kleine Fässer wurden nach unten gereicht, danach die vier Riemen. Jesse Broad und Hardman schüttelten Jean Gauthier herzlich die Hand. Sie bestätigten noch einmal die Absprachen für ihr nächstes Treffen, nahmen Grüße an Freunde und Familien entgegen und reichten sich die Hand. Ein paar Sekunden später legte der Franzose Ruder, um Fahrt aufzunehmen, wendete und legte sich auf den anderen Bug, um mit dem gleichen Wind direkt nach Frankreich zurückzulaufen. Und Broad und Hardman, die der raume Wind, die anrollenden Seen und die glitzernden Sterne leiteten, hielten auf die Spitze der Insel zu.

William Bentley war sich sicher, dass er eines Tages ein guter, vielleicht sogar ein berühmter Offizier in der Royal Navy werden würde. Als er da durchfroren und steif im Heck des Bootes hockte, wusste er, dass er in dieser Nacht etwas entdecken würde, falls es überhaupt etwas zu entdecken gab. Warum, das konnte er nicht erklären, zumal Higgins, den er verachtete, hellwach Ausschau hielt und mindestens die Hälfte der Bootsbesatzung erfahrene Männer mit Falkenaugen waren.

Schon seit Stunden saß er angespannt da. Die Seen rollten unter den glitzernden Sternen heran. Außer dem gelegentlichen Knarren der Heckriemen herrschte Stille an Bord. Man hörte die Wellen an die Bordwand klatschen und das stete Stöhnen des Windes. Weit achteraus an Backbord tanzten die Lichter von Portsmouth. An Steuerbord lag die Insel. Im Dunkeln.

Dann hörte er Higgins neben sich leise sagen: »Zwei Glasen vorbei. Ich glaube, wir werden heute nichts zu sehen bekommen.«

William knirschte wütend mit den Zähnen. Was fing man mit so einem Mann an? Mein Gott, warum steckte er nicht gleich eine Laterne an und gab auf? Seine Wangenmuskeln schmerzten vor Wut und der Mühe, sich wieder ganz aufs Hören zu konzentrieren. Aber das führte zu nichts. Er hörte immer wieder: »Zwei Glasen vorbei. Murmel, murmel. Heute nichts zu sehen. Murmel, murmel.«

Die Nacht schien voller Gemurmel zu sein.

»Schade, dass wir Joel zu dieser Taufe hier nicht auch eingeladen haben«, sagte Hardman. »Der ist ein toller Bursche bei solchen Gelegenheiten.«

»Und ein Säufer vor dem Herrn«, grunzte Jesse Broad zurück, als sein Riemen in Luv tiefer eintauchte als beabsichtigt. »Joel, mein Freund, ist ein Teufel, wenn er genügend Schnaps intus hat!«

»Zwei Glasen vorbei. Heut wird nichts geschehen.«

William Bentley fluchte über das Gemurmel, fluchte auf Higgins, fluchte auf alles. Und dann stellten sich die Haare in seinem Nacken auf.

»Higgins!«, zischte er. »Geben Sie den Befehl, Sir. Da vorn ist ein Boot.«

»Aber seine Schwester auch«, sagte Hardman, »eine tolle Frau. Wenn dieser verdammte Krieg nicht wäre.«

»Der Krieg rettet dir das Leben«, antwortete Jesse Broad, »denn Louise würde dich mit Haut und Haaren auffressen, mein lieber Freund Hardman.«

Ihr Gelächter, das über das Wasser wehte, überzeugte Higgins und ersparte William Bentley einen unangenehmen Anpfiff für die ungehörige Art, einen Vorgesetzten anzusprechen. Die Männer richteten sich auf den Duchten auf, stemmten die Füße gegen den Boden und ließen die Riemen vorsichtig eintauchen, die an den Dollen mit Leinwand umwickelt waren. Higgins zog seine Pistolen unter der Ölhaut hervor und spannte die Hähne. William Bentley machte einen massiven Prügel klar. Das Boot musste immerhin noch unhörbar weniger als zweihundert Meter gepullt werden, um der Jolle den Weg abschneiden zu können. Wieder bewunderte William die Nase seines Onkels. Er hatte den Weg der Schmuggler an der Insel vorbei auf den Meter genau vorhergesehen. Die Kerle waren jetzt noch so weit draußen, dass sie nicht einmal mit Problemen rechneten.

»So ein tolles französisches Weibsbild wie diese Louise wäre genau nach meinem Geschmack«, sagte Hardman. »Dagegen sind die englischen Mädchen die reinsten Langweilerinnen …«

Abgesehen von ein paar Flüchen waren dies die letzten Worte in seinem Leben. Eine Kugel durchschlug seine Kehle, als in der Hitze der Auseinandersetzung eine von Higgins Pistolen losging. Jesse Broad wurde mit dem Ende eines Riemens bewusstlos geschlagen. Bis zu dem Moment, als der Kutter gegen die Jolle stieß, hatten die Männer keine Ahnung gehabt, dass da jemand auf sie wartete.

Es war alles glatt gelaufen. Doch als sie zur *Welfare* zurückpullten, schäumte William Bentley vor Wut. Er explodierte fast in unterdrücktem Zorn. Ein erfahrener Schmuggler hatte dran glauben müssen – das beste, was es an Seemännern gab. Und ein Kämpfer obendrein. Und nur wegen dieses Narren, dieses Idioten von Drittem Offizier und seinen dämlichen Pistolen. Er war außer sich.

Sie ließen die Jolle treiben, sie war zu leicht, um auf der *Welfare* von Nutzen zu sein. Die Leiche Hardmans blieb in ihr liegen, sanft im eigenen Blut hin und her rollend. Nur die Brandyfässer nahm die Royal Navy an Bord.

4

Jesse Broad wurde an Bord der *Welfare* in Eisen gelegt. Der Bootsmann, ein Bulle von einem Mann namens Allgood, hatte verstanden, was Kapitän Swift über seine Mannschaft dachte, und er erkannte einen guten zusätzlichen Mann, wenn er ihn sah. Jesse Broad war beeindruckend kräftig und Seemann, und er konnte von hier, wo sie ankerten, fast sein häusliches Herdfeuer riechen. Er würde also bestimmt versuchen, an Land zu kommen. Jack Allgood legte ihn also in Eisen.

Zwei Stunden später schlossen ihn zwei – die an Bord als Maate galten, obwohl nur einer so besoldet wurde – aus der Mannschaft des Bootsmannes los und führten ihn zu einem großen hölzernen Zuber, der in der Nähe des Fockmasts stand. Der Tag war hell und kalt, viel kälter als der gestrige, der Wind hatte zurückgedreht, wehte kräftig, und in den kurzen Seen ruckte die *Welfare* ungemütlich hart an ihrer Ankertrosse. Broad starrte nach Portsmouth rüber, wo sein Sohn bald getauft werden sollte. Seine Halsmuskeln arbeiteten. Er spürte nichts als Wut. Wut über sein eigenes Pech, Wut über seine

Gefangennahme und Wut auf die Männer, die seinen Freund getötet hatten. Die Stadt leuchtete wie ein Spielzeug, das der Wind sauber geschrubbt hatte, und schien so nahe, dass er fast glaubte …

Als die Gehilfen des Bootsmanns ihm befahlen, sich auszuziehen, gab er keine Widerworte. Viele Jahre lang war Broad der Marine aus dem Weg gegangen, obwohl er ein höchst begehrtes Ziel gewesen war. Doch er wusste genug über sie. Die Gehilfen des Bootsmanns waren zähe und brutale Kerle. Einer trug einen Tampen mit einem geflochtenen Ende, das in einem Türkenbund von der Größe einer Kastanie endete. Der andere hatte einen Rohrstock, mit dem man die Haut wie nasses Papier anheben konnte. Hinter beiden stand eine Bande von Schuften, Seeleuten – nein, Landratten; Nichtsnutze und Abschaum: die Männer, die ihn waschen sollten.

Jesse Broad war davon nicht überrascht. Man würde ihn genau nach den Vorschriften behandeln, die auf Seiner Majestät Schiffen galten, die gepresste Männer aufnahmen. Aber er wusste, dass er nicht an Bord eines üblichen Schiffes war. Und da die Kerle wussten, was für einen guten Seemann er abgeben würde, konnte er sich gut vorstellen, dass man ihn demütigen wollte, um seinen Widerstandsgeist zu brechen. Er kannte selbstverständlich den Ruf dieses Schiffes. Welcher Seemann in diesem Teil des Landes hatte nicht von dem wilden Captain Daniel Swift gehört? Dennoch schien dies eine seltsame Art, den Gehorsam eines Mannes zu gewinnen.

Jesse stand nackt im beißenden Wind und starrte auf den Barbier, der mit einer stumpfen Schere sein Haar bearbeitete. Broad spürte eine Bewegung und entdeckte etwas, das die Situation hier wenigstens zum Teil erklärte: Er war nicht der einzige Neuankömmling an Bord, hier gab es ein Empfangskomitee.

Thomas Fox, dem immer noch speiübel war und dem der Kopf noch von dem Gin und Elend dröhnte, wurde über Deck geschubst. Ein lachender Kerl mit einer Handspake trieb ihn vor sich her. Wenn er stolperte oder fiel, traf das lange Holz mit aller Kraft den Teil des Rückens, wo seine Nieren lagen. Er winselte wie ein Hund, weinte wie ein Kind. Thomas Fox sah weder die Küste von Hampshire noch die Insel Wight. Er sah nichts. Um ihn herum drehte sich alles: heller Himmel, grüne See, Seltsames, das zur See zu gehören schien, wie das Deck, der Mast, Tauenden, lachende Gesichter, sonnenverbrannt und neugierig, grausam und mitleidslos. Er erreichte den Fockmast und prallte gegen etwas Weiches. Als er die Augen öffnete, sah er einen nackten Mann, dessen Halsadern deutlich pulsierten.

Seltsame Vorstellungen blitzten in Thomas Fox' schmerzendem Kopf auf. Er konnte doch wohl kaum im Himmel sein – oder? War das etwa ein Engel? Oder war er vielleicht in der Hölle gelandet? Ein nackter Mann stand vor einem dampfenden Zuber, umgeben von wild blickenden Teufeln mit Schürzen. Der erste Teufel, ein schnatternder Schieler, der ihn mit unverhohlener Bosheit angrinste, fuhr dem nackten Sünder mit einer gefährlich aussehenden Schere über den Schädel. Dieser starrte in das starke braune Gesicht des nackten Sünders.

»Sind wir in der Hölle?«, flüsterte Thomas Fox.

Die Augen musterten ihn ganz kurz. Dann wurden Fältchen sichtbar, und die Lippen bewegten sich in einem kleinen Lächeln. »So ist es, mein Freund«, sagte der nackte Mann.

Man hörte das Pfeifen eines Rohrstocks und Zähne, Lippen und Augen schlossen sich.

»Ruhe da!«, brüllte ein Gehilfe des Bootsmanns.

Thomas wollte und konnte seine Kleider nicht ablegen, als es ihm befohlen wurde, doch das nützte ihm nichts. Sie wurden ihm vom Leib gerissen, und er wurde nackt in den Zuber gestoßen. Man hielt ihn unten, während Matrosen ihn mit Bürsten schrubbten, bis seine Haut blutete. Der Schädel wurde roh rasiert, ein übel riechendes gelbes Pulver wurde ins Wasser gekippt und ihm in die Haut, in Ohren, Augen und Mund gerieben.

Nach dem Waschen und der Entlausung standen Jesse Broad und Thomas Fox wieder an Deck und sahen, wie ihre Kleider über Bord geworfen wurden. Der Schmuggler schwieg wie ein Grab und starrte, blau vor Kälte, stur geradeaus. Thomas blutete an einem Ohr und aus verschiedenen Kopfwunden und schnäuzte sich laut. Er versuchte immer noch, seine Blöße zu bedecken.

»Also, meine hellen Köpfe«, sagte Mr. Allgood, als er mit einem Bündel Kleider vor ihnen erschien, »hier haben wir Sachen, die einem Prinzen, ja einem König stehen würden. Wir nennen sie Klamotten, weil sie aus der Klamottenkammer stammen. Ihr bekommt sie auf Anweisung und dank Seiner Gnädigen Majestät. Der wird aber, das sag' ich euch jetzt schon, dafür richtig bezahlt werden – aus eurem Sold, ihr glücklichen Seeleute.« Er zurrte ein großes graues Flanellhemd hervor, das er wie ein Londoner Schneider vor Thomas Fox hochhielt. »Hier du knochige, unglückliche, halb verhungerte Landratte«, sagte er. »Dieses ist das kleinste Gewand, das wir an Bord der *Welfare* haben. Es ist ohne Zweifel immer noch zu groß für dich. Es ist auch zu gut für dich, weil es der Leiche eines spanischen Adligen ausgezogen wurde. Aber zieh es an und halt die Klappe, ehe meine Maate sie dir schließen.«

Dankbar griff Thomas nach dem Hemd und stieg hinein. Der Hals war so weit, dass außer seinem Kopf fast auch die Schultern durchgerutscht wären. Es reichte ihm bis unter die Knie. Die Männer lachten über Allgoods Rede und Fox' Erscheinung und räumten den Zuber weg. Dann bekam er noch Hosen, blaue Kniehosen mit einem weiten Hintern, eine kurze Wolljacke, ein Halstuch und einen Gürtel aus Hanf. Angezogen fühlte er sich etwas besser, obwohl die Klamotten alt und getragen und ihm viel zu weit waren.

»Und nun zu dir, du Bulle«, rief der Bootsmann und schleuderte Jesse Broad ein gestreiftes Hemd entgegen. »Zieh dich ordentlich an, denn du wirst gleich den Kommandanten treffen, um mit ihm einen Tropfen französischen Brandy zu trinken, den ein Freund letzte Nacht anlieferte. Ich hätte dir Seide anbieten sollen, verdammt noch mal, aber wir haben keine. Also muss guter alter englischer Flanell reichen.«

Jesse Broad zog sich an, ohne sein Schweigen zu brechen. Die Kleider waren schon in Ordnung, obwohl er bedauerte, seine eigenen, bequemeren losgeworden zu sein. Auf See würden die hier ihn im Sturm wenig schützen. Aber er hatte nicht vor, in ihnen einen Sturm auf See zu erleben – und bestimmt nicht auf der *Welfare*.

Er schaute auf die erbärmlich dünne Gestalt neben sich herunter. Der Junge mit dem gelben Gesicht weinte immer noch. Hie und da standen noch Büschel schwarzen Haares von seinem Schädel ab. Sein eigene Mutter, falls er noch eine hatte, hätte ihn so nicht wiedererkannt. Ein Bauernjunge, ohne Zweifel. Und ohne Zweifel gegen das Gesetz an Bord gepresst.

»Wir sind nicht in der Hölle, Junge«, sagte er plötzlich. »Wo Leben ist, da ist auch noch Hoffnung. Gehorch den Befehlen und halte deine Absichten geheim. Dann kommst du durch.«

Mehr sagte er nicht, denn das schwere Ende traf seinen Rücken so, dass ihm die Luft wegblieb. Der Bauernbursche sah ihn aus großen, tränenfeuchten Augen an. Tief drinnen glitzerte einen Augenblick lang etwas, das man für Hoffnung halten konnte.

In der Kajüte des Kommandanten standen die beiden wie Vieh auf dem Marktplatz. Broad bemerkte den großen polierten Tisch, die reichen Wandbehänge, die schweren Möbel aus dunklem Holz. Das hier war nur eine Fregatte, aber sie war ausgestattet wie ein Flaggschiff. Man sagte, Swift sei reich. Ganz offenbar verbarg sich in diesem Fall das Gerücht nicht unter falschen Kleidern.

Das Gerücht hatte auch über die Gestalt des Mannes nichts Falsches verbreitet: Er war klein, aber massig und von guter Figur in seinem feinsten blauen Uniformrock und seinem Seidenhemd mit den vielen Rüschen. Ihn umgab eine Aura von Selbstsicherheit, Eleganz, Zufriedenheit, und ein leichtes und arrogantes Lächeln spielte auf seinem angenehmen Gesicht. Besonders auffallend war die Hakennase, ein sichelförmiger Bogen, der ihm das Aussehen eines Kaisers gab. Doch vor allem forderten die Augen von Captain Daniel Swift Aufmerksamkeit. Sie waren von blasser Farbe. Jesse Broad konnte sich an keinen vergleichbaren Ton erinnern, sie waren einfach nur blass. Kalt, aufmerksam und blass und starrten ihn ohne einen Lidschlag an. Broad blickte auch ihn an, aber er wusste, dass man einen Kapitän besser nicht anstarrt. Wie um sich zu verteidigen, senkte er den Blick, doch in Wirklichkeit maß er die Gestalt des Mannes genauer. Ein kalter, gefährlicher und grausamer Mann, dachte er. Das Gerücht stimmte.

Rechts neben dem Kommandanten saß der Erste Offizier, ein schlanker Mann, der wie ein Ire aussah, in Broads Alter, etwa dreißig. Er hatte flammend rote Haare und feuchte Lippen. Links neben dem Kommandanten hatte der Zweite Offizier Platz genommen, der rund wie ein Butterfass war mit einem Gesicht wie ein Talgpudding, Augen wie ein Schweinchen. Bei seinen Leuten hieß er nur Plumduff.

Hinter Swift stand ein Korporal der Seesoldaten in Habachtstellung und hielt sich kaum auf dem schwankenden Deck. Am Ende des Tisches saß über seinem Hauptbuch mit einer gepuderten Perücke auf dem Schädel der Schreiber des Kommandanten. Er hielt eine Feder und ein Tintenhorn bereit. Broad schaute aus den achterlichen Fenstern. Er konnte Point Gilkicker erkennen, die grünen Seen, die sich dahinter dehnten. Er wunderte sich über den Empfang, den man ihm und dem Jungen gewährte, und entschied, dass sich die Offiziere aus bedeutenderem Anlass getroffen hatten. Im Augenblick herrschte

Stille. Nur die Geräusche des Schiffes, der See und des Windes waren zu hören.

»Sie, mein Herr«, sagte Swift, »werde ich als Vollmatrosen einstufen. Sie sind Schmuggler, ein Schurke, ein Verbrecher. Ohne Zweifel der Sohn einer Hure, vielleicht sogar der Macker von einer. Haben Sie etwas zu sagen?«

Hagan, der Erste Offizier, leckte sich die Lippen. Broad starrte über den Kopf des Kommandanten hinweg in Richtung Gilkicker. Eine Küstenbrigg lief ins Bild, schob sich zum Hafen von Portsmouth. Als sie eine Wende fuhr, wurden Brassen und Schoten gut bedient. In weniger als einer Stunde würde sie in Dirty Corner festmachen.

»Ihr Kumpel, ihr verbrecherischer Freund, wurde getötet. Ein ähnliches Schicksal hätte ich mir für Sie gewünscht, aber Gott war nicht so gütig. Also muss ich Ihnen an Bord meines Schiffes einen Platz geben und werde Sie als Vollmatrosen einsetzen.«

Broad starrte immer noch geradeaus. Er spürte eine Bewegung hinter sich. Jemand holte aus, natürlich.

Swift hob abwehrend die Hand. »Antworten Sie, Vollmatrose!«

»Aye, aye, Sir«, antwortete Broad.

Ein leichtes Lächeln lief über Swifts Gesicht. »Gut« sagte er. Und dann: »Sie sind keiner von den üblichen Kerlen, das sieht jeder Narr. Wahrscheinlich wissen Sie, dass Sie etwas außerhalb der Regeln an Bord meines Schiffes kamen. Sie wissen wahrscheinlich auch, dass ich Sie nach Portsmouth bringen müsste, wenn ich dem Buchstaben des Gesetzes folgen würde. Dort würden Sie vor Gericht gestellt und gehenkt. Wahrscheinlich wissen Sie auch, dass ich Sie theoretisch nicht sofort als Vollmatrosen einstufen kann – oder?«

»Aye, aye, Sir!«

»Was wissen Sie noch? Dass ich den Brandy vorzüglich fand? Dass ich gute Seeleute brauche? Dass Sie bei der ersten Gelegenheit desertieren werden?«

Broad schwieg, aber er war verwirrt. Er beobachtete die Brigg, die schnell verschwand. Er besaß einen Schutzbrief, und theoretisch waren er und seine Freunde immun, aber hier und jetzt zählte so etwas nicht. Hier war Swift das Gesetz, und kein Schutzbrief der Welt konnte ihn von seinen Absichten abhalten. Ja, dachte Broad, ich werde desertieren. Aber was beabsichtigt dieser blau Uniformierte mit den Fischaugen mit seiner Rede?

»Sie werden nicht desertieren, Vollmatrose, ganz bestimmt nicht«, wiederholte Swift. »Als Schmuggler wird man Sie aufhängen und als Deserteur auch. Aber als Vollmatrose erfüllen Sie einen Zweck. Sie werden auch nicht desertieren, Vollmatrose, weil man sie nicht aus den Augen lassen wird. Ist das klar?«

»Aye, aye, Sir!«

»Und noch was, Vollmatrose, denken Sie immer dran. Von diesem Schiff ist noch keiner desertiert, nur mal eben so in St. Helen's Road. Zwei haben es versucht, und zwei sind gestorben. Mr. Scrivenor, schreiben Sie ihn ein.«

Der Schreiber mit der Perücke schrieb kratzend etwas ins Hauptbuch. Man schob Jesse Broad nach vorn, damit er unterschrieb. Unbeholfen hielt er die Feder und machte sein Zeichen. Es brauchte ja schließlich niemand zu wissen, dass er lesen und schreiben konnte.

Als man ihn nach draußen geführt hatte, wurde Thomas Fox nach vorn geschubst. Er hatte erschreckt alles mitangehört. Seine Bewunderung für den stillen, mächtigen Schmuggler hatte seine Tränen zurückgehalten, aber jetzt, da er ganz allein in der Höhle des Löwen stand, klapperten seine Zähne hörbar.

»Dein Name?«, fragte Captain Swift.

»Thomas Fox, Euer Ehren«, stotterte er leise.

Captain Swift zog grinsend die Lippen hoch und ließ vorstehende Zähne sehen. »Willkommen an Bord Seiner Majestät

Fregatte *Welfare*«, sagte er, »ich bin sicher, du freust dich, deinem König hier zu dienen.«

Thomas sank auf die Knie und begann zu weinen. Halt deine Absichten geheim, hatte der Schmuggler geraten. Aber das konnte er nicht. Er stammelte weinend und ohne rechten Zusammenhang von dem Unrecht, das ihm widerfahren war. Er rief weinend nach seiner Familie und bat, nach Hause entlassen zu werden. Niemand unterbrach ihn. Nach einer Weile hielt er an. Er blickte mit tränenfeuchten Augen über die glatte Fläche des Tisches, schnäuzte sich und wischte sich mit dem Ärmel über Augen und Nase.

Captain Swift lächelte ihn an. »Junge«, sagte er schließlich, »willst du mir sagen, man hätte dich mit einem Trick an Bord gelockt?«

»Ja, Euer Ehren!«

»Du hast die dreißig Schillinge nicht als Handgeld des Königs, sondern als Bezahlung für deine Herde bekommen?«

»Ja, Euer Ehren!«

»Und du hast Vater und Mutter. Ganz bestimmt beide kränkelnd. Einen Hof, der dich dringend braucht. Und zwei kleine Schwestern, die sich in den Schlaf weinen?«

Thomas fühlte sich schon ein bisschen besser. Der Kapitän verstand ihn. Er holte tief Luft, die Seufzer meldeten sich nicht mehr, nur sein Mund stand noch offen. Der Kapitän verstand ihn!

»Ja, Euer Ehren!«, flüsterte er.

Der Kommandant lächelte, alle lächelten. Der Offizier rechts leckte mit dicker Zunge seine roten Lippen, die kleinen Augen des rundlichen Offiziers verschwanden hinter Fettrollen. Nur der Seesoldat lachte nicht. Seine Augen waren blicklos.

»Nun denn«, sagte der Kapitän, »jetzt muss ja wohl etwas passieren in dieser Sache. Meinst du nicht auch?«

»Ja, Euer Ehren!«

Jetzt lachten sogar alle. Selbst der Schreiber, ein dünner, vertrockneter Mensch in einem staubigen Kittel mit der Perücke eines Anwalts, ließ ein krächzendes Geräusch hören.

»Wie wäre es mit dreißig Schillingen? Weiteren dreißig Schillingen? Dreißig Schillinge über das Handgeld hinaus, das du angenommen hast? Dreißig Schillinge für die schönen Schafe, na?«

»Aber, Euer Ehren. Verstehen Sie doch. Das war doch kein Handgeld, Euer Ehren!«

»Widersprichst du mir, Junge? Kniest da und wagst es, einem Offizier Seiner Majestät zu widersprechen! Lieber Gott, mein Junge, nennst du mich etwa einen Lügner?«

Die Stimme des Kapitäns, sein Gesichtsausdruck, sein ganzes Verhalten hatten sich plötzlich geändert. Tiefdunkle Röte stieg in seinem Gesicht hoch, bis nur noch reine Wut darin herrschte. Die Offiziere neben ihm hielten sich auf ihren Stühlen gerader als sonst. Thomas Fox hob die Hände an den Mund, seine Augen standen weit offen.

»Du bist der Lügner, mein Junge«, brüllte Swift. »Du hast das Handgeld des Königs vor Zeugen genommen! Und nun leugnest du! Zur Hölle! Du wirst in der Hölle braten, begreifst du das?«

Thomas Fox war verloren. Er fühlte sich schon wie in der Hölle, wo er in Schmerzen schmorte. Er biss sich auf die Lippen. Er rang die Hände und rollte mit den Augen, als sei er bereits verrückt. »Nein, Euer Ehren!«, stöhnte er. »Ja, Euer Ehren! O bitte, Euer Ehren.«

Hinter dem Tisch erhob sich der Kapitän wie ein Racheengel. Er richtete sich zu ganzer Größe auf wie die Wut in Person. »In Zukunft mein Sohn, wirst du mit ›aye, aye, Sir‹ antworten, wenn dich ein Offizier anspricht. Ist das klar?«

»Ja, Euer Eh…!«

Ein Hieb mit dem Rohrstock traf seinen Rücken. Thomas Fox schlug nach vorne und wurde wieder auf seine Knie gehoben.

»Aye, aye, Sir!«, stotterte er.

Captain Swift setzte sich. Sein Gesicht hatte seinen normalen Ausdruck wieder, so als sei nichts geschehen. »Gut, mein Junge«, sagte er fast freundlich. »Du bist jedenfalls lernwillig, wie ich sehe. Gut mein Junge. Also Thomas, hier ist mein Vorschlag: Ich biete dir weitere dreißig Schillinge. Das ist geradezu unendlich großzügig von mir. Wirst du das Geld annehmen?«

»Aye, aye, Sir!«, murmelte er.

»Das ist sehr klug«, fuhr Swift fort. »Jetzt setz dein Zeichen da bei Mr. Scrivenor. Er wird dich als Landmann eintragen und dreißig Schillinge neben deinen Namen setzen. Dazu gibt es Sold für zwei Monate, Geld für zwei Monate als Vorschuss! Du wirst ein Prinz unter den Leuten sein. Und für diesen Lohn, Thomas, bitte ich dich, es von nun an als deine Pflicht zu betrachten, dich um die Tiere an Bord zu kümmern. Wir haben zwei Kühe, ein paar Schweine, zwei Dutzend Stück Federvieh und ein paar Schafe, an die zwanzig, meine ich, wenn ich die mitzähle, die du uns freundlicherweise verkauft hast. Das ist zu viel für eine Krippe, also haben wir noch Ställe.«

Man zog Thomas hoch, und nun stand er vor dem Kapitän und sah ihn an. Dieser heiß-kalte Mann verwirrte ihn mit seinem schnellen Wechsel der Launen. Wieder folgte ein Hieb in die Rippen.

»Aye, aye, Sir!«, sagte er.

Der Kapitän belohnte ihn mit einem Lächeln. »Gut«, sagte er dann wieder. »Aber, Fox, du darfst niemals an Bord eines Schiffs Seiner Majestät lügen. Es ist ein schweres Verbrechen.« Er blickte an Thomas vorbei. »Mr. Allgood, da Fox sich als Lügner erwiesen hat, behandeln wir ihn so. Und jetzt weggetreten!«

Mit diesem gänzlich unverständlichen Abschied packte man ihn an der Schulter, drehte ihn um und schob ihn nach draußen.

Er hat sich als Lügner erwiesen, also behandeln wir ihn so.

Er schüttelte seinen schmerzenden Kopf, doch der Nebel verschwand nicht. Er wusste nur ganz genau, dass er sein Zeichen gemacht hatte. Er war also jetzt ein Landmann in der Royal Navy.

5

Als Jesse Broad aus der Kajüte geführt wurde, sah er sich zum letzten Mal um, ehe er nach unten stieg, um eine Backschaft für sich zu finden. Der Wind drehte weiter nach Osten und nahm stetig zu. Das tiefe Grün der Küste von Hampshire und das trockene Braun von Portsdown funkelten frisch, das sanftere Grün im Solent und im Spithead zeigte große weiße Rösser, die Wellenkämme. Im Spithead ankerten viele Kriegsschiffe, durch die sich Handelsschiffe ihren Weg suchten. Ein Kohlenschiff mit breiten Bug lag hoch am Wind mit dichtgeholten Segeln und würde nahe an der *Welfare* vorbeilaufen. Es hatte die Toppsegel gerefft und schickte Kaskaden von Gischt nach oben, schwer mit dem Wetter kämpfend. Jesse Broad holte tief Luft und dachte nach. Wenn der Befehl sie nach Westen führte, würden sie bald Anker auf gehen. Man spürte deutlich, dass die Fregatte segelbereit war. Dann sah er ein großes Boot der Royal Navy mit Kutter-Rigg, das sich von einer Gruppe Kriegsschiffe im Spithead frei segelte und durch die anrollenden Seen auf sie zulief. Er nahm an, dass es die Befehle zum Auslaufen brachte.

Er wandte sich an den Gehilfen des Bootsmanns, der ihn hier oben hingebracht hatte. »Ich kenne dieses Schiff noch nicht. Wie finde ich, bitte, eine Koje?«

Der Gehilfe war freundlich, wenn man es ihm erlaubte, und deutete auf einen Niedergang. »Da runter und dann immer der Nase nach. Der Erste hat dich als Toppgasten der Backbordwache vorgesehen. Die ist jetzt unten. Such dir eine Backschaft, die dich haben will.«

Jesse Broad ging über das Deck auf den Niedergang zu. Um ihn herum arbeiteten alle, schrubbten und arbeiteten am Rigg, erledigten tausend Aufgaben zugleich. Wenn er sich umgesehen hätte, hätte er achtzig Männer entdecken können, doch keine einzige Stimme war zu hören. Sie arbeiteten schweigend, von vielen Augen beobachtet. Am Fockmast stand ein Trupp Seesoldaten, scharlachrot und kalkweiß uniformiert, mit langen Musketen. Weiter achtern sah er einen zweiten kleinen Trupp. Broad hätte am liebsten ausgespuckt, doch er hielt sich zurück. Bisher kannte er noch keine einzige Vorschrift, aber ein Spuckverbot gehörte bestimmt dazu.

Er stieg den Niedergang hinunter ins Kanonendeck. Unten blieb er stehen, um sich an die neue Umgebung zu gewöhnen. Zuerst war alles dunkel. Obwohl die Stückpforten offen gelascht waren, war es düster. Vorne gab es ein bisschen Licht, das durch den Hauptniedergang fiel. Doch es erhellte nur wenig Raum auf beiden Seiten, alles andere lag im Halbdunkel, ein Raum viereckiger Formen mit niedrigen Balken, hohl klingend. Man hörte Stimmengemurmel und von vorn ein stetes Knarren. Das musste von dem Ankertau kommen, das durch die Klüse in das Wasser von St. Helen's Road lief.

Auch der Geruch war gewöhnungsbedürftig. Er setzte sich aus vielem zusammen, war für Jack ganz und gar ungewohnt, und er würde ihn nie mehr vergessen können. Nach der frischen Brise des Kanals fühlte Jack sich hier wie erstickt, als drückte ihm jemand Kehle und Nase zu. Zuerst war da das bei Schiffen Übliche: Teer, Tampen, fette Farbe, Holz. Dann der strenge Geruch von Körpern, von vielen Körpern, zu vielen für diesen engen Raum. Ruß, vermutlich von der Kombüse vorn, und dann der scharfe Gestank wie auf einem Bauernhof. Dumpfe Geräusche von Tieren ließen ihn ahnen, wo sie eingepfercht waren. Unwillkürlich schnappte Broad nach Luft. Seltsamerweise war ihm nichts davon aufgefallen, als er noch die Eisen trug. Das war einer der Vorteile eines Hiebs mit dem Schaft eines Kutterriemens: Er betäubte mehr als einen Sinn. Außerdem lag über dem Schiff ein verrotteter, stechender Geruch, der alles überdeckte. Er ähnelte dem Gestank von Abwässerkanälen, dem Geruch, der in den Straßen von Portsmouth überall vorherrschte und den Broad, der in einem Dorf ein paar Meilen östlich wohnte, geradezu hasste. Die Bilge! Und das, beim Himmel, bereits vor Beginn der Reise, in heimischen Gewässern, wo Reinlichkeit noch streng praktiziert wurde.

Als sich seine Augen etwas mehr an die Dunkelheit gewöhnt hatten, suchte er an der Backbordseite eine Backschaft. Jede, das wusste er, befand sich zwischen zwei der großen Kanonen – auf der *Welfare* handelte es sich um Achtzehnpfünder. Dort aßen die Männer an einem Tisch, der von den Decksbalken herabgelassen wurde, und wenn sie wachfrei waren, hielten sie sich unter Deck dort auf. Er nahm an, dass in diesem Schiff, seiner Größe wegen, nur die Männer mit den größten Privilegien ihre Hängematten ein Deck tiefer aufhängten.

Broad hatte keine Eile und nicht die Absicht, sich einen Fehler zu leisten. Er ging ein bisschen in Richtung Niemandsland nach achtern, wo die Seesoldaten als Puffer zwischen den Quartieren der Matrosen und den Quartieren der Offiziere hausten, die durch leichte, zusammenfaltbare Zwischenwände abgeteilt waren. Broad fiel dabei gar nicht auf, dass er die Gegebenheiten seltsamerweise schon kannte. Das kannte jeder, jedenfalls jeder Seemann. Beim Gedanken an die Seesoldaten, die zwischen den Matrosen und ihren Herren und Meistern standen, wollte er wieder ausspucken. Abschaum, die ihre Musketen gegen die eigenen Leute richteten, um die Offiziere zu schützen. Er riskierte es fast, grinste aber dann doch, statt zu spucken. Warum sollte man eine Bestrafung riskieren, bloß weil man an solches Ungeziefer dachte?

Er drehte sich um und ging wieder langsam nach vorn, beobachtete dabei die Grüppchen von Matrosen und wurde in jeder Backschaft eingehend gemustert. Er sah viele alte Männer und halb Verkrüppelte. In manchen Backschaften gab es bunte Kopftücher. Gold blitzte aus Mündern und an den Ohrläppchen. Dem Anschein nach also Piraten. Und wenn man Swifts schlechten Ruf bedachte, durfte man mit ziemlicher Sicherheit davon ausgehen. Nur wenige lächelten, aber einige grunzten, zeigten schwarze Zähne und machten warnende Geräusche. Willkommen an Bord, dachte er spöttisch. Lieber Himmel, wenn Mary ihn so sehen könnte. Wut und Schmerz durchfuhren seine Brust wie ein Dolchstoß. Die Wahl einer Backschaft war unwichtig. Er würde nicht lange an Bord bleiben.

Beim nächsten Schritt schon hielt er an. Ein rothaariger Junge grinste, zwei oder drei ältere Seeleute nickten, einer nahm aus Respekt seine Pfeife aus dem zahnlosen Mund. Broad streckte seine Hände aus, um zu zeigen, dass er nichts an Bord mitgebracht hatte.

»Macht's euch was aus, wenn ich zu euch komme, Freunde?«, fragte er. »Ich habe nichts mitgebracht, habe keine schlechten Angewohnheiten außer Wein, Weiber, Tabak und Musik, ich schlafe wie ein Säugling und schnarche nicht. Ich bin Jesse Broad, früher mal selbständiger Geschäftsmann aus der Gegend von Langstone. Und jetzt Vollmatrose in Seiner Gnadenreichen Majestät Marine.«

Der rothaarige Junge lachte auf. »Geschäftsmann, hört ihr!«, krähte er. »Ein richtiger Herr, der aber Pech gehabt hat. Und dann schaut euch seinen tollen Anzug an und seinen kurzgeschorenen Schädel.«

Von seinem Platz in der Nähe der Stückpforte erhob sich ein Mann Mitte dreißig von der Lafette. Er trug dunkelblaue Hosen, einen blauen Pullover und ein Halstuch, sah aus wie ein Seemann, mit einem harten, verschlossenen Gesicht und großen, eckigen Händen, und seine Augen glänzten grau und kühl. Er war so groß, dass er sich nicht ganz aufrichten konnte. Auch in der Kajüte hatte einer der Gehilfen des Bootsmannes weit nach vorn gebeugt stehen müssen, und auch der Erste Offizier hätte Probleme bekommen, sich ganz aufzurichten.

»Man sagt, dein Geschäft war der Schmuggel von feinem Brandy von unseren Feinden, den Franzosen«, sagte der Mann mit dem dunklen Gesicht ruhig. »Hältst du das für ein anständiges Geschäft für einen Engländer?«

Einer der älteren ließ seine Zunge gegen den Gaumen flattern, als wolle er protestieren. Nicht gegen ihn, merkte Jesse Broad, sondern gegen den gebückten Mann, damit der nichts sagte, was Probleme schaffen könnte.

»Mein Geschäft ist meine Sache«, antwortete Broad ruhig. »Leb mal damit, dass ich dabei niemals einem anderen Engländer etwas angetan habe und meinem Land auch nicht. Ich wette, dass das einigen sehr gut tut – ohne dass wir über mein Geschäft ein Wort verloren haben.«

»Du meinst, das ist jetzt alles vorbei?«, fragte der rothaarige Junge fast neugierig, als erwarte er, dass Broad hinter seinem Rücken eine Flasche Brandy hervorzaubern könnte.

Broad lachte und zwei oder drei andere taten es auch. »Ja! Jetzt bin ich ein gepresster Mann.«

»Wie wir alle hier«, sagte ein Graubart. Er sah sich um. »Also, Macker, was sagen wir? Ich meine, von mir aus geht das klar, wenn dieser junge Geschäftsmann zu uns stößt.«

Es wurde allgemein Zustimmung gemurmelt. Nur der Mann mit dem dunklen Gesicht schwieg.

Der Graubart schaute zum ihm rüber. »Mr. Matthews, was sagen Sie?«

»Ach ja, Thomas Fulman, was macht das schon. Lass ihn rein und dann willkommen.«

Thomas Fulman lächelte und schüttelte Broad die Hand. »Mr. Matthews ist auch gepresst worden«, sagte er, »und das als …«

Ein warnendes Grunzen kam von Matthews. Fulman unterbrach sich, zuckte mit den Schultern und bot Broad einen Platz auf der Lafette an.

Es dauerte nicht lange, bis seine neuen Macker ihm ihre Geschichten erzählt hatten. Vieles war nur wildes Gerede, Gerüchte blühten überall, aber einiges war doch interessant. Broads Gefühl, dass diese Mannschaft besonders überaltert war und besonders viele Schurken enthielt, war offensichtlich richtig gewesen.

»Kanalratten, die meisten jedenfalls«, sagte der rothaarige Junge nachdenklich. »Mich wundert, dass es die in der Royal Navy gibt!«

Allgemeines Lachen war die Folge. Broad begriff schnell, dass der Junge, Peter, für seine einfachen Feststellungen berühmt war. Er war so wenig freiwillig an Bord wie all die anderen und das Opfer eines Tricks, auf den reinzufallen seine eigene Schuld gewesen war. Doch er schien ganz glücklich. Er hatte das elende Leben als ausgemergelter Lehrling eines Hufschmieds in einer rattenverseuchten, lauten Schmiede im stinkenden Zentrum von Southampton gegen das elende Leben als Schiffsjunge auf einer rattenverseuchten, lauten Fregatte getauscht und wies immer wieder darauf hin, dass er nun regelmäßiger etwas zu essen bekam und nicht viel Schlechteres. Die Schnapsration war mehr als ausreichend im Vergleich zu dem, was er an Land zusammengeschnorrt hatte. Und wenn er aufpasste, wurde er an Bord auch nicht häufiger verprügelt als in der Schmiede. Und außerdem zog er die Gesellschaft von Männern der von Pferden vor. Thomas Fulman bestätigte aber Jesses Meinung über die Männer.

»Das ist ein schlimmer Haufen«, sagte er ernst. »Der Abschaum aus jedem Gefängnis weit und breit, von den Friedensrichtern rausgepickt und auf See geschickt. Hier gibt's Mörder auf dem Schiff, Vagabunden und Diebe. Aber Seeleute? O nein, die kann man lange suchen!«

»Und wohin geht die Reise, Alter?«, fragte Broad.

Peter wollte schon antworten, aber Fulman hob die Hand.

»Es weht jetzt seit Wochen aus West, viele Wochen. Und wir hängen schon so lange an diesem Haken, dass jede Richtung uns passen wird, wenn wir bloß fortkommen. Aber jetzt dreht der Wind auf Ost, denk' ich, oder wird es bald tun. Und dann werden wir bestimmt bald unterwegs sein.«

»Nach Westen also?«, fragte Jesse. »Und wohin? Was meinst du?«

»Ziemlich weit weg!«, quietschte Peter. »Wir haben einen ganzen Miststall von Tieren an Bord. Die wirst du schon noch riechen, wenn wir hier für die Nacht die Luken dicht machen.«

»Na ja«, sagte der alte Fulman langsam, »ich weiß nicht so recht. Wie will das einer sagen können. Schließlich liegt der größte Teil der Welt in der Richtung. Aber Mr. Matthews meint, wir laufen nach Süden, nach Westen und dann nach Süden.«

Broad blickte an das Ende des schwarzen Kanonenrohrs, wo der dunkle Mann auf dem Boden hockte, das Kinn auf die Brust gedrückt. Neugierig schaute er Fulman an, als wolle er fragen, warum ausgerechnet der das wissen sollte.

Der Alte räusperte sich. »Mr. Matthews«, fing er wieder an. Und hielt inne.

»Er ist ein Kapitän«, war Peters Fistelstimme zu hören. »Man hat ihn einfach von einem Schiff auf der Heimreise geschnappt. Er war dort als Steuermann auf dem Wege nach England, um sein Kapitänsexamen zu machen. Das ist es.«

Jesse Broad starrte den Dunklen an, der sich nicht bewegt und auch nicht versucht hatte, die Rede des Jungen zu stoppen. Er fühlte Mitleid. Kein Wunder, dass Matthews so verbittert wirkte. Wieder so ein Verstoß gegen die Gesetze von diesem Kapitän Swift. Einen Steuermann von einem Handelsschiff zu pressen!

»Und das geschah nur drei Tage, ehe sie zu Hause gewesen wären«, sagte Peter. »Hier hat man ihn eingestuft als ...«

»Pst, Junge.« Fulman legte dem Jungen seine alte hornhautharte Hand auf das Knie und drückte es.

Matthews hob seinen Kopf und blickt Broad direkt in die Augen. »Der Junge hat zum Teil Recht, sag' ich mal, mein Freund«, sagte er. »Ich bin jetzt einfacher Matrose. Weil ich zu viel über das Unglück geklagt habe, das mir geschehen ist. Also, pass auf!«

»Danke«, antwortete Broad. »Und was meinst du, wohin werden wir segeln?«

»Frag nur«, antwortete Matthews. »Das Schiff wird nach Westen laufen und dann nach Süden, weit nach Süden. Ich bin ziemlich sicher, wir werden um Kap Hoorn segeln oder ums Kap der Guten Hoffnung. Ich meine, es ist eher Kap Hoorn.«

Broad wusste nicht, warum, doch die Angst kroch in ihm hoch. Kap Hoorn klang immer mysteriös.

»Aye, aye«, sagte Fulman weise. »Mr. Matthews mag ja Recht haben, aber ich rechne eher mit Westindien. Warum sollten wir um Kap Hoorn segeln? Na, warum wohl? Es gibt keinen Grund. Aber in Westindien braucht man immer Schiffe und Mannschaften. Daran solltet ihr denken!«

Der Junge glaubte eher an eine Fahrt gegen die Piraten an der Barbareskenküste, und so flogen die Worte eine Zeit lang hin und her. In eine Pause hinein fragte Broad: »Und warum um Kap Hoorn?«

Matthews verzog seinen Mund, bis er fast zu lächeln schien. »Wir haben die Ausrüstung dafür an Bord, Mr. Broad. Sturmsachen in Massen. Mehr Schlechtwettersachen, als ich je gesehen hab'. Wir haben ganze Stapel von solchen Segeln zum Anschlagen als ...«

Irgendwo achtern gab es eine Auseinandersetzung, die lauter wurde und näher kam. Männer schrien, jemand heulte wie ein Tier vor Schmerzen. Dann folgte Gelächter. Wieder ein Schrei. Jesse Broad erkannte die Stimme. Das war der kleine Schafhirte. Er wollte aufstehen, aber Fulman bedeutete ihm, hocken zu bleiben. Sein Blick warnte ihn, und Broad entschloss sich zu warten. Vorerst. Er starrte in das Halbdunkel.

Thomas Fox hatte schon so ziemlich alles verloren, was er besaß. Er hatte sein Halstuch verloren, das meiste von seinem Geld und jetzt auch die Jacke, die er noch nicht einmal dem König bezahlt hatte. Die Probleme hatten sofort angefangen, als er, wie betäubt, aus der Kajüte geführt worden war. Diese Welt war feindselig und machte ihm Angst. Statt der grünen Wiesen, die er so liebte, sah er jetzt weiß gescheuerte Decks, die hart und gefährlich unter seinen Füßen schwankten. Man sah zwar überall Grünes, aber das war die See, die kalte, rollende See. Er hörte ein tiefes Brummen und das Schlagen von tausend Tampen gegen hundert Spieren. Er wusste nicht, wohin er sich wenden sollte. Händeringend stand er auf dem Deck und stolperte und stürzte dann. Der Gehilfe des Bootsmanns verabreichte ihm einen Hieb mit seinem Rohrstock, keinen schlimmen, eher einen freundlichen, und befahl ihm, sich eine Backschaft zu suchen.

Während der Suche beging Thomas einen Fehler nach dem anderen. Er warf einen Eimer um und machte den Schuh eines Midshipman nass. Dafür fing er sich umgehend eine Ohrfeige ein, die ihn zutiefst verstörte. Sie kam von einem Jungen, der kaum älter als zwölf Jahre sein konnte! Doch dann erinnerte er sich an einen anderen Midshipman, den blonden, drehte sich um und rannte los.

Durch Zufall fand er einen Niedergang und fiel schreiend in die Tiefe. Er wurde von einem Seemann aufgehalten, der gerade nach oben stieg. Der Hieb ging an Fox' Kopf vorbei. In der stinkenden Dunkelheit stolperte er weiter voran, verloren und voller Angst. Plötzlich stand er dann in einer Backschaft von Halsabschneidern, die ihn wie hungrige Geier packten. Und da wurde ihm die Jacke gestohlen.

Anschließend rannte er wie durch Spießruten an den Bodenstücken der Kanonen entlang. Er spürte Hände, die nach ihm griffen, und geifernden Atem. Dann merkte er, dass sein Geldbeutel offen war, und begann zu schreien. Eine Hand packte seine Gurgel, bis er verstummte. Harte Finger bohrten sich in seinen Körper. Geld klingelte, Silber glitzerte auf. Männer fischten danach, aber er konnte wegrennen. Doch dann fing man ihn bei der nächsten Kanone wieder ein.

Plötzlich packte eine Hand sein Genick mit solcher Kraft, dass Thomas sicher war, jetzt gleich sterben zu müssen. Er begann zu beten, aber er wollte sich wenigstens wehren und stieß mit den Beinen um sich wie ein wild gewordenes Pferd. Seine Fäuste flogen wie Dreschflegel. Die Hand hatte sich ihm von vorn entgegengestreckt, aber sie packte ihn hinten am Hals. Mit einem plötzlichen Ruck wurde er aus dem Haufen Männer wie ein Korken aus einer Flasche herausgezogen. Seine Knie gaben nach, er öffnete die Augen – und musste fast lächeln. Jesse Broad!

Falls Broads Macker etwas gegen Thomas Fox in ihrer Backschaft hatten, sagten sie nichts. Er fragte, ob der Junge zu ihnen stoßen könnte, und sie nickten schweigend. Fox bot einen traurigen Anblick: in zerrissenen und offenen Kleidern, mit frischem Blut im Gesicht.

Der Junge fand irgendwo ein nasses Stück Leinwand und wischte ihm Tränen und Blut ab. »Das wirst du alles noch lernen«, sagte er sanft.

Thomas Fox konnte nicht antworten. Aber er glaubte nicht, dass er lange genug an Bord bleiben würde, um das zu lernen. Er glaubte nicht daran zu überleben.

Jesse Broad hielt sich zurück – trotz Schmerz, Hass und Wut. Er würde fliehen, das wusste er. Kap Hoorn, Westindien, Ostindien, das andere Ende der Erde, ihm war es egal. Die *Welfare* musste ohne ihn segeln. Noch in dieser Nacht wollte er von Bord verschwinden, ganz egal, ob ihn jemand dabei im Auge hatte oder nicht.

6

William Bentley beobachtete, wie die Barkasse das Heck der *Welfare* rundete, in den Wind drehte und mit laut flatterndem Tuch wie im Bilderbuch längsseits ging. Noch ehe die Segel unten und die Leinen festgemacht waren, war schon ein junger Offizier an Bord gepfiffen und schnell in die Kajüte des Kommandanten begleitet worden. Trotz seiner Würde als Midshipman war William neugierig wie ein kleines Kind. Denn jedermann an Bord wusste, was das zu bedeuten hatte: Die Barkasse brachte Befehle. Die *Welfare* würde bald Anker auf gehen.

Doch die Barkasse hatte wohl noch anderes mitgebracht. William sah, wie der Bootsmann ein paar Männern befahl, eine Talje an die Großrah zu takeln. Er wäre verdammt gerne unter Deck bei seinem Onkel in der Kajüte gewesen, um die Befehle direkt aus dem Mund des Leutnants zu hören. Aber da das nicht möglich war, musste er sich mindestens den Anschein einer Beschäftigung geben und die Männer auf Trab halten. Er schritt schnell zur Kuhl.

»Machen Sie weiter, Mr. Allgood«, sagte er, als der Bootsmann ihn grüßte.

»Aye, aye, Sir. Du da oben!« Er brüllte einen Mann an, der fast schon die Rahnock erreicht hatte. »Beeil dich mal ein bisschen, oder ich schick' dir einen, der dir Beine machen wird.«

»Was soll denn an Bord gehievt werden, wenn ich fragen darf?«, sagte William.

»Besondere Lebensmittel für den Kommandanten«, war die Antwort.

Irgendetwas in der Stimme gefiel William nicht. Versuchte dieser Kerl etwa, ihn auf den Arm zu nehmen? »Seien Sie ein bisschen genauer!«

»Also, Sir, zuerst kommen zwei Sachen. Fässchen mit feurigem Schnaps.« Sein Blick senkte sich, wanderte dann seitwärts aus. »Das brauchen die Kranken zum Überleben, Sir!«

William richtete sich hoch auf. Der Bootsmann war zwar ein wichtiger und mächtiger Mann an Bord, aber das hier grenzte ans Unverschämte. »Mr. Allgood«, sagte William.

Der Bootsmann sah ihn leer an. »Du da«, pfiff er dann einen Mann an, »fang den Tampen auf!«

Ein Ende fiel von der Rah, nur Zentimeter an Williams Kopf vorbei. Allgood hatte das kommen sehen, daher der Befehl.

»Aye, aye, Sir? Ach so, die Lebensmittel. Bestimmt Wein, Tabak, Zuckerwerk, Seidenhemden, zwölf Ellen flämischer Spitzen …«

William lief dunkelrot an, als der Mann im Dialekt der Grafschaft Devon langsam all das Zeug aufzählte. Er verzog sein Gesicht in heißem Zorn und fletschte die Zähne. Doch ehe er etwas sagen konnte, änderte der Bootsmann, scheinbar ohne ihn anzuschauen, seine Taktik und nahm ihm den Wind aus den Segeln.

»Arzneien für die Kranken und die, die's brauchen, neue Leinenverbände, ein paar Fässer mit Zwiebeln für die Skorbutkranken und ein paar Säcke mit Kartoffeln zum gleichen Zweck. Dann einen neuen Amboss für den Stückmeister und dann ein neues Fernglas, ein Teleskop, das kürzlich extra für den Eigner von seinem Instrumentenmacher in Lunnon hergestellt wurde, Sir.«

William beschloss, das Wort Eigner für Kapitän Swift zu überhören. Es grenzte aber fast an Verachtung gegen seinen Onkel. Schweigend beobachtete er Allgood, der seine Befehle gab. Das erste Fass kam jenseits der Reling langsam in Sicht.

»Ach, noch was«, sagte der Bootsmann, als sei ihm das gerade erst eingefallen, »da ist dann noch ein blinder Musiker.«

Er wandte sich mit seinem gewaltigen Bass an die Matrosen, riss einem seiner Gehilfen den Rohrstock aus der Faust und begann, auf die Männer einzuprügeln. Sie pullten noch kräftiger.

William schäumte vor Wut. Der Bootsmann trieb ein Spiel

mit ihm. Natürlich wollte er mehr über den blinden Musikanten erfahren, konnte aber natürlich jetzt keine Fragen mehr stellen. Also abwarten! Der Bootsmann versuchte absichtlich, ihn lächerlich zu machen, und war der Einzige an Bord, der damit durchkam. William drehte sich um und schritt zum Achterdeck zurück. Seine Körpersprache machte klar, dass ihn das Löschen der Barkasse nicht mehr interessierte. Bei Gott, wütete er in seiner Fantasie gegen den Bootsmann an, wenn ich erst Leutnant oder gar Kapitän bin, dann möge dir Gott gnädig sein.

Er hatte seine Lieblingsecke noch nicht erreicht, in der er auf und ab zu gehen pflegte, üblicherweise seine Bobachtungen machte und gerne seinen Gedanken nachhing, als man ihm mitteilte, er möge doch bitte zu Kapitän Swift in die Kajüte kommen. Sein Herz hüpfte vor Freude, und er vergaß auf der Stelle den Bootsmann. Also waren Befehle eingetroffen! Er drehte sich in den Wind, ließ freudig den kalten Ost seine Lungen füllen, prüfte schnell den Sitz seiner Uniform, presste den Hut unter den Arm und eilte dem Läufer hinterher.

Abgesehen von der Größe, den niedrigen Balken und den quadratischen Fenstern im Heck hätte es sich fast um ein städtisches Wohnzimmer eines adretten Offiziers handeln können. Swift trug sein übliches prätentiöses Blau, und die vielen Rüschen an seinem Hemd glitzerten prächtig. Er hielt ein Glas aus feinem Kristall in der Hand und stand entspannt neben dem großen Mahagonitisch. Die anderen Offiziere standen oder saßen im Raum verstreut. Bei den seltenen Gelegenheiten, zu denen er in seine Kajüte einlud, hatte der Kapitän es gern, wenn seine Offiziere sich ganz entspannt fühlten. Wenn er von Mr. Hagan verlangt hätte, stehen zu bleiben, hätte es an dieser guten Stimmung gefehlt, wegen seiner Körpergröße und wegen der niedrigen Decke. Sobald Mr. Hagan saß, hatte William schon früher bemerkt, setzte sich auch Plumduff gern. Die beiden gingen mit ihren Vorrechten den anderen ein bisschen auf die Nerven. Higgins, der Dritte, saß nur, weil er ein fauler Sack war.

Sehr viel steifer und viel weniger lässig saß der junge Leutnant aus der Barkasse da. Ihn schien die opulente Ausstattung der Kajüte etwas zu verwirren. Hier sah es aus wie auf einem Linienschiff. William war stolz, unter seinem Onkel zu dienen, und liebte seine aufwendige Lebensart. Der junge Mann war mit seinen knapp siebzehn Jahren schon Leutnant, aber er war sicherlich noch nie auf einer Fregatte wie der *Welfare* gewesen.

Captain Swift begrüßte seinen Neffen mit einem Lächeln. Auf ein Zeichen hin näherte sich ein Diener mit Glas und Karaffe. William wurde Leutnant Hall vorgestellt, schüttelte ihm die Hand, verbeugte sich und nippte dann an seinem Wein. Mehr Zeit, sich bekannter zu machen, ließ man ihnen nicht.

»Meine Herren«, sagte Daniel Swift, »ich bitte Sie, an diesem Tisch Platz zu nehmen. Wie Sie wissen, werden wir bald unseren Auftrag erfüllen. Dazu muss ich etwas erläutern, wenig, aber Wichtiges!«

Als er anfing zu sprechen, erhoben sich alle. Hagan, der sich wie eine Schlange entrollte, verpasste nur durch geschicktes Neigen seines flammend roten Kopfes einen Balken. Die Männer nahmen ihre Plätze am Tisch ein, nur Leutnant Hall blieb, wo er war. Auf ein Zeichen von Swift setzten sich alle. Auf ein weiteres Zeichen füllten die Stewards die Gläser nach und verschwanden dann. Durch die geöffnete Tür blieb Williams Blick am scharlachroten Rock des Seesoldaten hängen, der vor der Kajüte Posten bezogen hatte.

Captain Swift erhob sein Glas, um einen Toast auszubringen. Alle erhoben sich wieder.

»Meine Herren«, sagte er ernst, »auf Seiner Majestät Schiff *Welfare*. Möge Gott uns schützen bei dem, was wir vorhaben!«

Als alle wieder Platz genommen hatten, stellte Kapitän Swift

Leutnant Hall vor und erklärte, warum dieser bei der Besprechung anwesend war. Die Barkasse würde erst später nach Portsmouth zurückkehren, und obwohl das, was er zu sagen hatte, nur die *Welfare* betraf, gab es keinen Grund, warum der besuchende Offizier nicht zuhören sollte. Leutnant Hall dankte für die Ehre. Dass auch ein kleiner Midshipman anwesend war, erklärte Daniel Swift mit keinem Wort. Derartige Entscheidungen waren einzig und allein seine Sache.

Der Kapitän feuchtete die Lippen mit Wein an, stellte das Glas sorgfältig ab und begann dann: »Wie Sie alle wissen, meine Herren, sind wir im Begriff, Anker auf zu gehen. Wir haben die volle Besatzungsstärke, allen Proviant und alles Wasser an Bord. Unser Schiff ist in bester Form, Masten und Rigg sind gut, und unsere Männer werden ihre Pflicht tun – bei Gott!« Seine kalten blauen Augen musterten die Gesichter.

William musste innerlich lächeln, obwohl seine Miene nichts verriet. Sein Onkel suchte nach Zeichen, wie er wusste, nach Zeichen des Widerspruchs gegen solche offensichtlichen Unwahrheiten. Die *Welfare* als vollständig bemannt zu bezeichnen war typisch für Swift. Sie hatte viel weniger Männer als vorgeschrieben und viel mehr Abschaum unter diesen Männern, als das Schiff vertragen konnte. Doch der Kommandant verfügte über bewundernswerte Führungsstärke. Dann fuhr der Kommandant fort, und dabei wurde seine Vorgehensweise ganz klar: Er hatte seinen Offizieren einen Zustand des Schiffes beschrieben, den sie als falsch erkennen mussten. Nur theoretisch hatten sie Gelegenheit, dem zu widersprechen. William bewunderte diese Taktik, denn sie verdeutlichte das Paradox, nach dem die Royal Navy funktionierte. Das Gesetz verlangte von den Offizieren, ihren Vorgesetzten zu gehorchen. Gleichzeitig hatten sie ständig darauf zu achten, dass niemand gegen Gesetz und Wahrheit verstieß, auch nicht als Vorgesetzter. Soeben hatten die Offiziere die Fiktion akzeptiert, dass das Schiff voll und gut bemannt war. Wenn demnächst etwas schief gehen sollte, durfte niemand mit dem Finger nur auf Swift zeigen. Alle waren betroffen, und darum würden auch alle darauf achten, dass auch ganz bestimmt nichts schief gehen würde.

»Natürlich kann ich Ihnen unsere Befehle nicht erläutern«, fuhr Swift fort, »aber Sie werden alle schon mutmaßen, dass sie uns in die letzten Winkel der Erde bringen werden. Wenn Gott will und der Wind durchsteht, werden wir morgen vor dem Mittag Anker auf gehen. Wir werden natürlich nach Westen laufen, um so schnell wie möglich in den Atlantik vorzustoßen. Weitere Instruktionen werde ich Ihnen und dem Master geben, sobald nötig. Haben Sie Fragen?« Das war reine Höflichkeit. Fragen wurden nicht erwartet. Der Kapitän leckte sich über die Lippen. »Also dann, meine Herren, zu unserem Schiff. Sie kennen mich alle und wissen, was ich erwarte. Ich will ein straff und mit harter Hand geführtes Schiff. Eiserne Disziplin, vollen und sofortigen Gehorsam. Ich will das, ich brauche das, und zwar von oben bis unten. Sie, meine Herren, sind oben.«

Er schaute einem nach dem anderen voll ins Gesicht. William verzog keine Miene, auch nicht, als die kalten blauen Augen sich in seine bohrten. Hagan leckte sich immer die Lippen. Plumduff zitterte fast unmerklich. Leutnant Hall errötete, als der Blick des Kommandanten ihn streifte.

»Meine Herren«, wiederholte der Kapitän mit großem Nachdruck, »meine Offiziere werden sich immer als Herren benehmen. Wer dieses Niveau verlässt, wird damit nicht durchkommen.« Er wandte sich an William. »Das betrifft vor allem Ihre Messe, Mr. Bentley. Sie werden dort für die Disziplin sorgen. Wer anders handelt, wird nicht davonkommen, sondern seine Strafe empfangen.« Unerwartet lächelte er, ein überraschend offenes Lächeln. »Was die Männer angeht«, sagte er dann plötzlich und mit neuer Schärfe, »so sind sie natürlich der Abschaum der Menschheit. Sie sind verfluchte Bastarde, letzter Dreck.«

Leutnant Hall, der so etwas nicht erwartet hatte, verschluckte sich vor Überraschung. Bis auf sein Husten war nichts zu hören. Er wurde puterrot. Schließlich bekam er wieder Luft und murmelte Entschuldigungen, die mit einer Handbewegung quittiert wurden.

»Abschaum aus Portsmouth, aus Plymouth oder wer weiß woher. Eigentlich wohl aus den tiefsten Rattenlöchern weit im Land, denn wir haben verdammt wenige Seeleute darunter. Sie sind der letzte Dreck, aber sie haben uns zu dienen! Also müssen wir aus diesen Tieren etwas machen, damit sie mit dem Schiff umzugehen lernen. Wir haben einen guten Bootsmann, wie Sie wissen, mit kräftigen Helfern. Er kennt seine Leute, und sie kennen meine Befehle. Tampen oder Rohrstöcke, je nach Belieben, bis die Kerle begriffen haben, dass man jedem Beine machen wird, der nicht sofort und so schnell er kann reagiert. Auf diesem Schiff wird niemand bummeln oder sich Zeit lassen. Jeder Befehl wird mit Stentorstimme gegeben und wie Blitz und Donner ausgeführt. Mr. Allgood hat das begriffen. Seine Gehilfen haben das begriffen. Ich möchte jetzt sicher sein, dass meine Herren Offiziere das auch begriffen haben.« Niemand bewegte sich. Swifts Gesicht war gerötet, seine Augen blitzten, und mit seiner großen knochigen Nase fuhr er wie mit einer Sichel durch die Luft. »Was die Bestrafungen angeht«, fuhr er fort, »so werden wir sie voll und ganz einsetzen. Jeder Strafe, die die Kriegsartikel und unsere Tradition erlauben, werden wir uns bedienen, um die Leute aus ihrem schändlichen Zustand emporzuheben. Wir werden vor keiner Strafe kneifen. Wer einen Fehler macht, wird notiert. Wer die Peitsche verdient hat, bekommt die Katze bis auf die blanken Knochen zu spüren und bis seine Lunge pfeift. Habe ich mich klar ausgedrückt? Noch Fragen?«

Seine Stimme war gegen Ende immer lauter geworden, doch jetzt klang sie wieder normal. Niemand sagte etwas, doch William wünschte sich, einen Toast auf seinen Onkel ausbringen zu können. Das Blut pochte in seinen Adern, er fühlte sich wohl, wie neugeboren.

Was für eine Methode! Jetzt verstand er, warum Leutnant Hall gebeten worden war zu bleiben. Er sollte hören, wie bitter sich Kapitän Swift über den Abschaum als Mannschaft beklagt hatte. Er sollte an Land über seinen Entschluss berichten, daraus eine disziplinierte, kompetente Mannschaft zu formen. Er sollte mitbekommen, wie die Offiziere schweigend der Diagnose und der vorgeschlagenen Heilung zustimmten. Wenn jetzt irgendetwas schief ging, wenn selbst ein so begnadeter Kommandant wie Swift Probleme bekam, dann würde wenigstens niemand daran zweifeln, dass er Mannschaft und Offiziere kannte und den einzig richtigen Weg eingeschlagen hatte – mit dem Wissen und der Zustimmung seiner Offiziere. Das war nun wirklich meisterhaft.

Kapitän Swift erhob sich und die anderen ebenfalls. »Leutnant Hagan, ich werde morgen nach dem Frühstück zur Mannschaft sprechen. Eine halbe Stunde später werden wir Anker auf gehen. Bitte erteilen Sie die nötigen Befehle. Und jetzt entschuldigen Sie mich bitte, ich habe noch viel zu erledigen. Leutnant Higgins, würden Sie bitte so freundlich sein und Leutnant Hall zu seiner Barkasse bringen?«

Er verbeugte sich kurz vor dem jungen Mann, der mit rotem Kopf reichlich mitgenommen aussah.

»Es war mir ein Vergnügen, Leutnant«, sagte er, »angenehmes Segeln nach Portsmouth zurück. Beste Grüße an Ihren Onkel!«

Nachdem die Männer die Kajüte verlassen hatten, lud er William, der auf ein Zeichen hin geblieben war, zum Sitzen ein. Swift griff nach der Karaffe und füllte ihre Gläser.

»Nun«, sagte er fast fröhlich, »freust du dich, mein Junge? Morgen um diese Zeit segeln wir durch den Kanal nach Westen, so Gott will. Endlich auf See. Es hat verdammt lange gedauert.«

»Ich freue mich in der Tat, Sir«, sagte William. »Ich kann dir gar nicht sagen, wie sehr ich mich nach einem Kampf sehne, je heißer, desto besser. Ich hoffe doch, dass wir auf See bald …«

Swift hob die Hand, und William verstummte sofort. Sein Onkel sah ihn besorgt an. »Ich will nicht lange herumreden, William«, sagte er, »ich habe eine besondere Aufgabe für dich. Eine geheime, vielleicht sogar eine gefährliche. Aber ich glaube, du wirst sie lösen.«

Ganz gegen seinen Willen bekam William rote Wangen.

»Wir haben eine lange Reise vor uns, mein Junge, und ich fürchte auch eine schwierige. Die Leute sind der reinste Abschaum, wie ich schon sagte. Und die Offiziere«, er hielt inne, nahm einen Schluck Wein und ließ ihn in seinem Mund kreisen, »nun ja: Ich traue keinem an Bord, mein Junge, außer dir und mir. Ein Fleisch, ein Blut. Und vielleicht sogar dieselben Gedanken … Der Kommandant eines Kriegsschiffes hat große Macht und große Verantwortung. Ich kann einerseits alles tun und über alles urteilen – fast wie ein Gott. Doch andererseits bin ich blind.«

William verstand, was er meinte. Als Kommandant hatte Onkel Daniel in Distanz von den anderen zu bleiben. Das war angenehm, o ja, aber es bedeutete auch fast die vollständige Isolation.

»Darum hör genau zu, mein Junge. Ich möchte, dass du für mich Augen und Ohren aufsperrst. Bei der Mannschaft, bei den jungen Herren, bei den Offizieren. Das tust du heimlich. Du traust niemandem, außer mir. Verstehst du?«

William wirbelte vor Stolz der Kopf. Mit zitternder Stimme bejahte er die letzte Frage. Die Ehre würde jeden Jungen von vierzehn Jahren schwindlig werden lassen. Lieber Himmel, wenn er doch bloß Jack Evans und den anderen etwas davon sagen könnte. Aber er durfte nicht – und das machte es fast noch schöner: die Augen und Ohren des Kommandanten zu sein, ohne dass irgend einer es auch nur ahnte.

Daniel Swift lächelte, ein seltsam verzerrtes Lächeln. »Danke, mein Junge«, sagte er dann. »Du bist der Sohn meiner Schwester. Ich wusste, ich kann mich auf dich verlassen.«

Solch einen Augenblick voller Gefühle gab es selten bei Onkel Daniel. William verließ die Kajüte glücklich und zufrieden. Schade, dachte er, dass die Welt Swift nicht so kennt wie ich. Alle verstanden ihn immer falsch. Sicher, er war streng, aber doch nur zum Wohl des Großen und Ganzen.

Mittlerweile wurde das Zeug, das aus der Barkasse gehievt war, schnell gestaut. Als Letztes wurde etwas ganz Ungewöhnliches an Bord gehievt, und eine ganze Reihe Männer sammelte sich an der Reling und sah zu.

Ganz langsam hob sich ein seltsam geformtes Objekt über die Köpfe der Männer an der Reling. Man hörte Rufe und Hochrufe. Die Männer lehnten sich nach vorn und versuchten zu packen, was da langsam nach oben kam.

Das seltsame Objekt war ein Dudelsack. William hielt die Luft an. Als Nächstes erschien ein Arm, der den Dudelsack hielt. Dann, während die Talje höher stieg, wurden ein bleiches schmales Gesicht, dann ein hagerer Körper, in einen braunen Mantel oder in eine Decke gehüllt, der sich mit dem anderen Arm an die Talje klammerte, sichtbar. Wieder ertönten Jubelrufe, und dann hob man das Bündel über die Reling binnenbords. Ein Befehl des Bootsmanns und es wurde sanft abgesetzt.

Der blinde Mann streckte den Arm aus und machte einen Schritt vorwärts. Er schien die neue Umgebung akustisch und gefühlsmäßig in sich aufzunehmen: das Deck, die Masten, die Männer.

William Bentley schauderte.

7

Gerüchte verbreiten sich schnell auf einem Schiff. Der Besuch von Leutnant Hall auf der Barkasse, das Anbordnehmen von frischem Gemüse und die Ankunft des blinden Musikanten ließen keine Zweifel mehr zu: Sie würden bald auslaufen. Das begriff selbst der Dümmste an Bord.

Der frische Wind kam aus Osten und stand durch. Die Spannung war fast mit Händen zu greifen. Auf anderen Schiffen hätte man zu solcher Gelegenheit üblicherweise seinen Sold erhalten, um gar keinen Zweifel mehr bestehen zu lassen. Doch unter Swifts Kommando erwartete das niemand.

Als es dunkel wurde, wandten sich manche Blicke den schimmernden Lichtern von Portsmouth zu, die man vielleicht zum letzten Mal sehen würde. Jedenfalls würde es Monate dauern, vielleicht Jahre, bis das Schiff zurückkehrte. Traurige Stimmung machte sich an Bord breit. Es gab keinen, der die Stadt nicht gut kannte – oder ähnliche Häfen, die Wärme boten und Schnaps und freundliche Damen, die Männer von allen Leiden, von allem Elend und von allem Geld befreien konnten.

Nicht viele von der Besatzung waren an Land gewesen, nur ein paar zuverlässige Männer, zum Beispiel von Bentleys Presskommando, und auch die waren sicherheitshalber von bewaffneten Midshipmen oder Offizieren begleitet worden. Aber die Nähe des Hafens mit allen seinen Verlockungen quälte sie jetzt besonders. Morgen würde die Stadt aus dem Blickfeld verschwunden sein. Es waren düstere Stunden.

Hauptmann Craig, der das Kommando über die Seesoldaten führte, war zu einer Besprechung mit Kapitän Swift gerufen worden. Die Wachen, Männer in roten Röcken, wurden für diese letzte Nacht überall dort verdoppelt, wo man eventuell vom Schiff entkommen könnte. Die Reling wurde regelmäßig kontrolliert. Auch die Latrinen ganz vorn im Bug wurden bewacht. Swift kannte seine Männer und ließ niemals jemanden entwischen.

In der Backschaft von Jesse Broad und Thomas Fox herrschte besonders trübselige Stimmung. Die Geschützpforten waren die Nacht über geschlossen worden. Eine stinkende Laterne warf trübes Licht. Peter versuchte ein Gespräch mit Fox zu beginnen, aber der starrte mit großen Augen vor sich hin und zeigte keine Reaktion.

»Ich glaub', der ist betrunken«, sagte Peter nach einiger Zeit laut. »Höh, Thomas Fox, du bist ja voll!«

Fulman schnalzte missbilligend mit der Zunge. »Lass ihn, mein Sohn. Wenn er voll ist, hat seine Seele Ruh'. Stell dir bloß mal seine Lage vor!«

Thomas wusste nicht, ob er betrunken oder nüchtern war. Zwar hatte er am Nachmittag eine Menge Bier in sich hineingeschüttet, mehr als je zuvor an Land. Aber seine Gedanken rasten im Kreis wie eine Ratte im Käfig. Seine Suche nach einem Ausweg war hoffnungslos, auch das Bier hatte nicht geholfen. Den Schiffszwieback, den er zum Abendessen mit einem Stück harten Käse hinuntergewürgt hatte, hatte er kaum in der Kehle gespürt. Auch Peters Hinweis kam nicht an, die kleinen Tierchen herauszuklopfen, um sie »um Gnade winseln zu lassen«.

Thomas Fox wusste, dass sie morgen segeln würden, und dieser Gedanke beherrschte ihn. Er war vor einem Tag gepresst worden, aber er begriff es immer noch nicht ganz. Sein ganzes Leben schien jetzt auf diesen winzigen stinkenden Fleck zusammengeschmolzen. Er war sozusagen in die *Welfare* hineingeboren worden, mitten in dieses Elend. Immer wenn er an das Haus dachte, in dem er bisher gelebt hatte, durchfuhr ihn ein scharfer Schmerz. Manchmal schrie er auf oder holte dabei tief Luft. Vater, Mutter, Maggie und Sue – er hielt den Schmerz kaum aus. Er kauerte neben dem Rad einer Lafette, und seine Schultern hingen so weit nach vorn, dass er kaum atmen konnte. Er starrte auf den Boden, ohne ihn wirklich zu sehen.

Die Macker aus der Backschaft schienen die Zeichen zu erkennen, denn bis auf Peter versuchte niemand, Thomas Fox zu trösten oder ihm irgendwie zu helfen. Es wurde überhaupt kaum gesprochen. Der alte Fulman nuckelte an seiner leeren Pfeife. Ein anderer alter Salzbuckel, Samuel, schnippelte mit seinem Messer an der verformten Hornhaut an der Spitze seines Daumens herum. Matthews, der Mann mit den breiten Kieferknochen, saß da, wo er immer saß, nahe der Geschützpforte – mit geschlossenen Augen und geschlossenem Mund. Seine Gedanken behielt er für sich.

Jesse Broad sah immer wieder zu Thomas Fox hinüber. Er empfand für den Schäferjungen größtes Mitleid und spielte mit dem Gedanken, ihn mitzunehmen. Aber er wusste, das wäre verrückt. Der Junge konnte ganz bestimmt nicht schwimmen, obwohl er an der Küste geboren und aufgewachsen war. Broad wusste, dass sich kaum ein halbes Dutzend Männer aus der Mannschaft mehr als fünf Sekunden ohne Hilfe über Wasser halten könnten. Seltsame Kerle, diese Seeleute. Sie hielten es wahrscheinlich für besser, schnell zu ertrinken, wenn sie im Wasser waren, als stundenlang zwischen Angst und Hoffnung herumzustrampeln und dann doch unterzugehen.

Jesse Broad konnte natürlich schwimmen. Von Kindesbeinen an hatte er das Wasser als seine zweite Heimat betrachtet. Selbst Mary konnte schwimmen, was für eine Frau äußerst selten war. In den vergangenen Jahren hatten sie sich immer wieder heimlich zusammen in den Flüsschen in den Wäldern um Langstone herum vergnügt.

Jesse Broad dachte an die Taufe. Nur er fehlte bei diesem einzigartigen Ereignis! Mit einem Stöhnen verdrängte er den Schmerz. Mary würde schließlich noch heute Nacht wieder in seinen Armen liegen. Und Jem, sein winziger Sohn.

In dieser Nacht vielleicht noch nicht, aber sicher bald. In dieser Nacht wollte er bei Ostwind, der die Seen auf die Isle of Wight drückte, versuchen, Priory Bay zu erreichen. Dann müsste er nur noch ungefähr eine Stunde an der Küste entlang nach Bembridge gehen, wo James Sweet ihn mit Sicherheit verstecken würde. Die *Welfare* ging morgen Anker auf, und ein einzelner Deserteur würde daran nichts ändern. Einen Tag oder zwei wollte er sich versteckt halten, falls Swift ein paar Suchtrupps an Land Bescheid gab oder die Royal Navy ihm nachsetzte. Doch dann wollte er zurück nach Portsmouth.

Eine Weile sinnierte er über Swift. Was hatte er hinsichtlich Desertion gesagt? Zwei Männer hatten es versucht und waren umgekommen. Swift ankerte aus gutem Grund vor St. Helen's. Die meisten anderen Schiffe lagen viel näher vor Portsmouth im Spithead. Die Felsen vor St. Helen's waren sehr gefährlich und die Tidenströme mächtig und tückisch. Broad kannte natürlich Strom und Tide wie seine Westentasche. Der Wind würde ihm helfen, und bei dem Seegang konnte er es ziemlich sicher schaffen.

Ein unterdrückter Seufzer war zu hören, als Thomas Fox sich wie ein grauer Schatten erhob. Er stolperte in Richtung auf die Verschläge der Tiere. Jesse Broad schüttelte den Kopf. Das arme, verzweifelte, dünne Kerlchen! Er hatte noch nie so viel Elend in einem Menschen gesehen. Und er war doch noch ein Kind!

Wenn er ein Stück Holz finden würde? Ein Fass, eine Planke, die sie beide über Wasser halten würde? Jesse wusste: Es war verrückt, ganz ohne Frage. Wenn er Mary und sein Kind je wiedersehen wollte, durfte er nur an sich denken. Wie auch immer … Er dachte an Hardman, seinen guten Freund Hardman. Wut meldete sich. Wo war jetzt seine Leiche? Wo trieb das Boot? Er musste Portsmouth erreichen, ehe das leere Boot gefunden wurde und Mary zu Tode erschrak.

Jesse Broad streckte sich langsam, bis er seinen Kopf gegen

die roh behauene Unterseite eines Decksbalken pressen konnte.

Der alte Fulman sah ihm zu. »Wohin soll's gehen, alter Freund?«

Broad starrte den Mann an. Er sah in ein offenes, freundliches Gesicht, das doch seltsam traurig war. Bestimmt hatte dieser Salzbuckel auch einmal eine Mary gehabt, Söhne, Töchter und war von ihnen fortgerissen worden. Er würde sie nie wiedersehen.

Jesse hätte sich fast verraten und hielt sich gerade noch zurück. »Latrine«, murmelte er.

Fulman sah ihn lange an. »Wenn man dich entdeckt, wirst du erschossen, ausgeprügelt oder in Eisen gelegt«, sagte er sanft.

»Weil ich auf den Abtritt will?«

»Du bist jetzt ein Tier, mein lieber Jesse. Du hast nicht mal das Recht zum Atmen, wenn es jemandem behagt, es dir zu verbieten«, antwortete Fulman.

Es entstand eine Pause. Die anderen in der Backschaft schienen das Gespräch nicht zu bemerken.

Der alte Mann fuhr fort: »Beweg dich sehr langsam, mein Lieber. Wir haben Soldaten an Bord, die dich aus Spaß abknallen. Die Gehilfen vom Bootsmann sind alle Totschläger. Und vom Kapitän hört man, dass er ein Vetter des Teufels ist. Halt dich fern vom Licht, denk dran, dass es an den Großrüsten Schatten und Dunkelheit gibt. Und wenn du im Wasser bist, dann denk immer dran …«

Broad hörte zu, gespannt und ohne zu lächeln.

»Halt die Füße, weil sie weiß sind, immer unter Wasser. Und über dein Gesicht, das auch weiß ist, zieh deine Jacke, die dunkel ist. Natürlich ist sie schwer, also lass sie fallen, wenn du weit genug vom Schiff weg bist. Wenn sie dir ein Boot nachschicken, schwimm eine Zeit lang gegen Wind und Wellen. Dann bist du sicher.«

Immer noch sagte Jesse Broad nichts.

»Noch was«, sagte der alte Fulman, »kannst du überhaupt schwimmen?«

»Ich muss nicht schwimmen, Großvater«, antwortete Broad, »ich gehe wirklich nur nach vorn.«

Das Geflüster war beendet. Jesse Broad bewegte sich wie eine Katze über das dunkle und stille Deck und spannte jeden Nerv und jeden Muskel an. Es war eine seltsame Welt aus Hängematten, flackernden Lichtpunkten und zusammengekrümmten Männern. Eine gespenstische Stille lag über allem, eine bedrohliche Ruhe. Nur das ständige dumpfe Stöhnen des Schiffes war zu hören, das leise Keuchen des Windes und das melancholisch klingende Mahlen der Ankertrosse und immer wieder auch lautes Klatschen, wenn eine Welle gegen die Bordwand schlug und kurz aufstieg, ehe sie zusammenfiel. In den Verschlägen scharrten die Tiere. Von dort kam ein leises Weinen. Jesse wusste: Das war der Junge in seinem Leid.

Minutenlang stand er unter einer Luke, gespannt wie ein Fidelbogen. Die Schwärze des Himmels, sternenlos und mit niedrigen Wolken, war immer noch heller als die Dunkelheit zwischen den Decks. Standen da Wachen? Falls ja, dann waren die Seesoldaten unbeweglich wie Statuen. Doch wenn er zu lange zögerte, verlor er seinen Mut und wurde vielleicht sogar entdeckt oder zum Dienst gerufen. Jesse wusste zu wenig über dieses Schiff. Vielleicht überprüften die Gehilfen des Bootsmanns oder der Stückmeister die Männer da unten oder warfen ab und an einen Blick dorthin? Er musste sich beeilen.

Broad schob zitternd und langsam seinen Kopf durch das Luk. Er war jetzt froh über seine dunkle Hautfarbe. Erst nach zwei Minuten waren seine Augen voll auf Deckshöhe. Der Wind, der unter Deck nur als leichtes Keuchen zu hören gewesen war, wehte kräftig und in Böen. Lautes Knarren von Sparren und stehendem Gut war zu hören. Als sich seine Augen an dieses Licht hier oben gewöhnt hatten, blickte er sich vorsichtig um.

Zuerst entdeckte er niemanden – weder Seesoldaten noch Offiziere, noch sonst jemanden. Aber plötzlich bewegte sich etwas. Meist hielten die Männer sich in Lee auf, um so viel Schutz und Wärme an Deck wie möglich zu finden. Groß und leer dehnte sich das Deck aus. Falls er versuchen würde, die Reling zu erreichen, musste er entdeckt werden. Seltsam, dass ihm das Deck früher so voller Gerätschaften erschienen war. Irgendwann begann sein Herz langsamer zu schlagen, und die Furcht verließ ihn.

Ungefähr sechs Fuß entfernt entdeckte er Betinge inmitten aufgeschossener Leinen. Die Betinge wirkten groß und dunkel und konnten leicht einen Mann verdecken. Broad biss sich auf die Lippen. Etwas weiter hinten sah er einen dunklen Haufen, den er für Ersatzsparren hielt. Sie schienen fast so dick wie Baumstämme, die man für neue Masten verwenden könnte. Außerdem lag da eine Menge dünnerer Hölzer für Rahen und Bäume. Und dahinter standen die Boote auf ihren Schienen. Die Jolle, die er an ihrer Länge identifizierte, war ganz außen.

Während er die Betinge betrachtete, bewegten sie sich plötzlich und verwandelten sich in Seesoldaten. Jesse fiel vor Überraschung fast rückwärts in den Niedergang und versuchte, noch leiser zu atmen. Da wäre er doch beinahe den Soldaten in die offenen Arme gelaufen! Er verlor alle Hoffnung. Wenn nun jeder Schatten ein Mensch war?

Eine dunkle Gestalt richtete sich auf, lief einmal um die Betinge herum und verschwand. Broad wollte weiter. Man würde ihn vielleicht beobachten, aber sei's drum. Der Seesoldat würde zweifellos zurückkehren. Doch im Augenblick war er nicht da. Unter leisem Stöhnen zog Jesse Broad sich auf das helle Deck und rannte dann ohne Deckung gebückt in den Schatten. Das dauerte nur eine Sekunde, aber er hörte sein Blut in den Ohren hämmern und fühlte seine Augen tränen. Er schwitzte und versuchte, sein Keuchen zu unterdrücken. In der Stille zwischen zwei Atemzügen vernahm er den gemessenen Schritt von Stiefeln. Der Seesoldat kehrte zurück.

Unten in der feuchten Dunkelheit im Pferch der Tiere lag Thomas Fox wie ein Toter. Er hatte sich zwischen drei Schafe gedrängt, die er gestern an Bord gebracht hatte. Er erkannte sie irgendwie am Geruch wieder, und sie verhielten sich auch so, als wäre er ihnen vertraut. Also vergrub er sein Gesicht in ihrer warmen, stark riechenden Wolle, ließ seinen Tränen freien Lauf und dämpfte sein Schluchzen in ihren Flanken. Obwohl er den Gedanken an sein verlorenes Zuhause immer noch nicht aushalten konnte, schien es ihm doch fast, als sei er dorthin zurückgekehrt: in die Wärme des Schafstalls neben dem Haus. Seine Gedanken wanderten und trieben dahin, als läge er im Sterben. Oder war er vielleicht schon tot?

Er stellte sich den nordöstlichen Teil der Insel Portland vor: flaches Land, sumpfig, neblig und sehr verschwommen. Dann sah er eine lange Reihe Bäume, die etwa eine Meile vom Elternhaus entfernt standen und vor dem Wind schützten. Thomas Fox verfiel in ein dünnes Klagen, das er selbst gar nicht wahrnahm, dann in ein sehr hohes Summen. Er dachte gerade an den Tod, als Peter ihn fand.

Der rothaarige Junge war durch das beständige Wimmern angelockt worden. Er schob sich durch die Tiere und suchte nach der Quelle. Dann kroch er neben Thomas und legte ihm die Hand auf die Wange. Das Wimmern kam aus der Kehle.

Peter streichelte den Schäferjungen eine Weile und sprach dann schnell auf ihn ein, aber Thomas hörte nicht zu. Die Worte überfielen ihn wie eine steigende Flut, sanft, ununterbrochen und ohne Sinn. Peter streichelte ihn, Thomas wimmerte weiter, die Tiere stöhnten und schliefen.

Irgendwann legte Peter seine Hand auf Thomas' Augen und hob sanft ein Lid an. »Jesse Broad ist abgehauen«, sagte er.

Er sagte es einfach so, nicht sehr laut. Doch die Worte trafen Thomas wie ein Messer. Er öffnete den Mund, und sein Wimmern brach ab. Seine tränennassen Augen wurden klar. »Jesse Broad?«

»Er ist abgehauen. Geflohen. Er ist weg über die Seite und ist wer weiß wohin geschwommen.« Peter lächelte so simpel wie immer.

Thomas Fox richtete sich auf und starrte in das runde freundliche Gesicht. »Jesse Broad?«, fragte er wieder.

»Der Vogel ist davongeflogen«, sagte Peter. »Natürlich wird er ertrinken!«

»Er muss mich mitnehmen«, flüsterte Thomas. Er stand auf, schlug mit dem Kopf gegen einen Balken und taumelte. »Er muss mich mitnehmen.«

»Nein, nein«, lachte Peter sanft. »Wie soll das gehen? Du musst hier bleiben, Thomas Fox, und mein Freund werden. Das hier ist ein gutes Schiff.« Er streckte die Hand nach Thomas aus.

Aber der wand sich. »Ich muss verschwinden«, sagte er.

Peter sah ihn jetzt erschreckt an. »Nein, nein«, beschwor er ihn. »Geh nicht weg. Dies ist ein gutes Schiff. Nicht weggehen. Du bist einfach nur betrunken.«

So wie Thomas rannte, hätte das wohl sein können. Er knallte mit dem Kopf gegen Decksbalken, rannte in nachgebende Hängematten, in denen Männer schliefen, er verletzte sich die Zehen und riss sich die Schienbeine an Ringbolzen, an Streben und Lafetten auf. Dabei gab er ein heiseres tiefes Stöhnen von sich, seine ganze Sehnsucht, wieder frei zu sein.

Als der Seesoldat wieder die Vorderseite der Betinge erreicht hatte, verließ Jesse Broad in nackter Verzweiflung ihren achteren Schatten. Hätte der Seesoldat in diese Richtung geschaut, hätte er ihn sofort entdeckt. Im Bruchteil einer Sekunde später aber war Broad zwischen den Hölzern und Sparren an Deck verschwunden. Er keuchte, Schweiß machte ihn blind, er zitterte. Aber er war nicht entdeckt worden.

Je schneller er über die Seite verschwand, desto besser. Jeder Schatten auf dem Schiff konnte ein Seesoldat sein. Bisher hatte er Glück gehabt. Also: noch einmal also das Glück versuchen und los!

Broad verabschiedete sich von dem Gedanken, eine Spiere oder einen Baumstamm als Floß über Bord zu werfen. Jeder Nerv in ihm schrie danach, endlich von dem Schiff zu springen. Langsam und mit äußerster Vorsicht kroch er unter der Jolle durch. Dann nahm er für die wenigen letzten Schritte auf dem offenen Deck seinen ganzen Mut zusammen.

In dem Augenblick, in dem wie durch Zauberei die Nacht noch schwärzer als bisher wurde und der Wind und die Wellen, die an die Bordwand der Fregatte schlugen, noch lauter als bisher klatschten, erhob sich Jesse Broad, rannte geradewegs über das Deck, kletterte über die Reling und fiel geradewegs in das dunkle Wasser von St. Helen's Roads.

Es war kalt, doch das hatte er erwartet, und er war darauf vorbereitet. Er kämpfte gegen die Kälte, die seine Brust umklammerte, bis er seine Lungen wieder mit Luft füllen und einen Gedanken fassen konnte. Kein Ruf, kein Alarm. Erleichtert und irgendwie völlig ungläubig zog Broad sich am Schiff entlang, indem er immer wieder in die Büschel von Bewuchs griff. Die Wellen hoben ihn hoch und zogen ihn dann wieder nach unten, die Muscheln und Schnecken an den Planken drohten ihm die Haut aufzuschlitzen. Aber er wollte zunächst nahe am Schiff bleiben, um in dessen Schatten Schutz zu finden. So zogen die Wellen ihn langsam bis zum Heck. Dahinter lag in kalter Dunkelheit die Insel Wight.

Seine Erleichterung war nur kurz. Dann hörte er den Warnruf. Als er die hohe Bordwand emporblickte, sah er einen grauen Schatten wie einen Kometen über seinen Kopf fliegen. Es war ein schreiender Komet, der seinen Namen rief. Als der

Schrei in einem gewaltigen Klatschen endete, zögerte Jesse Broad keinen Augenblick.

Fünfzehn Minuten später hatte das Boot sie aufgefischt. Thomas Fox war um diese Zeit schon fast tot.

8

Am nächsten Morgen hatte der Wind gedreht, so dass er fast aus Osten blies. Er hatte an Stärke beachtlich zugenommen, brachte niedrig ziehende Wolken mit sich und beißende Kälte. Gelegentlich überfielen Regenschauer das Schiff. Unter Deck herrschte die feuchte Kälte, die vor allem durch die Ankerklüsen hereinwehte, manchmal von eisigem Wasser begleitet, wenn eine größere See gegen den breiten Bug der Fregatte klatschte.

William Bentley war ganz aufgeregt. Er trank, wie jetzt üblich, den Morgentee bei seinem Onkel. Das Wetter hätte nicht besser, der Wind aus keinem passenderen Winkel wehen können. Sie würden den Kanal hinuntersegeln wie eine angreifende Armee.

Daniel Swift schien die Freude des Neffen zu teilen. »Dieser Wind ist wunderbar, mein Junge. Wir werden alle Segel setzen und natürlich südlich um die Insel laufen. Heute Abend werden wir den ganzen Schmutz endlich hinter uns gelassen haben, der den Leuten hier gewachsen ist.«

»Wirst du jetzt zu ihnen sprechen oder wenn wir Anker auf sind?«, fragte William. Es wäre verdammt schade, auch nur eine halbe Stunde von diesem perfekten Wind zu verschenken, dachte er.

Kapitän Swift sah ihn mit kalten Augen an.

»Wir werden nach der Bestrafung auslaufen«, sagte er knapp.

William war überrascht. Bestrafungen fanden gewöhnlich

kurz vor Mittag statt. »Aber Onkel. In vier Stunden wird diese Brise …«

Swift gebot dem Midshipman mit einer Handbewegung Schweigen. »Wir verlegen die Bestrafung einfach. Das ist gegen die Vorschrift – und wennschon. Ich möchte diesem Abschaum klar machen, wie unsicher Leben und Tod unter meinem Kommando sind. Die Kerle müssen Gehorsam lernen und erkennen, dass die Strafe wie ein Blitz auf die Tat folgt. An Bestrafungen am späten Vormittag sind sie gewohnt. Heute Morgen werden sie danach frühstücken.«

Eine halbe Stunde später war die gesamte Mannschaft zur Bestrafung von Jesse Broad angetreten. Die Seesoldaten in ihren scharlachroten Röcken waren mit grimmigen Gesichtern unter Gewehr aufgezogen. Der Profos hielt einen blanken Säbel in der Hand, von dessen Handschutz kalter Tau rann. Kapitän Swift, die Offiziere und die jungen Herren trugen wie Hauptmann Craig von den Seesoldaten ihre schweren Mäntel und sahen wie nasse Fledermäuse aus. Der Wind brachte das Rigg zum Brummen.

Jesse Broad stand mit dem Gesicht zum Bug, während die Bestrafung vorbereitet wurde. Er trug noch die nassen Sachen, in denen er die ganze Nacht auf den Planken gelegen hatte, nachdem er an Deck gezogen worden war. Aus den Gesichtern konnte er vieles ablesen. Die meisten schauten verschlossen drein, unbewegt – immer das Sicherste, das man zeigen konnte. Aus einigen aber blitzte Mitleid. Sie senkten die Blicke. Und Jesse wusste, dass auch einige an seinem Schicksal ihr Vergnügen haben würden. Er selbst war klein und kräftig, zeigte auch meist ein finsteres, verschlossenes Gesicht und hatte einen schlecht rasierten Kopf. Er entdeckte vergnügtes Grinsen in ein paar Gesichtern, und die starrte er an. Es gab hier viele rasierte Köpfe, das waren Männer von den Gefangenenhulks, die weit oben im Hafen vor Anker lagen, vor Fareham und Portchester, aber keiner war erst so vor kurzem rasiert worden wie er. Er sah deren Mienen und fand in ihnen kein Mitgefühl. Alter, Erniedrigung, Schwachsinn – das war da zu finden.

Die Auspeitschung sollte am Niedergang stattfinden, neben den eine hohe Gräting gelascht war. Auf einen Befehl hin wurde Jesse Broad an dieser Gräting an Handgelenken und Knien gefesselt. Nachdem man ihm sein bunt gestreiftes Hemd ausgezogen hatte. Es war bitterkalt. Seine Nase fing an zu laufen. Der Wind biss sich tief in seinen Rücken.

Captain Swift hatte es überhaupt nicht eilig. Wie er William erläutert hatte, war eine Bestrafung überhaupt nichts wert, wenn sie nicht mehr bewirkte, als einen Seemann körperlich zu verkrüppeln. Diese hier war gerade zur rechten Zeit angefallen. Der Zeitpunkt war sogar dramatisch richtig. Die Männer würden so zum Beginn der Reise alles über den Kommandanten und seine Methoden erfahren und die blutige Lektion lernen. William hatte sehr wohl begriffen, worum es ging. Als sein Onkel seine Ansprache begann, verdrängte er alle Gedanken und hörte gut zu.

»Männer«, begann Swift mit leichter Stimme, die aber alle Geräusche an Bord überlagerte und von jedem einzelnen Mann verstanden wurde, »dies ist ein ernster und ruhmreicher Augenblick. Für mich, den Kommandanten, für eure Offiziere und für jeden Einzelnen von euch, vom Unteroffizier bis zum jüngsten Schiffsjungen.«

William sah in die Gesichter der Männer. Sie waren unruhig.

»Gestern haben wir unsere Befehle erhalten, meine Tapferen. Und heute gehen wir Anker auf. Wir segeln in ein fernes Land. Und zu einer gefährlichen Aufgabe. Doch für jeden von uns, sage ich, wird es eine ruhmreiche Zeit!«

Er blickte auf die Angetretenen. William fragte sich, ob er einen Hochruf ausbringen sollte. Aber die Kerle, die da fröstelnd in der Nässe standen, hätten seinen Ruf bestimmt nicht aufgegriffen.

»Wir haben Ewigkeiten auf diesem verdammten Ankergrund gelegen«, fuhr Swift fort, »und ihr hattet keine Chance, das zu üben, was jeder anständige britische Seemann können muss – den Feind aufzuspüren und ihn zu vernichten. Doch jetzt, meine Freunde, beginnt die Jagd auf die Froschfresser.«

Diesmal war eine jubelnde einzelne Stimme zu hören. Doch das war, weiß Gott, kein Hochruf. William spürte, wie seine Ohren rot anliefen.

Swift fuhr mit seiner weithin tragenden Stimme fort: »Prisengelder, meine Freunde, Prisengelder in Fülle. Ihr kennt mein Glück, ihr kennt meinen Ruhm. Denkt an die *Bonaventure*, an die *Dona Maria*, an die *Maitre*. Das waren Prisen, die nur auf uns gewartet hatten.«

Die Männer fingen an, sich ihm zuzuwenden, bemerkte William. Die abweisenden Gesichter zeigten plötzlich Interesse. Es stimmte, sein Onkel hatte einige wertvolle Prisen aufgebracht. Dieses Volk hier sprach nur auf eine Sache an – auf Geld.

Als Kapitän Swift in seiner Rede fortfuhr, hatte sich sein Ton geändert. »Ein ruhmreicher Augenblick für uns alle, Männer. Aber ich hatte mich geirrt. Für zwei aus dieser Mannschaft ist heute ein Tag der Schande, Entehrung und Strafe. Vor euch seht ihr einen von diesen kahl rasierten Schurken. Der andere zittert vor Angst unter Deck.«

Ein seltsames Geräusch wurde hörbar. Jesse Broad versuchte, mit klappernden Zähnen zu lächeln. Gott möge den Männern beistehen, dachte er, denn sie wissen noch nicht, auf wessen Seite sie stehen, auf meiner oder seiner.

»Diese Schurke hat letzte Nacht versucht zu desertieren, wie ihr sicher alle wisst. Seine Überlebenschance wär gleich null gewesen, falls er von unserem Schiff freigekommen wäre. Aber wie ihr alle wisst, kann man von unserem Schiff nicht freikommen. Schon nach ein paar Minuten war er wieder an Bord und vor Gott und den Menschen nichts mehr wert. Und auch in den Augen seiner Schiffskameraden.«

Wieder ertönte ein Geräusch, eine Art Murmeln, Mitgefühl vielleicht, und ein paar hämische Rufe. Broad kümmerte sich nicht darum. Er starrte über die grauen anlaufenden Seen voraus.

»Nur aus einem einzigen Grund ersparen wir diesem Hundesohn eine schärfere Strafe als diese Auspeitschung«, sagte Swift. »Als er im Wasser schwamm, und vielleicht nur aus Zufall, rettete dieser Mensch einen elenden Jungen, der sich noch etwas viel Schlimmeres geleistet hatte, als von einem Schiff Seiner Majestät zu desertieren. Dieser Junge hat versucht, sich umzubringen, und das ist ein gotteslästerliches Verbrechen. Das wurde verhindert. Jetzt liegt er bei den Kranken und ist halb tot. Sobald er wieder auf den Beinen ist, wird er seine gerechte Strafe empfangen, Männer. Soll ja keiner glauben, dass er dem Zorn Gottes entkommen kann – oder dem von Daniel Swift.«

Diese Gotteslästerung brachte das erwartete Lachen.

Der Kommandant hob die Hand. »Wegen dieser glücklichen, wenn auch zufälligen Umstände, das wertlose Leben eines winselnden Knaben gerettet zu haben, wird der Mann, den ihr vor euch seht, nur zwei Dutzend Hiebe empfangen. Aber lasst euch von meiner Milde bei dieser Gelegenheit ja nicht täuschen. Nicht jeder kann sie erwarten. Seid Zeugen dieser Bestrafung und denkt darüber nach.« Er drehte sich etwas zur Seite. »Mr. Allgood, würden Sie Ihren Männern bitte befehlen, die Bestrafung auszuführen! Und Mr. Allgood«, fuhr er mit einer Stimme fort, die in ihrer Kälte überall zu hören war, »wenn Sie nicht all Ihre Kraft dahinter setzen, werden andere es Ihnen bestimmt auf Ihrem eigenen Rücken zeigen.«

Kurz bevor Jesse Broad seinen ersten Hieb empfing, geschah etwas Seltsames. In einer grauen Wolke riss ein Loch auf, und die Sonne brach durch. Es war Herbst, der Wind blieb eisig, aber die Sonne war heiß. Nach wenigen Augenblicken begann das Deck mit all den angetretenen Männern zu dampfen. Ein heller Sonnenstrahl fiel auf den Strand von Eastney, und Jesse Broad dachte an zu Hause.

Er drückte sein Kinn gegen die harte Gräting und blickte auf die Wasser des Solents. Hinter dem schiefergrauen Strand, an dem die Wellen schäumend aufliefen, lagen in hellem Licht die Bäche, die Wälder und das Dörfchen, in dem er sein ganzes Leben verbracht hatte. Dort herrschte ein anderer Stil als in Portsmouth, obwohl beide Orte nur ein paar Meilen auseinander lagen. Hier gab es Menschen, die eng zusammenhielten und ihr karges Leben in den Sümpfen, im Marschland und auf den verborgenen Flüsschen mit den wilden Tiden vor dem Hafen von Langford führten. Sie hielten sich für etwas Besonderes. Die heftige Gezeitenströmung und das sumpfige Hinterland waren ein guter Schutz.

Jesse Broad starrte auf den Strand und wartete auf den ersten Hieb. Gestern hätte er mit seiner Frau die Taufe seines Sohnes in der winzigen Kirche feiern sollen. Er dachte mit Verzweiflung an sie. Jetzt waren sie eine Ewigkeit entfernt. Sechs oder sieben Meilen nur, aber eben doch eine Ewigkeit.

»Also, Männer«, rief der Bootsmann laut, »du fängst an, Jefferies, und nicht zu knapp. Ruhe da hinten!«

William war fasziniert von Jefferies, einem unscheinbar aussehenden Mann mit vorstehenden Zähnen, der sich aus der Gruppe der Helfer des Bootsmanns löste, locker und lässig. Der Junge hatte schon vielen Auspeitschungen beigewohnt, doch der Anblick der neunschwänzigen Katze, mit dem rotumwickelten Griff und den langen, schweren Enden, ließ ihm den Mund offen stehen und den Magen flattern. Der Gehilfe des Bootsmanns blieb einen Augenblick stehen, schätzte die Entfernung, wog die Peitsche in der Hand und fand dann die richtige Portion. Dampf stieg in Wolken auf, sein Haar und seine Schultern trockneten gerade. Seine Beine verschwanden von den Knien abwärts im Dunst, der vom Deck aufstieg. Die gesamte Mannschaft – schweigend und angespannt dastehend – verschwand in diesem Nebel. Nur Broad stand, an die hoch stehende Gräting gefesselt, im Schatten des Riggs.

Broad entspannte sich, so gut er konnte, als er spürte, dass der erste Hieb ihn gleich treffen würde. Er achtete darauf, dass seine Zunge nicht an die Zähne stieß, und hielt seinen Kopf von der Gräting ab, um nicht gegen das Holz zu schlagen. Dann dachte er an seinen Schutzbrief und musste fast lächeln. Und er begann sich zu konzentrieren.

Der Gehilfe des Bootsmanns holte grinsend in einem weiten Bogen aus. Ein Knall ertönte und dann ein Stöhnen aus vielen Mündern. William Bentley, der sich auf die Lippen biss, sah den bewegungslosen Jesse Broad an. Das braune Gesicht war deutlich blasser geworden, so als habe jemand das Blut aus seinem Körper fließen lassen. Bentley blickte auch auf den Rücken des Mannes. Ein breiter roter Striemen war quer über dem Rücken zu sehen, von Flecken umgeben, aber die Haut war noch nicht geplatzt.

Jesse Broad öffnete die Augen und blickte wieder auf den Strand. Der Schmerz hatte ihn überrascht, aber er war nicht beunruhigt. Er war stark, jung und sehr gesund. Zwei Dutzend Hiebe dieser Art würden ihm wenig Schaden zufügen.

»Mr. Allgood«, sagte Captain Swift mit seiner näselnden Stimme in sehr drohendem Ton, »der Mann da nimmt mich nicht ernst. Haben Sie das verstanden?«

Allgood trat zu seinem Gehilfen. Er überragte ihn mit Kopf und Schultern, schob seinen kräftigen Bauch vor und fuhr ihn mit glühenden Blicken an: »Jefferies, du Scheißkerl! Du sollst alle Kraft einsetzen. Also ran!«

Auf Jefferies Stirn sammelte sich Schweiß. Wenn es Swift gefiel, musste er alle zwei Dutzend hinlegen, vielleicht auch nur sechs, aber jeden Hieb mit aller Kraft. Sein Gesicht verriet nichts.

Gerade als er Schwung holen wollte, war Swift wieder zu hören: »Diesmal wollen wir Blut sehen, Mr. Allgood, bitte!«

»Aye, aye, Sir!«

Jefferies verzog vor Anstrengung sein Gesicht, als er mit aller Kraft weit ausholte. Das Heulen der Peitsche wurde lauter, als die neuen Enden sich trennten, und als sie trafen, klang es, als sei eine Axt tief ins Holz gedrungen. Diesmal schwieg jeder.

Drei breite rote Streifen waren zu sehen. Sie wurden dicker und glänzten, und dann tropfte das Blut auf seinen Gürtel herunter.

»Sie haben sich gerade eine eigene Auspeitschung erspart«, kommentierte Swift.

Nach sechzehn weiteren Hieben war jede Menge Blut an Deck. Der dritte Gehilfe des Bootsmanns wurde gerade abgelöst, und der vierte zerrte sehr sorgfältig die neun Stränge auseinander. Er entfernte das zähe Blut und die Haut und Fleischfetzen, die an den Lederriemen klebten. Broads Rücken bot jetzt einen erschreckenden Anblick: schwarz an den Rändern der aufgeplatzten Striemen, weiße Streifen, wo die Peitsche sich noch nicht eingefressen hatte, purpurnes und violettes Fleisch auf dem restlichen Rücken. Bentley starrte fasziniert hin. Er wusste, dass dieser Mann bisher nie ausgepeitscht worden war. Seine Haut war schneller als üblich geplatzt. Der wahre Grund, dass er so gnädig bestraft wurde, bestand darin, dass er als Seemann viel zu wertvoll war, um lange auszufallen, und nicht weil er Fox gerettet hatte. Hätte man so weitergemacht, würde er bald zum Krüppel werden.

Broad sah den Strand von Eastney durch einen Nebel von Blut und Schmerzen jetzt nur noch sehr verschwommen. Ohne es zu wissen, hatte er seine Lippe fast durchgebissen. Seine Brauen bluteten, weil er bei jedem Hieb mit dem Kopf gegen die Gräting schlug. Die Prozedur war viel schlimmer, als er erwartet hatte. Doch immer noch versuchte er, an etwas anderes zu denken. Nur noch sechs Hiebe! Er hatte von Männern gehört, die dreihundert überlebt hatten.

So viel ist also dein Schutzbrief wert, dachte er. Man darf mit dem Schicksal nicht hadern. So etwas kann dir immer mal wieder passieren. Broads Schutzbrief war nur ein Witz, wie der von so vielen seiner Freunde aus dem Dorf auch. Ihr Können und ihr Wissen um die gefährlichen Wasser war genau das, was die Presstrupps des Königs sich wünschten. Das Vaterland brauchte sie …

Der neunzehnte Hieb schien einen Nerv getroffen haben. Jesse Broad fühlte einen so rasenden Schmerz, dass er fürchtete, ihn nicht auszuhalten. Seine Zehen schoben sich in die blutnasse Gräting. Seine Knie zuckten und zitterten. Das Fleisch riss an den Fesseln auf, die ihn hielten. Durch den Lärm im Kopf hörte er undeutlich, aber durchdringend die Stimme des Kommandanten.

»Sehr gut, Jenkins. Mr. Allgood, der Mann ist ein Vorbild für die Landratten, die sie bisher um sich geschart haben.«

Ehe der neue, schärfere Schmerz schwand, kam ein neuer. Die Knochen wurden getroffen. Tränen trieben Jesse den Schweiß aus den Augen und Schaum von den Lippen. Broad versuchte mit aller Kraft, sich wieder zu konzentrieren. Aber er konnte nicht mehr klar denken. Undeutliche Bilder von Brandy-Fässern und Nächten auf See mischten sich unter die nächsten Hiebe und Schmerzwellen. Das war's – das Land brauchte Brandy. Darum ging es. Es war schon seltsam, aber kaum herrschte Krieg, brauchte das Land Brandy. Er und seine Freunde hatten sich niemand gegenüber zu verantworten. Die Männer von Langstone kannten nur ihre eigenen Gesetze. Sie waren zäh. Geschützt von Herren ganz oben. Denn die Herren ganz oben brauchten immer Brandy.

Kurz nach dem dreiundzwanzigsten Hieb, während der kräftige Arm des letzten Gehilfen des Bootsmanns Schwung holte, sah William, wie sich das Gesicht des gequälten Mannes bewegte. Fasziniert beobachtete er, wie sich die Lippen zurückzogen und die in Blut gebadeten Zähne enthüllten. Es gab keinen Zweifel, Jesse Broad lächelte!

9

Ein paar Minuten später war die Bestrafung beendet. Als Broad von der Gräting losgeschnitten wurde, trat der Arzt zu ihm und legte ihm sanft ein in Essig getränktes Tuch über den Rücken. Jesse schüttelte benommen den Kopf und lehnte alle Helfer ab, die ihn auf den Beinen halten wollten. Einen Augenblick lang starrte er William Bentley ins Gesicht, dann wurde sein Blick unscharf. Bentley fühlte seinen trockenen Mund, als der blutig geschlagene Mann nach unten geführt wurde. Er sah seinen Onkel an und entdeckte mit Schrecken Blutspritzer in dessen Gesicht. Dann hob er die Hand an sein eigenes. Ihm wurde übel. Spuren roten Schleims klebten an seinen Händen.

Kapitän Swift wandte sich an den Master. »Mr. Robinson«, befahl er knapp, »ich möchte gern mit Am-Wind-Kurs so schnell wie möglich unterwegs sein.«

»Aye, aye, Sir!«

Und an den Bootsmann gewandt: »Lassen Sie den Dreck hier beseitigen, alle anderen gehen auf ihre Stationen!«

»Aye, aye, Sir!«

Innerhalb von Sekunden waren Pfeifen zu hören, wurden Befehle gebrüllt, und Männer rannten umher unter Stockschlägen und getrieben von Tampen. Swift drehte sich zu Bentley um.

»Sie haben Blut im Gesicht, Sir!«, sagte William Bentley.

Sein Onkel lachte. »Du auch. Komm nach unten, wir können eine Stärkung vertragen.«

Als der Master melden ließ, dass das Gangspill bemannt war, schien Swift seltsam erregt.

»Aha«, sagte er, »jetzt werden wir den Leuten etwas bieten, das sie aufrüttelt, William. Du weißt doch, dass wir einen Blinden an Bord haben! So jemanden haben sie noch nie gesehen, darauf jede Wette.«

An Deck hatte das Schiff sich ganz und gar verändert. Die Spaken staken in Spills, und an jeder warteten barfüßige Matrosen. Einige Rahen waren bemannt, und Gruppen von Männern warteten auf ihren Einsatz. Der Master stand wie der Herr über alles neben dem Rad. Und er war in der Tat Herr über das Segeln der Fregatte. Swift war kein Kommandant, der sich sehr um diese gewöhnlichen Aufgaben kümmerte.

Kapitän Swift nahm seinen Platz ein und erwiderte die Grüße der Offiziere und Midshipmen, die ihn erwarteten, nur knapp. Der Bootsmann schaute fragend von dem achteren Luk herüber. Er war über alles informiert, wie William feststellen konnte. Jack Evans schnitt eine Grimasse, als wolle er fragen, was denn hier vorgehe. Aber William tat so, als wisse er nichts, und übersah seinen Freund.

Swift wandte sich endlich mit einem Lächeln von der Betrachtung der See ab. »Männer«, rief er mit seiner tragenden Stimme, »wenn der Anker auf und gekattet ist und wir in Fahrt sind, gibt es doppelten Rum für alle.«

Das kam gut an. Die Männer waren sogar bereit, ein Hoch auf ihn auszubringen, sogar ein betäubend lautes.

Swift hob wieder die Hand. »Aber davor habe ich noch etwas, das euch Spaß machen wird. Ich bin zwar ein harter Mann, und ihr vergesst das am besten niemals. Aber ich weiß auch, worüber sich eine Teerjacke freut. Mr. Allgood, wenn ich bitten darf. Lassen Sie ihn kommen.«

Erwartungsvolles Gemurmel ertönte. Der Bootsmann knurrte, aber das Gemurmel hörte nicht auf. Sekunden später war es noch lauter und deutlich zu vernehmen. Also ließ Allgood eine Warnung hören, und das Babbeln verstummte.

Alle sahen nach achtern. William konnte anfangs nicht

erkennen, was hier geschah. Er merkte nur, dass sein Onkel grimmig, doch zufrieden lächelte. Dann entdeckte er den Musikanten, der eine Hand ausstreckte und mit der anderen seinen Dudelsack festhielt. Er war dünn wie eine Bohnenstange und trug eine seltsame langschößige Jacke, die kein Seemann je angezogen hätte. Seine Schultern waren krumm, sein langes Haar dünn. In den zerfetzten Hosen staken spindeldürre Beine, und die Füße sahen aus wie ein Haufen Knochen.

Er wurde vorsichtig geführt. Als er das Gangspill erreicht hatte, wurde er zwischen zwei Spaken gestellt. Dann drehte ihn ein Gehilfe des Bootsmanns um, sodass sein Gesicht nach achtern zeigte. Er griff dem Mann unter die Arme und hob ihn ohne jede Anstrengung hoch. Dann saß der Musiker auf dem Spakenkranz, zuerst noch etwas unsicher, kreuzte gleich darauf die Beine und legte den Dudelsack darauf.

Keiner wagte zu reden. Der Spieler hob den Kopf und sah mit blicklosen Augen nach achtern. Voll Grausen blickte William Bentley auf die faltigen Augenhöhlen.

Der Bootsmann sah Swift's Zeichen und rief: »Fang an zu spielen, und ihr Männer legt los.«

Als die Männer sich gegen die Spaken warfen und drückten, erfüllte das gespenstische Pfeifen des Dudelsacks die Luft. Zuerst war es nur ein dröhnendes Summen, dann lauter werdend. Ein Rhythmus wurde erkennbar, der langsam schneller wurde. Wie durch Zauberei folgte die Musik den Schritten der Matrosen. Anfangs klang das alles sehr formlos, wie ein Grummeln, das die Körper bewegte, die sich gegen die Spaken warfen, welche das Gangspill drehen sollten. Dann stampften die Füße, die sich gegen das Deck stemmten, im Takt. Und schließlich wurde daraus eine Melodie. Es war keine bekannte Melodie, auch kein Lied, das irgendjemand an Bord je gehört hätte. Die Musik war langsam, traurig, sehr irisch. Sie verbündete sich mit dem Wind, stieg durch das Wimmern des Riggs und wurde doch vom angestrengten Stöhnen der Männer übertönt.

Mit einem lauten Ruf beendete der Bootsmann die Verzauberung. »Noch einmal rund, Männer. Mit aller Kraft, zugleich!«

William Bentley war fasziniert. Als die Männer an dem Gangspill sich schneller drehten, drehte sich natürlich auch der Musiker schneller. Und spürte er den Rhythmus von den Füßen auf Deck oder hörte er das Stöhnen, blies er schneller. Die traurige Melodie wurde immer fröhlicher, während die Ankertrosse Faden um Faden mitsamt den Algen aus den grünen Tiefen an Bord kam.

Dann wurde William mit den anderen Midshipmen unter Deck geschickt, um das Stauen der enormen Trosse zu überwachen. Zögernd kehrte er anschließend auf das Achterdeck zurück. Faszination und Ablehnung kämpften in seiner Brust. Das Knacken der Pallen war schneller geworden. Die *Welfare* ruckte unruhig, als sie in den Wind und gegen die See gelegt wurde. Und immer noch drehte sich die seltsame Gestalt auf dem Spakenkranz.

»Wo hast du den aufgetrieben, Onkel?«, fragte William. »Das ist der älteste Musiker, dem ich je begegnet bin.«

»Und ein sehr guter«, antwortete Swift. »Er sieht reichlich verlumpt und schwach aus, aber diese Kerle an den Spaken benehmen sich jetzt fast wie Seeleute.«

Das stimmte.

»Noch einmal rund!«, rief der Bootsmann, und die Männer taten es mit großer Verbissenheit. Die Ankertrosse war schon fast kurzstag.

Daniel Swift wandte sich wieder William zu: »Er ist taub, musst du wissen. Seltsam, nicht wahr?«

Dann der Ruf vom Vordeck nach achtern: »Anker ist kurzstag!«

Und dann geschah Geheimnisvolles. Während des vergangenen Jahres waren sie wenig auf See gewesen. Der ständige Drill an den Segeln hatte William eher verwirrt, als ihm Klarheit über Seemannschaft verschafft. Und nun verwandelte die Fregatte sich aus einem Schiff vor Anker, das ruhig und stumpf die Seen abritt, in ein vibrierendes, lebendiges Wesen. Rufe wie »Anker ist aus dem Grund«, dann »Anker ist aus dem Wasser« und dann »Anker ist frei« waren zu hören. Zu diesen und anderen Rufen schienen der *Welfare* Flügel zu wachsen. Gruppen von Männern zogen an Tauen. Die Vorsegel knallten wie Donner, wurden ruhig, standen back, als das Schiff abfiel. Noch einmal ertönte ein gewaltiges Donnern, als sie nach Lee getrimmt wurden. Neue Befehle klangen auf, und plötzlich nahm die *Welfare* Fahrt auf. Es schien William wie ein Wunder. Mit dem Ruder nach Luv drehte sich das Heck majestätisch weiter und weiter, bis der Wind von Backbord achteraus kam. Im nächsten Moment waren alle Segel gesetzt und standen so, dass der Master zufrieden war. Der Dudelsackspieler war verschwunden, der Buganker gekattet und das Gangspill vom Zimmermann und seinen Leuten abgeriggt.

Die *Welfare* war unterwegs.

In der dunklen Ecke, die unten als Krankenrevier diente, solange die *Welfare* nicht klar zum Gefecht war, spürten auch Thomas Fox und Jesse Broad, dass die Reise begonnen hatte. Thomas lag halb bewusstlos und wie betrunken da, seit er sich umzubringen versucht hatte. Ihn weckten die vielen Geräusche, als der Anker eingeholt wurde. Er kannte sie nicht, erriet aber, was sie bedeuteten. Es drehte sich die Achse des Gangspills in ihrer Lagerung, die große Trosse rummelte, als sie langsam an Bord gehievt und an Deck gelegt wurde. Dann folgten unklarere Geräusche, die wie ferner Donner klangen, als das Schiff seine Trägheit abschüttelte und den Druck von Wind und See zu spüren begann. In einer Stunde oder noch früher würde die Küste von Hampshire hinter der Insel Wight verschwinden. Gott allein wusste, wann er sie wiedersehen würde.

Broad erkannte, was das alles bedeutete, eher aus dem Gefühl für die See heraus als durch genaue Kenntnis. Mit dem Gesicht nach unten lag er auf Deck und spürte nur die Schmerzen von seinem zerschlagenen Rücken. Der Schiffsarzt, Mr. Adamson, tauchte auf und verschwand wieder. Er war ein sehr kleiner Mann mit Vogelaugen, kniete über Broad und sprach mit ihm so wie Mary immer mit ihrem Kind redete. Die Worte bedeuteten wenig, waren auch kaum zu verstehen, doch die Stimme klang weich und besänftigend. Sie lullte Jesse ein, nahm den Schmerz unter den forschenden Fingern, die mit Baumwolle und beißendem Essig sanft seinen Rücken abtupften.

Nach ein paar Minuten versuchte sich Broad an Worten: »Ich hatte immer eine ganz weiche Haut. Schon als Kind, wie meine Mutter sagte. Wie ein Mädchen.« Der Arzt hörte mit seinem Gemurmel auf, beugte sich tiefer, um Broad ins Gesicht zu sehen, und sagte dann: »Worüber redest du, Mann? Du siehst nicht aus wie ein Mädchen. Ich habe jedenfalls noch keines mit solchem Rücken gesehen!« Wieder tupfte er die Haut mit der beißend getränkten Baumwolle ab.

Broad litt fürchterlich. Er fühlte sich schuldig, als mache er dem Arzt Probleme. Doch dann versuchte er mit größter Mühe eine Erklärung: »Nein, Sir«, sagte er. »Das Fleisch – schon als Junge habe ich mich immer leicht verletzt. So leicht ich mich auch immer anstieß, ich habe immer geblutet wie ein angestochenes Schwein, Sir.«

Mr. Adamson ließ ein Grunzen hören. »Lieber Gott, deswegen musst du dich doch nicht entschuldigen, dafür muss man sich doch nicht schämen.«

Noch ein Grunzen folgte, aber diesmal war ein Lachen dabei. Bei einigen der Burschen an Bord verfaserte fast die Peitsche auf dem Rücken, die hatten Rücken wie Rinderhäute und Köpfe so hart wie Porzellan.

»Ich meine nicht den Schmerz, Sir«, gab Broad zurück. »Der Schmerz ist nicht das Problem. Aber ich schneide mich leicht. Und die Haut reißt sofort auf. Immer.«

»Wenn der Schmerz dir nichts ausmacht, dann verschwende ich hier meine Zeit«, sagte Mr. Adamson mürrisch. »Ich versuche gerade alles, ihn zu lindern. Wenn du sagst, dass du keinen Schmerz fühlst, Mann, dann bist du ein verdammter Narr, und ich sollte dich eigentlich sterben lassen.«

Wieder das Tupfen. Broad hielt ganz still. Der Essig schmerzte, aber besänftigte auch, und Broad tastete mit der Zunge die zerbissene Lippe ab. Stechender Schmerz! Ein gutes Zeichen. Der Rücken würde bestimmt wieder heilen.

»Gutes Heilfleisch, Sir«, sagte er mit Mühe. »Leicht verletzt, aber es heilt auch schnell.«

»Halt endlich die Klappe, Mann. Wir müssen uns hier nicht unterhalten«, brummte Adamson.

»Aye, aye Sir. Ich dachte nur …«

»Hör mal zu, Freundchen«, sagte der Arzt plötzlich, als sei ihm gerade etwas eingefallen, »ich mach' mit dir ein Geschäft. Du hältst die Klappe, um mein armes Gehirn zu schonen – und ich hole dir ein Glas Brandy.«

Broad zuckte mit den Lidern. Hatte er sich verhört? Das Problem löste sich von selber. Der kleine Mann mit den glänzenden Augen verschwand, und Broad lag lauschend auf dem Bauch. Er hörte, wie Wellen rhythmisch gegen die Bordwand schlugen. Er hörte das Holz vor Anstrengung stöhnen. Und dann hörte er auch das leicht rasselnde Atmen des bedauernswerten Thomas Fox.

Der vogelartig aussehende Arzt erschien wieder in seinem Blickfeld. Ein Plopp ertönte, ein Gurgeln und dann die ungeduldige, scharfe Stimme: »Hier, Mann, ich nehme an, du erkennst einen feinen Brandy, wenn du ihn nur riechst. Los, trink!«

Es war fast zu viel für Broad, sich auf die Seite zu rollen. Ein brennender Schmerz wischte die Freude über die Überraschung fast weg. Jesse Broad stützte sich auf einen Ellbogen, nahm das Glas und ließ den Brandy über die zerbissene Lippe auf seine Zunge rinnen. Der Arzt beobachtete ihn genau.

»Vielen Dank, Sir!«, sagte Broad, nachdem er ihn erst geschmeckt und dann geschluckt hatte. »Vielen Dank nochmals!«

»Gut«, sagte Adamson und trank aus seinem eigenen Glas. »Und was hältst du davon?«, fragte er. »Ich will deine sachkundige Meinung wissen.«

Broad zögerte. Er war sich nicht sicher, ob er dazu etwas sagen sollte.

»Los, Mann«, wurde der Arzt ungeduldig. »Ich weiß doch, dass du ein Schmuggler bist und ein Verbrecher, den man nur noch nicht aufgehängt hat. Ist das nicht ein feiner Brandy?«

Es war ein guter, ein wirklich guter. Und das sagte Broad auch. Und wohl darum bekam er ein zweites Glas eingeschenkt. Doch leider wurde ihm davon übel – bei seinem zerstörten Rücken und dem flatternden Magen. Er legte seine Arme wie ein Kissen hin, auf dem sein Kopf ruhen konnte.

»Gut«, sagte der Arzt wieder und verschwand.

Broad fragte sich, was das zu bedeuten hatte, während er gegen seine Übelkeit ankämpfte. Diese Güte kam unerwartet. Und dann schlief er ein.

10

Viele Stunden lang sah es so aus, als seien Wind und Wetter eigens der *Welfare* und ihren Befehlen gefällig. William Bentley, der auf dem Achterdeck stand, freute sich über dieses Glück.

Anfangs sah es so aus, als trüge die *Welfare* zu viele Segel für den kräftigen Ost. Der Master stand fast eine ganze Stunde an der Achterdeckreling, nachdem sie in den Kanal eingelaufen waren, und beobachtete prüfend den Stand jedes einzelnen Segels und den Druck, der auf dem Rigg lastete. William, der so viel und so schnell wie möglich lernen wollte, hatte ihm zugesehen, hatte die Befehle gehört, die der Master gab, und hatte immer wieder um Erklärungen gebeten, wenn er etwas nicht verstand. Mr. Robinson, der eigentlich von den jungen Herren an Bord der *Welfare* nicht viel hielt, gab sein Wissen gerne weiter, wenn Interesse zu erkennen war. Auch der Bootsmann schien diese Einstellung zu teilen, doch der gewaltige, bärtige Mann aus dem Westen pflegte einen so ausgeprägten Dialekt, dass William ihn manchmal nicht verstand. Und außerdem äußerte er sich manchmal auf eine Weise, dass man nur vermuten konnte, er wolle seinen Zuhörer auf den Arm nehmen.

»Warum muss man die Achterstagen nachsetzen, Mr. Robinson?«, fragte er, während die Männer zum dritten Mal in drei Stunden die Taljereeps der Wanten dichtholten.

»Das liegt am Wind, und sie sind wenig gebraucht, Mr. Bentley«, antwortete Robinson. »Das gesamte Rigg, das laufende und das stehende Gut, sind überholt worden, als wir in St. Helen's Road ankerten. Jetzt dehnt es sich und passt sich an.«

Und spöttisch ergänzte der Bootsmann: »Hanf dehnt sich eben, Mr. Bentley, Sir. Selbst unter dem Gewicht eines Mannes.«

William ignorierte diese Bemerkung.

»Tragen wir für diesen Wind zu viele Segel, Mr. Robinson?«

»Nein, Sir. Wenn das so wäre, würden Sie fühlen, wie das Schiff unter der Last stolpert. Das würden Sie sofort merken!«

William war sich darüber gar nicht sicher und offensichtlich Allgood auch nicht. »Wenn Sie erlauben, kann ich Ihnen ein besseres Zeichen nennen, an dem Sie merken, dass ein Schiff zu viele Segel trägt«, sagte er höflich.

Der Bootsmann kniff die Augen zusammen.

»Wenn der Master den Befehl gibt, Segel zu reffen«, sagte William fast flüsternd, »ist es ein sicheres Zeichen, dass dieses Schiff zu schwer arbeitet.«

Den ganzen Tag über wurden Rigg und Segel getrimmt. Als Kapitän Swift an Deck erschien, drückte er seine Zufriedenheit aus. Dieses Wetter machte ihm Spaß. Es gab genügend Wind, um immer wieder die Segel trimmen zu müssen und die Leute auf den Beinen zu halten, damit die Fregatte mit Höchstgeschwindigkeit lief. Aber es war nicht genug Wind, um Schaden anzurichten.

Unten im Krankenrevier kam Thomas Fox wieder zu sich. In vielen Stunden wurde er sich über seine Lage klar. Noch immer konnte er den Gedanken an zu Hause nicht ertragen. Schließlich kam er zu dem Schluss, dass es hier überraschenderweise so schlimm doch nicht war.

Er war überzeugt gewesen, dass er seekrank würde, sobald sie Anker auf gegangen waren. Immerhin war ihm sogar auf dem Boot zwischen Sallyport und St. Helen's Road übel geworden. Jetzt, da sie offenbar auf See waren, fühlte er sich so gut wie schon seit Tagen nicht mehr. Seit Tagen? Er wusste nicht genau, wie lange er eigentlich schon hier war. Er fühlte sich jedenfalls zum ersten Mal etwas besser, seitdem er das erste Pint Bier getrunken hatte, zu dem die beiden jungen Offiziere ihn verführt hatten. Seit dem schrecklichen Tag hatte er sie nicht mehr gesehen. Vielleicht würden sie ihn nie wieder belästigen. Er hoffte es.

Das Krankenrevier war so ganz anders als die anderen Decks, die er bisher gesehen hatte.

Zum einen stank es hier nicht, er roch nur den tröstlichen, vertrauten Dunst von den Tieren, die hier ganz in der Nähe ihren Pferch haben mussten. Von irgendwo wehte ein leichter Luftzug, doch in diesem dunklen, engen Raum war ihm nicht kalt. Nicht zum ersten Mal legte Thomas seine Hand auf das Deck, auf dem sein Strohsack lag. Es fühlte sich warm an. Da er, wenn er zu essen bekam, um sich herum die Stimmen der Männer hörte, schloss er, ganz in der Nähe der Kombüse zu sein.

Auch das Essen war gut. Er bekam so reichlich, dass sein Hunger gestillt wurde, der enorm zugelegt hatte, seit er sich dem Tode nicht mehr so nahe fühlte. Es gab Salzfleisch, das eigentlich zäh war und stank, aber es war weich gekocht und mit Essig abgeschmeckt. Es war nicht ganz so gut wie das Fleisch, das es manchmal zu Hause gegeben hatte, wenn geschlachtet worden war, aber es war immerhin Fleisch – und mehr, als er sonst bekam, Weihnachten ausgenommen. Es gab auch neue Kartoffeln, die er sehr liebte, es gab Zwiebeln und immer wieder Kohl. Thomas lag auf dem Rücken im Stroh und starrte die Decke an. Jetzt war er also in der Royal Navy, ganz und gar unfreiwillig, aber immerhin. Wenn sein Vater ihn so sehen könnte! Nein, er wollte lieber nicht an zu Hause denken. Doch woran sonst? An die jungen Offiziere? An den Arzt!

Der war ein seltsamer Mann, bestimmt Offizier, aber freundlich, fröhlich und so ganz anders als der kleine blonde Schurke und sein Freund mit der quiekenden Stimme. Der Doktor hatte Thomas freundlich behandelt, ihm manche Wohltat erwiesen und ihn nicht wegen seines sündhaften Versuchs gescholten, über Bord zu springen, um sich das Leben zu nehmen. Vielleicht waren nur die jungen Kerle Verbrecher und auf die Männer konnte man sich verlassen? Thomas erinnerte sich an die Szene in der Kajüte und begann zu zittern. Der Mann mit der gewaltigen Nase und den furchteinflößenden Augen war der Kapitän und bestimmt kein Freund, auf den man sich verlassen konnte. Und dann die Männer, als er sich unter Deck seine Backschaft gesucht hatte. Kumpel, die genau so litten wie er selbst, hatten ihn ausgeraubt und missbraucht. Warum nur?

Als Jesse Broad aufstöhnte, wandte Thomas ihm den Kopf zu und lächelte zu dem Schatten hinüber. Das war ein Mann, auf den er sich verlassen konnte! Thomas war eine simple Seele, und obwohl er sein Leben hatte beenden wollen, dankte er dem Schmuggler aus vollem Herzen, dass er ihn gerettet hatte. Reue überfiel ihn. Broad hatte schließlich seine Freiheit eingebüßt, als er ihn rettete, und war brutal ausgepeitscht worden. »Mr. Broad«, flüsterte er, »sind Sie wach?«

Broad lag mit dem Gesicht nach unten und zuckte zusammen, als der Schmerz ihn wieder zu Bewusstsein brachte. Jede einzelne Rippe tat ihm weh! Und das nach nur zwei Dutzend Hieben, dachte er überrascht.

»Mr. Broad, schlafen Sie?«

Das Flüstern war deutlich zu hören, dennoch antwortete Jesse Broad nicht. Er war bis ins Mark erschöpft. Der Kontakt mit dem weißgesichtigen Jungen mit den glitzernden traurigen Augen bedeutete im Augenblick eine zu große Belastung für ihn. Er rechnete ihm das Scheitern der Flucht nicht an, doch er konnte das Elend und die Hoffnungslosigkeit des Kleinen nicht aushalten. Das Flüstern ertönte erneut: »Mr. Broad! Sind wir auf See? Mr. Broad? Geht es Ihnen besser?« Eine Pause. Und dann: »Es tut mir Leid, was Ihnen meinetwegen passiert ist, Mr. Broad.«

Irgendetwas in der Stimme rührte ihn. Der Schäferbursche klang nicht mehr so hoffnungslos. Broad hob den Kopf und stützte seine Wange auf das Strohkissen, so dass er über das Krankenrevier blicken konnte. »Nenn mich nicht Mr. Broad, mein Junge«, sagte er. »Wir sind in der gleichen Backschaft. Ich heiße Jesse.«

»Ach so – also, ich hoffe, es geht Ihnen besser, Mr. Jesse!«

»Jesse.«

»Ja. Jesse. Es tut mir wirklich Leid, Sir, was ich getan hab'! Hätte ich geahnt, dann hätte ich … O Sir, Ihr armer Rücken. Ich hab' ihn gesehen!«

Broad dachte ein paar Augenblicke nach. Die Schmerzen wurden erträglicher.

»Es gibt unter Seeleuten einen Schnack, Thomas Fox. Er soll wohl witzig klingen, aber er stimmt häufig. ›Auf See kann's immer noch schlimmer kommen.‹ Also zerbrich dir über meine kleinen Wunden nicht den Kopf. Ich freu' mich von Herzen, dass es dir wieder besser geht. Dir geht's doch besser, Junge? Du klingst jedenfalls so.«

Der Junge klang in der Tat freudig erregt. »Ja, mir geht es wirklich besser, Mr. Jesse, ich ...«

»Macker, unter Seeleuten hält man eine solche Anrede für sehr unfreundlich!«

»Also, gut ... Jesse. Ich fühl' mich wirklich besser. Ich dachte, ich würde sterben, schon wegen der Seekrankheit. Aber jetzt ist mir nicht mal mehr schlecht.« Seine Stimme klang wieder bedrückt: »Wir sind doch auf See, oder? Wie sich das Schiff bewegt und was man hört ...«

Sie waren in der Tat auf See. Mit fast achterlichem Wind, verdammt noch mal, und mit allem Zeug, das das Schiff tragen konnte. Broad sank etwas der Mut. Die Geschwindigkeit konnte er nur schätzen, aber sie würden den Kanal im Handumdrehen hinter sich lassen. Und dieser kleine Narr, der letzte Nacht noch unbedingt sterben wollte, klang jetzt so, als hätte er schon immer ein Seemann werden wollen. O Mary, Mary, dachte er, zog tief den Atem ein und ließ die Luft in einem langen Seufzer wieder entweichen. »Ja, Thomas, wir sind auf See«, sagte er dann. »Und wenn ich's richtig fühle, haben wir einen guten Wind. Gefällt dir das?«

Sie schwiegen lange und lauschten auf das Knarren, die Wellen und das beständige Dröhnen, das von Mast und Rigg in den hölzernen Rumpf überging.

»Ich weiß nicht, Jesse«, sagte Thomas dann, »ich schäme mich für das, was mit dir passiert ist. Ich kann das gar nicht richtig sagen, aber ...«

»Jedenfalls ist dir nicht mehr schlecht«, sagte Jesse mit einem Lachen.

Der Junge stimmte ein und schien sehr erleichtert. »Nein, mir ist nicht schlecht. Ich fühl' mich eigentlich ganz wohl.

Also, wenn man Schäferjunge ist und in den Marschen von Portsea Island wohnt … Also, mein Vetter Silas, also, ich denke …« Seine Worte verhedderten sich.

Broad hörte im Dämmerlicht zu, vergaß seine eigenen Schmerzen und sogar den Schmerz in seiner Seele. Er fragte Thomas Fox weder nach seinen Eltern, noch erinnerte er ihn an seine Heimat, denn er erinnerte sich gut, wie er selber das erste Mal auf einem Lugger mitgesegelt war – gegen den ausdrücklichen Wunsch seines Vaters. Wind und Segel hatten ihn fast trunken gemacht. Und wie erfreut und erleichtert war er gewesen, als er zum ersten Mal die fremden Laute an dem jenseitigen Strand gehört hatte: Französisch. Er verstand Thomas Fox nur zu gut.

Er fragte sich, wann der Junge seine Strafe bekommen würde und auf welche Weise. Es waren düstere Gedanken. Swift war kein Kommandant, der die Verletzung einer Regel – ob nun von Gott oder von den Menschen erlassen – ohne Bestrafung durchgehen ließ. Er selber war ganz gut davongekommen, aus Gründen, die auf der Hand lagen. Aber was hieß das für den Jungen?

Er war kein Seemann. Swift war knapp an erfahrenen Männern, an richtigen Seeleuten, nicht an Landratten. Außerdem war Thomas fast noch ein Kind und benahm sich sehr unterwürfig, wie das einfache Leute so an sich hatten. Von Swift sagte man, er beurteile Menschen manchmal danach, wie sie ihm widersprachen. Drittens – und das war der einzige Punkt, der für Thomas sprach – gab es da die Tiere. Broad nahm an, dass Thomas gepresst wurde, um jemanden an Bord zu haben, der sich um die Tiere kümmerte. Falls diese Aufgabe Spezialwissen erforderte, hätte der Junge einen Vorteil.

Thomas fragte plötzlich und klang fast fröhlich: »Hast du gewusst, Jesse, dass wir einen Dudelsackspieler an Bord haben? Peter hat mir das erzählt, als er mir das Essen brachte.«

»Einen Dudelsackspieler?«

»Ja. Peter sagte, das war das Tollste. Als sie den Anker einholten, saß er auf dem ...«

»Gangspill?«

»Ja, er saß auf dem Gangspill und spielte ein Lied, während der Anker hochkam und wir lossegelten. Dudelsack, sagte Peter, aber ich nehme an, es war ein kleiner für den Ellbogen. Der Mann ist Ire.«

»Verstehst du denn was von Musik?« Broad wunderte sich, dass Thomas Fox plötzlich fröhlich wie eine Lerche klang.

»O ja«, sagte Thomas, »ein bisschen was versteh' ich davon. Ich schnitze Pfeifchen im Dutzend und spiele sie ganz gut. Jedenfalls sagen das alle. Und den Schafen macht es nichts aus.«

»Gut«, sagte Jesse Broad, »das ist sehr gut, Thomas. Musik an Bord ist immer angenehm und macht immer Freude.«

»Wirklich?« Der Junge schien freudig überrascht.

»Ja, red doch mal mit dem Musikanten, falls er Englisch kann und nicht nur Irisch.«

»Meinst du wirklich?«

Pause.

»Schade.«

»Schade?«

»Ja, schade. Peter sagt, der Dudelsackpfeifer hat keine Zunge. Und auch keine Augen. Er hat eine ganz dunkle Haut. Und dann ist er auch noch stumm.«

Das Gespräch verstummte, und im nächsten Moment war Thomas Fox eingeschlafen. Jesse dachte nach. Irgendwie schien das Schiff jetzt nicht mehr so geschmeidig zu laufen wie bisher. Es krachte tiefer in die Seen, und er spürte einen Ruck, der vom Bug her kam. Immer wieder setzte das vibrierende Summen aus. Jesse schloss daraus, dass das Schiff so viel Wind in den Segeln nicht mochte. Manchmal zitterte das Deck.

Und dann erreichte ihn ein Hoffnungsstrahl. Nur ein Strahl, aber immerhin. Falls das Wetter sich verschlechterte, falls sich ein Sturm zusammenbraute, dann gab es noch eine Chance davonzukommen. Sollte die Fregatte nämlich auf schlechtes Wetter treffen, konnte sie nicht aus dem Kanal heraus. Nicht mit so einer ungeübten Mannschaft. Den meisten Männern würde schnell die Luft ausgehen, und sie würden vor Seekrankheit zusammenfallen wie durchlöcherte Blasen.

Zu seiner eigenen Überraschung begann Broad zu beten. Nicht nur darum, dass der Oster noch stärker würde, dass daraus Starkwind würde, ein Sturm. Sondern vor allem darum, dass der Wind sich drehte. Wo standen sie jetzt? Vor Portland Bill? Vor Start Point? Vor Rame Head? Blies ein Sturm aus Westen, dann musste die *Welfare* Schutz suchen. In jedem Hafen an der englischen Küste, ja in jeder Bucht konnte Jesse irgendwie an Land kommen und verschwinden. Broad fühlte sich plötzlich sehr erleichtert, denn Thomas Fox würde ihm diesmal bestimmt nicht noch einmal folgen oder sich das Leben nehmen wollen.

Bald gab es keinen Zweifel mehr, das Wetter verschlechterte sich. Auch wenn der Wind nicht nach Westen drehte, wurden die Bewegungen des Schiffs innerhalb der nächsten Stunde ungleichmäßiger, das Eintauchen wurde heftiger. In Broad wuchs die Hoffnung.

Deshalb bat er Gott um einen persönlichen Gefallen: ein französisches Schiff. Doch das war vermutlich zu viel verlangt. Es herrschte schließlich Krieg, der Kanal war schmal. Kriegsschiffe verließen üblicherweise ihren Hafen nicht ohne guten Grund, aber schließlich gab es hier genügend Privatleute mit Kaperbriefen. Wenn die *Welfare* auf so einen mutigen Franzosen stieße und ein paar Sparren dabei verlöre? Oder gar einen Mast und dann in den Hafen einlaufen müsste zwecks Reparatur? Jesse Broad rollte sich auf seinen blutigen, schmerzenden Rücken, um die Hände auf der Brust zu falten.

Nicht lange danach entschied Mr. Robinson, die Bramsegel reffen zu lassen. Er brauchte einige Zeit, um William Bentley seine Absicht deutlich zu machen. Der war immer noch lernwillig, doch er fror und ging nach unten, um etwas Heißes zu trinken und einen wasserdichten Mantel anzuziehen. Mr. Robinson erklärte ihm dann, warum das Schiff rollte, wie es immer schwieriger für die *Welfare* wurde, den Bug in den Wellentälern wieder hochzubekommen – und überhaupt, wie unglücklich sich die Fregatte im Moment fühlte. Der Ton aus dem Rigg war tiefer geworden, und die Schaumfetzen, die kalt und alles durchdringend über das Achterdeck flogen, kamen in immer kürzeren Abständen. Aber was sollte das heißen, »sich unglücklich fühlen«? Wie konnte der Master erkennen, was das Schiff sich dachte?

Schon seit mehr als zwei Stunden mussten viele Männer sich übergeben. Zuerst hatte das Schauspiel William belustigt. Natürlich war er schon mal hier draußen im Kanal gewesen, aber dass diese erwachsenen Männer sich wie Babys übergaben, hatte ihn erst amüsiert, dann fand er das nicht mehr so lustig. Er verfolgte fasziniert, wie die Wache nach oben geschickt wurde, um die Toppsegel einzuholen. Bald konnte er sie kaum noch erkennen. Vor seinen Blicken schien ein grünlicher Nebel aufzuziehen, durch den hindurch sich Stagen und Wanten und Leinen zogen und Masten und Rahen tanzten. Als sein Onkel an Deck kam, um mit dem Master zu reden, stand William unbeweglich wie eine Statue aus Eisen und ans Deck genagelt.

»Was ist hier los, Mr. Robinson?«

»Wir werden ein bisschen Wind bekommen, Sir, wenn ich mich nicht sehr irre«, antwortete der Master. »Wahrscheinlich wird daraus ein Sturm aus Westen.«

Offenbar hatte jemand Jesse Broads Gebet gerade erhört.

11

Gegen Mittag des nächsten Tages kämpfte die *Welfare* in schwerem Wetter. Die unerfahrenen Männer wurden jetzt zu einer echten Gefahr für das Schiff. Alle Schläge der Welt und alles Antreiben mit den Tampen durch den Bootsmann und seine Gehilfen konnten die Ratten aus den düsteren Gassen und den Abschaum aus den Gefängnissen nicht zu Seeleuten machen. Mit lautem Schrei war bereits ein Mann aus der Rah des Vormarssegels gestürzt, als das Schiff wie betrunken zwischen zwei großen Seen taumelte. Sein Gesicht war in dem Schaum zwischen den Wellenkämmen noch eine Zeit lang zu erkennen gewesen. Einer der Rudergänger hatte sich erlaubt, einen Augenblick dem verlorenen Kameraden nachzublicken, und ein Segel wäre dadurch fast backgeschlagen. Kapitän Swift, der sich in der Nähe des Rades aufhielt, hatte dem Rudergänger knurrend vor Wut selbst voll ins Gesicht geschlagen, während der Master und der zweite Rudergänger sich ins Zeug warfen, um die Fregatte wieder abfallen zu lassen.

Wie es sich für ihn gehörte, stand William Bentley jetzt auf dem Achterdeck und bekämpfte mannhaft seine Seekrankheit. Jack Evans neben ihm zeigte ein grünes Gesicht, und Simon Allen, ebenfalls Midshipman, kotzte sich die Seele aus dem Leib. Der jüngste der jungen Herren, James Finch, hatte sich nach unten in seine Koje verkrochen. Das kam für Bentley nicht in Frage. Er war zwar offiziell nicht im Dienst, aber sich bei einem Sturm unten zu verkriechen, wenn die überforderte Mannschaft ein Vorbild brauchte, um wenigstens zu versuchen, das Schiff unter Kontrolle zu halten, disqualifizierte einen Mann in Swifts Augen für immer. So stand William also auf dem Achterdeck, in seinen geteerten Mantel gewickelt, und litt schweigend. Seine Seekrankheit war furchtbar. Immer wieder musste er sich schmerzhaft übergeben. Anschließend richtete er seine Blicke wieder auf Segel und Rigg, auf Wind und See.

Der Wind hatte in der Nacht immer weiter ausgedreht und gleichzeitig zugenommen. Die *Welfare* lief jetzt unter doppelt gerefften Bramsegeln hoch am Wind. Ihre Leereling streifte durchs Wasser, und grüne Seen wuschen alle zwei bis drei Minuten über Deck.

William beobachtete den Bootsmann fast bewundernd. Er zeigte ungewöhnliche Entschlusskraft und Ausdauer, die wenigen wirklich erfahrenen Seeleute arbeiteten unter seinem Befehl wie eine Mannschaft kräftiger Tiere. Selbst die Kanalratten brachte er auf Trab, meist sogar im richtigen Moment – diejenigen jedenfalls, die sich noch auf den Beinen halten konnten. Der Bootsmann schuftete nun fast zwanzig Stunden an Deck im Kampf mit den Segeln und den Männern. Einen Augenblick suchte er Schutz unter der Reling in Luv. Sein schwarzer Bart troff vor Nässe. Allgood trug nicht einmal eine Teerjacke, nur ein dickes Flanellhemd, das fast bis zum Gürtel aufgerissen war.

Nach Luv hingen die Wolken so niedrig, dass sie fast die Wellenkämme berührten. Die zeigten Schaumkämme und kamen in so ununterbrochener Folge, dass sie William eine seltsame Angst einjagten: graue, kalte Berge, die sich auf die *Welfare* stürzten, bis sie aufgab. Er knirschte mit den Zähnen. Doch sein Onkel, Mr. Robinson und der Bootsmann – hatten die Angst? Kein bisschen. Allgood lachte sogar noch.

Zu diesem Zeitpunkt wäre jeder, der sich in der Kuhl oder auf dem Vordeck aufhielt, sofort über Bord gespült worden. Also waren alle seekranken Männer unter Deck. Die Stückpforten wie die Luken waren fest geschlossen. In der stinkenden Dunkelheit herrschten furchtbare Zustände. Nur hier und da mal gab es ein schwaches Licht aus schaukelnden Laternen, doch die meisten Männer litten in fast totaler Dunkelheit. Der Hauptmann und seine Korporale machten gelegentliche Kontrollgänge, beim dritten Rundgang verlor ein Korporal sein

Gleichgewicht und wurde gegen eine Lafette geschleudert, so dass er sich den Arm gleich zweimal brach. Selbst das Vieh musste sich übergeben.

Jesse Broad war nicht seekrank, hatte aber große Schmerzen. Das Krankenrevier lag im Vorschiff, und die kühle Brise, die bisher durch die Ankerklüse hereingeweht war, hatte sich jetzt in ein kaltes Furioso verwandelt. Das Wasser drang durch die Klüse, rauschte das Deck entlang nach achtern und blubberte unter den leichten Wänden durch, die das Krankenrevier abgrenzten. Broads Strohsack war nur noch ein Haufen triefend nasses Stroh. Am schlimmsten setzte ihm das Stampfen des Schiffes zu. Der Bug der *Welfare* hob sich über jeden Kamm, und dann trieb der Wind sie auf den nächsten zu. Sie nahm Fahrt auf, bis sie sich wieder in die Wellen bohrte. Broad rammte, auf seinem Strohsack liegend, mit dem Gesicht nach unten immer wieder über die Planken.

Sein Gebet war auf ganz besondere Art erhört worden. Bisher hatte es ihm nur vermehrtes Leiden eingetragen, und nichts deutete darauf hin, dass die Fregatte in einem Hafen Schutz suchte. Bei jedem Schlag, bei jedem Rollen, bei jedem Heulen des Winds durch die Klüse lächelte Jesse grimmig. Blas Wind wie der Teufel und jag uns zurück nach England! Zur Hölle mit allem anderen!

Ein paar Stunden hatte er Thomas Fox zu trösten versucht, dessen Panik Broad so verblüffte wie die unerwartete Heiterkeit am Tag zuvor. Der Schäferjunge war überzeugt, dass das Schiff sinken würde, und er war ebenso überzeugt, dass Broad log, wenn er ihm versicherte, dass es nichts zu befürchten gab. Er sah doch, wie das Wasser unter der Trennwand durchschoss und das ganze Deck überschwemmte. Dann wurde dem Jungen so übel, dass er nicht mehr reden wollte. Er war länger als die meisten anderen seekranken Männer an Bord bewusstlos.

Der Höhepunkt des Sturms kostete die *Welfare* weitere drei Männer. Fast hätte Broad bekommen, worum er gebetet hatte.

Und Swift war viel zu erfahren, als dass er einen wertvollen Mann so kurz nach einer Auspeitschung wieder arbeiten ließ. Dennoch gehörte Broad zu der Mannschaft, die das Schiff rettete.

Zunächst war der schreiende Korporal ins Krankenrevier geschleppt worden. Dann begann es schon nach Brandy zu riechen, und bald darauf erschien der kleine Arzt. Er grüßte Broad wie einen alten Freund mit einem Lächeln. Die gewaltigen Rumpfer, die die Korporale tanzen ließen, während sie versuchten, den verletzten Kameraden sanft auf die Planken zu legen, machten ihm überhaupt nichts aus. Er hielt sich wie eine Ente auf seinen dünnen Beinchen, und die Branntweinflasche baumelte an seinem Zeigefinger. Er blickte gen Himmel, als wolle er Broad signalisieren, welche Verschwendung es gleich zu sehen gab. Dann forderte er den schreienden Korporal auf, zwei oder drei gewaltige Schlucke zu nehmen. Als der hustete und sich wand, fing Adamson an, auf Broad einzureden.

»Da draußen ist der Teufel los, mein Freund«, sagte er. »Wir haben an Deck nicht mehr Männer wie du auf deinem verdammten Piratenlugger. Gott sei mit dem armen Kerl hier, wenn ich versuche, seinen Arm zu schienen. Das Schiff rollt wie eine Katze in ihrer Hitze.«

Sekunden später erschien einer der Gehilfen des Bootsmanns in dem winzigen Revier. Er war total durchnässt und ganz rot im Gesicht. »Du da!«, fuhr er Broad an. »Los! Hoch an Deck! Und in die Rahen, aber ein bisschen dalli.«

In diesem Augenblick stampfte und rollte die *Welfare* in einer einzigen Bewegung, die kein Ende zu finden schien. Broad fühlte, wie er – wegen des steilen Winkels – gedreht wurde, obwohl er immer noch lag. Der Korporal rollte über das Deck wie ein Stück Teppich. Der Chirurg griff nach ihm, stolperte und fluchte wie ein Droschkenkutscher. Broad spürte, wie das Holz erzitterte. Er hob die Hand, der Gehilfe des Bootsmanns packte sie und zog ihn hoch. Jesse Broad spürte den

Schmerz kaum noch, während sie wie Krabben über das Deck krochen.

Oben herrschte reinstes Chaos. Die Fregatte lag fast über, und ein wirrer Haufen spuckender und fluchender Männer war von Luv quer über das Deck nach unten gerutscht. Schreie und Gebrüll von den Männern mischten sich mit dem Schmerzensgeschrei der Tiere. Aus dem Tohuwabohu erschienen die Gehilfen, schlugen mit Tampen und Rohrstöcken auf alle ein, stießen die Männer mit Füßen und fluchten. Broad kümmerte sich nicht um das Durcheinander, sondern kroch zur nächsten Leiter. Die *Welfare* war in Gefahr, und wenn dieses Chaos das Ergebnis eines Rufs war, der alle Mann an Deck bringen sollte, dann gnade ihr Gott. Er war entsetzt über die wenigen Leute. Die kurzen und hohen grauen Seen wuschen ununterbrochen über die Kuhl. Am Luk musste er fast eine volle Minute abwarten, ehe er in ein paar gewaltigen Sprüngen nach Luv gelangen konnte. Dann packte ihn der Bootsmann am Arm und zog ihn zu sich in den Windschutz. »Guter Mann!«, rief er ihm zu.

In diesem Moment ertönte lautes Knallen wie eine Folge von Kanonenschüssen. Das Vormarssegel hatte sich losgerissen und riss in Streifen, die wie wild knallten. Eines der Vorsegel war auch schon weggeflogen. Das Schiff kämpfte um sein Leben, während der Wind es mit ganzer Kraft auf das Wasser zu drücken versuchte und die Seen das Deck von allem befreiten. Auch die Masten waren nicht sicher. Selbst die Sorgleinen, die der Bootsmann vorsichtshalber hatte riggen lassen, damit die Männer sich in den Seen auf Deck überhaupt bewegen konnten, waren immer wieder untergetaucht. Achtern standen vier Männer am Ruderrad bis zu den Hüften im Wasser und kämpften mit schlohweißen Gesichtern wie in einem Albtraum.

»Nach oben, nach oben«, brüllte der Master. »Ans Großmarssegel. Refft es ein, refft es ein, Männer!«

Es war der reinste Wahnsinn. Oben wurde Broad durch

den enormen Druck des Windes gegen die Rah gepresst. Unten drehten sich Männer in einem Mahlstrom aus Schaum. Er hörte den Schrei eines Mannes, dessen Gesicht er kannte, als er an ihm vorbeiflog, an Deck krachte und wie eine Stoffpuppe einen Moment liegen blieb, bis er in einer grauen See verschwand, die über Bord fegte und schäumend nach Lee zog. Als der Fockmast über Bord ging, gab es ein lautes Aufheulen. Kein großer Verlust in dieser Situation, denn das Schiff wurde ohne ihn leichter. Jesse kämpfte gegen harte nasse Leinwand mit Händen, Armen, Beinen, seinen Knien und Ellbogen, ja sogar mit seinen Zähnen.

Sie retteten die *Welfare*. Langsam erhob sich die Fregatte wieder, nachdem alle Leinwand eingeholt worden war, um möglichst wenig Widerstand zu bieten, taumelnd aus ihrer Krängung, drehte an den Wind und begann wieder, die Seen abzureiten. Die Männer standen im Windschutz eines der zerschlagenen Kutter und genossen den Wein, der ihnen auf Befehl des Kommandanten ausgeschenkt wurde. Ein Schiffsjunge stand weinend da. Sein Vater gehörte zu den dreien, die über Bord gegangen waren.

Der erste Teil der Erfüllung von Jesses Gebet kam, als der Sturm seinen Höhepunkt hinter sich hatte. Eine Stunde lang lag die Fregatte beigedreht unter Topp und Takel, und der Wind trieb die Regenschauer über sie wie nasse Tücher. Dann wurde der Himmel heller, der Wind nahm ab, es hörte auf zu regnen. Noch immer liefen Seen über das geschundene Schiff, noch immer riss der Sturm am Rigg, aber das Schlimmste war vorüber.

Dann wurden die Männer wieder nach oben geschickt, um Segel zu setzen. Andere wurden von unten geholt und an Deck gejagt, um die Fallen für die Vorsegel und die Ausholer zu bedienen. Ein Reff wurde aus dem Großmarssegel geschlagen. Eine halbe Stunde später lag die *Welfare* wieder brav auf Kurs.

Große Gischtschleier zogen von Bug und von Luv her über sie, als sie sich in auf den Atlantik zubewegte.

Im Laufe des Nachmittags wurde der Wind schwächer, das Wetter besser. Doch zu diesem Zeitpunkt wurde die Hölle unter Deck angeheizt. Die Gehilfen des Bootsmanns schlugen auf die stöhnenden Männer unter Deck ein mit allem, was sie hatten. Der Bootsmann hatte seine Gehilfen angespitzt, die jetzt an Deck nichts mehr zu tun hatten, er selber war vom Kommandanten zusammengepfiffen worden. Unten gab es blutige Köpfe und schlimmere Verletzungen. Swift hätte am liebsten ein paar Männer erschießen lassen, bemerkte er zu William, aber von den Seesoldaten war keiner in der Lage, sich auf den Beinen zu halten, geschweige denn, eine Muskete zu benutzen.

William war stolz darauf, das Schlimmste überstanden zu haben. Er hatte an Deck fast wie einer aus der Mannschaft gearbeitet. Er und Jack Evans waren die ganze Zeit oben dabei. Ihm war sterbensübel gewesen, und eine wild tobende Schot hatte ihm das Gesicht aufgerissen, aber er hatte nicht aufgegeben. Evans und er hatten sogar einem Seemann einen Fußtritt versetzt, der sich ein Stolpern leistete. Er fühlte sich fast schon in der Lage, die Landratten von den echten Seeleuten zu unterscheiden.

Jetzt stand er neben seinem Onkel, der nach Lee gegangen war, um ein paar Wrackteile zu beobachten, die vorbeitrieben. Der Master näherte sich Kapitän Swift und hüstelte, um seine Aufmerksamkeit zu finden.

»Ja, Mr. Robinson, was haben Sie vor?«, fragte Swift.

»Ich habe vor, Sir, etwas mehr Leinwand setzen zu lassen. Es ist auch Zeit, ein neues Vormarssegel anzuschlagen. Denn ich glaube, Sir, der Wind hat schon wieder ein bisschen abgenommen.«

William musterte den Master. Er war kein Mann, der einen für sich einnahm. Dünn, ziemlich hässlich und seinen Vorgesetzten gegenüber immer äußerst unterwürfig. Zwar hatte er William gefördert, aber der musste ihn immer darum bitten, sein Wissen mitzuteilen. Robinson sprach von Schiffen, als könnten sie denken oder sogar fühlen. Aber er war ein guter Mann, daran gab es nicht den geringsten Zweifel. William blickte hoch. Er versuchte, eine Änderung zu entdecken. Warum glaubte Robinson, die *Welfare* könnte mehr Segel vertragen? Das Rätsel blieb.

»Wie Sie meinen, Mr. Robinson«, sagte er. »Schütteln Sie von mir aus die Reffs aus, ganz wie Sie meinen.« Dann wandte er sich unerwartet William zu. »Hast du Lust aufzuentern, mein Junge?«, fragte er jovial. »Lass den Abschaum nicht aus den Augen. Aber das Wetter wird besser, und dann wird's auch mal Zeit für dich da oben.« Er wandte sich an Evans, der ein paar Schritte entfernt in Lee von ihm stand. »Sie auch, Evans. Los, hoch, ihr beiden. Dann werdet ihr lernen, wie sich der Wind da oben anfühlt.«

Natürlich gab es dagegen keinen Einwand. Die Jungen kletterten mit den Männern in die Wanten. Sie passten ihr barfüßiges Tempo dem der langsameren Jungen an, um sie nicht wie Idioten erscheinen zu lassen in ihren Lederschuhen und schweren Teerjacken, und achteten dann darauf, die Männer nicht zu behindern, die auf den Rahen auslegten. William blieb fast der Mund offen stehen vor Staunen über ihre Geschicklichkeit. Sie schwangen sich voran wie Affen, standen in den Fußpferden und drückten sich mit dem Bauch gegen die dicke, schwankende Rah. Ihre Hände wirbelten um die Zeisinge und Reffbändsel. William spürte die Angst immer noch, aber er fühlte sich auch stolz. Stolz und tapfer.

Dann erblickte er Jesse Broad: den Mann, der als Schmuggler gefangen worden war, der versucht hatte zu desertieren, der das Leben dieses Schäfers gerettet hatte, der neben dem Niedergang ausgepeitscht worden war und der beim letzten Hieb gelächelt hatte. Durch das zerrissene Hemd schimmerte der zerschlagene Rücken schwarz und blau, angeschwollen wie ein Kissen. Der Mann hing über die Rah gebeugt, sein Gesicht vor Schmerz verzogen und die Hände verdeckt von der Leinwand, an der er arbeitete.

William Bentley sah, wie Blut durch das zerrissene nasse Hemd sickerte. Wieder wurde ihm schlecht. Sein Magen regte sich. Er starrte an dem markigen Kopf vorbei und blickte auf die graue See hinaus. Und dann entdeckte er das Schiff. Es war schon nahe, nicht weiter weg als etwa zwei Seemeilen! So nahe also, dass er nicht begriff, warum noch niemand aufmerksam geworden war. Es stand in Luv, also in Richtung auf Frankreichs Küste. Und es war ohne Zweifel ein französisches Schiff.

Er holte tief Luft und brüllte dann aufgeregt: »An Deck! Schiff in Sicht, Schiff in Sicht!«

Aus dem Sprachrohr des Kommandanten klang dünn die Antwort: »Wo? An Ausguck! Wo?«

»Vier Strich Backbord voraus. Vier Strich Backbord voraus. Ein Kriegsschiff, ein Kriegsschiff!«

Die *Welfare* machte jetzt einen gewaltigen Satz und schüttelte die Seen von ihrem Vordeck. Der zweite Teil von Broads Gebet war erhört worden.

12

Wenn es sich um einen Franzosen handeln sollte, gab es nur eine Konsequenz: Selbst wenn die *Welfare* ein unbewaffneter Handelsfahrer gewesen wäre und wild entschlossen, nicht zu kämpfen, hätte sie Probleme gehabt zu entkommen. Das fremde Schiff lag klar vorlich der *Welfare* und lief auf rauem Kurs. Aber die *Welfare* war ein britisches Kriegsschiff. Jubelrufe kamen von den Männern auf der Rah, obwohl sie sehr erschöpft waren. William Bentley schrie mit ihnen. Von unten war nur allgemeine Unruhe zu hören.

William war sich über die Aufgaben eines einzelnen Kriegsschiffs im Klaren, weil er in der Messe der Midshipmen Stunden damit zubrachte, Taktik und Schiffsbewegungen zu planen – allein oder mit anderen. Jetzt versuchte er die Situation einzuschätzen, und seine Übelkeit verflüchtigte sich und wurde durch eine fast unerträgliche Spannung ersetzt. Er blickte Evans an, der sich neben ihm an den Mast klammerte.

»Lieber Himmel«, sagte er, » jetzt werden wir gleich was erleben, Jack!«

Jack lief rot an, die gelbe, ja fast grüne Farbe war aus seinem Gesicht gewichen. »Meinst du nicht, wir sollten an Deck zurück, Will? Wir müssen doch an unsere Plätze!«

»Wir haben Befehle, Jack!«

»Vielleicht hat uns dein Onkel nur vergessen.«

William wandte sich an die Männer auf den Rahen und schrie sie voller Ungeduld an: »Schneller, ihr Landratten, schneller. Begreift ihr nicht, was hier gleich los sein wird!«

»Was werden wir mit dem Feind machen?«, fragte Evans. Seine hohe Stimme war in dem Heulen des Riggs gut zu hören.

Bentley musste sich Mühe geben, genau so laut zu antworten: »Schwer zu sagen. Der Feind ist in Luv von uns, hat den Wind achterlicher als dwars und kann die Bedingungen festlegen. Aber in diesem Wind wird er es schwer haben, nicht einfach an uns vorbei zu fliegen. Kannst du erkennen, welche Segel er trägt?«

Die beiden Jungen starrten über das bewegte Wasser. Der Feind hob und senkte sich in der Ferne und verschwand manchmal fast ganz in den Wellentälern.

»Dichtgeholte Marssegel, denke ich«, antwortete Evans zweifelnd.

William beobachtete verwundert, wie die eigene Segelfläche vergrößert wurde. Es schien ihm eine ungewöhnliche Taktik. In Wetter wie diesem musste die *Welfare* so handig wie möglich sein, ganz besonders, wenn sie auf ein Schiff traf, das vor dem Wind lief. Das war sogar noch wichtiger, wenn der Feind keinen Kampf wollte und verfolgt werden müsste. Nach allem, was er gehört hatte, hatte man damit bei einem Franzosen immer zu rechnen. Auch die Männer auf den Rahen zögerten, als erwarteten sie gleich wieder den Befehl zum Reffen. William fiel ein, dass die Lage unten viel weniger klar war als hier oben. Also legte er schnell die Hände zusammen und brüllte zum Achterdeck hinunter: »An Deck! An Deck! Sie trägt nur dichtgeholte Marssegel und nähert sich schnell!«

Es gab eine kurze Pause, in der nur der Wind und die knallenden Segel zu hören waren. Dann hörte William wieder die Stimme seines Onkels verzerrt durch das Sprachrohr, sie schien ganz langsam nach oben zu wehen, klang gespenstisch: »Hat er irgendein Signal gesetzt? Hat er uns gesehen?« Eine Pause. »Welche Flagge? Irgendein Kurswechsel?«

William und Jack strengten sich an. Die Entfernung verringerte sich stetig. Hatte das Schiff in Luv den Kurs geändert?

Jack schrie: »Er luvt an, er luvt an. O mein Gott, wir werden kämpfen!”

William war sich dessen nicht so sicher. Doch er wusste, dass Jack die besseren Augen hatte. »Bist du sicher? Haben sie den Kurs geändert?«

»Ja, ja«, schrie Evans. »Ganz sicher.«

William brüllte nach unten an Deck, so laut er konnte. Plötzlich kippte seine Stimme. Doch diesmal machte ihm der Stimmbruch nichts aus. Auch die anderen kümmerte es nicht, denn von unten stieg ein noch lauteres Hurra nach oben.

»An Deck! An Deck! Sie kommen auf uns zu. Sie haben uns gesehen. Sie peilen uns an. Die Teufel wollen unbedingt kämpfen!«

Seine Gedanken rasten. Wie war die Taktik? Bei dieser See waren Kanonen schwierig einzusetzen. Die Stückpforten in Lee konnten nicht geöffnet werden, sie waren die Hälfte der Zeit unter Wasser. Die Luvkanonen zeigten aus demselben Grund gen Himmel. Die *Welfare* würde entweder mit dem Bug in den Wind drehen müssen, um sich für ein oder zwei Minuten auf ebenem Kiel zu halten, oder sie musste das Heck in den Wind drehen, sobald der Franzose in Schussweite vorbeizog. Aber dann wäre sie ganz und gar schutzlos. Und der Franzose hatte den Wind auf seiner Seite. Wenn er den Kampf zu führen hätte, stellte William überrascht fest, wüsste er nicht, wie er es anfangen sollte.

»Wie wird der Kapitän die *Welfare* führen, Billy?«, fragte Jack Evans. »Wir können nicht einfach auf den Hund draufhalten, wir würden über ihn wegfeuern und Löcher in den Himmel schießen.«

»Wie auch immer, Jack«, schrie Bentley zurück, »wir werden reffen müssen. Sonst kann der Franzmann um uns herumsegeln. Der Druck ist viel zu groß.«

Die Distanz verringerte sich weiter. Die Seeleute auf den Rahen hatten immer noch keine Befehle. Sie fragten sich sicherlich, wann die Order zum Reffen kam. Vielleicht hatte Swift vor, sie plötzlich aufzugeien, sobald der Franzmann in Schussweite war, die Reffs dann auszuschütteln und einfach davonzusegeln?

William entdeckte, wie der Master und der Kommandant an der Luvreling die Köpfe zusammensteckten. Mr. Robinson, der unscheinbare Mann, deutete mit dem Arm hierhin und dahin.

»Es wird verdammt Zeit, klar Schiff zum Gefecht zu befehlen«, rief Jack.

William antwortete nicht.

Bei der Seekrankheit, bei der Unerfahrenheit der Leute, bei so schlechtem Wetter und einem so nahen Feind, dachte auch er, war es wirklich Zeit zum Handeln. Die Kanonen waren geladen, aber alle Stückpforten waren geschlossen und abgedichtet, alle Propfen saßen in den Mündungen, doch jede Backschaft zwischen einem Paar Kanonen war voll von stöhnenden Männern. Die Trennwände standen noch, die Tische hingen noch. Er blickte in den Wind. Obwohl seit der ersten Sichtung nur wenig Zeit vergangen war, war die Fregatte in Luv deutlich näher gekommen. Er sah, was auch Jack sah: Der Feind versuchte, die *Welfare* abzufangen.

»Zeigen die schon ihre Flagge?«

Evans antwortete lange nicht. Dann rief er: »Noch nicht. Aber, zum Teufel, wann wird dein Onkel endlich ...« Er unterbrach sich.

William wurde rot. »Halt den Mund«, sagte er wütend, aber nur zu sich selbst.

Dann wehte die durchdringend dünne Stimme wieder von unten heraus. Ein plötzlich stärkerer Windstoß verwehte die erste Hälfte. »... oder ich werde jeden verdammten von euch Hurensöhnen auspeitschen lassen!«

Aha, endlich der Befehl zum Reffen. William starrte die Männer. Die taten nichts. Auch sie hatten offensichtlich nicht mehr gehört als er. Er wollte gerade wiederholen, was seiner Meinung nach der Befehl angeordnet hatte, als Kapitän Swifts Stimme wieder nach oben kam und auch auf diese Entfernung voller Gift war.

»Setzt endlich die Leinwand, verflucht noch mal. Die Reffs ausschütten, ist das klar!«

Es war nicht zu glauben. William und Jack sahen sich an. Reffs ausschütten!

Wieder war ein Befehl von unten zu hören, aber diesmal nicht an sie gerichtet: »Taljen und Brassen! Taljen und Brassen, ihr verdammten Hunde. An die Schoten, los!«

Der Master stand jetzt selbst am Ruderrad. Die Männer warfen sich mit ganzer Kraft in die Spaken. Überall an Deck eilten Männer an die Fallen der Toppsegel, während die Fregatte den

Kurs änderte. Es knallte wie Donner, als während einer schnellen Folge von Ruder- und Segelmanövern das Tuch sich blähte und flappte. Die Männer klammerten sich in höchster Gefahr an die Rahen, als sie herumgeschleudert wurden, dann waren sie bei den beiden Jungen und danach auf der anderen Seite des Riggs und dann wie der Blitz unten an Deck. Jack Evans war fast schlecht geworden, die beiden Midshipmen fühlten sich hilflos und wussten nicht weiter.

Dies war nicht der Zeitpunkt, auf Befehle von Kapitän Swift zu warten. Weil der sie sicher längst vergessen hatte. Er kümmerte sich bestimmt nicht um die Kerlchen. Unglücklich und hilflos stieg William die Webleinen nach unten. Er schaute nach Lee. Der Franzose hatte, soweit er sehen konnte, den Kurs nicht geändert. Ohne Zweifel war der Kommandant drüben so überrascht worden von dem Manöver der Fregatte wie alle hier an Bord.

William wartete auf den richtigen Augenblick, um die Seen zu vermeiden, die immer noch, wenn auch weniger oft, über Deck wuschen. Die Seeleute an Deck sahen bedrückt und abweisend aus. Es gab unter ihnen offensichtlich niemanden, der glauben mochte, dass die *Welfare* wirklich floh. Swift war ein harter Mann, sogar ein Tyrann. Aber bisher hatte ihn noch niemand als Feigling erlebt. Hatte er sich einen Trick ausgedacht?

Der Erste und der Zweite Offizier starrten stur nach Steuerbord. Kapitän Swift stand allein sehr weit in Luv auf dem Achterdeck. Mr. Robinson sah die beiden Midshipmen verblüfft an und blickte dann wieder nach oben. Auf ein Zeichen eilte William zu seinem Onkel.

»Auf wessen Befehl haben Sie Ihren Posten verlassen?«, schrie Swift.

William Bentley zuckte zusammen. Sein Onkel schaute ihn kalt und wütend an. Seine Worte waren scharf gewesen wie schneidender Stahl.

»Es tut mir Leid, Sir. Ich …«

»Es wird Ihnen verdammt noch bald richtig Leid tun, Mr. Bentley. Und Ihrem Freund auch. Warum haben Sie Ihren Posten verlassen?«

»Es tut mir Leid, Sir! Ich werde sofort … Ich hab' was falsch verstanden«, sagte William.

Der Kapitän wandte sich ab. Einige Augenblicke lang herrschte Schweigen. William fragte sich, ob er wieder nach oben klettern sollte. Zu fragen wagte er nicht.

»Nehmen Sie diesen Idioten Evans mit hoch und behalten Sie den Franzosen im Auge. Ich will alles wissen. Jede Bewegung! Haben Sie verstanden!«

»Aye, aye, Sir!«

»Ab nach oben!«

William sprang sofort los. Er gab Jack ein Zeichen, und die beiden rannten zu den Großwanten. Wind und Seegang kamen jetzt fast von achtern.

Als die Jungen die Großbramrah erreicht hatten, keuchte Jack: »Was hat er gesagt?«

»Wir sollen die Klappe halten und alles beobachten«, entgegnete William. »Also halt die Augen offen, sonst werden wir ausgepeitscht wie gemeine Seeleute. Onkel Daniel hat keine gute Laune!«

In diesem Moment sah Evans, wie drüben auf dem Franzosen Männer aufenterten. In wenigen Minuten begann ihr Vormarssegel aufzublühen, als die Reffs ausgeschüttet wurden.

Die Jagd hatte begonnen.

Mr. Robinson war Segelmeister der *Welfare* und erwies sich als wahrhafter Könner. Jesse Broad, der mehr als alle anderen an Bord auf einen Kampf aus war, war von Natur aus auf Seiten derer, die flohen. Er hatte selbst mehr Zeit auf der Flucht verbracht, als er je zugeben würde. Er war vor Zollkuttern geflohen und kleinen Kriegsschiffen, die sich immer gern ein Vergnügen daraus machten, Schmuggler zu jagen. Er hatte so seiner Seemannschaft den letzten Schliff gegeben. Also verstand er viel von der besten Segelstellung und vom guten Steuern. Auch der stille und fast bewegungslose Mr. Robinson beherrschte die *Welfare* vollkommen. Er hatte ein Gespür für jede ihrer Bewegungen, hielt die Männer an Geitauen, Schoten und Brassen in Bewegung, setzte dort neu, gab hier nach oder holte dort dichter. Der beste Rudergänger stand jetzt am Rad, der zweitbeste neben ihm, um im Befehlsfall zuzupacken. Broad wäre am liebsten selbst ans Ruder, als sie eine See seitlich von achtern übernahmen. Er hätte ihr ausweichen können.

Eine solche Verfolgungsjagd zieht sich gewöhnlich sehr lange hin. Trotz seiner persönlichen Ziele war er neugierig, wie der Kampf hier ausgehen würde. Die *Welfare* bewegte sich ziemlich direkt auf die englische Küste zu. Falls sie über Stag gehen mussten, um nicht zu nahe an eine Leeküste zu kommen, würde nichts sie vor einem Kampf bewahren. Es sah nicht danach aus, als wären sie dem Franzosen überlegen, der ziemlich die gleiche Größe hatte. Vielleicht zählte Swift auf die Dunkelheit, um zu entkommen. Bei diesem Wetter konnte man vermutlich ungesehen verschwinden. Oder vielleicht verließ Swift sich ganz und gar auf Robinsons Können?

Robinson entschied mutig, dass die *Welfare* jetzt schon wieder etwas mehr Zeug tragen könnte. Broad war anderer Meinung, aber er musste neidlos eingestehen, dass der Master noch mehr Erfahrung als er selber hatte. Plötzlich überraschte ihn der Gedanke an Mary und sein Zuhause. Doch er liebte Verfolgungsjagden über alles und wollte auch alles daransetzen, dass die *Welfare* entkam.

Ein paar Stunden später stand fest, dass Robinsons Können den Tag rettete. Die beiden frierenden Midshipmen im Masttopp konnten sehen, wie die Entfernung zwischen den Kontrahenten größer wurde. Kurz nachdem sie das ans Achterdeck gemeldet hatten – wobei sie sich erst zehn Minuten darüber stritten, eine solch gefährliche Erkenntnis laut zu äußern –, feuerte der Franzose mit der Bugkanone, doch auf diese Entfernung war das nur noch ein Zeichen herber Enttäuschung. Die Kugeln schlugen so weit weg ins Wasser, dass man ihr Aufspritzen in den Schaumkämmen kaum erkennen konnte. Kurz darauf entdeckte Evans mit seinen Adleraugen, wie das Vormarssegel des Franzosen riss. Sekunden später bestätigte der ungläubige William, dass die Fetzen eine halbe Minute lang über die Wellen flogen und dann verschwanden. Dann brach die Nacht an.

Nach einer weiteren Stunde harter Arbeit des Segelkürzens, um die Fregatte wieder hart an den Wind zu bringen und sich damit von der Leeküste frei zu segeln, die irgendwo in der Dunkelheit im Norden lag, wurde Jesse Broad klar, wie wütend die Männer um ihn herum waren. Anders als er, der die Jagd sehr spannend und erregend gefunden hatte, schämten sich die anderen. Seine ganze Backschaft, selbst der Schiffsjunge Peter, war ununterbrochen an Deck gewesen. Jetzt hockten alle zwischen den Kanonen, die ihre Welt begrenzten, und schrien wütend durcheinander, während sie Becher mit Rum und heißem Wasser leerten, dem einzig warmen Getränk, das sie erhielten, solange dieses schlimme Wetter herrschte.

»Vor einem verdammten Froschfresser davonzulaufen!«, sagte der alte Fulman traurig und schüttelte sein graues Haupt. »Ich kann mich nicht erinnern, dass so etwas schon passiert ist! Was sagst du, Samuel?«

Dem anderen Graukopf ging es genauso.

Peter sprang erregt auf. »Swift ist ein verdammter Feigling«, schrie er. »Wie kann man bloß abhauen! Ich wäre geblieben und hätte gekämpft – bis zum Tod, wirklich!«

Alle lachten, aber nicht sehr fröhlich.

Matthew warnte von seinem Platz in der Nähe der Geschützpforte aus ernst: »Lass das niemanden hören, Peter. Es gibt Meinungen, die behält man besser für sich!«

Peter brummte in seine Grogtasse: »Das ist doch die reine Wahrheit. Der Kapitän ist ein Schurke und ein geborener …«

Der rothaarige Kopf verschwand unter zwei großen hornigen Händen. Fulman hatte vorsichtig seinen Becher abgesetzt und dem Jungen die Hände über den Mund und auf den Kopf gelegt, um ihn zum Schweigen zu bringen. Der zappelte noch etwas und war dann still. »Mr. Matthew hat Recht. Flucht ist immer …«, er schaute sich in der Dämmerung unter Deck um und sagte noch leiser: »Flucht ist immer eine Schande. Aber wenn du das laut sagst, kriegst du vielleicht einen Kragen aus Hanf umgelegt und Gelegenheit, dir die Welt von höher oben anzusehen.«

Überall ertönten lautes Gebabbel, betrunkenes Schreien, Gekotze. Man spürte den Zorn.

Matthew lachte. »Peter, du bist nicht allein mit deiner Meinung. Heute wird hier mancher seinen Mund zu weit aufreißen. Aber denk an den Profos. Der ist immer in der Nähe.«

In seiner Kajüte balancierte Kapitän Swift das Schwanken des Decks aus und fingerte an seinem Weinglas herum. William fand, dass sein Onkel heute ganz anders aussah. In seinem Blick glänzte ein gefährliches Feuer. William war froh, dass es nicht ihm galt.

»Verdammt, verdammt, verdammt, verdammt und noch mal verdammt«, brummte Swift. Er leerte sein Glas und füllte es mit einer schnellen Handbewegung wieder nach. Schwer schob sich die *Welfare* auf einen Wellenberg, und William stolperte fast. Swift fing die plötzliche Bewegung mit federnden Knien ab und fluchte leise weiter. »Du weißt bestimmt, was die Leute denken, oder?«, fragte er plötzlich.

William wurde rot. Seine Antwort, wie immer sie ausfiel, würde seine eigene Einstellung verraten.

Doch sein Onkel wollte ihm offenbar keine Falle stellen. Er erwartete gar keine Antwort.

»Sie denken, ich bin ein Feigling und habe Schande auf mein Schiff geladen. Zur Hölle!«

William schwieg.

Kapitän Swift zielte mit dem Fuß auf eine Kiste. Sie zerbrach vorn, und Wein spritzte aus dem Glas. »Also los, William, mach dich auf«, sagte Onkel Daniel. »Wenn du einen Mann findest, eine dreckige Ratte, die das Wort in den Mund zu nehmen wagt ... Hol mir den Kerl ran.«

Der Junge stand unbeweglich da. »Ich verstehe nicht, Sir«, sagte er, »ich bin ein bisschen ... Meinst du, ich sollte ...«

»Ja, das verlange ich«, sagte Swift knirschend. »Ist dir nicht klar, dass diese dreckigen Kerle mich jetzt für einen Feigling halten. Mich, Daniel Swift. Lieber Gott ...« Er verzog sein Gesicht und trat noch einmal mit dem Fuß nach der Kiste. Ein Stück der Klappe aus Rosenholz fiel ab. Er holte tief Luft und seine Zähne mahlten. »Augen und Ohren müssen immer offen sein, Junge, denk dran. Ich möchte, dass du dich viel unter Deck bewegst, nicht nur bei deinen Leuten bleibst. Such mir einen einzigen Mann, einen der dreckigen Hunde, der das Wort über mich gesagt hat. Verstanden?«

»Ja, Sir«, antwortete William. »Du meinst, die Leute reden darüber ... du denkst, Feigheit ist ...«

Swifts Augen durchbohrten ihn. »William, auf diesem Schiff herrscht Disziplin. Dieser Abschaum hat das zu lernen. Die meisten konnten nicht mal ihre Ärsche an Deck kriegen, um das Schiff wieder unter Kontrolle zu bekommen. Kämpfen können diese Ratten überhaupt noch nicht. Aber sie denken, ich sei geflohen, weil ich die Hosen voll hatte. Ich, der ich oft gekämpft habe, bis das Deck in Blut schwamm und gegen überlegene Feinde, so dass der Teufel sich ein Stück abschneiden konnte.« Wütend hielt er inne und holte Luft. »Verdammt noch mal! Verdammt! Ich werde es ihnen zeigen. Sie kennen die Befehle nicht, die ich erhalten habe. Ich werde ihnen den Respekt beibringen, den man mir schuldig ist. Ich werde den ersten, der mich Feigling zu nennen wagt, auspeitschen lassen, bis alle verstanden haben. Also, los jetzt!«

William war so erleichtert, dass er fast gelacht hätte. Das also war die Lösung! Befehle! Sein Onkel hatte Befehle erhalten. Mein Gott, wie hatte er an ihm zweifeln können. Das war die Einsamkeit des Kommandanten! Es war offensichtlich: Die Befehle verlangten Eile und verlangten auch, sich frei von Gefechten zu halten, jedenfalls von solchen, die die *Welfare* verkrüppeln oder sie von der Erreichung des Ziels abhalten könnten, das die Lords der Admiralität vorgegeben hatten. Onkel Daniel war kein Feigling!

»Beweg dich, Sir«, wiederholte Swift. »Hol mir einen der Kerle, und zwar schnell.« Er leerte sein Glas und füllte es wieder. Als William die Kajüte verließ, hörte er seinen Onkel weiter fluchen. Wie kann dieser Abschaum eine so schlechte Meinung über den Kapitän haben, dachte William.

Auf dem Hauptdeck kehrte in dem süßlich-ekligen Gestank Williams Übelkeit zurück. Er hielt sich an der Leiter fest, schloss die Augen und biss sich fest auf die Lippe. Lange würde er es hier nicht aushalten können, sondern vielleicht bald zu denen gehören, die bewusstlos im eigenen Dreck lagen.

Der Lärm war unglaublich. Stimmen riefen durcheinander, Schreie und Gelächter verbanden sich zu einer Lärmkulisse, die eher an Tiere als an Menschen denken ließ. Wie sollte er hier einen einzelnen Mann finden, der sich gegen den Kommandanten aussprach?

William zog den Kopf ein und rutschte in den tiefen Schatten, wo er sich an einem Stieper festklammerte, um seine Peilung wiederzugewinnen. Langsam konnte er einzelne Stimmen unterscheiden, hohe und tiefe Stimmen, raue und schrille. Dann fiel ihm auf, dass viele betrunken waren.

Sein Onkel hatte Recht. Hier schrie der Chor der Hölle nach Meuterei. Feigheit war das Schlüsselwort. Es flog durch das stinkende Deck wie ein immer wiederkehrendes Echo.

In der Backschaft vor ihm hing eine Laterne von einem Decksbalken. Direkt darunter erhob sich schwankend ein Bulle von einem Kerl und nahm einen tiefen Schluck. William erkannte ihn: ein gepresster Mann, als Seemann ganz brauchbar, namens Henry Joyce. Er kannte den Mann, weil er gefährlich war, ein ungebildeter, gewalttätiger, oft betrunkener Hund, der Befehle nur murrend befolgte und um sich herum jeden zu bedrohen schien. Doch jetzt ging nichts Bedrohliches von ihm aus. Sein langer Zopf baumelte am Hinterkopf, und sein dicker Hals warf Falten, als er den Kopf zurückwarf. Sein schmutziges Gesicht war unrasiert, und sein ganzer Vorderschädel glänzte kahl. Bis zum Gürtel war er nackt, er trug nur eine kurze Hose aus Leinwand. Insgesamt war er fast so gut gebaut wie Mr. Allgood, kaum schmächtiger. Die ganze Wildheit, die William immer wieder in Allgood sah, war auch in diesem betrunkenen Tier deutlich erkennbar. Aus dem offenen Mund war ein verächtliches Heulen zu hören. Seine Macker stießen mit den Bechern an und lachten.

Der Mann heulte noch mal, nahm wieder einen Schluck und hustete. »Macker«, schrie er dann. »Der Mann ist ein Feigling. Kein Zweifel. Ein Feigling, sag' ich.« Er brüllte so laut, dass es durch das Deck hallte, und seine Macker jubelten ihm zu. »Ein Feigling«, brüllte er wieder. »Und eine Memme. Ein feiger Hund. Und ein verdammter Hurensohn.«

Jedes Wort wurde laut bejubelt. William traute seinen Ohren kaum. Wo war der Profos, um das hier zu unterbinden? War diesen Männern eigentlich klar, dass sie dafür gehängt werden konnten? William bewegte sich nicht. Der Mann hatte bisher jedenfalls noch nicht nachweislich vom Kapitän gesprochen.

»›Ihr tapferen Männer‹, sagt dieser feige Hund, ›ihr tapferen Männer, wir sind bald auf See. Und dann steh der Himmel dem Feind bei‹, sagt er.« Joyce lachte höhnisch, bis er sich fast verschluckte. Seine Macker knallten die Becher zusammen.

»›Ihr guten Männer‹, sagt er, ›wenn wir erst auf See sind, gibt's Prisen in Massen. Preisgelder, in denen wir ersticken werden. Oder ich heiß' nicht Daniel Swift!‹, sagt er. Na, Leute, und was ist jetzt?« Seine Backschaft röhrte. Er beantwortete die Frage selber: »Kapitän Angsthase. So heißt er in Wirklichkeit. Kapitän Reißaus!«

Wie konnten diese Kerle nur so tief sinken? Wie konnten solche aufrührerischen Sätze auf einem Schiff Seiner Majestät fallen? In seiner Wut wäre William fast auf die betrunkenen Seeleute zugestürzt. Doch im letzten Moment hielt ihn seine Klugheit zurück. Er zog sich zum Niedergang zurück und fand achtern den Profos.

Als Henry Joyce unten sicher in Eisen lag, hatten die Korporale der Seesoldaten ein paar Zähne weniger. William meldete sich zum Rapport bei seinem Onkel.

Der Kommandant war sehr zufrieden. »Sehr gut, mein Junge«, sagte er. »Sehr gut – und sehr schnell. Wir müssen kräftig zuschlagen und immer sehr schnell. Nur so können wir diese Hunde im Zaum halten.«

13

Am nächsten Morgen zerrte man Thomas Fox aus dem Krankenrevier und schickte ihn zur Arbeit. Er fühlte sich noch schlechter als unmittelbar nach dem kurzen Bad vor der Insel Wight. Als der Befehl kam, fühlte er sich immer noch sehr schwach, und als er würgte, kam nichts als ein dünner Faden brauner, bitterer Flüssigkeit. Immer wieder hatten die Gehilfen des Arztes und der Schiffsjunge versucht, ihn zum Essen zu bewegen – mit trocknem Schiffszwieback, mit Käse und Bier. Doch er hatte es abgelehnt, auch nur hinzusehen. Nur ein bisschen Wasser hatte er getrunken, das ihn noch kränker machte, denn es stand braun und schlammig in den Fässern.

Die Visite von Mr. Adamson war noch nicht lange her. Außer Thomas hatte er vier weitere Patienten: den Korporal mit dem Armbruch; einen Mann, der sich ein Bein gebrochen hatte, als eine See ihn vor die Speigatten schleuderte; einen zweiten mit einer Messerwunde unter dem Arm als Ergebnis eines betrunkenen Kampfes während der letzten Nacht; und einen Seesoldaten, der offenbar magenkrank war. Die Männer mit den Brüchen hatten schon lange aufgehört zu wimmern, aber immer noch waren ihre scharfen Schmerzensschreie zu hören, wenn das Schiff sich wilder als üblich bewegte. Der Mann mit der Messerwunde lag auf dem Rücken und schnarchte wie ein Eber, der Seesoldat ließ etwa alle zehn Minuten ein schmerzliches Stöhnen hören und lag zusammengekrümmt mit dem Knie am Kinn da und trug immer noch seine Uniformjacke, die alle möglichen ekelhaften Flecken aufwies. Er hatte zu große Schmerzen, als dass man sie ihm hätte ausziehen können.

Mr. Adamson hatte während der langen Nacht seine gute Laune wiedergefunden, obwohl er nicht sehr viel Schlaf genossen haben konnte. Er schlurfte durch das Krankenrevier mit einer Tasche in der einen und der unvermeidlichen Flasche Brandy in der anderen Hand, pfiff vor sich hin und schnalzte gelegentlich mit der Zunge, während er sich die Patienten ansah. Den betrunkenen Mann weckte er nicht, sondern sah sich nur die Wunde an, tupfte sie mit einem Tuch ab und verband sie neu.

»Der wird fluchen, wenn er wieder zu sich kommt« prophezeite er fast fröhlich. »Ich habe ihm die Wunde verbunden, aber nichts zum Trinken gegeben.« Er zwinkerte Thomas an und fügte hinzu: »Jedenfalls nicht den Brandy für gute Freunde!«

Thomas hätte gelächelt, wenn er gekonnt hätte. Der Arzt hatte ihn wie einen Freund behandelt, hatte alles getan, was er konnte, um ihm seine Tage angenehmer zu machen. Wieder überfiel ihn das Heimweh, und Galle lief ihm aus dem Mund.

»Immer noch so schlimm, mein Junge? Macht nichts, das ist nur die Seekrankheit. Die hast du bald ausgestanden, und dann wirst du fröhlich hüpfen wie ein junges Lamm.« Er kniete vor Thomas und wischte ihm das Erbrochene aus dem Gesicht. »Das Wetter wird bald besser, wart nur ab. Dann wirst du vor Freude tanzen.«

Der Arzt ging weiter, um hier ein paar Bandagen zu lockern, dort die Schienen zu überprüfen oder jemandem Brandy einzuflößen. Er benutzt das Gesöff offensichtlich als Patentmedizin, dachte Thomas und freute sich schon auf den Augenblick, wenn er ihn wieder bei sich behalten konnte. Seine Mutter hatte sich, wie viele Bauersfrauen, auf Kräutertee und andere Aufgüsse verlassen. Er nahm an, dass der Brandy genau so wirksam sein müsste wie die mütterliche Medizin, ganz zu schweigen von den anderen Vorteilen.

Als der Gehilfe des Bootsmanns erschien und ihm befahl, aufzustehen und mitzukommen, begriff Thomas nichts. Mr. Adamson hatte nichts davon gesagt, dass er das Krankenquartier verlassen könnte. Viel konnte er nicht erkennen. Vor ihm stand ein schlotternder Kerl, dessen gelbe Zähne weit vorstanden. Thomas schloss die Augen wieder und hoffte, dass das Bild bald verschwand.

Stattdessen bohrte sich ein stechender Schmerz tief in seinen Magen. Der Gehilfe des Bootsmanns hatte Thomas getreten. Thomas öffnete voller Furcht wieder die Augen und sah, wie der große knochige Fuß wieder ausholte. Er versuchte sich auf die Knie zu bringen, fing sich aber nur einen weiteren Tritt ein und begann zu schluchzen. Dann traf ihn ein neuer Schmerz. Der Mann zog ihn an dem einzigen Büschel Haare hoch, das beim Kahlscheren stehen geblieben war. Durch seine Tränen hindurch sah Thomas in das grinsende Gesicht seines Peinigers.

»Charlie Jefferies zu Diensten«, höhnte der Gehilfe des Bootsmanns. »Ich soll vom Kommandanten und von Mr. Allgood grüßen. Es geht um eine kleine Bestrafung. Weil du ja wohl versucht hast, dich umzubringen.«

Thomas verstand nicht was hier geschah. Er wurde halb gestoßen, halb geschleppt – aus dem Krankenquartier heraus und das Geschützdeck entlang. Vage nahm er die Kanonen und die Männer davor als Schatten im Dämmerlicht wahr. Dann stolperte er über eine große Trosse und fiel auf Hände und Knie. Das Deck war nass und rutschig. Ohne Jefferies hätte er es nie geschafft, nach oben an die frische Luft zu klettern. Der trug einen Stock bei sich, mit dem er den Schafhirten immer wieder hart schlug. Es war fast so etwas wie ein Hütestock, wie Thomas ihn für die Tiere benutzte, die ihm nicht gehorchen wollten. Thomas wimmerte vor Schmerzen und in wachsender Angst vor der Bestrafung, die vor ihm lag.

Sie stiegen aus einem Luk im vorderen Teil des Schiffes. Lange konnte er nichts erkennen außer der schiefergrauen See. Das Meer zeigte eine kalte, furchteinflößende Farbe. Dazu kamen grauweiße Streifen auf den Wellenkämmen, die immer wieder weggerissen wurden. Und dann die Wellen! Thomas erschienen sie riesig. Jede einzelne schien an Deck zu krachen und alles unter sich zu zermalmen, wenn sie schnell und wuchtig über die Kuhl rollte. Manchmal schien nur noch der Großmast aus der wilden See herauszuwachsen, die höher und höher stieg – aus Luv.

Zitternd stand Thomas in dem eiskalten Wind, der an ihm zerrte, bis der nächste Hieb von Jefferies Rohrstock ihm über den Rücken zischte. Er stürzte aufs Deck, der Gehilfe war sofort hinter ihm.

»Los«, schrie Jefferies. »Mr. Allgood will dich vorn sehen.«

Das Deck krängte, die Männer suchten Schutz auf der hohen Wetterseite, die meisten trugen Jacken aus Teerstoff oder aus Leinwand, hatten die Gesichter tief in die Kragen gezogen, fast jeder hatte irgendeine Kopfbedeckung. Thomas, der nicht mal mehr eine Jacke besaß, versuchte, sein Zähneklappern zu stoppen, während er sich langsam weiterbewegte. Immer dicht hinter ihm, trieb ihn Jefferies mit seinem Stock, schob ihn und schlug auch scharf zu. Es gelang ihm, gebückt den schlimmsten Wellen auszuweichen, die über dem Bug hereinbrachen. Als sie den Fockmast hinter sich gelassen hatten, war er nass bis auf die Knochen.

Ein kleiner Mann in einem langen Teermantel und einem glänzenden Teerhut kam auf ihn zu. Ein paar blonde Strähnen lugten unter dem Hut hervor und klebten an der Stirn. Es war der Midshipman, der ihn eingefangen hatte. Thomas stolperte und wäre fast gestürzt, wenn Allgood, der neben William Bentley stand, nicht seine Hand, groß wie Essteller, ausgestreckt und ihn an der Schulter aufgefangen hätte.

»Wo hast du deine Klamotten, du Vogelscheuche?«, fragte er. »Was willst du anziehen, um dein Leben als Seemann zu beginnen?«

»Ich glaube, das große Hemd passt ihm ganz gut«, sagte der kleine Midshipman. »Darin kann er sich bewegen.«

Der Bootsmann sah ihn an. »Wie Sie meinen, Mr. Bentley, Sir«, antwortete er. »Groß genug, um sich zu bewegen! Ich dachte gerade, vielleicht wird ihm bald so kalt sein, dass er keinen einzigen Muskel mehr bewegen wird.«

Er hielt Thomas immer noch fest. Trotz des Wetters fühlte sich seine gewaltige Hand warm an, ja Thomas schien es, als strahlte sie eine gewisse Freundlichkeit aus.

»Dann sorgen Sie vielleicht besser dafür, dass er genug zu tun hat, um warm zu bleiben, Mr. Allgood«, sagte der Midshipman. »Ich muss Sie ja wohl nicht erinnern, dass dies hier eine Bestrafung werden soll.«

Mr. Allgood schob sein großes, haariges Gesicht Thomas Fox entgegen. »Und das wird heiße Arbeit werden, mein Lämmchen«, grinste er. »Also Sir«, wandte er sich an Bentley,

»Sie können ihn mir überlassen und zurück an ihren geschützten Platz gehen.«

»Danke, Bootsmann«, erwiderte der Junge eisig, »aber ich werde selber entscheiden, wann ich zu meinen Pflichten achtern zurückkehre.«

Der Bootsmann bewegte unter dem Mantel seine Schultern. Das konnte ein höhnisches Zucken gewesen sein, oder vielleicht wollte er nur sein Gleichgewicht halten. Er drehte Bentley den Rücken zu. »Hör mal, mein helles Kerlchen«, erklärte er Thomas, »wir haben eine Aufgabe für dich, von der Kapitän Swift meint, dass sie genau auf dich zugeschnitten ist. An Bord dieses Schiffes, der berühmten *Welfare*, nennt man Leute wie dich Lügner. Und wenn du dich erinnerst, kamst du ja als Lügner an Bord.«

»Aber, bitte, Sir ...«

»Halt den Mund!«

Thomas sah vom triefend nassen, behaarten Gesicht des Bootsmanns zu dem Midshipman hinüber. Wenn er nur wüsste, was das alles bedeuten sollte. Dieser Junge, dieses Kind, befahl doch wohl nicht über diesen Berg aus Fleisch und Muskeln, der jetzt lächelte? Thomas wollte ihnen sagen, dass er nichts von all dem begriff, nicht wusste, wie er richtig reagieren sollte. Doch er schwieg. Zu schweigen, das hatte er begriffen. Also sagte er kein Wort.

Da ertönte wieder William Bentleys hohe, schneidende Stimme: »Kapitän Swift ist mehr als nachsichtig mit dir, Thomas Fox. Er hat entschieden, dich weder auspeitschen zu lassen noch dich in Eisen zu legen oder dich vors Kriegsgericht zu bringen wegen deines versuchten Selbstmords. Aber von dem Augenblick an, den Mr. Allgood für richtig hält, bist du der Lügner der *Welfare*. Es ist deshalb deine Aufgabe, den Abtritt zu säubern, und wehe, wenn du da deine Pflicht nicht erfüllst!«

»Solltest du also wieder ins Krankenquartier zurückkehren

wollen, dann wirst du dafür einen richtigen Grund haben. Ist das klar?« Thomas verdrehte die Augen, der Bootsmann schüttelte ihn. »Die Antwort heißt ›aye, aye, Sir‹, wie es sich vor einem jungen Herrn gehört.«

»Aye, aye, Sir«, sagte Thomas.

»Gut«, sagte Allgood. »Jefferies, kümmere dich wieder um deine Angelegenheiten, und wir, mein Lämmchen, werden nun zum Abtritt gehen.«

Thomas Fox konnte sich nicht an den Abtritt erinnern. Niemand hatte ihn mehr benutzt, seit die *Welfare* in schlechtes Wetter gelaufen war. Der stumpfe Bug grub sich immer noch in die kurzen steilen Seen. Thomas hangelte sich mühsam mit dem Bootsmann und dem Midshipman weiter und stand dann ganz vorn im Bug des Schiffes. Dort schaute er verwirrt neben dem Bugspriet nach unten. Dort sah er eine Art kleine Galerie.

»Lieber Gott«, schrie der Midshipman plötzlich, »wissen Sie, was ich glaube, Mr. Allgood? Dieser Schurke weiß gar nicht, was ein Abtritt ist. Er hat im Leben noch keinen gesehen!«

Das stimmte. Alles, was Thomas erkennen konnte, war eine Galerie mit Sitzen. In die Sitze, im Abstand von etwa fünfundvierzig Zentimetern, waren runde Löcher geschnitten. Durch sie hindurch konnte man die kochende See sehen. Dem Bug am nächsten und genau unter sich sah Thomas vorn in dem Schott ein Brett vor einer Öffnung, die zur Zeit mit einem Keil zusammengehalten wurde.

Der Bootsmann begann ein lautes Gelächter. Der Wind wehte es sofort weg. »Das da«, sagte er, »ist der Abtritt. Die Latrinen. Die Klos, die privaten.« Wieder ein Lachen. »Obwohl es genau genommen überhaupt nichts Privates hier gibt.«

»Und das muss alles gesäubert werden«, ergänzte William Bentley. »Kapitän Swifts Befehl lautet, dass ein Mann, der die Luft mit seinen Lügen verdreckt, die Latrine reinigen muss. Also ist das deine Aufgabe, Thomas Fox.«

In dem Augenblick grunzte Allgood, der die grauen Seen, in die das Schiff eintauchte, im Auge behalten hatte, eine Warnung. Eine gewaltige Pranke packte Thomas. Die Nase der *Welfare* senkte sich und lief immer tiefer in ein Wellental. William Bentley stürzte durch den Aufprall auf die Knie. Verschreckt sah Thomas, wie das Wasser sich wie eine Wand erhob. Vorne stieg die Wand hoch, den Bug empor, über den Vorsteven und zersprühte an der Galerie. Im Bruchteil eines Augenblicks stürzten dann Kaskaden von Wasser durch die Sitzlöcher, begruben die Galerie unter sich.

Thomas dachte, sie alle müssten ertrinken. Er fürchtete, sein Arm würde brechen, so wie das Wasser an seinem Körper riss, und hätte vor Schreck schreien mögen, aber seine Lungen wehrten sich gegen das Salzwasser, das er unversehens einatmete. Die Zeit stand still. Er fühlte nur die Hand des Bootsmanns, die sich fester in seine Schulter grub, eiskaltes Wasser, Schmerzen und das Dröhnen in seinen Ohren.

Die *Welfare* wehrte sich.

Thomas hustete und spuckte. Dann kamen seine Schultern frei, das Wasser floss schnell an ihm vorbei, über die Planken und dann seitlich davon. Der algenbewachsene Vorfuß tauchte aus den Wellen, ehe die *Welfare* wieder zum Sturz in ein Wellental absetzte.

Mr. Allgood lächelte ihn an. »Das war ein verdammter Kaventsmann, mein Lämmchen«, sagte er fröhlich. »Der siebente Sohn eines siebenten Sohnes.« Er lachte, als er Thomas' Unverständnis bemerkte. Und dann sagte er, fast wie zu sich selbst: »Und wo ist nun unser feines junges Herrchen?«

William Bentley tauchte an Lee wieder auf. Er war kreidebleich, und aus einer aufgerissenen Lippe sickerte Blut.

»Ah«, höhnte Allgood. Seine Stimme klang eindeutig. Aber sein bärtiges Gesicht blieb unbewegt Als Bentley zu ihnen zurückkehrte, sagte der Bootsmann: »Tut mir Leid, Mr. Bentley, Sir. Ich hätte Sie wohl früher warnen müssen!«

Der Midshipman zitterte deutlich sichtbar. »Sie verschwenden Ihre Zeit, Bootsmann«, sagte er. Seine Stimme klang atemlos.

Thomas starrte zu den Sturmsegeln, um ihm nicht ins Gesicht sehen zu müssen. Allmählich fing er an zu begreifen, was hier vorging.

»Lassen Sie den Hundesohn seine Arbeit endlich beginnen. Ich werde Sie beide im Auge behalten.« Er drehte sich auf dem Fuß um, ging zur Luvreling zurück und arbeitete sich nach achtern vor.

Thomas verstand nicht sofort, was Bentley mit seiner letzten Bemerkung gemeint hatte. Er blickte über Deck. Gruppen von Männern versuchten hektisch alles zu sichern, was sich losgemacht hatte. Auf dem Achterdeck standen ein paar Offiziere in glänzenden Teermänteln. Hinter ihnen tobte der englische Kanal. Thomas zitterte vor Kälte. Nasser konnte man nicht werden. Der scharfe Wind presste das eisige Zeug an seinen Leib. Er klapperte wieder mit den Zähnen. Dann wandte er sich Allgood zu – mit Angst im Herzen. In Mr. Allgoods Augen blitzte es kühl.

»Nein«, murmelte Thomas, »o nein, Sir, das kann ich nicht.«

Allgood ließ ihn los. »Du hast den jungen Herrn gehört«, sagte er. »Also mach vorwärts oder du wirst es bereuen.«

Die Latrinen brauchen doch bei diesem Wetter nicht gereinigt zu werden, dachte Thomas. Sie werden durch die Wellen ständig gewaschen. Und außerdem konnte sie jetzt bestimmt niemand benutzen. »Nein«, murmelte er, »bitte, Sir. Ich kann nicht!«

Ein harter Ton lag jetzt in der Stimme des Bootsmanns: »Runter da, Junge, ehe ich meinen Stock gebrauche. Verdammt noch mal, ich werde dir beibringen, Befehlen nicht zu gehorchen.«

»Bitte, Sir«, wiederholte er nur.

Doch dann fand er sich schließlich mit einer Rettungsleine und einem kräftigen Besen in der Galionsgalerie wieder. Ihm war nicht ganz klar, wie er dahin gekommen war. Er wusste nur, dass der Bootsmann ihn hochgehoben und einen Tampen um seine Taille gebunden hatte. Seine Finger hatten kein Gefühl mehr, um sich an der Reling festzuhalten. Sein Kopf drehte sich. Jedes Mal, wenn die Galerie nach unten sank und die Seen auf ihn zurannten, wurde er steif vor Schreck. Die Erinnerung an die riesige Welle, die ihn fast verschluckt hatte, ließ ihn nicht los.

Als er sich etwas in den Griff bekommen hatte, dachte er über Mr. Allgood nach. Der war auf dem Schiff ein mächtiger Mann. Er hatte Thomas gerettet, und dennoch setzte er ihn diesem Leiden aus. Auch jetzt brüllte er los, sobald Thomas sich nicht mehr bewegte, und schlug mit dem freien Ende der Rettungsleine, die er in den Händen hielt, nach ihm. Thomas fühlte nur das krachende Steigen und Fallen des Bugs, sah nichts als die graugrünen Wellen, die sich in wilden Schaum verwandelten, wenn das Schiff in sie hineinstieß. Er bewegte den Besen wie im Traum. Das Leiden würde nie enden.

Als der Bootsmann ihm schließlich befahl, wieder binnenbords zu kommen, schaffte Thomas es nicht. Seine Beine waren zu schwach, seine Finger hatten keine Kraft, sich festzuhalten. Er schaute auf die Gräting unter seinen Füßen und sah den schäumenden Vordersteven und ließ den Kopf hängen.

»Sieh zu mir, Junge«, brüllte Allgood.

Aber Thomas konnte den Kopf nicht heben. Schließlich hievte der Bootsmann ihn wie ein Paket aufs Vordeck. Kriechend bewegte er sich blind auf ein Luk zu. Hätte in diesem Augenblick eine See über das Vorschiff gewaschen, hätte sie ihn mit sich gerissen. Er fiel den Niedergang hinunter und blieb einfach liegen. Hier fand ihn der Schiffsjunge und brachte ihn zu seiner Backschaft.

14

Als sich das Wetter besserte, bekam Thomas davon nichts mit. Der Wind drehte zurück auf Ost. Bei Einbruch der Dämmerung wurde Jesse Broad zusammen mit drei anderen Männern in den Masttopp geschickt, um den Franzosen zu finden. Doch das Meer war leer. Die *Welfare* war dem Franzosen entkommen.

Jesse Broad hatte nicht viel Zeit nachzudenken, ob ihm das Leid tat, denn als es wieder hell wurde, entdeckte der Mann ganz oben eine neue Gefahr.

Ein paar Minuten später konnte auch Jesse die schwache Brandungslinie in Lee erkennen. Verzweiflung packte ihn. Alle Chancen, dass das Wetter seine Flucht begünstigte, waren verflogen. Er starrte übers Wasser und konnte nicht erkennen, ob er wirklich Land sah oder nur niedrig hängende Wolken vor dem Festland. Englands Küste! Die *Welfare* würde bald abdrehen, und sie würden die Küste hinter sich lassen. Für immer? Er fragte sich, ob er die Heimat je wiedersehen würde.

Kurz nach der Sichtung wurden die meisten Ausguckleute wieder nach unten gerufen. Bei so wenigen erfahrenen Männern an Bord musste Kapitän Swift sie an verschiedenen Stationen einsetzen. So hatte auch Broad, der eigentlich als Großtoppsgast arbeitete, andere Aufgaben zu übernehmen. Es war ein mörderisches Unternehmen, unter diesen Bedingungen eine Wende zu fahren, um die *Welfare* von den Brechern freizusegeln. Jesse und die anderen eilten an Deck, wo die Gehilfen des Bootsmanns mit Tauenden und Stöcken auf sie warteten, die Offiziere wie Fledermäuse auf dem Achterdeck hingen und die Midshipmen Perlhühnern gleich auf und ab schritten und nur darauf warteten, ihr Mütchen an jemandem zu kühlen – aus nichtigen Gründen.

Die *Welfare* segelte noch immer unter gerefften Toppsegeln und Sturmvorsegeln wie bereits während der Nacht. Mehrere

Männer lagen im Krankenrevier, niemand hatte ein warmes Essen bekommen, und nur wenige hatten schlafen können. Die Männer stolperten müde an Schoten und Brassen. Ihre Hände waren steif gefrohren, die Haut aufgeplatzt. Broad hatte rasende Kopfschmerzen, und alle Knochen taten ihm weh. Als er von einem laufenden Gut zum nächsten eilte, stieß er mit Matthews zusammen, der seinen Kopf tief in seinen Wettermantel gezogen hatte und dessen Gesicht unter dem Hut aus Ölzeug kaum zu erkennen war.

Matthew lächelte ihn an. »Freut mich, dass Sie sich für den Dienst des Königs entschieden haben, Mr. Schmuggler«, sagte er spöttisch.

Broad lächelte zurück. »Sie sind wahrscheinlich genau so froh, nicht nur Befehle zu brüllen«, antwortete er.

Sie liefen aneinander vorbei auf ihre neuen Posten.

Natürlich erinnerte Broad sich an viele Stürme auf See, wenn er mit seinem Schmuggelgut unterwegs gewesen war. So manche Nacht hatten sein Freund und er endlose Stunden kämpfen müssen. Joel Gauthier von der *Beauregard* war ein toller Mann für schlechtes Wetter. Aber er konnte sich nicht erinnern, je so müde oder hungrig gewesen zu sein und so gefroren zu haben. In seiner Profession hatte das Ziel fast immer gleich hinter der Kimm gelegen. Doch worauf konnte er als Vollmatrose in Seiner Majestät Marine hoffen?

Seine dunklen Gedanken verschwanden nicht, als er sah, wie Jefferies Thomas Fox an Deck holte. Wann immer er nicht durch Kommandos von achtern oder die Gehilfen des Bootsmanns in Trab gehalten wurde, hatte er ein Auge darauf, was sich im Bug des Schiffes tat. Der alte Fulman, dem Salzwasser durch seine leere und kalte Tonpfeife in den Mund lief, erzählte ihm von den Gepflogenheiten in der Royal Navy. Kapitän Swift suchte stets einen Lügner wie einen Sündenbock. Der wurde für eine Woche abgeordnet. Der Profos oder einer seiner Männer ertappten entweder jemanden bei einer Lüge oder zwangen einfach jemanden dazu, diese Aufgabe zu übernehmen.

»Auch bei solchem Wetter?«, fragte Broad und beobachtete das einsame Trio im Bug. »Bei solchem Wetter kann doch niemand den Abtritt benutzen, warum ihn also säubern? Das ist verrückt!«

Der alte Fulman sah sich vorsichtig um. »Verrückt?«, murmelte er. »Lieber Jesse, hier an Bord gibt es so manchen, der ...«

In diesem Augenblick kam ein Warnruf von vorn, und die *Welfare* fiel tief in ein Wellental in Lee. Broad sah aus den Augenwinkeln, wie die nächste Welle hochstieg, und suchte einen festen Halt.

»Halt dich ja fest, Mann«, schrie Fulman.

Es gab eine seltsam kurze Pause, ehe die See sie traf, ihre Höhe täuschte noch einen Augenblick über die Kraft des Windes, dann stieg das Wasser als schwarze Wand über die Luvreling und den Bug ins Schiff.

Losgeschlagene Hölzer wirbelten in der Kuhl herum, und Männer husteten Salzwasser aus und spuckten.

Dann bemerkte Broad, dass der Midshipman vom Vorschiff verschwunden war.

»Alter«, schrie er, »wir haben den Midshipman verloren!«

Fulman sah erbarmungswürdig aus. Er hatte versucht, die Pfeife weiter fest im Mund zu halten, aber die Wucht des Wassers hatte den Kopf abgebrochen. »Verdammt noch mal, Jesse Broad, du kannst Recht haben«, sagte er. »Dann haben wir also einen Grund zur Freude.«

Broad war entsetzt über den Ton der Stimme. »Halt dich zurück, Fulman«, schrie er, »das ist ein halbes Kind.«

Fulman spuckte aus. »Begreif's mal, Broad«, sagte er zornig. »Ich habe eben an Deck gespuckt, mein Mund ist voller Salz und Suppe aus meiner Pfeife. Das hab' ich auch vor sechs

Monaten mal gemacht. Die Nacht war schwarz wie die Hölle, ich spuckte damals sogar über Bord, nicht an Deck. Und da stand dieser Master Bentley in der Nacht und erwischte mich! Ich musste den Spuckbeutel eine Woche lang tragen. Und ich konnte von Glück reden, dass er mich nicht auspeitschen ließ. Ich werde dem Neffen des Onkels keine einzige Träne nachweinen.«

Die Fregatte taumelte schwer. Die Gehilfen des Bootsmanns ließen ihre Wut an jedem Rücken aus, den sie erreichen konnten. Als er eine halb bearbeitete Spiere auffing, damit sie nicht über Bord rollte, sah Jesse, dass Bentley wieder bei Thomas Fox und Allgood stand. Er spürte Erleichterung, trotz allem, was Fulman ihm erzählt hatte.

Nach einer Stunde schwerer Arbeit in triefender Nässe suchten die beiden kurz Schutz. Der alte Mann keuchte vor Schmerzen, doch sein zahnloser Mund hielt immer noch das braune untere Ende der Pfeife. Broad sah in den Wind, dann in die Masten, dann auf das Achterdeck. Dort stand der schlanke Mr. Robinson in einen dicken Mantel gewickelt.

»Wir werden bald wieder mehr Segel setzen, oder ich bin kein Seemann«, sagte er lächelnd zu Fulman. »Der Wind nimmt ab. Und es wird auch heller. Ich wette, wir kriegen wieder Ostwind, und zwar schneller als was Warmes zu essen.« Und nach einer Weile wollte er wissen: »Was hast du mit dem Spuckbeutel gemeint, von dem du eben geredet hast?«

Fulman holte noch ein paarmal Luft, ehe er antwortete: »Du musst noch viel über die Schiffe des Königs lernen«, begann er. »Wir ziehen immer den Zorn eines Offiziers oder einer dieser Rotznasen auf uns. Auf Deck und auf Wache musst du die Klappe halten. Du solltest deine Augen besser offen halten.«

Es stimmte. Fulmans Augen sahen alles. Selbst hier auf dem kalten, lauten Deck sprach er nur im Flüsterton und beobachtete wie ein Falke jeden Mann, der sich bewegte.

»Zum Spuckbeutel, ja,« fuhr er dann fort. »Für einen Mann meines Alters war er ganz schön schwer. Er war voll Tabaksaft und Spucke und anderem Dreck. Der junge Kerl, dessen elende Haut du so sehr bemitleidest, ließ ihn mir durch einen von Allgoods Gehilfen um den Hals binden wie den Futtersack eines Tieres. Ich habe ihn sechs Tage mit mir herumgeschleppt.«

Jesse Broad schüttelte den Kopf. Die Strafen an Bord dieses Schiffes waren ekelerregend.

»Und der junge Master Bentley sorgte außerdem dafür, dass er eifrig benutzt wurde«, fuhr Fulman erbittert fort. »Das hättest du nicht erwartet, was? Er sorgte dafür, dass jeder, der spucken wollte, es in meinen Beutel tat. Hast du jetzt immer noch so viel Mitgefühl für das Bürschchen? Und noch was«, fragte er dann neugierig. »War er nicht einer von denen, die dich schnappten? Hat er nicht deinen Freund umgebracht? Und warum hat Thomas Fox wohl so unter Allgood zu leiden, dieser arme kleine Kerl?«

Broad zuckte zusammen. Die stundenlange harte Arbeit an Bord hatte ihn nicht mehr an die Freunde, an sein Zuhause, an seine Frau und die Familie denken lassen. Jetzt erinnerte er sich: Sein Boot rannte durch die Seen auf dem direkten Kurs zur Taufe. Hardman sprach gerade über die schöne Louise, in die er sich verguckt hatte. Dann der plötzliche Schreck, der Anblick von Säbel und Pistole, der Pulverblitz, der Schlag auf seinen Kopf. Es war dieser merkwürdige Dritte Offizier gewesen, Higgins, der Hardman getötet hatte, nicht Bentley. Es war eigentlich ganz gut, dass an Bord jedes Gespräch und jede Tätigkeit immer wieder unterbrochen wurde. Er hoffte, dass er nie lange Zeit zum Nachdenken finden, dass nie der Hass in ihm aufblühen würde, und er fürchtete sich vor dem, was geschehen könnte, wenn Wind und See sanft würden und ihm Zeit ließen, seinen Gedanken nachzuhängen.

Dann kam der Befehl, auf den anderen Bug zu gehen, dem so sicher wie das Amen in der Kirche der Befehl folgen würde, mehr Segel zu setzen. Der Wind drehte schnell nach Süd und Ost zurück, noch immer wehte es frisch. Erleichtert ging Jesse an die Großbrasse. Er beschloss, dem alten Mann gut zuzuhören, um ein guter Mann in der Royal Navy zu werden. Das reichte erst mal.

In der Messe der Midshipmen lag William Bentley, ausgestreckt auf zwei Seekisten. Sein Gesicht verzerrte sich, während der Arzt versuchte, ihm die ausgerenkte Schulter wieder einzurichten. Die anderen Midshipmen, die den gleichen Rang hatten und mit ihm die Messe teilten, standen um den improvisierten Tisch herum und versuchten, Mr. Adamson moralisch und physisch zu unterstützen.

»Mein Problem ist, junger Mann«, scherzte der Arzt, »dass ich so verdammt klein bin. Man sagt, ein durchgehendes Pferd hätte dafür gesorgt, dass ich vor der Zeit auf die Welt kam. Und diese verlorene Zeit des Wachsens habe ich nie wieder gutmachen können!«

William zeigte in seinem schweißglänzenden Gesicht etwas, von dem er hoffte, dass es wie ein Lachen aussah. Dolby, der älteste Midshipman nach Jahren, nicht nach Erfahrung, schnalzte mit der Zunge. Jack Evans lachte verbindlich, während die anderen beiden Midshipmen, Simon Allen und James Finch, schwiegen. Finch lag immer noch ausgestreckt auf seiner großen Kiste, er war ganze zwölf Jahre alt und ihm war speiübel.

»Also los«, fuhr der Arzt fort. »Sie, Mr. Dolby, setzen sich auf Mr. Bentleys Beine. So ist's richtig. Und Sie, wie heißen Sie noch? Evans? Sie und der da packen den Arm.«

William hatte große Schmerzen. Er lag auf dem Rücken und starrte an die niedrige Decke. Sein Oberkörper war nackt, der Schweiß rann ihm in Strömen über Brust und Flanken. Evans und Simon packten den Arm, während der Arzt an die andere Seite des Tisches trat, sich einmal tief vorbeugte und William in die Augen sah.

»Siehst nicht sehr gut aus, mein Junge«, sagte er fröhlich. »Dein Mund ist ja schon ganz zerbissen. Noch ein Schlückchen Brandy?«

William lachte wieder, aber schüttelte den Kopf. Das Problem bei Mr. Adamson war, dass er Männer manchmal nur total betrunken machte, aber manchmal auch tötete.

»Das sieht schlimm aus«, sagte Adamson. »Der Arm ist ausgestreckt wie am Semaphor. Wie haben Sie denn das geschafft?«

William wünschte sich, der Arzt würde endlich aufhören zu reden. Aber er versuchte eine Antwort, um den Schmerz zu vergessen. »Eine große Welle«, sagte er, »die haben Sie vielleicht auch gespürt.«

Der Arzt lachte laut: »O ja, die habe ich gespürt, Mr. Bentley. Die hat mich im Krankenquartier ganz schön auf Trab gehalten.« Er machte eine Pause. »Sonst wäre ich früher hier gewesen.«

»Ist nun auch egal, Sir«, sagte William. »Mich hätte sie fast erledigt. Die Welle warf mich quer übers Vordeck, und ich landete hart an den Rüsteisen.«

Die hohe Stimme von Jack Evans ertönte: »Du hattest wirklich Glück, Will. Ich hab' gesehen, wie es passiert ist. Ich hab' vor Schreck so laut geschrien, dass man mich nach unten schickte – wegen meiner Schmerzen! Du hast das gut ertragen, alle auf dem Achterdeck haben das bemerkt. Aber wie hast du das bloß geschafft? Dein Arm steht jetzt zwei Strich nach Steuerbord, aber eben hing er noch ganz gerade herunter.«

Es hatte William viel Kraft gekostet, den Bootsmann nicht merken zu lassen, wie verletzt er war. Es reichte schon, unerwartet von einer See getroffen zu werden. Eine Hand fürs Schiff, die andere für dich selber, lautete eine goldene Regel. Und die zweite: Immer einen Blick auf die Seen in Luv werfen! Er hatte beide nicht beherzigt – eine gewaltige Dummheit während eines Sturms. Allgood hatte das sofort erkannt. William hasste ihn dafür, für seinen spöttischen Gesichtsausdruck und die darin versteckte Frechheit. Und die Entschuldigung, ihn nicht rechtzeitig gewarnt zu haben. Das alles war nichts als eine gezielte Beleidigung!

»Ich glaube, es war die siebente Welle«, meldete sich Dolby leise von Williams Beinen her. »Man sagt, jede siebente Welle ist gewaltig – und das stimmt sicher!«

William ärgerte sich wieder. Dieser Kerl machte immer weibische Bemerkungen. »Lieber Gott«, knurrte er Dolby an. »Sind wir je auf derartige Wellen getroffen? Siebte Wellen?«

Dolby wurde rot. »Sie haben sicher Recht, Sir. Aber wenn Sie so lange auf See gewesen sind wie ...«

»Halt die Klappe«, fauchte William Bentley.

»Los jetzt«, rief der Arzt und warf sich mit ganzem Gewicht auf den Tisch.

Der plötzliche Schmerz ließ William aufschreien, scharf raste er ihm über die Brust, es gab einen dumpfen Klick, und seine Schulter war wieder da, wo sie hingehörte. Erleichterung und Zorn mischten sich in ihm.

»Die Strafe wie ein Mann ertragen«, rief der Arzt lobend. »Wie ein perfekter junger Gentleman.«

Der Junge schloss die Augen und murmelte einen unfreundlichen Dank. Zur Hölle mit den Hundsfotten auf diesem Schiff, dachte er. Wenn ich ihnen nicht als Vorbild diene, wird dieses Schiff ...

15

Als am nächsten Morgen die Backbordwache an Deck gepfiffen wurde, wusste Jesse Broad sofort, dass die Chance, um die er gebetet hatte, vorbei war. Unter einem hohen blauen Himmel zog sich ein Streifen leichter weißer Wolken hin. Die grüne

See zeigte nur noch gelegentlich helle Wellenkämme, die viel langsamer und sanfter liefen. Der Wind kam achterlich, und die *Welfare* war vermutlich schon draußen im Atlantik. Alles sah weiter nach gutem Wetter aus. In den vier Stunden, die er unten geschlafen hatte, hatte das Schiff seine Flügel ausgebreitet. Alle Segel an Großmast und Besanmast waren gesetzt worden. Während seiner Wache wurde eine neue Vorbramstenge geriggt, die die alte, davongeflogene ersetzte. Stützsegel wurden noch zusätzlich auf den unteren Rahen angeschlagen, um die Geschwindigkeit weiter zu erhöhen. Von England war nichts mehr zu sehen.

Alle freien Männer wurden für Reinschiff eingesetzt. Die Luken wurden geöffnet, und ein bestialischer Gestank stieg nach oben, der aber schnell über den Bug weggeblasen wurde. Thomas Fox hatte sich um seine Tiere zu kümmern, die in dem schweren Wetter fürchterlich gelitten hatten. Er war dankbar für diese Aufgabe, die anderen hatten Schlimmeres zu tun, um den Dreck aus den Decks zu entfernen. Pumpen wurde aufgeriggt und bemannt, Eimer wurden in Ketten weitergereicht, überall gurgelte Wasser. Die Stückpforten wurden geöffnet und offen gehalten, Licht strömte endlich wieder in die Decks. Eine ganze Stunde lang vergrub Thomas seinen Kopf in das Fell der Schafe, weil sie besser rochen als das Kanonendeck. Doch langsam verschwand der Unrat – viel lief in die Bilge. Doch man konnte es auf dem Schiff wieder aushalten.

Nach dem Spülen begann das Schrubben. Thomas hatte seine Arbeit mit den Tieren beendet und musste jetzt zusammen mit den anderen das Gebetbuch, wie die Scheuersteine genannt wurden, bewegen. Drei Hennen waren schon tot, andere sehr geschwächt. Ein Schwein sah aus, als würde es bald verenden, zwei Schafe hatten sich die Beine verletzt. Aber er wagte nicht, das zu melden. Wenn er einen Gehilfen des Bootsmanns sah, blickte er schnell auf die Planken. Als Jefferies sechs Schritt entfernt vorbeiging, fing er an zu zittern. So kniete er neben den anderen, den schweren Block aus Sandstein vor sich, seine Hosen aufgerollt und schrubbte um sein Leben. Die Arbeit sollte eigentlich, wie alle Arbeiten an Bord, schweigend verrichtet werden. Aber Thomas schuftete neben Peter, und der sagte: »Wir tun das jeden Tag, Tommy, mein Freund. Jeden Morgen, manchmal nachmittags und immer wieder auch mal nachts!«

Thomas sagte nichts. Das Deck war dunkel und fleckig. Die Gehilfen des Bootsmanns schrien immer wieder dasselbe: »Weiß, weiß und glänzend, bis es euch blind macht.«

Thomas hatte keinen Grund anzunehmen, dass sie es nicht so meinten, und schrubbte härter.

»Das ist das Schlimmste überhaupt«, fuhr Peter fort. »Mit einem leeren Magen hasse ich es am meisten. Wenn sie uns wenigstens erst frühstücken ließen!«

Der alte Fulman und der zweite Graubart der Backschaft gossen immer wieder Wasser aus einem Eimer an Deck und warfen dann zwei Hände Sand dazu.

»Und dann tut es an den Knien scheußlich weh. Aber wenn du deine Hosen nach unten gerollt lässt, dann hast du bald keinen Stoff mehr an den Knien!«

Und so schrubbten sie weiter. Die Schmerzen in Armen und Beinen nahmen zu. Doch die Planken wurden langsam weiß, an einigen Stellen jedenfalls.

Ein Gehilfe des Bootsmanns röhrte: »Kräftiger, ihr Dreckskerle. Schneller. Wenn's mir da nicht in den Augen blitzt, wird man euch das Fell über die Ohren ziehen!«

Auf Deck sah man fast nur kniende Männer, die sich vor- und zurückbewegten, als beteten sie zu einem Gott aus dem Morgenland. Vor jeder Gruppe rutschten Männer mit Eimern rückwärts über das Deck, schwächliche alte Männer oder Kranke oder Verstümmelte.

»Der Teufel soll uns holen«, flüsterte Peter. »Ist es nicht fürchterlich, in der Marine zu sein, Tommy! Denk nur mal«, sagte er, »wie es jetzt an Land wäre!« Er hörte keine Sekunde auf zu schrubben, obwohl seine Stimme träumerisch klang. »Ich hätte jetzt mein Frühstück im Bauch, ein schön heißes, und würde wie ein großer Herr auf einem Heuhaufen hocken, meine Pfeife schmöken und einen Krug Bier leeren!«

Wasser aus Fulmans Eimer klatschte aufs Deck, Sand folgte. Peter schüttelte sein rotes Haar aus dem Gesicht und lachte.

»Was bin ich doch für ein Narr«, sagte er. »Es ist ja alles gelogen, Thomas, alles. An Land hat man mich nie so freundlich behandelt wie hier. Und was ein warmes Frühstück angeht, liebe Freunde, zu dem werden wir bald herbeigepfiffen. Und sogar richtig heiß wird es sein. Hast du so was je an Land bekommen? Ich wette, du hast das nie bekommen, Thomas!«

Thomas schwieg. Er schrubbte und schrubbte und dankte Gott für seine starken Arme. Diesen Fleck des Decks würde er so weiß schrubben wie der Macker neben ihm. Doch er bezweifelte, je über die Kraft eines Seemannes zu verfügen. Einige waren sehr kräftig mit ausgebildeten Muskeln. Er beantwortete Peters Frage nicht, nicht mal in Gedanken. An ein Frühstück zu Hause konnte er nicht denken, ebenso wenig wie an ein Mittagessen oder Abendessen. Zu Hause, das war ein heller roter Fleck im Kopf, den er nicht berühren durfte.

Als der schlimmste Gestank aus den Quartieren verweht war, blieb noch genügend zu schrubben. Peter sagte, so was sei ungewöhnlich. Auch so ein Dreck und so viel heftige Seekrankheit waren ungewöhnlich. Heute, schätzte er, würden sie bis zum Mittag schrubben und säubern. Aber dann mussten sie erst die Hängematten stauen und dann frühstücken.

Bisher hatte Thomas noch nicht versucht, an Bord in einer Hängematte zu schlafen oder eine zum Verstauen zusammenzulegen. Unter Deck hatte er entweder im Krankenrevier gelegen, oder er war zu müde, dass es ihm egal gewesen war, wo er lag. Als der Befehl kam, die Matten zusammenzurollen und zu verstauen, nahmen ihn der alte Fulman und Peter unter die Fittiche. Die harte, starre Leinwand mit Netzen und Leinen war störrisch wie ein Tier. Peter erledigte die Arbeit mit erstaunlicher Geschicklichkeit. Fulman versprach Thomas, er würde ihm die ganze Sache nochmals langsam zeigen, sobald dazu Gelegenheit wäre. Thomas wollte gern lernen. Und zwar alles, denn er fürchtete sich vor den Folgen eines Fehlers, wie geringfügig er auch immer sein mochte. Trotz Peters Hilfe und der Ermunterung durch den Alten fürchtete Thomas, die Bordroutine nie zu begreifen. Seine Hände waren die eines Jungen vom Lande – ungeschickt und stumpf. Geschickt konnte er sie nur gebrauchen, wenn er eines seiner Musikinstrumente schnitzte oder eines spielte. Jetzt hatte er Angst.

Nach dem Befehl, die Hängematten aufzurollen und zu stauen, hatte es ein wüstes Gerenne zu den Niedergängen gegeben. Man hatte ihn gestoßen und getreten und geschoben, obwohl Peter sich neben ihm hielt und seinen Arm festhielt – eine Art Leibwache, obwohl er fast einen Fuß kleiner als Thomas war. Aber Peter war der geborene Seemann. Er konnte beißen, treten und sich notfalls mit den ganz Üblen auch prügeln. Oder zum Messer greifen, nahm Thomas an. Er erinnerte ihn an einen kleinen glänzenden Hermelin. Thomas war froh, unter seinen Fittichen zu stehen, statt einer seiner Gegner zu sein.

Von seiner Position auf dem Achterdeck aus beobachtete William Bentley die Männer, die jetzt nach oben strömten. Sie erinnerten ihn an Vieh, das hin und her rannte und sich untereinander boxte, um den richtigen Platz zu finden. Die einen eilten zu den Finknetzen. Ein großer dunkelhaariger Mann blieb plötzlich stehen und sah sich um.

William rief einem Gehilfen des Bootsmanns zu: »Sie da, Gehilfe vom Bootsmann, machen Sie dem Kerl dort Beine!«

Gehorsam schwang der Gehilfe seinen Tampen, der mit einem Türkenbund und anderen ornamentalen Knoten versehen war. Der Seemann heulte vor Schreck auf und sprang an die

Netze. William wandte sich wieder den anderen zu. Bummelanten mussten bestraft werden, Disziplin musste herrschen. Er schaute auf den Ersten, der die Wache hatte. Dieser beobachtete den Stand der Segel und interessierte sich offensichtlich nicht für die Männer, stellte William fest. Das machte ihn zornig. Hagan war viel zu nachgiebig. Er fragte sich, warum sein Onkel, der sonst so penibel auf Disziplin hielt, sich solch einen schwachen Kerl an Bord geholt hatte. Als Hagan von den Segeln zu William blickte, grinste er. William sah weg, aber nicht so schnell, wie er es am liebsten getan hätte. Der Erste war immerhin eine Respektsperson.

»Jetzt stehen die Segel endlich richtig, Mr. Bentley«, bemerkte er. »Ich meine, wir sollten die Männer heute Nachmittag ihre Hängematten reinigen lassen.«

»Aye, aye, Sir,« antwortete William prompt und beschloss, sich dieses Vorgehen zu merken.

Kurz darauf merkte William, dass der Posten der Seesoldaten, der gerade auf dem Achterdeck Dienst tat, sich ihm näherte. Er ließ den Soldaten ein paar Sekunden warten, ehe er sich zu ihm umdrehte, sagte nichts, sondern hob nur fragend die Augenbrauen. Alles Reglement musste korrekt ausgeführt werden, nur so konnte die *Welfare* ein gutes Schiff werden.

Der Soldat, der sich auf den Beinen hielt, meldete, es sei fünfzehn Minuten nach sieben Uhr morgens. William bestätigte die Meldung mit einem Nicken. Als der Posten an das Luk zurückkehrte, ging der wachhabende Midshipman zum Ersten Offizier hinüber. Er beugte sich vor.

»Es ist Viertel nach, Sir!«

»Danke, Mr. Bentley.«

William wiederholte die Verbeugung und zog sich zurück. Der Erste Offizier hob die Augenbrauen in Richtung Bootsmann. Und Mr. Allgood gab den Befehl ebenso stumm weiter. Die Pfeifen schrillten; alle Mann wurden zum Frühstück gerufen.

Thomas lief neben Peter, der diese Woche zum Koch der Backschaft gemacht worden war, nach vorne zur Kombüse. Als er dort ankam, bemerkte er erst, wie hungrig er war, und während sie mit einem Haufen anderer Männer – einer von jeder Backschaft – dort warteten, machte der Geruch nach heißem Haferbrei seine Knie weich.

Er hatte tagelang nichts gegessen, wobei er nicht genau wusste, wie viele Tage es waren. Mit zitternden Händen trugen sie den Topf in die eigene Backschaft zurück und teilten den Brei unter allen auf. Er wartete nicht, um das heiße, suppige Essen in sich hineinzustopfen. Die anderen machten es ebenso, auch wenn sie vielleicht in den letzten Tagen etwas mehr als er gegessen hatten. In Minutenschnelle waren die Teller leer geleckt. Alle hockten noch eine Weile da, stießen geräuschvoll auf und nahmen große Schlucke Bier.

Mit glänzenden Knopfaugen beobachtete Peter Thomas. »Na, Thomas«, sagte er, »willst du nicht wenigstens einen Schluck trinken?«

Thomas wollte schon. Er hatte es schon probiert, denn er mochte Bier. Aber als er den Mund voll hatte, erstickte er fast. Die anderen lachten.

»Das schmeckt nicht wie bei Muttern, denk' ich mal«, lachte der alte Fulman. »Das ist Regierungsbier, ist immer eine schlimme Plörre. Aber es wird noch schlimmer, je weiter wir von Land weg sind.«

Peter sah ihn interessiert an. »Wenn du es zu sauer findest, Thomas«, sagte er, »trink' ich es. Ich habe einen Magen aus Stahl und kann selbst Bier vertragen, das schon ein paar Monate auf See geschaukelt ist.«

Alle lachten.

Thomas schloss die Augen und trank. Das Gesöff war sauer und dünn. Aber es war immerhin Bier. »Tut mir Leid, Peter«, sagte er, »aber ich denke, ich werde es damit aushalten. Danke für das Angebot!«

Nach einer halben Stunde ging es mit dem Schrubben weiter. Nach zwei weiteren Stunden schwieg selbst Peter. Thomas meinte, ihm würden die Arme abfallen. Beide Knie bluteten. Die Knie anderer Männer machten blutige Flecken an Deck. Die altgedienten Matrosen konnte man an der dicken Hornhaut an Händen und Knien identifizieren. Die Männer, die mit den Eimern vor den Schrubbenden hergegangen waren, traten immer öfter hinter die Schrubbenden und wischten die neuen Flecken auf. Es war eine Knochenarbeit.

Jesse Broad schätzte sich glücklicher als seine Macker aus der Backschaft, Matthews vielleicht ausgenommen, der sich genau so wie er bei den gehobenen Seemannsarbeiten nützlich machte. Sie hatten laufendes Gut, das beschädigt war, und die Segel zu ersetzen, die davongeflogen waren. Das Besanmarssegel war in der Nacht an einem Reffbändsel entlang zerrissen. Wie früher schon war auch jetzt die normale Wacheinteilung außer Kraft gesetzt. Bootsmann und Segelmacher arbeiteten Hand in Hand und schickten die Männer in Gruppen von einer zu anderen Aufgabe, ganz gleich an welchem Mast.

Weit draußen auf der Besanmarsrah erlebte Jesse einen Anfall von Freude. Das war ihm zunächst nicht geheuer, doch trotz der verlorenen Hoffnung, sich von der *Welfare* retten zu können, genoss er das unerwartete Gefühl. In seinen Ohren klang es wie Musik: ein tiefes, sattes Dröhnen. Das Schiff flog unter allen Segeln dahin, jeder Tampen zitterte, jede Spiere lebte. Er blickte auf eine helle, glänzende Welt, in der sogar die *Welfare* schöner wurde. Sie erinnerte ihn an einen Vogel, einen großen, schönen, fliegenden Vogel. Der kalte Wind trug all die Erniedrigungen und Unannehmlichkeiten der letzten Tage davon. Jesses Müdigkeit war verweht. Er war Seemann und auf See. Guter Gott, dachte er traurig, dies wird nun mein Leben! Unter ihm auf dem hellen Deck sahen die Matrosen klein und unbedeutend aus. In der Nachmittagssonne schrubbten sie

Hängematten und ihre Klamotten. Ein seltsamer Haufen, diese alten Männer und so viele Jungen! Er versuchte, das Gefühl zu unterdrücken, etwas Besseres zu sein, aber er fühlte sich dennoch so. Hier oben, wo man Leinen und Segel beherrschte und kontrollierte, war das Leben. Er konnte den Mann am Ruder ausmachen. Das war der einzige, den er beneidete.

Als er weiter nach achtern schaute, entdeckte er die kleine Gestalt von Daniel Swift. Dieser stand da, fest und gerade in seiner hellblauen Uniformjacke. Eine Wolke zog über Jesses Glück. Noch hatte er mit Fulman nicht über den Kommandanten gesprochen, aber der sorgte schon ganz von alleine dafür, dass jeder Mann sehr schnell begriff, wer dieser Kapitän war und was er erwartete. Sein Ruf war in den letzten Tagen einwandfrei bestätigt worden.

Gegen Ende des Vormittags endete die frohe Stimmung, die sich irgendwie auf dem Schiff ausgebreitet hatte, sehr abrupt. Nach dem Sturm hatten das allgemeine Aufklaren, das heiße Essen, sogar der Haferbrei, ein gutes Gefühl eine Leichtigkeit, sogar Freude unter die Männer gebracht. Der Schatten fiel, als die Trommel alle Mann antreten ließ. Eine Bestrafung stand an. Matthews und Broad, die gemeinsam gerade ein Wanttau riggten, sahen sich überrascht an – wie die anderen Männer auch. Das schlechte Wetter hatte Bestrafungen verhindert. Und bei dem guten Wetter hatte jetzt niemand mehr an Bestrafungen gedacht.

Es ging um Henry Joyce, der während des Zwischenfalls mit dem Franzosen festgenommen worden war. Niemand hatte seitdem mehr darüber geredet. Aber man musste mit einer schweren Bestrafung rechnen, denn Swift war kein Kapitän, der solches Gerede hinnahm.

Noch ein anderer Mann stand zur Bestrafung an. Ihn hatte Thomas im Krankenrevier mit einer Messerwunde gesehen. Als man ihm das Hemd auszog und er an die Gräting gefesselt wurde, klaffte sie deutlich sichtbar auf, obwohl sich die

Haut geschlossen hatte und gut heilte. Zehn Minuten später war sie wieder offen und bedeckt von Strömen von Blut aus vielen Hieben. Jesse Broad fand diese Auspeitschung sehr viel erschreckender als seine eigene. Als man den Mann losließ, starrte er mit schwarzen, hasserfüllten Augen Kapitän Swift an und wurde dann von Allgoods Gehilfen nach unten getrieben. Der »Meuterer« Joyce lag weiter in Eisen. Nur Gott allein konnte wissen, was Swift mit ihm im Sinn hatte.

Nach der Bestrafung und Swifts erbitterter Predigt über Disziplin gab es ein gutes Mittagessen, sogar mit frischem Gemüse, und dann die Rumration. Broad hob seine auf, weil er wusste, dass er den ganzen Nachmittag in den Masten arbeiten musste und sich vor unklarem Kopf hüten wollte. Aber viele aus der Mannschaft waren schnell betrunken, wie hätten sie es auch vermeiden können bei all dem Bier und einem großen Becher Rum?

Im Laufe der nächsten Stunde wurden zwei Männer festgenommen und unten in Arrest gelegt. Vielleicht gab es jetzt jeden Tag eine Auspeitschung? Oder vielleicht dachte Swift sich neue Strafen aus?

An Deck schrubbten die Kuhlmannschaften die Hängematten, die Offiziere schritten auf und ab, der Zahlmeister verkaufte Zeug aus der Kiste.

Oben im Mast schoss Jesse Broad ein neuer Gedanke in den Kopf. Allgood war ein seltsamer Mann. Er konnte ihn nicht einordnen. Gestern noch hatte er auf dem Vordeck Thomas Fox Todesangst eingejagt, und heute hatte er ihn wie ein Lämmchen gehätschelt. Wie Fulman ihm erzählte, hatte er ihn zum Zahlmeister begleitet und ihn mit neuer Kleidung ausgestattet. Als der versuchte, den Jungen übers Ohr zu hauen, hatte Allgood eingegriffen, und so besaß der Junge jetzt ein Unterhemd, eine Bluse, Hosen und eine Teerjacke, und er hatte alles zu einem so niedrigen Preis bekommen wie niemand an Bord zuvor. Der Zahlmeister hatte allerdings sehr säuerlich dreingeschaut. Immerhin war es sein gottgegebenes Recht, arme Seeleute zu übervorteilen. Doch niemand würde jetzt noch wagen, Thomas etwas wegzunehmen, ihm die Kleider zu stehlen – nachdem Allgood sein Interesse an ihm deutlich gemacht hatte.

Man durfte auch die Ereignisse des Vortags nicht außer Acht lassen. Natürlich hatte der Bootsmann einen Befehl bekommen, dass der Junge den Abtritt zu reinigen hatte, so verrückt so ein Befehl zu diesem Zeitpunkt auch war. So hatte man dem Jungen Angst eingejagt, daran bestand kein Zweifel. Thomas Fox fing jetzt sofort an zu zittern an, wenn man sich ihm näherte. Er senkte den Blick auf die Planken. Jesse Broad spürte, dass er ihn schützen müsste, auch vor dem Zahlmeister, dessen Ruf nicht der beste war. Ein kurzer, fetter, schleimiger Mann, den man allgemein »Butterarsch« nannte. Auf seinem Gebiet hatte er so viel Macht an Bord wie Mr. Allgood auf seinem. Das hieß, er konnte Seeleute ausrauben und ihnen das Leben auf mancherlei genussvolle Weise schwer machen. Gott schütze Thomas Fox, falls der Zahlmeister Rache nehmen wollte für die Art und Weise, in der der Bootsmann mit ihm umgesprungen war. Gott helfe Thomas Fox.

Wie immer unterbrachen neue Befehle seine Gedankenkette. Sekunden später eilte Jesse Hand über Hand nach unten an Deck zur nächsten Aufgabe, die auf der Bramrah auszuführen war. Als er unten den Rohrstöcken auswich und den Hängematten, die tropfnass aufgespannt an Deck hingen, hatte er kaum Zeit, die Männer zu beneiden, die die Stagen einfach so hinuntergleiten konnten. Diese Kunst musste er bald lernen, falls er ein guter Mann werden wollte.

16

Zur Freude und Überraschung aller hielt sich das Wetter, und bald stand die *Welfare* weit draußen im Atlantik. Von William Bentley und den anderen jungen Herren wurde verlangt, mit dem Master die Mittagshöhe zu nehmen, der auch Unterricht über den Passat und andere nautische Themen abhielt. William fand alles sehr verwirrend. Es fiel ihm schwer, den Instruktionen zu folgen. Manchmal glaubte er sogar, dass Mr. Robinson Freude daran hatte, die jungen Midshipmen zu verunsichern. Sie standen schließlich gesellschaftlich über ihm und zeigten gelegentlich ihre Verachtung für die Macht, die der unbehauene kleine Mann durch sein Wissen über Sonne, Sterne und See hatte. William wagte es eines Morgens beim Tee mit seinem Onkel das Thema anzusprechen. Kapitän Swift lachte nur und wiederholte, dass Robinson einer der besten Navigatoren war, denen er je begegnet war.

Wesentlich stärker aber verachteten sie noch Mr. Marner. Eine der schlimmen Folgen des guten Wetters war, dass der alte Herr aus seiner Höhle kroch wie ein Igel im Frühling und anfing, sie zu piesacken. Alle Jungen hassten und verachteten ihn, aber Kapitän Swift ließ auch hier keinen Zweifel aufkommen. Seine jungen Herren mussten sich entsprechend benehmen und lernen. Als William versuchte, sich mit einer Ausrede dem Unterricht zu entziehen, hatte sein Onkel ihn nur angeschaut. William wünschte, er hätte davon nie angefangen, denn er hatte den Kapitän damit ernstlich geärgert. Das Ganze schien ihm lächerlich, denn Marner soff und war ein Narr und wusste nichts.

Jack Evans erklärte mürrisch: »Es ist wie zu Hause, Jungs. Ich hatte mal einen deutschen Lehrer, so einen Fettsack mit unausstehlichem Akzent. Den bin ich bald losgeworden, das könnt ihr mir glauben.«

Die anderen Midshipmen lachten. Sie teilten sich eine Flasche Wein, den Simon Allen aus seiner Seekiste gezaubert hatte.

»Wie hast du denn das geschafft, Jack?«, fragte der kleine Finch. Seine Augen glühten in seinem geröteten Gesicht. Er war bereits betrunken. Wegen seiner Jugend konnte er die Wirkung von ein paar Gläsern wohl noch nicht genau einschätzen.

Jack Evans wirbelte den Wein im Licht einer Laterne im Glas herum, ehe er antwortete. »Also«, sagte er dann, »ich habe ihm einfach das Leben zur Hölle gemacht. Ich habe mich bei meiner Mutter über alles beklagt, habe mich mit Händen und Füßen dagegen gewehrt, diese verdammte Sprache zu lernen. Schließlich warf ich ihm eine Platte mit Lammfleisch ins Gesicht – während eines offiziellen Essens.«

Alle röhrten vor Lachen, schnappten nach Luft und tranken Wein – in großen Schlucken.

»Hat dein Vater dich verprügelt?«, fragte Simon. »Meiner hätte mich wie einen Hund behandelt.«

»Nein«, antwortete Jack. »Das Beste kommt noch. Meine Mutter wollte sogar, dass der Lehrer Prügel bekam, weil er mich nicht im Griff hatte. Aber mein alter Herr erlaubte das nicht, leider. Der Kerl wurde natürlich nach Hause geschickt.«

»Ich hatte mal eine französische Gouvernante«, fing James vorsichtig an. »Ein paar Kerle aus dem Dorf sind ihr eines Abends nach Hause gefolgt. Sie haben, also, ich glaube, sie hatten was mit ihr vor!«

Er wurde dunkelrot, als die anderen sich vor Lachen die Seiten hielten.

»Man hat die Kerle aus dem Dorf gepeitscht«, endete er lahm.

Alle Jungen erinnerten sich nun an ihre Lehrer, Tutoren, Gouvernanten und berichteten ausführlich von ihren Erfahrungen. William Bentley, dessen Familie entlang der Straße nach London in Hampshire in der Nähe von Petersfield viel Land besaß, war von einer ganzen Reihe völlig unterschiedlicher Lehrer erzogen worden. Die ersten jungen Herren hatten ihm am meisten missfallen – und er hatte einige verschlissen. Alle stammten aus großen Häusern. Diese waren bedauerlicherweise ohne eigenes Zutun ins Elend gestürzt. William hasste die unterwürfige Art der Lehrer und behandelte sie entsprechend. Es war ihm einmal gelungen, einen jungen Mann von dreiundzwanzig Jahren vor seinen Schwestern in Tränen ausbrechen zu lassen – was einiges bedeutete, denn er war damals erst neun Jahre alt. Die Älteren zeigten im Allgemeinen mehr Würde. Ein Lehrer, der älter als sechzig Jahre war, hatte seine Taschen gepackt und war bei Nacht und Nebel verschwunden, als er die Quälerei durch seine Schüler nicht mehr aushielt. Beim nächsten Mittagessen erzählte der Vater der überraschten Familie, der Mann habe sogar auf seinen ausstehenden Lohn verzichtet. Das ehrte ihn, war aber gleichzeitig sehr töricht, denn der Winter stand vor der Tür.

Alle Midshipmen stimmten darin überein, dass Mr. Marner solche Würde nicht besaß. Einige hatten früher schon die Anfangsgründe der Arithmetik begriffen, und Jack Evans behauptete, einiges Interessante von einer jungen Französin gelernt zu haben, die auf seines Vaters Besitz gearbeitet hatte. Schließlich schlug Simon Allen vor, dem Lehrer auf der *Welfare* einen Streich zu spielen.

Als Erstes sorgten sie dafür, dass die älteren Midshipmen nicht in der Nähe waren. Die meisten hatten an Deck zu tun. Dolby, der Schuhe putzte und ein zerrissenes Hemd von James Finch flickte, um sich ein paar Pennies zu verdienen, wurde mit irgendeinem Auftrag losgeschickt. Auch Warner war nach den Regeln an Bord nur Midshipman und bekam genauso wenig Sold wie Finch als Jüngster – doch er hatte im Gegensatz zu James natürlich keinen reichen Vater zu Hause in England. Simon schlich zu der Ecke, in der Marner schlief, und trat in den Haufen Wolldecken, aber dort lag niemand.

»Was wollen wir tun?«, fragte Finch William Bentley.

Alle schauten ihn an, und William fühlte sich sehr geschmeichelt, als Anführer behandelt zu werden. Jack Evans war zwar größer und auch ein bisschen älter als er, Simon Allen sogar deutlich älter. Aber Williams Auftreten und seine Stellung an Bord machten ihn klar zum Ersten unter den jungen Herren. Er gähnte hinter vorgehaltener Hand, spielte fehlendes Interesse vor.

»Ist das wirklich so eine gute Idee?«, antwortete er. »Ist das nicht ein bisschen langweilig?«

Davon wollten sie nichts hören. Allen hatte neuen Wein geholt, ihre Gesichter glühten, und sie hatten unheimlich viel Spaß.

»Nein, überhaupt nicht!«, schrie der kleine James Finch. »Wir werden es dem Alten richtig heimzahlen. Komm, wir teeren und federn ihn!«

»Wir könnten die Tintenflaschen über Bord leeren«, schlug Evans vor. »Nein, ich weiß was Besseres. Lass uns seine Brandyflaschen mit Tinte füllen.«

»Und vorher trinken wir den Brandy selber!«, schrie Simon. »Ich nehme an, das Zeug ist einigermaßen gut, denn er gibt all sein Geld dafür aus!«

Aber schließlich einigten sie sich, dass der Streich öffentlich stattfinden müsste. Mr. Marner sollte sich vor allen Offizieren blamieren, wenn irgend möglich sogar vor der ganzen Mannschaft. William meinte zwar, es wäre besser, wenn sein Onkel davon nichts mitbekäme, aber er sagte das nicht laut, sondern versuchte nur, die Sache ein bisschen zu entschärfen.

»Wir dürfen natürlich nichts unternehmen, das den Mann verletzt«, sagte er. »Er hat uns ja schließlich nichts getan.«

Alle protestierten laut. Und William ließ sich überreden. Er glaubte nicht, dass Onkel Daniel etwas gegen einen Streich hatte, solange man dem Lehrer nichts antat, das nicht wieder gutzumachen war. Er dachte lange nach. Brandy konnte der

Schlüssel sein. Mr. Marner war schließlich sehr alt, und Brandy machte ihn immer hilflos. Er dachte weiter nach.

An jenem Abend aß Matthews wie immer schweigend in der Backschaft bei Broad und Fulman. Als er fertig war, gab er bekannt, dass er die Messe wechseln wollte. Das war ein Schock. Obwohl er immer wenig redete und sich nicht auf Freundlichkeiten einließ wie die anderen, hatte er doch einen ganz zufriedenen Eindruck gemacht.

Fulman ergriff als Ältester das Wort. »Waren wir keine guten Macker, Mr. Matthews? Sind wir Ihnen irgendwie zu nahe getreten?«, fragte er. Seine Stimme klang so feierlich, dass Peter bange wurde. Er barg sein Gesicht an Thomas Fox' Schulter, als habe man ihn beschuldigt, den schweigsamen Mann vertrieben zu haben.

Matthew lächelte zurückhaltend. »Freunde«, sagte er, »ich kann euch beruhigen. Ich habe an Bord einen Mann wiedergetroffen, den ich seit vielen Jahren kenne. Ein alter Freund aus Seetagen. Wir haben im Norden manche Reise zusammen gemacht. Mr. Allgood hat beim Ersten Offizier erreicht, dass ich die Backschaft wechseln kann, das ist alles. Es gibt nichts, was zwischen uns steht. Ich bin euch dankbar, dass ihr mich hier aufgenommen habt.«

Das war eine schöne Rede, ganz besonders von einem sonst so schweigsamen Mann. Thomas war stolz, auch die anderen, wie er sah. Fulman blies laut in seine Tonpfeife, wie andere sich die Nase putzten, um seine Betroffenheit zu verbergen.

Nur Jesse Broad dachte praktisch. »Was für einen Macker kriegen wir an Ihrer Stelle, Mr. Matthews?«, fragte er. »Ersetzen Sie jemanden? Oder gibt es unterschiedlich starke Backschaften?«

Matthews sah ihn ein paar Augenblicke an. »Ich bringe ihn. Ihr könnt dann ja oder nein zu ihm sagen!«

Als er über Deck verschwand, sahen die anderen sich schweigend an. Dies war sehr seltsam. Thomas wusste, dass Männer ihre Backschaft wechseln durften, aber er wusste nicht, ob sie auch das Recht hatten, einen Ersatzmann abzulehnen. Er traute sich nicht zu fragen. Man hörte, wie die Männer die Luft anhielten, als Matthew zurückkehrte und jemanden an der Hand führte – den Musikanten.

Matthews stand vor ihm und legte dem Blinden die Hand auf die Schulter. Dann sagte er: »Darf ich Ihnen Mr. Padraig Doyle vorstellen? Jedenfalls sagt der Bootsmann, dass er so heißt. Ihr werdet in ihm einen schweigsamen Macker haben, aber einen, der euch ganz bestimmt und immer wieder was vorspielen wird, wenn ihr es wollt. Na, was sagt ihr zu ihm?«

Als er dem Dudelsackpfeifer ins Gesicht schaute, fühlte Thomas sich seltsam verloren. Der Ire war dünn, so dünn, wie er bisher noch niemanden gesehen hatte. Die blassen Wangen waren eingesunken, von innen drückten sich sogar die Zähne durch. Das narbenreiche Kinn zeigte kein einziges Barthaar, obwohl er mindestens dreißig Jahre alt sein musste, der kurze Hals verschwand im losen Kragen eines Mantels, grün vor Alter, mit Schwänzen, dem ewigen Zeichen von Landleuten. Padraig Doyle war ein Schwalbenschwanzträger; doch kein Seemann hatte ihm die Schwänze abgeschnitten, und das war vielleicht das Verrückteste an ihm.

Der Dudelsackpfeifer versuchte zu lächeln, während die Jungen und Männer der Backschaft ihn ansahen. Das ging jedem zu Herzen. Thomas hätte am liebsten weggeschaut, aber das schaffte er nicht. In den leeren Augenhöhlen bewegte sich etwas, und sie schienen, rot und narbig, wie sie waren, als wären Augen herausgerissen worden. Der Musikant öffnete den Mund, als wolle er sprechen. Dann schloss er ihn wieder, und die Lippen bogen sich in ein Lächeln. Er war stumm.

»Nun«, sagte der alte Fulman rau und mit einem warmherzigen Blick zu Matthews, der sie genau beobachtete, »ich habe nichts gegen ihn. Und was sagt ihr?«

Dumpfes Gemurmel. Niemand hatte was gegen den Blinden oder wollte etwas sagen. Peter hatte zwar irgendetwas im Kopf, was rauswollte, doch dann dachte er nach, wurde rot und hielt den Mund.

»Gut«, sagte Matthews. »Danke, Freunde. Mr. Doyle, ich lasse Sie in guten Händen zurück. Sie werden keine besseren Männer an Bord dieses Schiffes finden.« Sanft schob er ihn nach vorn, drehte ihn auf den Hacken um und schritt davon.

Jesse Broad erhob sich, um den Iren an die Hand zu nehmen. »Find einen Platz für Padraig Doyle«, wandte er sich an Thomas. »Und behaltet ihn immer gut im Auge, Freunde. Ein Musikant an Bord bringt einem Schiff immer Glück!«

Dann sagte Peter, was er auf dem Herzen hatte, und die Spannung wich: »Mit der *Welfare* ist schon was Besonderes los, Freunde«, sagte er. »Wir führen hier ganz wunderbare Gespräche. Da geht einer, der dem Teufel ein Ohr abquatscht, und dann kriegen wir einen, der ihn noch gewaltig übertrifft.«

Das Lächeln war aus Doyles Gesicht gewichen, aber er schien wegen solcher Spöttelei nicht verletzt zu sein. Sie merkten bald, dass er nicht häufig lächelte, und nahmen an, dass er dabei in seinem vernarbten und zerstörten Gesicht Schmerzen erlitt. Er wurde zu einem einfühlsamen Macker, der sich alle Mühe gab, den anderen nicht zur Last zu fallen. Er war begabt darin, erstaunlicherweise, wie alle anderen fanden, niemandem im Weg zu stehen, niemanden zu belästigen. Und ohne dass er richtig lächeln oder gar sprechen konnte, machte er klar, dass er allen dafür dankte, dass sie ihn duldeten und sich um ihn kümmerten.

Thomas nahm ihn bei der Hand und führte ihn an einen Platz. Er arrangierte ein paar Streifen Leinwand und ein bisschen Wolle, auf die er sich legen konnte, nahm ihm dann vorsichtig den Dudelsack aus der Hand und beruhigte ihn, indem er ihm genau beschrieb, wohin er ihn legte – auf eine trockene Stelle, einfach zu finden. Der Ire drückte ihm dankbar die Hand, nachdem er sich niedergelassen hatte, und wendete sich mit den glänzenden Höhlen Thomas zu. Der konnte tief in diese Höhlen hineinschauen, in die Falten zerstörten Fleisches. Und er lächelte.

In den nächsten Tagen freundete er sich mit dem Blinden an, so wie er sich bisher nie mit einem Menschen angefreundet hatte. Es ähnelte ein bisschen seinen Gefühlen zu den Tieren. Die beiden Männer krochen oft zu den Schafen und saßen dort in der Wärme, in dem Geruch und in dieser Geborgenheit. Thomas erkannte sofort, dass Doyle vom Land stammte – so wie er die Tiere behandelte. Er kümmerte sich nun zusammen mit Thomas um sie, mit sehr geschickten Händen, sicher und gefühlvoll trotz seiner Blindheit.

Doyle konnte mit seinem Dudelsack eine Sprache laut werden lassen, die Thomas Fox verstand. So saßen sie Rücken an Rücken oder hockten tief zwischen den Schafen, und Doyle spielte so leise, dass man die Töne außerhalb des Pferchs kaum hören konnte. Thomas redete dann fast wie zu sich selbst, unverbundene Sätze über Gefühle, für die er nicht die richtigen Worte fand. Und Doyle antwortete mit leisem Seufzen oder tiefen Tönen auf seinem Dudelsack.

Das alles tat Thomas gut, denn das Leben an Bord war ein einziger Schrecken, der ständig schlimmer wurde. Jede Nacht säuberte er den Abtritt und übernahm andere schmutzige, erniedrigende Aufgaben. Der Anblick des Vorderstevens unter ihm, das grüne Wasser, das ein paar Fuß tiefer hungrig gurgelte und schäumte, ließ ihn fast erstarren. Während er kratzte und schrubbte, betete er fast ununterbrochen, oft mit geschlossenen Augen, und sah die Blicke der Männer nicht, die ihn beobachteten oder sich über ihn lustig machten. Die See machte ihm genug Angst und immer mehr Angst, obwohl sie seit Tagen sanft war. Aber er hatte das kaum gemerkt, und es war ihm auch egal. Er wollte nur nicht nach außenbords schauen. Seine

Blicke verließen das Schiff nicht, suchten immer feste Punkte an Deck, an denen sie sich festhalten konnten.

Er konnte es niemandem recht machen. Irgendwie schien seine Anwesenheit die Männer wütend zu machen, Seeleute, die er nicht kannte, die er nie gesehen hatte, stellten sich vor ihn und spotteten über ihn. Zuerst hagelte es Bemerkungen über seine neuen Kleider. Ein Bootsmannsmaat höhnte, er sähe ja wie ein echter Gentleman aus. Als Thomas lächelte, schlug ihn der Kerl nieder. Seine Sorge um die Tiere machte ihn zum Gegenstand deftiger sexueller Witze. Und man kniff ihn und grapschte immer wieder nach ihm, wenn er unter Deck durch dunklere Ecken musste. Seine Naivität rief auch die Wut der Midshipmen hervor. Auf William Bentleys Anregung hin leerte er für sie die Waschschüsseln – sie hatten ihn gefragt, ob er ihr Sklave sein wollte, und er kannte einfach keine andere Antwort als »ja«. Was konnten sie anderes erwarten? Aber so machte es ihnen keine Freude, ihn zu quälen, es ging viel zu einfach. Das stachelte sie weiter an. Er warf niemandem etwas vor, versuchte niemanden zu verstehen. Die Jungen waren eben Jungen, übermütig bis dorthinaus. Doch warum auch die Männer ihn so schlecht behandelten, begriff er nicht.

Vor allen anderen machte der Bootsmann ihm Angst. Er stand vor ihm wie ein Riese aus dem Märchen, der mal gut, mal böse handelte. Wenn er ihn kommen sah, versuchte Thomas sich zu verstecken. Aber Allgood hatte Augen wie ein Falke und behielt ihn offensichtlich gern im Blick. Immer wieder lief er dem Mann in die Arme. Dann war alles möglich. Wenn er gegen eine Regel der mächtigen Männer an Bord verstieß, waren es Vorgesetzte oder einfache Seeleute, gab es einen Hieb – mit der Faust, dem Ende oder dem Stock. Doch beim Bootsmann konnte es auch eine Kopfnuss aus der großen, furchteinflößenden Hand sein. Oder ein freundliches Lächeln und ein Wort. Immer mehr schaute Thomas nur noch auf die Planken, verkroch sich in sich selbst. Er versuchte, unsichtbar zu werden.

Der Streich der jungen Midshipmen für Mr. Marner kam ein paar Tage später und wurde ein großer Erfolg.

Der Unterricht fand nachmittags statt, nach dem Mittagessen und der Grogration, nachdem die jungen Herren ihre morgendlichen Aufgaben erledigt und die Instruktionen durch den Master hinter sich hatten. Dann war Mr. Marner, satt und voller Rum, kaum je ganz zurechnungsfähig. Die Jungen hatten in einer Flasche einigen Brandy gesammelt, ihn mit Rum gemischt und das Ganze mit dem Weißwein abgerundet, den sie einem Messesteward abgekauft hatten. William verwahrte diese Mischung und hatte sie zwischen seine Knie geklemmt, während sie alle anderen ihre Tafeln und Schulbücher vor sich hinlegten.

Mr. Marner war nicht gut drauf nach seiner Rum-und-Wasser-Ration. Alt und gebrechlich, trug er eine lächerlich verlotterte Perücke, eine Brille aus Draht, die ihm über eine Wange hing, und er sah schmutzig und ungepflegt aus. Nach so langer Zeit auf See sah jeder Mann an Bord etwas mitgenommen aus, aber der alte Mann erschien richtig abstoßend. Die Jungen tauschten aufgeregte Blicke.

»Heute, meine jungen Herren«, begann er mit zittriger Stimme, »werde ich Ihnen die Wurzeln eines der ältesten Zweige vom Baum der Erkenntnis bloßlegen. Wer von Ihnen wird es wagen zu raten, worum es sich handelt? Gestern habe ich einen Hinweis gegeben.«

»Sir«, meldete sich der kleine James mutig, »handelt es sich um Eigenschaften und Bewegung von Himmelskörpern? Oder belle ich den falschen Baum der Erkenntnis an?«

Die jungen Herren lachten laut, aber Marner verstand den Witz nicht ganz. Er blinzelte James Finch zu, rief Simon Allen auf und versuchte in seinem Thema fortzufahren. Es war hoffnungslos – wie immer. Wieder einmal fragte sich William, warum sein Onkel auf so etwas Wert legte. Nachdem sie ihn ein bisschen bespöttelt hatten, entschieden sie, nun loszulegen.

»Entschuldigen Sie, Sir«, sagte William und unterbrach damit den Mann mitten in einem seiner pathetischen Sätze. »Macht es Ihnen etwas aus, wenn ich einen kleinen Schluck trinke? Es handelt sich im Wesentlichen um Medizin. Mr. Adamson, unser Arzt, hat sie verschrieben.«

Der Schulmeister war überrascht. »Das entspricht nicht den Vorschriften, Mr. Bentley«, antwortete er. »Ihr Onkel, fürchte ich ...« Er verlor den Gedanken, sah durstig auf die Flasche. Mit der Spitze seiner Zunge fuhr er sich über die Oberlippe.

William entkorkte die Flasche. Die anderen Midshipmen stießen sich vor Vergnügen in die Seite.

»Darf ich dennoch, Sir?«

»Nun ja, natürlich. Wenn Mr. Adamson es angeordnet hat. Welche Symptome haben Sie?«

Ganz ruhig antwortete William: »Ich habe seit kurzem Schwierigkeiten, meine Füße an Deck zu halten. Mir scheint, es handelt sich um einen Anfall von Schwindel. Mr. Adamson ist der Ansicht, dass unser Leben als Midshipmen in den Eingeweiden des Schiffes dafür wahrscheinlich der Grund ist!«

Er nahm, was wie ein gewaltiger Schluck aussah, doch in Wirklichkeit nur vorgegaukelt war.

Jack Evans erhob sich erregt und rief mit schriller Stimme: »Ich auch, Sir«, sagte er und griff nach der Flasche. »Ein schlimmer Anfall von Schwindel. Man kann wohl davon ausgehen, dass es sich um eine spezielle Krankheit der Midshipmen handelt.«

Der Schulmeister gab auf, als die Flasche ihre Wanderschaft fortsetzte.

James Finch öffnete dann die Falle: »Ich bin überrascht, Mr. Marner, dass Sie keine Symptome haben. Sie leben doch mit uns in derselben Backschaft. Aber«, fügte er jovial hinzu, »hier ist die richtige Medizin!«

Zehn Minuten später hatte Marner einen großen Teil der Flasche leer getrunken und hielt sich nur noch schwankend auf den Beinen. Dann folgte der zweite Teil des Streichs, Simon Allen war diesmal der Auslöser.

Während der Lehrer tapfer versuchte, eine einfache Erklärung abzugeben, erhob sich Simon abrupt. Der alte Mann erstarrte vor Schreck, als der Junge ein lautes, erstickendes Gurgeln hören ließ, nach vorn stolperte, sich an die Kehle griff, auf die Knie sank, dann auf sein Gesicht fiel, ein paarmal heftig zuckte und dann liegen blieb.

Die anderen saßen steif da und unterdrückten bei dieser perfekten Pantomime nur mühsam ihr Gelächter.

Doch Mr. Marner war entsetzt. Sein Mund stand offen, er wurde kreidebleich und seine Hände zitterten. »Mein Gott«, sagte er, »Allen!« Er wandte sich an die Klasse: »Bentley«, schrie er, »holen Sie bitte den Arzt. Ich glaube ...«

William sprang auf, machte drei Schritte in Richtung des Schulmeisters, schrie auf und fiel wie ein Stein zu Boden. Der kleine James Finch eilte hinterher, hustete und drehte sich und ließ die ganze Zeit die Zunge aus dem Mund hängen. Dann drehte sich Jack, um sich nicht ausstechen zu lassen, wie ein Kreisel, bis ihm schwindlig wurde, stolperte ein bisschen herum, packte den alten Mann an der Jacke und brach zu seinen Füßen zusammen. Als er nach oben starrte, keuchte er: »Gift. Oh, Mr. Marner, wir sind alle vergiftet worden.«

Als der betrunkene Alte in Richtung Deck stolperte, sich die Kehle hielt und vor Schrecken weiß wie eine Wand war, erhoben sich die Jungen und folgten ihm. Sie platzten fast vor Freude und schlugen sich gegenseitig auf die Schultern. Das war schon ein toller Streich!

Marner, durch die Sonne an Deck geblendet und volltrunken, stolperte in eine Gruppe Maate und rannte dann mit voller Wucht gegen Schiffsteile. Stöhnend brabbelte er vor sich hin und erreichte schließlich das Achterdeck. Higgins, der Dritte Offizier, blinzelte der Erscheinung entgegen. Kapitän Swift war nicht in der Nähe, stellte William zufrieden fest.

»Vergiftet«, stöhnte Marner. »Vergiftet. Alle jungen Herren, alle vier. Vergiftet. Mausetot!«

Alle an Deck schauten ihn an.

Der alte Mann sank auf die Knie. »Ich habe auch davon getrunken«, krächzte er. »Sir, rufen Sie den Arzt, damit er die jungen Herren rettet!«

Higgins, rundgesichtig und von langsamem Verstand, starrte vom Schulmeister zum Niedergang, wo die vier jungen Herren standen, in hellem Sonnenlicht und lebendig wie eh und je. Sie hielten sich die Bäuche und waren überaus vergnügt. Jeder an Deck schien verblüfft. Nur der Rudergänger starrte unentwegt auf seinen Kompass und die Segel, während er das Rad drehte – schweigend und ganz und gar unbewegt.

»Sind Sie verrückt geworden, Sir?«, fuhr Higgins den Schulmeister an. Sein Gesicht wurde dunkel vor Zorn.

»Tot, Sir!«, sagte Marner pathetisch. »O bitte, den Arzt!«

»Sie sind total besoffen, Sir, nichts weiter!«, rief der Dritte. Er suchte mit seinen Blicken das Deck ab, entdeckte einen Mann mit einem Eimer ganz in der Nähe.

»Sie da«, rief er, »kommen Sie mit dem Eimer Wasser hierher, aber schnell, wenn ich bitten darf!«

Der Mann kam mit dem Eimer voller Seewasser grinsend über das Deck gelaufen. Jetzt lachten die Jungen laut, es gab nichts mehr zu verheimlichen. Überall unterbrachen Männer ihre Arbeit, freuten sich über die Ablenkung und warteten auf das Kommende.

Der Mann mit dem Eimer stand jetzt wie ein Fels vor dem knienden Schulmeister, der weinte und seine Brille abgesetzt hatte. Der Wasserstrahl warf ihn auf den Rücken, und er schrie laut auf. An Deck erhob sich lautes Gelächter. Sogar Mr. Higgins erlaubte sich die Andeutung eines Grinsens, bevor er wieder nach achtern verschwand. William und seine Freunde triumphierten. Das war ein Streich! Der alte Marner würde nun wohl ein für alle Mal die Segel streichen, dieser Trunkenbold.

Später stand William seinem Onkel wegen des Vorfalls Rede und Antwort und versprach, dass so etwas nie wieder vorkommen sollte. Der Kommandant fand das alles nicht sehr amüsant, interessierte sich jedoch nicht weiter dafür und machte William nur klar, dass der Unterricht keineswegs abgebrochen wurde. William stimmte zu, ohne seine eigene Meinung zu äußern, als Kapitän Swift anordnete, die jungen Midshipmen sollten ihren Ehrgeiz auf lohnendere Objekte richten und vernünftigere Einsätze. Ein Mann in Marners Alter war eine zu leichte Beute. Dann lächelte er sogar ein wenig und gab zu, dass es wohl Freude gemacht haben könnte. Junge Herren hatten ihre Pflichten, so viel war klar, aber nichts als Arbeit im Kopf macht dumm.

»In der Jugend kann man sich schon mal solch ein Vergnügen gönnen«, schloss er. »Aber denk an unsere Ziele, William, und lass dich nicht wieder gehen.«

17

Die *Welfare* segelte bereits in den Ausläufern des Passats, ehe Kapitän Swift entschied, nun sei es an der Zeit, Henry Joyce zu bestrafen. Obwohl es eigentlich ein Geheimnis bleiben sollte, kannte die Mannschaft irgendwoher das Datum. Das hieß, Joyce war so voller Rum, den man ihm zugeschmuggelt hatte, dass alle hofften, er würde die Katze überstehen.

Bei Thomas Fox löste die Ankündigung nicht nur Schrecken aus. Ihn überfiel die Angst, dass er selber vielleicht bald bestraft würde. Ob Zufall oder Absicht – Swift hatte jeden Tag, seit das Wetter besser geworden war, jemanden bestrafen lassen. Jeden Morgen hatten die Pfeifen gezwitschert, die Gehilfen hatten gebrüllt, und alle Männer traten an, um einer Bestrafung beizuwohnen. Davor hatten sie jedes Mal eine Rede des Kapitäns anhören müssen, der zuerst die Einzelheiten des Vergehens und die entsprechende Strafe bekannt gab, dann von der Nichtsnutzigkeit der Mannschaft sprach und ihr verkündete, alle zu anständigen Menschen zu machen – mit der Peitsche.

Für Thomas war das zu viel. In der Regel wurde einer für Trunkenheit bestraft oder für die Folgen von Trunkenheit. Thomas war entsetzt, denn die Männer wurden für etwas ausgepeitscht, was sie kaum vermeiden konnten. Jeder Seemann erhielt acht Pints Bier pro Tag und seine Rumration dazu. Obwohl das Bier mittlerweile schlimmer als Essig schmeckte, war es immer noch Bier und konnte betrunken machen. Selbst er, der es mit Vorsicht genoss und oft genug seinen Rum wegschüttete, was nur Doyle wusste, fühlte sich immer wieder benommen.

Viele Matrosen, die den Rum aus dem einen oder anderen Grund nicht selbst tranken, benutzten ihn als heimliche Währung. Also konnten die Käufer immer sehr einfach betrunken werden, sogar sturzbetrunken und zu jedem Streit bereit. Männer, die ohne Schnaps nicht mehr leben konnten – und von ihnen gab es an Bord genügend –, konnten ihn immer kaufen. Entweder mit Geld oder mit Diensten verschiedenster Art, ja sogar mit Hilfe von Kreditbriefen. Ein Kerl in einer anderen Backschaft – alt, grau, zitternd, der aussah, als mache er es nicht mehr lange – besaß nichts weiter als ein graues langes Leinwandhemd. Er brauchte an die vier Pints Grog pro Tag, um sein Elend nicht mehr zu spüren, und er tat alles, wie erniedrigend auch immer es war, um an seinen Schnaps zu kommen. Immer wieder wurde er von den Maaten zusammengeprügelt, die ihm ihren Schnaps für Dienste gegeben hatten, die er doch längst nicht mehr ausführen konnte, wie sie sehr wohl wussten. Sie fanden einfach Vergnügen daran, ihn zu prügeln, und so wurde auch das zur Währung.

Jeden Tag konnte der Kommandant den Leuten die bösen Folgen des Saufens vor Augen führen, aber jeden Tag wanderten die Becher mit feurigem Rum und die Krüge mit saurem

Bier durch die Decks, dass manch Säufer an Land es für den Vorhof des Paradieses gehalten hätte.

So hatten der Profos und seine Gehilfen es nie schwer, ein Opfer für den nächsten Tag zu finden. Doch am liebsten warteten sie, bis irgendwo eine Keilerei ausbrach und sie mit einem Eingreifen zwei oder mehr Männer auf einmal festnehmen konnten.

Die Sünde, die Thomas begangen hatte, und die Strafe, die er zu erwarten hatte, hatten nichts mit Alkohol zu tun. Er hatte schon früher an Land einmal zugesehen, wie man einen Hausierer gehängt hatte, weil er angeblich ein Kaninchen gestohlen hatte. Also zuckte er vor der Ungerechtigkeit einer Bestrafung nicht zurück. So war die Welt eben. Aber der Gedanke war unerträglich, dass sich die Schwänze der Katze in sein eigenes nacktes Fleisch graben würden. Er wimmerte schon, wenn er daran denken musste.

Doch Butterarsch, der Zahlmeister, hatte Thomas Fox' Verbrechen entdeckt. Am Nachmittag, während der ersten Wache, hatte Thomas Padraig Doyle mit seinem Dudelsack aufs Vordeck geführt. Der Wind wehte etwas weniger stark als zuvor, und die Sonne hatte die Gesichter von einigen Männern fast schwarz gebrannt. Viele hatten das Hemd ausgezogen, lagen an Deck und redeten, spielten Karten oder schliefen. Thomas mochte diese Freiwachen, wenn es nichts zu tun gab und Musik gemacht werden durfte. Es war auch gut, der Freund von Doyle zu sein, denn der Dudelsackpfeifer war sehr gefragt. Die Freundlichkeit, die man ihm entgegenbrachte, strahlte auch auf seinen Freund. Als er, mit dem Rücken gegen die Betinge gelehnt, zu spielen begann, saß Thomas in der Nähe und sang dazu. Und die ganze Zeit schnitzte er an einer Flöte herum. Er hatte lange suchen müssen, um das passende Holz zu finden, aber er hoffte, diese Flöte würde eine besonders gute werden.

Die meisten Matrosen sangen gern, und der eine oder andere erfand sogar eigene Lieder. Am liebsten mochten sie die, die eine traurige oder herzzerreißende Geschichte erzählten. Doch die Melodie musste immer einen gewissen Schwung haben. Und solchen Schwung beherrschte Doyle ganz besonders gut. Der eher traurige Klang seines Dudelsacks konnte sich sofort zum Fröhlichen ändern. Und alle begannen, mit den Füßen den Takt zu klopfen.

Die Männer hatten eines von Thomas' Lieblingsliedern fast beendet. Es handelte von einem Mädchen, das in einem kleinen Boot auf das Meer hinausruderte, um ihren gepressten Liebhaber zu suchen. Plötzlich sah Thomas den Zahlmeister näher kommen. Er richtete sich auf, obwohl nichts darauf hindeutete, dass der Mann ihn suchte.

»Dann rang sie die Hände und riss sich am Haar,
Weil sie eben ein Mädchen voll Verzweiflung war.
Ihr kleines Boot schlug wieder gegen die felsige Wand,
Wie kann ich nur leben, wenn William verschwand?«

Die Worte des Liedes erstarben ihm auf den Lippen. Die sonoren Stimmen der Matrosen wehten mit den Tönen des Ellbogendudelsacks im warmen Wind davon. Der Zahlmeister, dessen Körper an einen Wackelpudding erinnerte, suchte sich sorgfältig seinen Weg. Seine blaue Jacke ragte über seinen Hintern hinaus, was ihm seinen Spitznamen gegeben hatte. Und als das Lied endete, endete auch das allgemeine Gemurmel der Nichtsänger. Butterarsch war ein verhasster Mann, aber einer, mit dem sich niemand anlegen wollte.

Sein schweißüberströmtes Gesicht erhellte sich, als er Thomas entdeckte. Dem Jungen erstarrte das Blut in den Adern. Jesse Broad, der in der Nähe hockte, erhob sich wie zufällig und ging zu seinem Freund hinüber. Drei Schritte von Thomas entfernt blieb er stehen und schaute Butterarsch kühl an, der etwa gleich weit weg stand.

»Spiel weiter, spiel weiter«, sagte der Zahlmeister in dem

durchsichtigen Versuch, sich beliebt zu machen. »Du bist ein großer Dudelsackspieler, Ire. Ich will dich nicht unterbrechen.«

Doyle bewegte sich nicht, der Dudelsack lag zusammengefallen auf seinem Schoß. Zu hören waren nur die rauschende See und das sanfte Dröhnen des Riggs.

»Dann eben nicht«, sagte der Zahlmeister plötzlich mit ganz anderer Stimme. »Es dreht sich um ein paar Hennen, Junge. Komm mit!«

Thomas versuchte aufzustehen und sah hilflos zu Jesse hinüber.

Broad meinte ruhig: »Es ist jetzt die Freiwache, Sir!« Sein Ton war neutral. Er achtete sehr darauf, nicht wegen Unverschämtheit und Insubordination belangt zu werden.

Butterarsch sah ihn kühl an, mit hässlichen und verächtlichen Blicken. Zuerst schien es, als wollte er gegen Broads Bemerkung angehen, aber ein dumpfes Grollen war von den Männern zu hören. Sie hatten dienstfrei. Diesen Mann an Deck konnten sie nicht ausstehen.

Da kapitulierte der fette Mann. »Komm in einer halben Stunde zu mir«, sagte er zu Thomas, »der Kommandant möchte seine Offiziere mit Hühnerfleisch bewirten. Nach meiner Rechnung haben wir noch siebzehn an Bord. Ich werde sie mir später ansehen. Zeig sie mir alle. Aber du würdest gut daran tun, wenn du die fettesten aussuchst, klar?«

Niemand lachte über die Bemerkung. Nervös zuckte der Zahlmeister mit den Schultern und tappte nach achtern. Als er außer Hörweite war, folgte ihm ein obszöner Fluch.

Kurz darauf sangen die Männer ein fröhliches Liebeslied. Nur Thomas war verzweifelt. Doyle merkte das und spielte nicht weiter, als das Lied verklungen war. Thomas führte den Blinden an der Hand unter Deck. Jesse Broad mischte sich nicht ein. Er hoffte nur, dass die genannte Zahl des Zahlmeisters auch wirklich der Zahl der Hühner entsprach.

Natürlich war das nicht der Fall. Als sie in der erstickenden Hitze unter Deck angelangt waren, legte Thomas Doyle die Arme um den Hals und begann zu weinen. Er hatte niemandem die drei Hühner gemeldet, die im Sturm verendet waren, und auch nicht das eine, das auf seltsame Weise umgefallen und krepiert war. Er hatte einfach nicht den Mut gehabt. Alle vier waren mitten in der Nacht durch eine Pforte außenbords befördert worden, aber das würde man nicht akzeptieren. Der Zahlmeister verdiente schließlich am Geflügel wie auch an den anderen Tieren und an den Lebensmitteln. Also führte er exakt Buch über alles, was geschlachtet und gegessen wurde. Obwohl er von siebzehn Hühnern sprach, würde er nur dreizehn vorfinden.

Als der fette Mann unten erschien, machte er kein großes Aufsehen über seine Entdeckung. Er zeigte Thomas seine Zahlen und wies ruhig darauf hin, dass vier fehlten. Thomas konnte nichts sagen, er starrte auf das Deck, der Blinde stützte ihn. Er ließ ein kaum vernehmbares Stöhnen hören.

Nachdem er dreimal um eine Erklärung gebeten hatte, fuhr der Zahlmeister sich über die Lippen, um die Sache endlich zu beenden. »Also«, sagte er, »kann ich nur davon ausgehen, dass die Hühner gestohlen worden sind. Von dir oder einem anderen oder vielen anderen. Nun?«

Keine Antwort.

»Du willst also nicht behaupten, dass sie aus deiner Obhut entwendet wurden.«

Keine Antwort.

Nach einer Pause seufzte der Zahlmeister. Er klang sehr zufrieden, so triumphierend, dass Thomas sich sehr ängstigte. »Gut«, sagte Butterarsch, »dann werde ich das dem Kapitän so melden.«

Padraig Doyle ließ einen wilden, lauten, unklaren Schrei hören. Der Zahlmeister sah ihn voller Abscheu an, drehte sich auf dem Absatz um und verschwand in Richtung Niedergang.

Henry Joyce bot einen erbärmlichen Anblick, als man ihn zur Bestrafung an Deck holte. In den vielen Tagen seines Arrests hatte man ihn, aus welchen Gründen auch immer, nicht von seinen eisernen Fesseln befreit. Er war ein wilder Kerl, ein gewaltiger und gewalttätiger Mann, wie es sie auf See nicht selten gibt. An Land, dachte Jesse Broad, würde er nicht so lange überlebt haben. Aus ihm wäre bestimmt ein Dieb, ein Straßenräuber oder ein bezahlter Mörder geworden. Was immer er tat, es hätte ihm den sicheren Tod gebracht, denn das Land konnte mit Menschen wie ihm nichts anfangen. Auf den Handelsschiffen wäre er als toller Hund behandelt worden, ein Schrecken für die Besatzung, den die Offiziere nicht kontrollieren konnten. Doch in der Royal Navy hatte er eine gute Chance, lange zu überleben. Es war paradox. Sie hing ab von dem Gleichgewicht, der Balance zwischen seinem Nutzen als Seemann und Kämpfer und seiner Disziplinlosigkeit als Säufer und als gewalttätiger, regelloser Charakter.

Die Sonne schien, es wehte eine warme Brise immer noch stetig aus Nordost, aber sie wurde jeden Tag schwächer, während die *Welfare* sich den Kalmen näherte. Jeder Fetzen Leinwand war gesetzt, sie lief aber ohne große Bugwelle. Die meiste Zeit gurgelte das Wasser sanft am dicht bewachsenen Rumpf entlang. Als man diesen Unhold an Deck holte, sah es aus, als sei er gezähmt worden, Henry Joyce stand blinzelnd im Sonnenlicht.

Er trug noch immer nur die Hose, in der er festgenommen worden war, sein dreckiger Oberkörper war schweißüberströmt, sein bleiches Gesicht sah blass und krank, fast wie tot aus. Er hatte die ganze Zeit nichts als Schiffszwieback und Wasser bekommen. Ein schwächerer Mann wäre daran vielleicht schon zugrunde gegangen. Um Hand- und Fußgelenke sah man rote Geschwüre. Seine Hosen waren voll und stanken, die Beine darunter waren ganz schwarz, Haar und Bart, wild und lang, klebten zusammen, steif vor Dreck. Nur seine Augen verrieten ihn.

Als Jesse Broad mit der gesamten Besatzung an Deck stand, sah er Joyces Augen. Er war nicht gezähmt. Er war wahrscheinlich gar nicht zu zähmen.

Die Szene bot das übliche Bild, das jeder kannte und jeder hasste. Wieder drohte Gewalt, die die Hitze des Tages noch deutlicher spüren ließ, und das Gefühl, wieder einmal einer Bestrafung beizuwohnen, deren blutiges Ritual sie nun oft genug erlebt hatten. Der Gestank verstärkte das alles. Natürlich war der Geruch schwitzender ungewaschener Körper nichts Ungewohntes, aber jetzt, da die nackte Sonne auf die Männer strahlte, nahm man ihn deutlicher wahr. Zwar schienen die Offiziere, die auf dem Achterdeck angetreten waren, fast sauber, aber sie stanken dennoch aus in ihren engen blauen Jacken und hohen Kragen.

Am heißesten und ungemütlichsten war es den Seesoldaten, die achterlicher als die Offiziere angetreten waren, in Jacken, Kreuzriemen und Hüten mit Kokarden. Sie standen in der gnadenlosen Sonne. Ihre scharlachroten Jacken glänzten wie ihre Ausrüstung. Auch ihre Gesichter strahlten die Hitze wider. Ströme von Schweiß flossen ohne Unterbrechung vom Hutrand in den Kragen. Broad bedauerte sie fast, wie sie so still und unbewegt litten. Doch jeder Seesoldat hatte eine Muskete und würde mit ihr auf jeden Mann schießen. Also sparte man sein Mitgefühl besser für Henry Joyce auf statt für einen von ihnen. Während er den Mann mit der kahlen Stirn und dem langen Zopf beobachtete, der gleich ausgepeitscht werden sollte, gab es eine schnelle Bewegung unter den angetretenen Seesoldaten. Ein Mann mit kalkweißem Gesicht, schmal und schmerzverzerrt, war zusammengebrochen.

Auf ein kurzes Kommando hin wurde Henry Joyce umgedreht und an Knien und Handgelenken an die Gräting gefesselt.

Kapitän Swift begann mit seiner Rede. »Meine tapferen Männer«, rief er mit seiner durchdringenden Stimme, »heute wohnt ihr der Bestrafung des schlimmsten Verbrechers bei, der in Seiner Britannischen Majestät Marine noch nicht gehenkt wurde. Er heißt Henry Joyce. Und die Anklage, deren meine Offiziere und ich ihn für schuldig befunden haben, ist vielfach. Dieser Schurke ist schuldig in allem, was man auf gar keinen Fall bei einem britischen Seemann akzeptieren kann. Er ist ein Lügner, Betrüger, ein Feigling, und er drangsaliert andere. Er hat meuterische Worte gebraucht, hat seine Messekameraden zu Aufruhr und Verleumdung angestiftet und sich seiner Verhaftung so vehement widersetzt, dass er sogar die Korporale in Ausübung ihrer Pflicht verletzt hat.«

Swifts kühler Blick streifte die Männer. Seine Haut war trocken, sein Atem ging gleichmäßig. Er schien die Hitze nicht zu fühlen, obwohl er Seide und schwere Stoffe trug. Er bezeichnete Joyce als Muster allen Übels, für das jeder Mann an Bord sich schämen müsste. So ein Übel würde das Schiff unaufhaltsam ruinieren.

Auch Thomas Fox hatte den Seesoldaten stürzen sehen. Im Unterschied zu Broad kannte er ihn wieder, wenn auch erst nach einiger Zeit. Er war sicher, es handelte sich um den kranken Mann, der zusammengekrümmt im Krankenrevier gelegen hatte, als er selber dort gewesen war. Doch wie war das möglich? In all den Nächten seit seiner eigenen Entlassung, als er wach zwischen den schnarchenden Seeleuten lag, hatte er die unterdrückten Schreie des Seesoldaten gehört und nie bezweifelt, dass der Mann sterben musste. Jetzt lag er auf dem Achterdeck, ein Anblick reinsten Elends, dünner Speichel rann aus seinem Mund. Thomas meinte auch, einen zweiten Mann unter den Seesoldaten wiederzuerkennen, doch seine Sicherheit war geschwunden, während die Wochen vergingen. Es handelte sich um den Mann, den er anfangs an für Vetter Silas gehalten hatte, einen großen, schlanken Kerl mit hellem Haar und nichts sagendem Gesicht. Er war sich immer unsicherer geworden, weil er den Mann nur in der rotweißen Uniform sah. Anfangs hatte er gar keinen Zweifel gehabt, obwohl der Seesoldat ihn nicht beachtet hatte. Doch jeden Tag schien es ihm jetzt weniger wahrscheinlich, dass dies sein Vetter war, obwohl ein kleiner, nagender Zweifel bestehen blieb.

Ehe er gepresst worden war, hatte er Silas schon lange Zeit nicht mehr gesehen. Und auch vorher hatte er ihn nicht sehr gut gekannt. Er hätte ihn vermutlich als Vetter wiedererkannt, wenn sie sich auf der Straße begegnet wären. Aber jetzt, auf der *Welfare*, wagte er kaum, seinen eigenen Schatten zu grüßen. Er spürte, wie sehr die Seesoldaten von den Seeleuten gehasst wurden. Auf seltsame Art waren sie der Feind. Sie bekamen das gleiche Essen und Trinken wie die Deckoffiziere und die jungen Herren achtern und lebten in der Tat zwischen den beiden Gruppen. Eine ihrer Pflichten war es, die Hohen vor den Niedrigen zu schützen. Die einzige Pflicht, wie manche meinten, denn es war schon hart, sie rumlungern zu sehen, während die Seeleute mit aller Mühe gerade eben noch ihre Arbeit schafften.

Er wandte seine Aufmerksamkeit wieder den Worten des Kapitäns zu.

»Wenn ich nicht Nachsicht geübt hätte«, sagte Kapitän Swift gerade, »hätte ich ihn, nein würde ich ihn in Eisen liegen lassen und vor ein Kriegsgericht stellen. Wie jeder Einzelne von euch weiß, hätte der Spruch nur der sichere Tod sein können. Glaubt mir, ich hätte ihn mit einigem Vergnügen an der Rah zappeln und sein Leben aushauchen sehen! Doch ich bin leider ein nachsichtiger Mann!« Er wandte sich an den Bootsmann. »Mr. Allgood, bitte, lassen Sie Ihre Gehilfen ihre Pflicht tun. Ich muss die übliche Warnung nicht wiederholen, was dem blüht, der in meinen Augen nicht alle Kraft in die Erfüllung seiner Aufgabe legt.«

»Aye, aye, Sir. Darf ich mir erlauben, nach der Zahl der Hiebe zu fragen?«

Es entstand eine lange Pause. Unter den Männern herrschte tödliches Schweigen.

»Das, Mr. Allgood, hängt weitestgehend von Ihren Untergebenen ab. Ich will ... wir wollen«, ergänzte er und deutete mit der Hand auf die Offiziere, »dass er bewusstlos wird. Also, wenigstens einhundert, wenigstens einhundert!«

Ein leises Murmeln war zu hören.

Der Kommandant lächelte erbittert. »Ungewöhnliche Verbrechen verlangen ungewöhnliche Strafen!«, sagte er. Sogar Thomas Fox wusste, dass diese Zahl ungesetzlich war und nur von einem Kriegsgericht verhängt werden durfte.

Es dauerte nicht lange, bis der brutale Rhythmus fast einschläfernd wirkte: das Pfeifen der Schwänze, das Klatschen und Schneiden, wenn sie in den breiten, mit ungeheuer viel Muskeln bepackten Rücken drangen, das Stöhnen, wenn der Gehilfe die Schwänze zurückriss, seine Finger hindurchzog, um sie vom Blut zu befreien, und dann wieder mit aller Macht ausholte, dass seine Sehnen knackten. Nach jeweils einem Dutzend deutete der Bootsmann auf einen neuen Gehilfen. Der Mann wischte sich den Schweiß von der Stirn, wusch sich die Hände in einem Eimer mit Salzwasser und dann schlug der Neue im alten Rhythmus weiter.

William Bentley, der nicht weit weg von seinem Onkel stand, fand es schwierig, der Aktion seine ganze Aufmerksamkeit zu widmen, obwohl er inzwischen daran gewöhnt war. Sein Gesicht und seine Uniform wurden immer wieder von Blutspritzern und Hautfetzen befleckt. Aber dieser Delinquent war ein echter Höllenhund, und die Bestrafung würde lange dauern. Er hatte den Hass in Henry Joyces Augen gesehen, auch den Rum. Es war offensichtlich, dass die Hunde ihren Freund bis zur Unterlippe hin abgefüllt hatten. Lieber Gott, hoffentlich wird er bald ohnmächtig, wenigstens vom Rum, wenn schon nicht von den Hieben, dachte er.

Das Geräusch hinter ihm, ein Klappern und ein sanfter Fall,

kam als Erlösung. Nach fast einer Stunde hatte Henry Joyce noch keinen einzigen Schrei hören lassen. Hatte auch seine kleinen wilden Augen nicht geschlossen. Er hatte die Statur eines Ochsen und dessen Kraft. Der Gehilfe des Bootsmanns hielt einen Augenblick inne, seine Blicke flatterten an den Offizieren vorbei.

Kapitän Swift ließ einen lauten, wütenden Ruf hören. »Weiter! Weiter, verdammt noch mal. Tun Sie Ihre Pflicht!«

Der Arzt schlüpfte zwischen den Seesoldaten wie ein Spatz nach vorn. William hörte hinter sich Schritte. Es gab eine leise Unruhe.

Swifts Gesicht verzog sich vor Wut. Er trat einen Schritt vor und schaute nach achtern. Auf ein Zeichen von Mr. Allgood fuhr der Gehilfe mit der Auspeitschung fort, unbewegt und schwitzend.

»Man müsste Sie hängen, Mr. Adamson«, schrie der Kapitän. »Was glauben Sie, was Sie hier tun? Lassen Sie diesen Schlappschwanz liegen und treten Sie sofort zurück an Ihren Platz!«

William wagte es nicht, sich umzudrehen. Doch er konnte sich denken, was geschehen war. Der Seesoldat, der zusammengebrochen war, tat nur Dienst, weil der Kommandant darauf beharrt hatte. Noch am Morgen hatte er Adamson erklärt, er dulde keine Drückeberger mehr, und zu Williams Überraschung hatte der Arzt dagegengehalten. Er hatte fest darauf beharrt, der Seesoldat sei krank und kein Drückeberger. Und es sei nicht vernünftig, ihn wieder Dienst tun zu lassen. Bei diesem Wort hatte William Bentley damit gerechnet, dass sein Onkel vor Wut explodieren würde. Aber nichts geschah. Swift hatte den Arzt nur angestarrt. Der war stumm verschwunden, und der Seesoldat tat jetzt Dienst.

Der Arzt sprach jetzt leise auf den Kommandanten ein: »Ich erlaube mir, Sie zu informieren, dass dieser Soldat schwer krank ist, Sir. Ich nehme an, er stirbt bald.«

Durch die Männer lief eine Welle der Erregung.

William Bentley zuckte zusammen, als sein Onkel an ihm vorbeilief und brüllte: »Ruhe, Ruhe, Ruhe!« Dann packte er den erhobenen Arm des Gehilfen und stoppte seine ausholende Bewegung. Ein großer Tropfen dicken Bluts rann von der Hand des Mannes dem Kapitän ins Gesicht und in seinen seidenen Kragen. »Schluss mit der Bestrafung«, schrie er, »sofort Schluss, sage ich. Dieser Mann ist betrunken, sinnlos betrunken. Allgood, schicken Sie die Kerle weg und riggen Sie die Pumpen. Ich möchte, dass dieser Schuft so lange mit Wasser begossen wird, bis er wieder völlig nüchtern ist. Und diesmal werden Ihre Männer ihre Aufgabe so erledigen, wie es sich gehört. Und niemand an Bord bekommt ein Abendessen oder seinen Grog, ehe dieses Schwein bewusstlos geschlagen ist!«

William Bentley registrierte die verschlossenen, wütenden Gesichter, als die Männer ihre neuen Befehle befolgten, aber so zögernd, dass es an Befehlsverweigerung grenzte. Er spürte ein unangenehmes Gefühl in sich aufsteigen. Es beunruhigte ihn sehr. Fast meldete sich Furcht bei ihm.

Zwei und eine halbe Stunde später wurde Henry Joyce ohnmächtig, wobei William den schrecklichen Verdacht nicht los wurde, dass der Mann nur spielte, selbst nach der furchtbaren Bestrafung, die er empfangen hatte. Vierzig weitere Minuten später erbrach der Seesoldat, der sein eintönig hohes Schreien wieder begonnen hatte, Blut und starb.

18

Zum Abendessen an diesem Tag gab sich Kapitän Daniel Swift ganz als Mann von Welt. Er hatte seine Offiziere und die jungen Herren eingeladen. Auch der Hauptmann der Seesoldaten in seiner prächtigen Uniform und Perücke gab der großen Kajüte

Glanz. Hinter Swifts Stuhl standen seine Stewards, Domestiken aus seinem Landsitz, steif, schweigend. Sie schienen nichts zu sehen, außer wenn sie die Weinkaraffen weiterreichten oder die Silberschüsseln mit den Deckeln. Die Heckfenster standen weit offen, so dass das fröhliche Glucksen des Heckwassers zu hören war, leise und beruhigend, nur gelegentlich lauter werdend, wenn das Ruder bewegt wurde, um die *Welfare* auf Kurs zu halten. Manchmal hörten sie über sich den Schritt von Mr. Robinson, den ewig wachsamen Master.

Das Essen war ausgezeichnet, obwohl das einzig frische Gemüse an Bord jetzt nur noch Rüben waren. Doch Kommandant und Offiziere litten keinen Mangel. Die Rüben waren vortrefflich in Butter gedünstet, der erste Gang bestand aus Fisch, der eine halbe Stunde vorher gefangen worden war und mit einem leichten Wein serviert wurde. Kapitän Swift nahm auf all seine Reisen seinen eigenen Koch mit, einen Mann, der noch beide Arme und Beine besaß, im Gegensatz zu den Pensionären, die gewöhnlich diesen Dienst auf den Schiffen Seiner Majestät versahen. Der Koch hatte schon Swifts Vater an Land bekocht und war auch als Mundschenk sehr erfahren. Er war von ganz anderem Schlag als der Koch der Mannschaft, ein tuberkulöser alter Mann mit verkrüppeltem Rücken.

Als vor dem zweiten Gang Rotwein serviert wurde, gab Swift der Unterhaltung eine neue Richtung, weg von der Konversation und hin zu den Themen, die jetzt von Bedeutung waren.

»Ich hätte diesen Joyce hängen sollen. Wenn er erst wieder auf den Beinen ist, wird er ein guter Seemann bleiben, aber ich spüre, dass wir Probleme mit ihm bekommen werden. Was ist Ihre Meinung, meine Herren?«

William sah sich um. Üblicherweise hatte Mr. Hagan das erste Wort.

»Ein sturer Hund, so viel ist sicher«, meinte der große rothaarige Mann. Er machte eine Pause, drehte den Stiel seines

Glases. »Und wenn er Probleme machen sollte, Kapitän, können wir ihn immer noch hängen.«

Alle lachten, und Hagan leckte sich, stolz über diese witzige Bemerkung, die Lippen.

Plumduff ergänzte: »Falls er überhaupt wieder zu Kräften kommt. Mr. Adamson meint ...« Seine Stimme wurde leiser, denn als der Name des Arztes fiel, verdunkelte sich Swifts Gesichtsausdruck. Der Zweite Offizier schluckte.

»Tut mir Leid, Sir«, sagte der Dritte schnell und fügte schmeichlerisch hinzu: »Der verdammte Arzt hat meiner Meinung nach ganz deutlich seine Kompetenzen überschritten.«

William Bentley knurrte innerlich. Dieser Higgins war ein Schleimscheißer. Sein Onkel würde es schon noch merken.

Doch Swift wandte sich dem Dritten mit einem leisen Lächeln zu. »Stimmt, Mr. Higgins«, sagte er ruhig, »Sie haben Recht!«

Beim Hammelbraten, der als letztes Fleisch eines Schafs, das vor Tagen geschlachtet worden war, sehr gut gewürzt war, wandte sich das Gespräch der Härte zu, mit der Joyce der Peitsche widerstanden hatte. Man konzedierte großzügig, dass der Schurke, ob nun betrunken oder nicht, fast unglaubliche Stärke bewiesen hatte.

»Ein richtiges Arbeitstier«, meldete sich der junge Jack Evans. »Auf dem Besitz meines Vaters haben wir Bullen, die sind kleiner als Henry Joyce, wirklich, und auch viel schwächer.«

Jetzt durfte auch William etwas sagen. »Ich würde von ihm lieber als von einem wilden Tier sprechen«, sagte er. »Ein Arbeitstier mag stark sein, aber es ist auch lenkbar. Ich sehe in Henry Joyce mehr einen Löwen oder einen Wolf.« Er wurde lebhafter, weil er aus seinem begrenzten Wissen einen noch passenderen Vergleich gefunden hatte: »Nein, ein Bär, ein großer, wilder Bär. Haben Sie seine Augen nicht bemerkt, als er ausgepeitscht wurde? Sie glühten, ja, sie glühten. Sie waren klein und rot.«

Später – bei einem guten Cheshire Käse und einem kräftigen dunklen Wein, der Williams Kopf zum Summen brachte – ließ der Kapitän eine Bombe platzen.

Das Gespräch war über die Führung der Deckoffiziere und die besondere Obszönität der Körperform des Zahlmeisters auf Umwegen zum Arzt und zu dem Seesoldaten gewandert. Swift, jetzt heiterer als vorher, war sogar zu einem Witz aufgelegt. »Der mit seiner kleinen Brandyflasche«, lästerte er, »ist ja immer unterwegs. Ich würde mich nicht wundern, wenn er den Kerl selbst betrunken gemacht hat, nur um mir etwas zu beweisen.«

»So wie wir den alten Mr. Marner vergiftet haben«, warf James Finch atemlos ein. Zum ersten Mal wagte er, in einer so großen Runde seine Meinung zu äußern. Er war rot vor Aufregung und ein bisschen angetrunken. Niemand hörte ihm zu.

»Dennoch ist das ein unangenehmer Zwischenfall«, warf Hauptmann Craig von den Seesoldaten ein. »Meine Männer hat das sehr getroffen. Es ist nicht gut, wenn ein Kamerad vor allen zusammenbricht!«

»In der Tat«, antwortete Swift, »es ist wirklich verblüffend, was manche Leute alles auf sich nehmen.«

Die Bemerkung führte zu einer ungemütlichen Pause. William, dem der Kopf schwirrte, verstand den Sinn nicht ganz. Offensichtlich war er nicht der Einzige.

»Wie auch immer«, fuhr Craig fort und räusperte sich, »die Beisetzung wird die allgemeine Moral sicherlich wieder heben. Ein paar Trommelschläge und ein paar Schüsse in die Luft, das wird die Kerle wieder aufbauen.«

»Nein«, sagte Swift. Seine Stimme war leise, schnitt aber wie ein Messer.

Alle schwiegen.

»Was meinen Sie, bitte, Sir?«, fragte Craig schließlich.

»Ich sagte nein, Hauptmann Craig. Nein, Sir. Kein Trommeln, keine Musketenschüsse. Überhaupt keine Beisetzung, wenn es nach mir geht!«

Die Atmosphäre in der Kajüte wurde gespannt. Hagan leckte sich laut die Lippen.

Swift fuhr fort: »Der Mann war ein Drückeberger. Er lag im Krankenrevier, seit wir England verlassen haben. Er weigerte sich, auch nur eine Hand zu rühren.« Seine große Nase erinnerte William plötzlich an die Rückenflosse eines Hais. »Und bei Gott, Seesoldaten haben ja nun wirklich nicht viel zu tun, Hauptmann Craig.«

Das war eine beabsichtigte Beleidigung. Entsetzt sah William sich um. Alle hatten die Hände auf dem Tisch, keiner rührte sich. Jimmy Finch zeigte ein helles Grün im Gesicht.

»Darf ich fragen«, begann Craig gelassen, »was Sie vorhaben?«

Swift blies Luft durch die Nase, als wolle er die Spannung lösen. »Sie dürfen fragen, Sir. Natürlich kann ich eine Beisetzung nicht verbieten. Man kann selbst solchen Abschaum nicht einfach über Bord schieben wie ein Stück Aas. Aber es wird eine einfache Zeremonie werden. Die einfachste. Er wird über die Seite rutschen mit einem Gebet und einem Versprechen. Das Versprechen werde ich laut verkünden: Jeder Drückeberger, den ich in Zukunft erwische, wird nicht einmal eine solche Beisetzung bekommen.«

Alle am Tisch sahen betreten nach unten und hoben erst zögernd wieder die Blicke, als sie Swift lachen hörten. Es schien William absolut unpassend.

»Nun«, sagte Swift, »haben Sie dazu etwas zu sagen, Hauptmann Craig? Sie können ganz offen sprechen!«

»Sir«, antwortete Craig, »dann werde ich ganz offen sein. Ich schätze das nicht. Ich schätze das ganz und gar nicht.«

»Und warum nicht?«

»Weil ...«

»Weil Ihre Männer es nicht schätzen werden«, fiel Swift ihm

eisig ins Wort, »Hauptmann Craig. Sie fürchten nämlich, Probleme mit Ihren Männern zu bekommen!«

Craig senkte den Kopf, als wollte er widersprechen.

Swift fuhr fort: »Ich sage Ihnen eins, Hauptmann Craig. Zur Hölle mit dem, was Ihre Männer schätzen und fühlen.« Seine Stimme wurde lauter. »Diese, meine Herren, Schlampereien an Bord werde ich ausradieren. Die Laxheit, die Weichheit. Diese Männer sind Abschaum, und sie kommen immer wieder ungestraft davon. Sie alle, meine Herren Offiziere und ihr angetrunkenen jungen Herren, lassen sich an der Nase herumführen. Damit ist jetzt Schluss! Ich möchte, dass dieses verdammte Schiff endlich zur Ordnung findet, verstehen Sie? Und ich möchte sehen, wie Sie dafür sorgen. Und zwar sofort!«

Die Stille wurde nur durch die pfeifend gezogene Luft der schmalen Nase des Kommandanten unterbrochen. Er hatte seine Rede laut, sehr laut beendet. Als er fortfuhr, sprach er wieder besonders leise: »Meine Herren, würden Sie nun so freundlich sein, mit mir ein Glas Portwein zu trinken? Und dann lassen Sie uns über angenehmere Dinge reden.«

Kapitän Swift brachte sie dann alle mit Geschichten aus seiner Jugend zum Lachen – auf einem Linienschiff, das von einem verrückten Typen geführt wurde. Williams Verwirrung löste sich langsam in Luft auf, der Portwein entfaltete seine Wirkung und glättete die Auswirkungen seiner Trunkenheit. Natürlich hatte Onkel Daniel Recht. Mit Abschaum konnte man nur auf eine Weise umgehen. Und sie waren in der Tat sehr lax zu diesen Leuten gewesen. Das schöne Wetter war allen an Bord wahrscheinlich zu Kopf gestiegen

In Fulmans Backschaft wurde auch Wein getrunken. Das wenige Bier, das noch in den Fässern schwappte, war selbst für Seeleute als ungenießbar erklärt worden. Diese Entscheidung, für die es an Bord keinen Präzedenzfall gab, hatte Mr. Allgood dem Butterarsch aufgezwungen. Die meisten waren der Ansicht, dass der Grund eher darin zu suchen war, dass er dem Mann eins auswischen wollte, und nicht aus Mitgefühl mit den Teerjacken. Der Weißwein war dünn und säuerlich, aber den Leuten schmeckte er himmlisch nach dem fürchterlichen Bier, in dem sich bereits winzige Tierchen entwickelten, die einen husten ließen, falls man sie mittrank.

Auch das Essen der Mannschaft zeigte jetzt erste Zeichen von Leben, was die meisten gelassen zur Kenntnis nahmen. Aber Thomas Fox wusste noch nicht, dass dies ganz normal war. Brot, das hart wie Stein war und aus dem Kornwürmer und Maden krochen, fand er besonders widerwärtig. Peter beobachtete ihn, als er es auf dem Tisch ausklopfte in dem vergeblichen Versuch, so die Lebewesen aus dem Brot zu vertreiben.

»Du bist schon ein komischer Kerl, Tommy Fox«, sagte er. »Warum versuchst du die Tierchen loszuwerden? Das Fleisch gibt dem Brot doch erst den rechten Geschmack!«

Thomas antwortete nicht. Zu Hause – in jenen fernen Tagen – hatte er Brot geliebt.

»Man könnte dich glatt für einen feinen Herrn halten«, fuhr Peter fort. »Die fetten weißen Maden tun der Zunge gut. Sie kühlen dich an Tagen wie diesen!«

Der alte Fulman mischte sich ein. »Lass ihn in Ruhe, Peter. Ich nehme an, Tommy erinnert sich an besseres Essen als du!«

Peter lächelte. Er kaute vergnügt auf dem ranzigen Rindfleisch herum, auf dem knochenharten Schiffszwieback, den bitteren Kornwürmern und den schleimigen Maden und spülte jeden Bissen mit einem großen Schluck Wein hinunter.

»Das kann gut sein«, gestand er ein. »Mein Meister hat mir den ganzen Tag lang meistens nichts gegeben. Ich wette, Tommy, du hast nie nach den Haushunden dein Essen bekommen, oder?«

Thomas sah von dem widerwärtigen Fraß auf. In der Tat, das hatte er nie. Lieber Gott, Mutter, Mutter! Frisches Brot, frische Eier, Käse! Und all das andere … Lieber Gott …

»Ich habe mich einmal sogar mit den Hunden auf der Straße um die Knochen gerauft, die vom Wagen des Metzgers gefallen sind.« Er schaute sich um, als erwarte er Widerspruch. »Das ist wirklich wahr!«, bekräftigte er.

Niemand widersprach. Jesse Broad, der wie Thomas das Essen fast ungenießbar fand, verkniff sich jeden Kommentar. Er aß lieber wie ein Hund statt zu hungern. In der Tat kühlten die Maden Mund und Kehle, und die Kornwürmer verliehen dem harten, geschmacklosen Schiffszweiback einen gewissen bitteren Touch. Er musste fast würgen. Wie fett die Maden waren!

»Ich habe vor zwei Stunden gesehen, wie der arme Seesoldat in die Leinwand eingenäht wurde. Für die Beisetzung«, sagte Peter nach einer Weile.

»Halt die Klappe, Peter«, fuhr ihn der alte Fulman an. »Wir essen jetzt, da wollen wir nichts von Toten hören!«

»Ist gut«, sagte Peter. »Aber es war doch ganz interessant, sag' ich. Habt ihr gewusst, dass der Segelmacher die Nase an das Tuch genäht hat? Er hat die große gebogene Nadel dem armen Toten einfach durch die Nase gezogen!«

Broad sah Fulman fragend an. Solche Barbarei an Bord eines Schiffs der Marine, das konnte er kaum glauben.

Fulman schnalzte leise mit der Zunge. »Mein lieber Junge, nun red mal nicht so viel!«, brummte er und rülpste.

»Ist es denn wahr?«, fragte Broad. »Das mit der Nase? Ich werde dir das Fell über die Ohren ziehen, Peter«, fügte er spaßig drohend hinzu.

Wieder rülpste der alte Fulman. »Natürlich ist es wahr.« Er zeigte auf einen Klumpen knorpeliges Fleisch, der einsam auf Broads Teller zurückgeblieben war. »Ah, wenn ich mir erlauben darf …« Broad reichte ihm den Teller mit leichtem Schaudern.

Der alte Mann schob sich das Fleisch in den Mund und kaute es gründlich. Erst als er es geschluckt hatte, fuhr er fort: »Wenn jemand an Bord eines Schiffes stirbt, bekommt er immer noch eine Chance, wenn der Segelmacher ihn in seinen letzten Mantel einnäht. Denn es könnte ja sein, dass er gar nicht tot ist, sondern nur scheintot vom Suff.«

Peter lachte quiekend.

»Na, du hast gut lachen. Aber ich habe das ein paarmal schon erlebt. Ein Kerl wurde mal so steif von all dem Schnaps, dass niemand glaubte, dass er je wieder atmen kann. Das ist wirklich wahr! Mit dem letzten Stich führt der Segelmacher die Nadel durch die Nase der Leiche, und zwar durch den knochigen Teil, da wo es am meisten wehtut. Und ich kann mir gut vorstellen, wie schon manche Leiche sich aufrichtete und Mord und Totschlag schrie und einen Rum haben wollte.«

Peter nickte eifrig. »Der Kerl ist nicht aufgesprungen. Der ist mausetot!«

»Stimmt«, meldete sich der schweigsame Samuel. »Viel toter als dieser Zwieback hier.«

Dann herrschte wieder Stille an Bord. Nur die See war zu hören, das Rigg, das ab und an nachgab, wenn der Wind küselte. Sonst hörte man nur das seltsame laute Schnaufen, wenn Padraig aß. Broad sah dem Blinden auf den Mund, der zu kauen versuchte wie jeder andere. Er fragte sich, was ihm wohl widerfahren war. Ohne Zunge konnte er die harte, zähe Nahrung der Marine kaum essen. Jesse wusste, dass im rebellierenden Irland schlimme, ja entsetzliche Dinge geschahen. Was hätte Padraig wohl über Folterungen erzählen können, wenn man ihm nicht die Zunge ausgerissen hätte? Oder hatte er sie und die Augen durch einem Unfall verloren? Das war unwahrscheinlich, entschied er für sich. Und er fand nun auch seine eignen Leiden seit der nächtlichen Gefangennahme unbedeutend im Vergleich zu dem allgemeinen Elend, das an Bord dieses schrecklichen Schiffs herrschte.

»Man sagt sich«, fuhr Peter fort, »du sollst Spießruten laufen wegen der vier Hühner.«

»Pst, pst«, machte der alte Fulman, »red nicht davon, Peter.«

»Na ja, bisher ist es ja nur ein Gerücht«, meinte Peter, und nach einer Weile plapperte er munter weiter: »Der alte Butterarsch wird es den jungen Herren melden. Durch diesen Diebstahl hast du deine Schiffskameraden bestohlen. Und das heißt Spießruten laufen. Ich halte das ja für einen Witz, denn wann haben wir hier das letzte Mal Huhn gegessen?«

»Nun halt endlich deine verdammte Klappe«, rügte ihn Fulman streng.

Zu ihrer aller Überraschung richtete Thomas zum ersten Mal seit Tagen das Wort an seine Macker, doch er sah dabei nicht hoch, und seine Stimme klang elend und dünn: »Was heißt Spießruten?«, fragte er. »Und warum muss ich die laufen?«

Jeder starrte ihn an mit Ausnahme von Peter, der einfach weiterschwatzte: »Oh, das ist was Schlimmes, was ganz Schlimmes«, vor Aufregung überstürzten sich seine Worte. »Du wirst in einem Fass wie ein König über das Deck getragen, wo sich deine Kameraden in zwei Reihen aufgestellt haben. Jeder hat einen Tampen in der Hand, ich wahrscheinlich auch. Wir müssen dich kräftig auf den Kopf schlagen, wenn man dich vorbeiträgt in dem Fass.« Er holte Luft und schwieg.

Keiner sprach oder bewegte sich.

»Wir müssen dich kräftig schlagen, Thomas, oder man wird uns so schlagen. Und der Profos wird vor dir hergehen, im Rückwärtsgang. Er drückt dir die Spitze seines Säbels gegen die Kehle, damit du nicht zu schnell durch die Linien getragen wirst. Ach, und ich habe noch was vergessen. Vorher kriegst du ein halbes Dutzend mit der Katze, ehe du in das Fass gesteckt wirst! Und ...« seine Stimme wurde leiser. Ihm schien plötzlich klar zu werden, was die Worte bedeuteten. »Und nachher noch mal, wieder ein halbes Dutzend.« Er starrte

Thomas mit großen, entsetzten Augen an. Sein Mund öffnete sich. Wein lief ihm aus dem Mund.

Thomas Fox weinte leise, und der Ire legte ihm den Arm um die Schulter.

19

Als die *Welfare* auch den letzten, steten Windhauch verlor und in die Kalmen trieb, in heiße, leichte, küselnde Luft, verlor auch Jesse Broad alle Freude daran, Seemann auf See zu sein.

Das Schiff hatte ihn bisher immer wieder mit seiner wilden Aktivität begeistert. Jetzt hing es herum und trieb dahin. Stundenlang war keine Brise zu spüren, und wenn sie – grausam kurz – kam, dann trieb sie die *Welfare* nicht vorwärts, sondern zurück. Das Brummen des straffen Riggs und das Summen der Segel war ersetzt worden durch das Flappen von bleischwerer Leinwand, die wie Leichentücher von den quietschenden Rahen hing. Die Büschel aus grünem Bewuchs, die sich an den Seiten im Wasser breit machten, zeigten, wie wenig Fahrt die *Welfare* machte. Die Kalmen fanden kein Ende. Das Schiff trieb ohne Hoffnung in der kupferfarbenen See, die in der Hitze glühte. Die gleißende Sonne war so heiß, dass das Pech zwischen den Planken Blasen warf, und sie bleichte die geteerten Enden, die unruhig hin und her schwangen.

Unter Deck war es noch schlimmer. Während sie in die wärmeren Breitengrade gesegelt waren, war die Hitze in den Mannschaftsquartieren Tag für Tag gewachsen. Nachts war es anfangs kühl geworden. Feuchte Salzluft hatte sanft durch offene Stückpforten und Luken geweht. Doch jetzt war auch die Nachtluft so heiß wie am Tage. Jeder einzelne Mann schwamm in Schweiß und Dreck, jedes Kleidungsstück stank und war steif vor Salz. Das Trinkwasser konnte man nicht mehr genießen, und Wein und Grog vergrößerten den Durst, statt ihn zu löschen.

Und dann gab es da die Viecher. Die Käfer, die Läuse, die Kakerlaken, die beißenden, stechenden, stinkenden Insekten. Jedes Stück Bettzeug hatte seine volle Ladung Passagiere, jedes Hemd, jede Bluse, jede Hose. Die Männer verbrachten Stunden damit, alle Nähte abzusuchen und blutgefüllte Insekten zu zerquetschen. Manches gute Stück verschwand einfach über Bord. Doch unbesiegt marschierten die Invasoren weiter. Selbst an Deck, wo viele Männer jetzt schliefen, knabberten die Kakerlaken an Ohren und Augenbrauen und fraßen an verhornter Haut.

In der Bilge hatte der Geruch der Abwässer neue Dimensionen gewonnen und überlagerte alles. Der feuchte Kies, der Modder und die Steine, die das Schiff trimmten und die *Welfare* steif segeln ließ, rotteten vor sich hin. Der Schiffszwieback, der in durchlässigen Säcken tief in der Last im Brotraum gestaut wurde, nahm natürlich den Geruch an. Die Käfer und Maden gediehen prächtig, doch selbst der abgehärtetste Seemann fand den Fraß, der jetzt so stark nach Exkrementen roch, nun ungenießbar.

Mr. Adamson hatte darauf bestanden und der Kommandant hatte es erlaubt – vielmehr befohlen –, dass die Quartiere der Männer jeden Tag gründlich mit Wasser ausgeschrubbt und dann mit Essig bespritzt wurden. So hielt man die Männer ständig beschäftigt – also war es eine gute Sache. Sie hielten die Quartiere ständig feucht und dunstig und die Bilgen in ständiger Unruhe, denn die Pumpen saugten das Reinigungswasser ab. Dabei wurde der Gestank herumgewirbelt, aufgewühlt und erneuert. Und der Essig mochte vielleicht die Ausdünstungen bekämpfen, die Krankheiten verbreiteten, aber das Getier schien gegen alle Vorhersagen Essig genauso zu mögen wie den Dreck. Die Lebensmittel verrotteten immer schneller, obwohl sie schon vorher weit hinüber gewesen waren: Käse und Butter in den Lagern und gesalzenes Schweine- und Rindfleisch in Fässern. Bei Ersterem ging es besonders schnell. Die ranzige Butter roch so schlimm und durchdringend, dass eine große Menge einfach über Bord gekippt wurde – zum Ärger des Zahlmeisters. Den Käse konnte man nur noch essen, wenn man ihn vorher tagelang in Wein legte. Broad hatte die Berichte nie geglaubt, nach denen Seeleute aus Klumpen von altem Käse Knöpfe und Schiffsmodelle schnitzten. In den Kalmen fand er die Bestätigung. Was Schweinefleisch und Rindfleisch betraf – nun, manches war schon viele Jahre alt, doch jetzt verrottete das eine oder andere Fass.

Das Krankenrevier war gut belegt. Am häufigsten litten die Männer unter Geschwüren, gefolgt von Beulen und den üblichen Wunden. Jesse Broad lag dort zwei Tage, nachdem ein frei schwingender Block ihn für zwölf Stunden bewusstlos geschlagen und sein Sehvermögen beeinträchtigt hatte. Der Arzt hatte ihn wie einen alten Freund behandelt und ihm statt des Rachenputzers, den die anderen Männer bekamen, besonders guten Brandy zu trinken gegeben. Wahrscheinlich war Brandy die einzige wirksame Medizin an Bord. Der kleine Vorrat an Knoblauch und Heilkräutern war längst verbraucht worden. Vom Aderlassen hielt Adamson nicht viel. Wie er sagte, hätte er erfahren, dass Aderlasse mehr Leute umbrächten, als sie heilten. Broad verschwand, sobald er wieder halbwegs sehen konnte. Lieber riskierte er den Tod durch Doppelsichtigkeit, bei der er über Bord gehen konnte, als noch länger zwischen den schmutzstarrenden, stöhnenden Männern zu liegen.

Unter Deck war es schlimm, im Krankenquartier war es nicht auszuhalten, doch im Rigg war es noch schlimmer. Swift, die Offiziere, die jungen Herren und die Deckoffiziere sorgten dafür.

Swift wollte, dass alle ununterbrochen arbeiteten. Wenn der Teufel die Arbeit für faule Hände erfunden hatte, sorgte Kapitän Swift dafür, dass es an Bord keine faulen Hände gab. Tote vielleicht, aber keine faulen Hände.

Er stand unter einem Sonnensegel auf dem Achterdeck und beobachtete wie ein Falke die See, hob seine große Nase bei jedem Luftzug und studierte jede einzelne Katzenpfote auf dem Wasser. Bei der leichtesten Windbewegung gab er dem Master und dem Bootsmann neue Befehle. Stöcke pfiffen durch die Luft und trafen müde, leidende und schwitzende Seeleute, die an Schoten und Brassen sprangen. So ging es stundenlang. Die Rahen wurden ständig neu gebrasst, Schoten dicht geholt und losgeworfen, Vorsegel backgeholt und ausgewechselt. Doch immer noch lag die *Welfare* in der glühenden Windstille. Sobald Swift müde geworden war, übergab er an Hagan, Plumduff oder Higgins. Dann saß er unter dem Sonnensegel in seinem Seidenhemd und trank Limonade.

Neue Segel wurden geholt, die Rahen wurden herabgelassen. Die schwere Leinwand wurde durch leichtere ersetzt, Leesegel wurden neu positioniert, die Schotführung ständig angepasst. Die Toppgasten, vor Hitze und Müdigkeit schwindlig, pressten sich mit den Bäuchen an die heißen Spieren. Viele Männer erlitten Brüche, fast so viele wie während schwerem Wetter. Sie durften an Deck zurückkehren und erhielten ein Bruchband. Glücklicherweise hielt Mr. Adamson nichts von den Methoden anderer Schiffsärzte, die Opfer von Hernia an den Füßen aufzuhängen, um den Abbau der Schwellungen zu fördern.

»Der Bastard wird uns alle umbringen«, sagte Matthews eines Morgens zu Jesse Broad, als sie über der Bramrah hingen.

»Weißt du was, Matthews, ich glaube, du hast Recht«, stimmte Broad zu.

Mehr wurde nicht gesprochen. Sie erhielten neue Befehle und rutschten mit steifen Fingern und bleiernen Gliedern nach unten. Vielleicht hätte Broad den Tod zu diesem Zeitpunkt sogar begrüßt, wenn er klar genug hätte denken können. Aber dazu war er zu erschöpft.

William Bentley und die übrigen Midshipmen hatten am Morgen nach dem Abendessen, als der schlimmste Kopfschmerz verschwunden war, übereinstimmend festgestellt, dass der Kommandant Recht hatte. Die Leute brauchten ein bisschen Ermunterung, andere Gedanken, frischen Schwung.

Jack Evans betrachtete sich seine Kameraden genau, als ob er etwas sehr Wichtiges mitzuteilen hätte. »Kann ich mich auf euch verlassen?«, fragte er. »Ich möchte nicht an der Fockrah mit einem Hanfkragen enden.«

James Finch fragte aufgeregt zurück: »Hast du vor zu meutern, Jack?«

»Schnauze«, machte William. Meuterei war ein schreckliches Wort. Es schuf Unruhe. Nur ein Dummerjan gebrauchte es und auch nur im äußersten Notfall.

Finch wurde rot.

»Sei doch kein Idiot«, maßregelte Jack Evans so ernst, wie seine schrille Stimme das zuließ. »Ich gebe zu, dass ich zuerst dachte, der Kapitän geht ein bisschen zu weit.«

»Was den Seesoldaten betrifft?«, wollte Allen wissen.

»Genau. Ich dachte, der Feuerfresser übertreibt es ein bisschen. Der Kerl war ein Drückeberger.«

»Ich hielt ihn für ganz schlimm krank«, widersprach Finch und sah sich vorsichtig um, als wolle er sich vergewissern, nicht wieder etwas Dummes gesagt zu haben. »Und schließlich ist er ja auch gestorben!«

Evans und Allen lachten.

Aber William raunte dunkel: »Es ist erstaunlich, um meinen Onkel zu zitieren, was manche Leute sich alles einfallen lassen!«

»Stimmt«, sagte Evans. »Zuerst habe ich nicht verstanden, was er gemeint hat. Aber natürlich hat er Recht.«

»Du meinst, dahinter steckt eine Absicht?«, fragte Finch ungläubig. »Wie denn? Ein Mann kann doch nicht absichtlich einfach sterben.«

»Die Beisetzung wird genug Ärger machen«, sagte Simon Allen. »Es könnte fast als Strategie gelten. Die Hunde könnten anfangen zu bellen und ihre Zähne zeigen.«

Jimmy Finch schüttelte den Kopf. »Ich verstehe das nicht«, gestand er ein, »Jack, du sagtest, der Kapitän ist zu weit gegangen. Und jetzt sagst du ...«

»Ich sagte, zuerst dachte ich, der Kapitän sei ein bisschen zu weit gegangen. Das ist er aber nicht. Er weiß, wie er mit solchem Abschaum umgehen muss!«

»Aber sicherlich ...«

»Halt die Klappe, Jimmy«, fuhr ihm Jack Evans über den Mund. »Du bist einfach noch ein Kind. Halt die Klappe, um Gottes willen, wenn du etwas nicht verstehst!«

William fühlte einige Sympathie für Finch, denn er war sich auch nicht ganz sicher. War der Tod eines Seesoldaten nun wirklich so ein Geheimnis gewesen? Wenn man das erregte und widersprüchliche allgemeine Gerede als Maßstab nahm, dann waren die anderen so irritiert wie er selbst. Manchmal hielt er sie alle, sich selber eingeschlossen, für die Rotznasen, für die die Männer sie hielten.

»Was ich meine«, erklärte er, »ist, dass mein Onkel Recht hat. Er kennt die Leute besser als jeder von uns. Er weiß genau, was in den Leuten vorgeht. Und so hat er Recht!«

Es gab allgemeine Erleichterung. Die Grundposition war jetzt klar. Sie nickten zufrieden und hofften auf weitere Weisheiten von Williams Lippen.

»Wenn man es kurz zusammenfassen will, hat mein Onkel klar gesagt: Wir haben die Kerle zu gut behandelt. Der Sonnenschein und die sanfte Brise haben uns in Feiertagslaune versetzt. Also haben wir unsere Pflicht verletzt!«

»Nicht nur wir, Will«, ereiferte sich Evans, »auch die Offiziere und die Deckoffiziere.«

»Nur weil andere auch Fehler gemacht haben«, sagte William, »werden unsere nicht besser. Ich gebe eigenes Versagen zu. Ich habe einem Mann zu viel Spielraum gegeben und habe sein Fehlverhalten nicht beanstandet. Ich hätte nur einen Finger zu heben brauchen, und der Bootsmannsmaat hätte ihn mit dem Tampen gejagt.«

Alle Midshipmen hatten den Männern in ähnlichen Situationen etwas durchgehen lassen.

»Was haben wir getan, um die Disziplin an Bord zu fördern?«, fragte William. »Wir haben einem alten Schulmeister einen Streich gespielt und die wahren Schufte nicht behelligt.

Wieder stimmten alle zu. Dann gab es eine lange Diskussion, wie sie ihre Selbstachtung wiedergewinnen könnten. Sie entschieden, dass sie von jetzt an nichts mehr durchgehen lassen würden, nicht mal eine Augenbraue, die sich zur Unzeit hob. Sie würden den Kerlen schon zeigen, dass sie die geborenen Offiziere waren. Sie würden das Schiff reinigen wie mit Höllenfeuer. Sie beschlossen für das Eisen in der Seele des Schiffs zu sorgen, das Kapitän Swift auf der *Welfare* vermisste.

Nach der Beisetzung des Seesoldaten gab jeder der jungen Midshipmen dem Profos eine Liste von Männern, deren Haltung während der Zeremonie Zeichen von Unzufriedenheit ausgedrückt hatte. Dies hatte mehrere Auspeitschungen zur Folge. Kapitän Swift bedankte sich ausdrücklich für ihre Wachsamkeit, und an Deck verbreiteten die vier nun gehörigen Schrecken. Sie waren äußerst wachsam und bemerkten auch den kleinsten Fehler. Und ein paar Tage später schlug William seinem Onkel ein paar Neuerungen vor, die die Männer auf Trab halten würden.

Als der Befehl zum ersten Mal kam, wollte Jesse Broad seinen Ohren nicht trauen. Er stand im Schatten des Fockmasts und wartete auf den nächsten unsinnigen Befehl. Und er irrte sich nicht. Die Männer sollten die Boote bemannen. Er selber wurde zum Pullen in einen der Kutter befohlen, weil er genügend Erfahrung und Kraft hatte.

Es dauerte lange und bis zur Erschöpfung, die größeren Boote klarzumachen und zu Wasser zu lassen. Neue Taljen mussten geriggt werden, um sie über die Seite zu hieven. Im Wasser leckten sie furchterregend, denn die Sonnenhitze hatte die Planken schrumpfen lassen. Mehrere Männer mit Ölfässern wurden benötigt, und dann wurden schwere Taue ins Heck gehoben.

William Bentley stand auf besondere Einladung auf dem Achterdeck neben seinem Onkel und beobachtete das Unternehmen voller Stolz.

Daniel Swift lächelte und nickte zufrieden. »Das wird die Schurken auf Trab halten, bei Gott«, sagte er. »Eine gute Idee, wirklich eine sehr gute.«

Und so wurde jetzt bei Tageslicht die rückenbrechende Arbeit an den Segeln ergänzt durch eine noch anstrengendere. Sobald ein paar Katzenpfötchen zu sehen waren, das kleinste bisschen Wind, gab Swift den Befehl zum Pullen. Die erschöpften Seeleute warfen sich, blind vor Schweiß, in die großen Riemen aus Eschenholz. Nur ganz langsam konnten sie den Bug der *Welfare* drehen, nur langsam konnten sie den großen, bewachsenen, gelben Rumpf dahin zerren, wo ein bisschen Wind über die blitzende Wasserflächespielte. Wenn sie dort ankamen, war die Brise längst woandershin gewandert oder ganz verschwunden. Dann hingen sie erschöpft über den Riemen und schauten mit wachsendem Hass auf ihre Peiniger auf dem Achterdeck.

Auch Thomas Fox betete, wenn auch nicht um Wind. Er betete um Erlösung. Jeden Augenblick, in dem er nicht mit seinen erschöpfenden Aufgaben befasst war, musste er an das Spießrutenlaufen denken. Er sah sich im Fass, Blut rann ihm aus Ohren und Mund, während es Hiebe hagelte. Er spürte den Säbel des Profos an seiner Kehle und den scharfen Schmerz, als die Klinge in die empfindliche Haut schnitt. Er sah in den Gesichtern der Schiffskameraden Furcht und Hass, während sie ihn mit den knotenbewehrten Enden schlugen. Er sprach nur mit Doyle über seine quälenden Fantasien, wenn sie ihre freien Stunden bei den Tieren verbrachten. Der Blinde hörte zu, und der Dudelsack antwortete auf die grausamen Vorstellungen voller Mitgefühl. Tom sprach erst wieder mit den anderen, als er dazu gezwungen wurde.

Mr. Allgood kam das Deck entlang, gebeugt unter den niedrigen Deckenbalken, sah sich suchend um und fragte nach dem Hütejungen. Thomas klammerte sich verzweifelt an Doyle und versuchte dann, sich zwischen den Schafen zu verstecken – aussichtslos.

»Fox«, hörte er die tiefe Stimme des Bootsmanns, »du da, Ire, grab den Burschen da aus. Ich werde ihn nicht auffressen.«

Thomas verkroch sich tiefer in der warmen Dunkelheit, doch eine eiserne Hand packte ihn.

»Du denkst, ich bin hier, um dich zu bestrafen!«, röhrte der Bootsmann. »Du denkst, ich lass' dich auspeitschen, du Hühnerdieb? Der Zahlmeister will, dass du Spießruten läufst, hast du das schon gehört?«

Er zog Thomas zwischen den Schafen hervor und versuchte dann, ihn auf den Boden abzusetzen. Doch der Junge hatte die Knie bis zu den Schultern gezogen und hing nun, auf seltsame Art zusammengerollt, am Arm des riesigen Mannes.

»Streck die Beine aus, Junge«, rief der. »Du wirst ganz bestimmt ein guter Seemann werden, wirklich. Also los, Beine runter, verdammt noch mal!«

Thomas Fox zog die Beine noch enger an den Bauch. Der Bootsmann änderte plötzlich seinen Griff und wog ihn seinen Armen wie ein Kind. Er nahm Thomas' Kinn in die Hand, drehte den Kopf und versuchte, ihm in die Augen zu blicken. Seine Stimme wurde weicher, bekam einen überraschend sanften Ton.

»Also, mein Junge«, sagte er, »du bist schon ein armer Schlucker, ganz bestimmt. Sag mir mal, weißt du, wer die Hühner gestohlen hat? Sag's mir, und dann sorge ich dafür, dass der Dieb bestraft wird.«

Thomas blieb zusammengerollt und sagte kein Wort. Der Atem des Bootsmanns strich sanft über seine Wangen.

»Also, Thomas Fox«, fuhr Allgood freundlich fort, »ich weiß, du hast sie nicht gegessen. Waren es Freunde oder Feinde?«

Der Musikant drehte sich Allgood zu. Er berührte den Dudelsack, und ein niedriger, melodiöser Ton erklang. Thomas rasten Gedanken durch den Kopf, wirr und panisch wie Ratten im Käfig. Wieder ertönte ein Seufzen des Instruments, eine beruhigende, sanfte Note.

»Butterarsch will dein Blut sehen«, sagte der Bootsmann. »Er will dich auspeitschen lassen oder in Ketten legen, zerhackt oder grün und blau geschlagen. Aber du hast die Hühner doch nicht gegessen – oder?«

Langsam, unendlich langsam wandte Thomas sein Gesicht dem Riesen zu, der ihn in den Armen hielt. Ganz sanft sah er Allgood in die Augen, aber nur einen Moment lang. Dann blickt er wieder zu Boden.

»Bitte, Sir«, flehte er, »sie sind gestorben. Sie sind im Sturm gestorben, und ich hab' sie über Bord geworfen. Ich hatte ... ich hatte ...«

Er senkte den Blick, die Stimme verstummte.

»Du hattest Angst, das zu melden«, sagte der Bootsmann ganz ruhig. »Gut. Dann soll sich Butterarsch zum Teufel scheren. Oder sonstwohin. Einverstanden, mein Junge? Ja? Du bist in Sicherheit. Niemand wird dir ein Haar krümmen, hast du das verstanden. Butterarsch gehört in die Hölle!«

Thomas flüsterte: »Danke, Sir.« Große Erleichterung durchflutete ihn. Der Bootsmann strich ihm durchs Haar, lachte und setzte ihn sanft neben dem Iren an Deck – zwischen die Schafe. Dann ging er nach achtern, kichernd.

Obwohl es viele Männer an Bord gab, die den Hütejungen gern hätten Spießruten laufen sehen, war die Sache gelaufen. Der Streit zwischen Bootsmann und Zahlmeister war allgemein bekannt, aber es gab keinen Zweifel, dass Kapitän Swift bei einer Auseinandersetzung hinter Allgood stehen würde, obwohl der Zahlmeister ranghöher war. Dieser Zahlmeister galt als ein Übel, mit dem man leben musste, ein fetter, hässlicher Blutsauger, den alle am liebsten in ein Segeltuch eingenäht gesehen hätten. Der Bootsmann aber war nützlich und wichtig. Wenn er Fox vor einer verdienten Bestrafung bewahren wollte, dann sollte es eben so sein.

William Bentley war besonders traurig, dass der Junge unbeschadet davongekommen war. Seit kurzem hasste er ihn richtig, wegen der Art und Weise, wie er sich so still und traurig an Bord bewegte – ein trauriges Gespenst. Er stänkerte bei den anderen Midshipmen noch am gleichen Nachmittag darüber, und sie waren sich alle einig. So etwas würde die allgemeine Disziplin unterminieren, um die sie sich gerade so bemühten.

»Ich werde Mr. Fox im Auge behalten«, versprach William. »Wir sind viel zu gütig mit ihm umgegangen.«

»Er ist eine Schande für jeden Seemann und die Royal Navy sowieso«, fügte Jack Evans hinzu. »Er sieht dich nie an, nicht einmal wenn du ihm die Ohren lang ziehst. Und er spricht kein einziges Wort!«

»Er ist stumm, wie sein unheimlicher Freund«, ergänzte Finch. »Also mir jagt der Ire jedes Mal einen Schrecken in die Glieder. Diese Augen ...«

Und ein paar Nachmittage später sah William Bentley seine Chance und ergriff sie mit beiden Händen.

An Bord herrschte an diesem Tag ungewohnt gute Stimmung. Die *Welfare* hatte am Vormittag eine Brise gefunden, die sie ein paar Stunden stetig vorangetrieben hatte. Die Boote waren eingeschwungen, die Segel gut getrimmt, der Wind hatte die Hitze fast erträglich gemacht.

Auf dem Vordeck hatte Doyle viele Melodien gespielt, unter Deck hatte Thomas sich an seiner Flöte zu schaffen gemacht, die noch nicht fertig war. Er hockte zwischen den Tieren, führte das sehr scharfe Messer mit großer Achtsamkeit und unterbrach sich immer wieder, um exakt die gewünschte Tonhöhe zu überprüfen. Schließlich blies er ein paar Tonleitern und versuchte sich, zögernd zu Anfang, dann immer mutiger, an einer kleinen Melodie. Die Flöte war perfekt.

Er kletterte so heiter den Niedergang zum Vordeck hoch wie noch nie zuvor. Sein Freund saß an der üblichen Stelle mit dem Rücken gegen die Betinge gelehnt, den Dudelsack unter den Arm geklemmt. Thomas hockte sich ihm zu Füßen. Er sprach nicht, doch als sein Lied zu Ende war, berührte er mit seiner Flöte die Hand des Iren, der die Berührung fühlte und lächelte. Dann begannen sie ohne lange zu zögern gemeinsam eine Melodie zu improvisieren.

Alle Männer auf dem Vordeck verstummten. Sie stellten sich um die beiden herum und hörten erstaunt zu. Thomas hielt seinen Blick starr auf Doyles Finger gerichtet, aber er fühlte sich entspannt und sicher. Der Dudelsack und die Flöte klangen zusammen, in der Luft hing die schönste Musik. Dann entdeckte William Bentley die Gruppe. Neugierig ging er nach vorn. Die Männer traten zur Seite, legten grüßend die Knöchel an die Stirn und murmelten etwas. William schaute auf den Mann und den Jungen. Ein Lächeln umspielte seine Lippen. Als die Melodie endete, waren die meisten Männer verschwunden, um das Kommende aus sicherer Entfernung zu beobachten.

Die Flöte endete mit einem hohen Triller, der Dudelsack mit einem tiefen kontrastierenden Ton.

»Wer hat dir erlaubt, Thomas Fox«, fragte William Bentley, »das Instrument zu spielen?«

Thomas sah erschrocken hoch, dann sofort wieder nach unten. Panik breitete sich in seinem Bauch aus. Die Flöte fiel ihm aus der Hand und rollte William Bentley vor die Füße.

»Wer hat es dir erlaubt?«, wiederholte William Bentley. »Der Blinde ist unser Musikant an Bord, und so steht er auch in der Stammrolle. Aber wer sagt, dass du spielen darfst?«

Kein Wort war zu hören. Thomas starrte blicklos vor sich hin.

»Noch mal? Wer hat dir erlaubt, die Flöte zu spielen?«

Nach kurzer Pause hob er den Fuß, als wollte er die Flöte zertreten, die vor ihm lag. Plötzlich löste sich Jesse Broad aus einer Gruppe Männer. Er kniete sich blitzschnell vor den Midshipman, griff nach der Flöte und sah dem Jungen von unten ins Gesicht. Er atmete leicht.

Auch William Bentley streckte die Hand nach der Flöte aus, aber Broad bewegte sich nicht. Sie starrten sich lange an – Blick in Blick.

Dann sammelte William Bentley plötzlich Spucke im Mund und schleuderte sie dem Seemann ins Gesicht, dem sie an der Nase herunterlief und über die Lippen tropfte. Jesses Gesicht lief dunkelrot an. Ein Muskel begann an seiner Backe zu zucken und sein Blick glühte. Niemand rührte sich.

Dann drehte William Bentley sich auf dem Absatz um und kehrte hoch aufgerichtet zum Achterdeck zurück.

20

Die Brise, die die *Welfare* aus ihrem schleichenden Elend erlöst hatte, blies sanft und lange genug, um sie über den Äquator zu drücken. Das idiotische Pullen war schnell vergessen, und das unsinnige Segeltrimmen wurde ersetzt durch sinnvolle Befehle, gegen die niemand etwas hatte. Das Schiff segelte nicht besonders schnell, aber es segelte. Auch wenn Hitze und Moder unter Deck und Käfer und Kakerlaken die Männer fast verrückt machten, wehte wenigstens an Deck ein kühlender

Wind, der den Schweiß trocknete und die Schmerzen von Beulen und Wunden erleichterte, die fast jeder um Mund und Augen hatte.

Die Vorbereitung für die Äquatortaufe schaffte eine gelöste Stimmung an Bord, nicht zuletzt deswegen, weil Henry Joyce den Neptun spielen sollte. Als er endlich aus dem Krankenrevier nach oben kam, starrten alle ihn fasziniert an. Er hatte viel Gewicht verloren, da er eine Woche fast wie tot gelegen und nichts bei sich behalten hatte außer Erbsenbrei. Aber auch hager und bleich zeigte Henry Joyce immer noch Zeichen gewaltiger Kraft. Seine riesigen Schultern mit den vielen Narben, die bis zum Hals unter dem Zopf liefen, waren ungebeugt, und sein schwankender Gang, wenn auch weniger fest als früher, hatte immer noch etwas Gewalttätiges an sich. William Bentley, der an dem Morgen, als er wieder aufgetaucht war, gerade in die Kuhl ging, hatte Joyce sehr wohl bemerkt.

Die Männer freuten sich, dass gerade Henry Joyce Neptun, den brutalen Herrn der See, abgeben sollte, doch die jungen Herren fanden daran nichts Ergötzliches. In dieser einzigartigen Zeremonie auf See hatten sie sich an die Tradition zu halten und waren auf Gnade angewiesen. Natürlich mussten auch sie sich Neptun unterwerfen, nachdem sie zuvor durch die Barbiere auf diese Ehre vorbereitet worden waren. Neptun durfte mit ihnen machen, was er wollte. Alle an Bord, die den Äquator noch nie überquert hatten, sahen derselben Gefahr ins Auge, aber die Midshipmen gingen davon aus, dass sie am rohesten von allen behandelt würden.

Und so kam es auch. Nachdem sie ausgezogen, halb rasiert, gründlich verdroschen und untergetaucht worden waren, boten die vier jungen Herren einen elenden Anblick. James Finch schämte sich so, dass er leise vor sich hin weinte. William hätte auch gern geheult, ihm tat alles weh, und große Stücke seiner Haut waren aufgeraut oder eingerissen, aber er nahm sich zusammen. Es war eine tolle Gelegenheit für die Männer, es den arroganten Pinseln heimzuzahlen. William verachtete natürlich diese plumpen Versuche, ihre physische Kraft; am liebsten hätte er sie laut ausgelacht, aber ein offener Mund war eine Einladung an Neptun oder seine Gehilfen, ihn mit einer stinkenden Paste aus Teer und Talg zu füllen. Der allgemeine Wunsch, die unbeliebtesten Vorgesetzten zu verletzen, war gewaltig, und dafür hasste William Bentley die Männer.

Jesse Broad verachtete ebenfalls die angetrunkenen Kerle, die die Barbiere abgaben. Er sah, wie die Männer vor Vergnügen gluckten, während sie die Midshipmen kniffen und schlugen. Dazu hatten sie nur jetzt Gelegenheit. Als Bentley ihn angespuckt hatte, hätte Jesse ihn am liebsten hängen gesehen. Doch als er jetzt mitbekam, wie der kleine nackte Finch an einem Fußgelenk hoch über das Deck gehievt wurde, fühlte er Mitleid mit ihm.

Etwas überraschte ihn. Thomas Fox kam fast ungeschoren davon.

Broad hatte sich wegen des Jungen große Sorgen gemacht. Nach dem Zwischenfall mit der Flöte war Thomas Fox in sich zusammengefallen wie ein durchlöcherte Blase. Broad, immer noch blind vor Zorn, hatte begriffen, dass William Bentley den Jungen auf dem Kieker hatte. Die verlogene Argumentation, es gäbe nur einen Musiker in der Stammrolle, war der reinste Hohn. Jeder durfte, wenn er wollte, in der Freiwache Musik machen, Thomas übertrat keine Vorschriften. Fox schien alle Hoffnung aufgegeben zu haben. Seine Schultern hingen, seine Arme und Hände schienen taub. Broad hatte versucht, ihn zum Spielen zu bewegen und ihm zu erklären, dass Bentley ihn nur einschüchtern wollte. Aber Fox schien nichts zu hören.

Für viele, nicht nur für die Offiziere und Unteroffiziere, war Thomas immer wieder ein lohnendes Ziel. Man hielt ihn für einen naiven Narren, ein leichtes Opfer für alle Quälereien. Broad hatte viele verscheucht, und die besondere Art, in der der Bootsmann den Jungen behandelte, bewahrte Fox vor allzu bösen Überraschungen. Aber dennoch war er weiter ein Ziel für Hass und Verachtung.

Peter, der Rotschopf, der den Äquator schon einmal überquert hatte, verbreitete auf seine unbekümmerte kindliche Art den reinsten Schrecken: Was würden die Männer Thomas während der Taufe wohl antun!

Doch Thomas Fox hatte mit der sanften Geduld eines Lammes gewartet. Und er wurde auch fast wie ein Lämmchen behandelt. Broad befürchtete anfangs, es könnte sich um einen tiefsinnigen und subtilen Plan handeln. Aber dann dämmerte ihm langsam, dass das Mitleid, das er selbst für Fox empfand, auch viele andere ergriffen hatte. Neptun und seine Macker gehörten sicher zum brutalsten Abschaum der Männer an Bord, aber sie behandelten den Jungen mit fast unwirklicher Freundlichkeit. Natürlich wurde er herumgestoßen, und bekam ein oder zweimal sein Fett ab. Doch im Vergleich zu allen anderen kam er überaus gut davon.

Am Tag nach der Äquatorüberquerung verlor die *Welfare* den Wind. William war eingeladen, mit seinem Onkel Tee zu trinken, und erwartete, dass dieser vor Wut platzte. Doch der Kommandant ging nur vor den Heckfenstern auf und ab und wirkte eher nachdenklich als wütend.

»Ich hatte gehofft, dass wir wieder auf den Passat treffen. Die verdammte Brise hat mich getäuscht. Die Zeit rennt, William, die Zeit rennt. Ich hing noch nie so lange in den Kalmen, seit ich zur See gefahren bin.«

William schlürfte seinen Tee. In den Stunden mit Mr. Robinson hatte er über die Kalmen gelernt, dass sie ganz und gar unberechenbar waren. Doch er hatte nicht die Absicht, seinen Onkel mit Besserwissereien zu reizen. So wartete er schweigend.

»Der verdammte Neptun«, lachte Swift. »Ich dachte, er würde sich mit einer guten Brise bei uns dafür revanchieren, dass wir ihm so viele Täuflinge in allen Ehren zugeführt haben. Aber er ist eben stur.« Das Lächeln blieb.« Ach, Unsinn, reinster Aberglaube!«

»Sollen wir die Boote zum Pullen klarmachen, Sir?«, fragte William. »Beim letzten Mal brachte das den gewünschten Erfolg. Ebenso wie die Segelmanöver.«

Swift setzte sich rücklings auf einen Polsterstuhl und zog nachdenklich die Lippe zwischen die Zähne.

»Ich glaube nicht, William. Ich glaube, wir werden etwas anderes probieren. Wir behandeln den Abschaum zur Abwechslung mal freundlich!«

William sah fragend auf. Ohne Zweifel klang die Strategie interessant. Und die Einzelheiten würde er früh genug erfahren.

Nach ein paar Minuten erhob Swift sich unruhig und ließ sein breites, freundlichstes Lächeln sehen. Mit der rechten Faust klatschte er sich in die linke Hand.

»Überraschung! Das ist es, mein Junge. Überrasch die Leute, lass sie rätseln. So behält man sie unter Kontrolle. Sie glauben immer, dass sie wissen, was der Kommandant vorhat. Aber sie irren sich. Und zwar sehr!«

William trank seine Tasse leer. Er sah an seinem Onkel vorbei auf die kupferfarbene See. Sie lag unbewegt und flach wie ein Mühlteich. Fürchterliche, glühende Hitze stieg aus ihr hoch. Höflich lächelte er.

»Überraschung, Sir?«

»Überraschung, Mr. Bentley. Sie erwarten Arbeit, Arbeit und nochmals Arbeit. Sie erwarten Tadel und Hiebe, Hiebe auf jeden Fall. Sie rechnen mit Bootspullen, mit Segelmanövern und anderen Schuftereien. Stattdessen ...«

Er unterbrach sich. Wieder zeigte er das verwirrende Lächeln, das gar nicht in das harte Gesicht mit den kalten Augen passte.

»Stattdessen ...?«

»Haha. Richtig, mein Junge. Lass sie im Ungewissen. Was würdest du an ihrer Stelle annehmen?«

William hatte überhaupt keine Idee. Sein Onkel war aufgeregt, und irgendwie fand er das beunruhigend, aber er hatte keine Idee.

»Tut mir Leid, Sir, da verlangst du zu viel ...«

»Wie erwartet. Den Leuten wird es genauso gehen. Sie werden die Peitsche erwarten, und ich gebe ihnen Zucker.«

»Darf ich fragen, wie der Zucker aussehen wird, den sie bekommen, Onkel?«

Der Kapitän lachte.

»Nein, das darfst du nicht«, antwortete er. »Aber du kannst Mr. Allgood bitten, alle Mann zum Appell zu pfeifen, wenn du deine Tasse geleert hast. Dann wirst du die Neuigkeiten wie alle anderen erfahren.«

William erhob sich, und als er sich schon umdrehen wollte, um zu gehen, fragte Swift: »Haben wir eigentlich außer Doyle noch andere Musiker an Bord, William?«

William grinste.

»Ja, Sir«, sagte er. »Mindestens noch einen. Einen ziemlich guten Flötenspieler.«

»Großartig«, sagte Swift, »großartig. Du erfährst alles Weitere, nachdem die Leute ihr Abendbrot gegessen haben.«

Broad fand sich neben Matthews, als die Männer langsam nach achtern schlurften. Sie schwitzten und ihre Stimmung war nicht gut. Sie rechneten damit, wieder in jeden Lufthauch hineinpullen zu müssen.

»Heute gibt's keine Bestrafung«, sagte Matthews plötzlich. »Und dafür hat der Teufel einen guten Grund. Heute wird er sich mit einer anderen Form der Tortur vergnügen. Der spielt mit uns, wie es ihm behagt, verdammt noch mal. Wir sind für den nichts als Spielzeug!«

»Ich würde gern wissen, warum er sich die Mühe macht,

uns nach achtern zu rufen«, bemerkte Broad. »Er könnte doch ganz einfach nur Befehle erteilen lassen. Ich glaube, du hast Recht. Der will einfach nur mit uns spielen und uns quälen.«

Ein Gehilfe des Bootsmanns bedrohte sie plötzlich mit seinem Rohrstock. Sie stellten sich schweigend in die bedrückte Mannschaft.

Kapitän Swift stand in seinem ganzen Glanz vor den Männern. Er trug die blaue Uniformjacke, eine Perücke und zeigte ein breites Grinsen, das fast freundlich genannt werden konnte. Jesse Broad war fasziniert von dem Mann: der reinste Teufel.

»Männer«, begann Swift schließlich, »ich habe euch hier antreten lassen, um euch zu zeigen, dass ich ein harter, ein entschlossener Mann bin. Aber heute werde ich euch zittern lassen. Heute werdet ihr eure Mütter verdammen, weil sie euch geboren haben.«

Seine Stimme klang freundlich, ja spaßig, aber bei diesen Worten lief es Jesse Broad eiskalt über den Rücken. Er schaute zu Matthews, der grimmig vor sich hin schaute. Was zum Teufel hatte Swift nun wieder ausgeheckt?

Der Kommandant zwinkerte die stumpf dastehenden Männer an, sein Grinsen wurde immer breiter. »Männer«, fuhr er fort, »ihr kennt das Wetter. Wir haben gestern vergebens eingeschäumt und rasiert, vergebens haben wir dem alten Neptun Tribut gezollt, sogar zwei- oder dreimal mehr als eigentlich nötig. Das letzte bisschen Wind hat er nun auch noch abgestellt. Jetzt gammeln wir hier in der Windstille vor uns hin wie ein Korb Fische im Hafen von Portsmouth. Was sollen wir tun? Das ist die entscheidende Frage!«

Es gab niemanden an Bord, der Swifts Antwort nicht kannte, glaubte Broad. Die Hitze hämmerte. Es würde in den Booten die wahre Hölle sein.

»Eure Kameraden fallen krank um wie die Fliegen«, sagte Kapitän Swift. »Mr. Adamson meldet, dass das Krankenrevier aus allen Nähten platzt. Als Arzt verordnet er körperliche Betätigung. Nun, Männer, wir alle auf diesem Schiff kennen unsere Betätigungen!«

Ein Stöhnen durchlief die Reihen. Swift lachte kurz auf und legte dabei den Kopf in den Nacken.

»Hinter der Brise herpullen? Stöhnt ihr deshalb? Oder ist es der Gedanke, immer wieder zu trimmen, zu trimmen, zu trimmen? Jede Stunde? Ich gebe zu, ich habe euch schwitzen lassen. Aber …«

Das Lächeln verschwand aus seinem Gesicht. Er ließ den Blick schweifen. Broad erwartete den Hieb.

»Aber heute nicht«, fuhr Swift fort, »heute habe ich eine andere Ablenkung für euch. Und dafür werdet ihr mich verfluchen, o ja, verfluchen!«

Jesse betrachtete verstohlen die Männer, die in seiner Nähe standen. Er fragte sich, ob Swift wohl wüsste, wie sehr die Männer ihn hassten.

»Es wird getanzt!«, rief er endlich laut. »Es gibt Tanz, Musik, Sport. Männer, ihr werdet mich noch um Gnade anflehen, ich bin ganz sicher!«

Verwirrt redeten alle durcheinander. Was hatte der Kapitän gesagt? War er verrückt geworden? Oder machte er auf seine seltsame Art Witze? Matthews zuckte mit den Schultern, und Broad steckt die Hände aus. Der kleine Peter in der Nähe quiekte erregt, weil er es wörtlich nahm, und bekam dafür einen Hieb. Es war kein harter Schlag, denn auch Allgoods Männer waren verwirrt.

Kapitän Swift fand großes Vergnügen an der Reaktion und lachte laut. Es lag eine gewisse Spannung in der Luft, als erwarteten die Männer, dass noch etwas ganz anderes folgen würde. Broad war sich dessen sogar sicher. Aber er sollte sich irren.

»Männer«, sagte der Kommandant, »das Wetter ist teuflisch, aber wir müssen das Beste daraus machen. Wir brauchen körperliche Betätigung, aber kein Kutterpullen und keine Arbeit an den Segeln. Ihr habt hart gearbeitet, und ich werde euch erst wieder fordern, wenn wir den Süd-Ost-Passat erreicht haben. Also, reicht es, wenn ihr tanzt. Und Sport treibt. Wir haben eine Kapelle, und es wird Wettkämpfe zur Mastspitze und zurück geben. Und noch ein paar andere Kämpfe.«

Da wurde Hurra gerufen. Aus vollem Herzen. Broad schloss sich dem an. Doch er schätzte die Hochrufe nur als Lärm ein, der die Stille ablöste. Auch Matthews war nicht mit Überzeugung dabei. Doch für die meisten anderen waren es echte Hurra-Rufe. Jesse kam zu der Überzeugung, dass dies vielleicht eine Wendung zum Besseren war. Was für ein seltsamer Mann dieser Kapitän doch war!

Noch seltsamer war Swifts nächste Ankündigung: »Um mit einem Paukenschlag zu beginnen, Männer, kriegt heute jeder, Mann wie Junge, eine doppelte Portion Rum.«

Lauter Jubel ertränkte seine Worte. Hass, Wut und Elend aus den vergangenen Wochen lösten sich auf. Die Männer drehten fast durch. Jesse blickte Matthews direkt in sein ruhiges, unbewegtes Gesicht. Wieder sah er in diesen Augen Verwirrung. Swift spielte mit der Besatzung, wie er wollte. Dabei waren die Männer ihm ganz und gar gleichgültig ...

Bentley, der die brillante Taktik seines Onkels immer noch bewunderte, übernahm nach dem Essen die Organisation und bewährte sich großartig. Er stellte Listen auf von den Männern, die ringen wollten, von den Boxern und denen, die auf der Seekiste hockend mit Fäusten kämpfen wollten. Bei einem Glas hatte sein Onkel darauf bestanden, dass Kämpfe den Hauptteil der sportlichen Betätigung bilden sollten. Es läge Gewalt in der Luft, und die müsse verpuffen, aber unter strenger Kontrolle, sagte er. Die Männer könnten sich zwar blutig schlagen und auch Preise gewinnen, aber es sollte alles in geregelten Bahnen ablaufen. Es sollte auch Tänze geben und Wettläufe. Läufe an Deck, Sprünge über Kanonen und Wettklettern im Rigg. Nichts, was nach harter Arbeit schmeckte. Dazu die Musik vom Dudelsackspieler und dem Flötenspieler, und falls sonst noch jemand ein Instrument spielen könnte ...

In der Backschaft des alten Fulman wurde wie auch überall sonst an Bord heftig diskutiert. Peter war so aufgeregt, dass er fast nichts essen konnte. Er hoffte, beim Wettklettern ein paar Preise zu gewinnen. Zwar war er nicht so stark wie die Männer, aber behände wie ein Affe. Alle unterhielten sich locker, waren voller Rum und spürten die drückende Hitze kaum noch.

»Und wozu wirst du dich melden, Jesse?«, wollte Fulman in einer Gesprächspause wissen.

»Gar nichts, denke ich«, antwortete Jesse. »Sport hat mich nie interessiert. Und ich habe keine Lust von Henry Joyce oder solchen Kerlen besiegt zu werden, nur damit Mr. Swift seine Freude hat!«

»Feigling, Feigling«, schrie Peter. »Wenn ich nicht so beschäftigt mit dem Wettklettern wäre, würde ich mich selber für einen Faustkampf mit dem kräftigen Bullen eintragen lassen.«

Alle lachten. Peter wollte es dem Riesen zeigen! Nur Allgood konnte sich mit ihm einlassen.

»Worum geht's bei den Kämpfen auf den Seekisten?«, wollte Jesse Broad wissen. »Ich habe davon noch nie was gehört!«

»Oh, das ist eine tolle Sache«, erklärte Peter, »aber am Ende gibt's immer blutige Nasen!«

»Die Regeln sind ganz einfach«, stieg Fulman ein. »Man sitzt rittlings auf einer Seekiste, jeder Mann an einem Ende und zielt auf den Kopf des anderen. Das Ganze ist ein Spiel für starke Männer.«

»Und tapfere«, fügte Peter hinzu.

»Oder Idioten«, brummte der alte Samuel.

»Und wer gewinnt?«

»Ganz einfach«, fuhr Fulman fort, »der der sitzen bleibt, wenn der andere in seine Blutlache fällt. Das wird eine sehr blutrünstige Veranstaltung!«

Später trafen sie sich mit den anderen wachfreien Backschaften. Viele Männer waren angeheitert, andere betrunken, und es herrschte allgemein eine fröhliche Stimmung, fast eine glückliche. Die Kämpfe sollten erst später beginnen, und Preise waren auch versprochen worden.

Als er mit Unterstützung seiner Kameraden alle Einzelheiten festgelegt hatte, ging William Bentley nach vorn, um nach der Musik zu schauen. Die Männer schwiegen, als er kam, aber diesmal war es eine freundliche Stille. Er trat zu Fulman und seinen Freunden an den Betingen, die sich erhoben, als sie ihn kommen sahen.

»Locker, Männer«, sagte er jovial. Er konnte die Spannung fühlen, auf seinen Brauen sammelte sich Schweiß. Der Mann, dem er ins Gesicht gespuckt hatte, sah ihn starr an. Die beiden Graubärte benutzten den alten Trick der Matrosen und blickten auf die See, die Segel oder sonst wohin. Bentleys Blicke wurden von den leeren Augenhöhlen des Iren angezogen. »Locker, Männer, sitzen bleiben.«

Niemand rührte sich.

»Nun denn«, sagte William Bentley, »wir werden Ihre Dienste heute sehr beanspruchen, Ire. Zwischen jedem Rennen und jedem Spiel wird es Tanz geben. Schütteln Sie den Kopf, wenn Sie mich verstehen!«

Padraig Doyle schüttelte kurz seinen grauen Kopf. William fuhr sich mit der Zunge über die Lippen.

»Und du, Junge«, wandte er sich an Thomas Fox, »wo ist deine Flöte?«

Thomas Fox stand mit gesenktem Kopf neben dem Musikanten. Er antwortete nicht. Es herrschte Stille ringsum.

»Geh nach unten, Thomas Fox, und hol deine Flöte. Ich will, dass du heute spielst!«

Die Spannung wuchs. William wollte unbedingt erreichen, dass der Hütejunge ihm ins Gesicht sah. Aber nichts dergleichen geschah. Dann holte Peter die Flöte aus seinem Hemd. Er wurde puterrot.

»Bitte, Euer Ehren«, murmelte er. »Tommy hat sie mir geschenkt. Ich glaube, er will sie nicht mehr.«

»Kannst du spielen, Junge?«

»Nein, Euer Ehren. Aber er will sie nicht mehr, also hab' ich sie bekommen.«

»Dann gib sie ihm zurück«, bellte William kalt. »Thomas Fox, nimm deine Flöte und spiel. Das ist ein Befehl!«

Peter streckte Thomas die Flöte entgegen, William fühlte, wie Schweiß seinen Hals entlang und in sein Hemd tropfte, die Matrosen starrten ihn unbewegt an. Dann streckte Thomas eine Hand aus, nahm die Flöte und hob den Kopf, bis seine Augen in Höhe von William Bentleys Kinn waren. Sein Gesicht war blass und gespannt, die Muskeln am Hals und im Gesicht zuckten. Er gab sich große Mühe, den Midshipman anzusehen. Aber es ging nicht.

Williams Mund wurde trocken.

Ganz langsam hob Thomas Fox die Flöte hoch. Wieder versuchte er, den Blick zu heben – dann brach er die Flöte in der Mitte entzwei und ließ die Stücke an Deck fallen.

Ein Geräusch wie ein Seufzen war zu hören. William Bentley schaute zum Achterdeck. Swift beobachtete die Szene, hatte von Anfang an zugesehen.

William fühlte kalte Wut in sich aufsteigen, und die Hitze der Demütigung. Er wusste, dass sein Gesicht rot angelaufen war, dass er einen unglaublichen Narren aus sich gemacht hatte. Er spürte eine wilde Erleichterung darüber, dass er sich nun endlich würde rächen können. Die Strafe fiel ihm sofort ein, und er sprach deutlich aus, was er fühlte, doch ein Zittern in seiner Stimme konnte er nicht verbergen: »Dafür werde ich dich prügeln, Thomas Fox«, sagte er, »ich werde dich prügeln, bis du schreist.«

Wieder erklang das Stöhnen der Männer auf dem Vordeck.

»Jeder kann zusehen«, setzte William nach. »Wir werden die Ersten sein, Thomas Fox, und ich werde auf dich einschlagen, bis du schreist. Und zwar auf der Seekiste. Du bist ein widerborstiges Tier! Und ich werde auf dich eindreschen, bis du schreist.« Er war blass geworden und zitterte sichtbar.

Als er das Vordeck den Seeleuten überließ, herrschte dort eisiges Schweigen.

21

Selbst der munter schwadronierende Peter sprach erst weiter, nachdem Bentley verschwunden war. Zuerst sah es aus, als wolle er zum Achterdeck zurückkehren, um – falls dazu aufgefordert – mit seinem Onkel zu sprechen. Doch beim achteren Niedergang drehte er nach Backbord und kletterte nach unten.

Sofort begann ein allgemeines Raunen unter den Seeleuten, laut und wenig zusammenhängend. Sie sammelten sich um Thomas, beglückwünschten und ermunterten ihn. Er antwortete nicht, doch Peter blähte sich vor Stolz auf und lief herum wie aufgeplusterter Gockel.

»Gut der Mann, Thomas!«, hieß es allgemein. »Gut, es der Rotznase mal zu zeigen. Du hast ihn so zum Narren gehalten, dass er nie wieder so hochnäsig daherkommen wird.«

Peter rief schrill: »Er ist ein schlimmer Halunke, aber wir haben es ihm gezeigt. Guter Macker! Habt ihr gesehen, wie er die Flöte zerbrochen hat? Ich hatte sie in meinem Hemd versteckt und hätte sie sicher bald spielen können!«

Die anderen aus der Backschaft schwiegen. Doyle hatte Fox den Arm um die Schultern gelegt, während Fulman finster vor sich hin starrte. Die Stimmung änderte sich dann im Handumdrehen – von Jubel zu Mitleid. Die Tat des Hütejungen war zwar kühn gewesen, doch wohin würde sie führen? Zu einer fürchterlichen Tracht Prügel, ganz legal und ohne jeden Trick.

Viele hielten das für sehr unfair. Andere mussten widerwillig eingestehen, dass der Midshipman ganz schön gerissen war. Aber keiner zweifelte, dass die Sache für Thomas in einem Desaster enden würde.

Trotz der Freiwache näherten sich die Männer des Bootsmanns schnell, um dieses unerwünschte Treffen aufzulösen. Broad sah sie kommen, warnte die anderen, und alle verkrümelten sich in irgendwelche Ecken und Nischen. Dort saßen sie eine Weile herum, während die Maate zwischen ihnen auf und ab gingen und ihre Tampen schwangen.

Jesse Broad wollte sich lieber nicht vorstellen, wie der Kampf zwischen dem armen Hütejungen und dem selbstbewussten Midshipman aussehen würde. Zwar war Thomas ein oder zwei Jahre älter, und er war auch deutlich größer, aber diese Vorteile bedeuteten gar nichts. Der Junge war schon vor Beginn des Kampfes geschlagen, physisch und psychisch. Er würde sich ducken und alles hinnehmen, was der andere ihm zudachte. Nach Jesses Einschätzung war von Bentley keine Gnade zu erwarten. Er würde zuschlagen, bis Fox erledigt und die Demütigung vergolten waren. Dies entsprach seinem Stolz, und der war enorm.

Als die Macker außer Hörweite waren, flüsterte Peter: »Das ist eine tolle Sache, Tommy. Aus dem machen wir Hackfleisch. Ich wünschte nur, ich …«

Der alte Fulman fuhr grollend dazwischen: »Halt deine Zunge im Zaum, Peter.«

Doch ehe der erste Faustkampf beginnen konnte, meldete sich das unberechenbare Wetter der Äquatorialzonen wieder zu Wort. Am späten Vormittag und am frühen Nachmittag hatte der Himmel sich kaum merklich geändert. Als die erste Bö kam, überraschte sie die Männer, die an nichts anderes als an die Vergnügungen gedacht hatten.

William Bentley zitterte unten in der Messe der Midshipmen

immer noch vor Zorn und vor Erregung, als alle Mann an Deck gepfiffen wurden. Er weigerte sich sogar, Simon Allen, der den ganzen Zwischenfall verpasst hatte, über die Details zu informieren. Denn er plante ganz genau, wie er den widerspenstigen Hütejungen fertig machen würde.

Gerade war »Alle Mann« gepfiffen worden, als er spürte, dass ein seltsames Zittern durch die *Welfare* lief. Das leise Quietschen, das auch bei absoluter Windstille nie verstummte, verwandelte sich in ein lautes Grummeln. Die beiden Jungen sahen sich auf dem Weg zur achteren Luke überrascht an. Seltsam: Das Licht, das von oben einfiel, wurde so schnell geringer, als habe jemand eine Lampe heruntergedreht. Ein Röhren kam auf, ein gewaltiges Schütteln war zu spüren, und dann krängte das Schiff immer mehr und mehr. Bentley und Allen rutschten über das Deck. Hocker, Trennwände, Teller, Männer – alles rutschte mit. Einen Moment lang glaubte William, er würde mit dem Kopf voran durch eine offene Pforte nach draußen geschleudert, aber im letzten Augenblick konnte er sich an einer Talje festklammern. Alle schrien wild durcheinander.

Als er sich über das schräge Deck wieder nach oben in Richtung Niedergang arbeitete, verstärkte sich der Lärm immer mehr. Immer wieder knallte es wie von Gewehrschüssen, und er nahm an, es handle sich um Segel, die aus den Lieken gerissen wurden und auswehten.

An Deck herrschte Chaos. Jesse Broad und die Toppgasten waren nach oben gejagt worden, und der Wind, der auf sie zuraste, hatte anfangs nur die glasige Fläche der See verdunkelt und eine kleine Wand weiß schäumenden Wassers vor sich hergeschoben. Doch dann war eine rostrote Wolke auf dem stumpf glänzenden Himmel erschienen, die drohend harte Ränder zeigte. Sie wuchs mit rasender Geschwindigkeit und signalisierte Dunkelheit und Gewalt. Im Handumdrehen war Mr. Robinson am Ruder erschienen. Obwohl er in seiner Kajüte geschlafen hatte, spürte er wohl, dass etwas Furchtbares sich anbahnte. Das Ruder wurde hart gelegt, alle Mann arbeiteten bereits auf ihren Stationen. Auf der *Welfare* schwärmte es wie in einem Bienenkorb, einige Männer keuchten ins Rigg. Doch noch hatte die Wand sie nicht voll erreicht.

Als die gewaltige Bö sie packte, stand Jesse Broad bereits auf der Großbramrah und schob sich zur Rahnock. Das Segel unter ihm war schon zum Teil gerefft, doch als der Wind zupackte, wehte es fast sofort aus. Graues Tuch stand wie eine steife Tafel vor der Rah, sie knallte eine Serie krachender Schüsse ab und riss dann komplett aus den Lieken. Broad wurde wie von einer gigantischen Faust gegen die Rah gepresst und sah, wie die zerfetzten Reste weggepeitscht wurden.

Um ihn herum und unter ihm kämpften Männer einen verzweifelten Kampf. Die *Welfare* hatte alle Segel gesetzt, und viele ihrer Männer waren ziemlich betrunken gewesen. Unter dem Druck des Windes legte sie sich weiter und weiter über. Einiges Tuch konnte gerettet werden, die meisten Segel aber wehten nach Lee aus. Als das Schiff sich langsam wieder aufrichtete und auf das Ruder zu reagieren begann, war auch das Sonnensegel, das einem Teil des Achterdecks für den Kapitän Schatten zu spenden hatte, davongeweht, die Leinen mit der Wäsche am Fockmast waren hinterhergeflattert samt wild schlagenden Hosenbeinen und Ärmeln. Sogar der Schornstein der Kombüse hatte sich losgearbeitet und war über Bord gerollt. Drei Männer waren verschwunden, einer vom Besan-, einer vom Großmast. Einen hatte Jesse von einer schlagenden Rah fliegen sehen, den Mund weit aufgerissen, doch sein Schrei war nicht zu hören gewesen.

In einer Stunde war der Himmel pechschwarz. Blitze zuckten. Der Sturm trieb Regenschauer vor sich her, das Schiff flog nur unter Topp und Takel über das Meer. Unglaubliche Wellen bauten sich auf, und Sturzseen überschütteten Broad und die anderen Männer, die der entschlossene Bootsmann wie wild antrieb. Sie schlugen Schwerwetterleinwand an, ersetzten laufendes Gut, das gebrochen oder gerissen war, und schufteten wie die Berserker.

Am frühen Abend hatte das Wetter sich ausgetobt. William Bentley, dem in seinem dicken Mantel auf dem Achterdeck wieder einmal speiübel war, schaute bedrückt auf das Chaos. Das Schiff arbeitete schwer in kurzen, harten Seen. Kapitän Swift überantwortete alle Midshipmen der Obhut des Masters, und so arbeiteten sie stundenlang zusammen mit den Männern beim Aufklaren, beim Aufriggen weiteren neuen laufenden Guts, in den Eimerketten und an den Handpumpen, die das Wasser nach draußen schafften, das durch Luken und Pforten, über Niedergänge und Fugen eingedrungen war. Um Mitternacht hatten sie einen steten, kräftigen Wind gefunden, der sie schnell nach Süden wehte. Decksport und die Kämpfe waren längst vergessen.

Der Wetterwechsel erlöste die kranke Mannschaft: Ein Wechsel von erstickender Hitze zu frischem Wind, ein Wechsel von trockener, rauer Haut zu feuchter Frische war mehr als willkommen. Wie durch ein Wunder verlor das Ungeziefer seinen Appetit auf menschliche Opfer. Die Kakerlaken zogen offenbar dunkle und warme Ecken und Spalten dem offenen Deck vor. Es gab wieder harte, regelmäßige Arbeit, die die Männer kannten und willig erledigten. Neue Segel wurden hergestellt, Tampen wurden an den Enden gespleißt, getrenst und beschmartet, gebrochene Spieren wurden ersetzt. Das Essen schmeckte erträglich, und der Grog war hochwillkommen.

Umso überraschender war es unter diesen Umständen, stellte Jesse Broad nachdenklich fest, dass zum ersten Mal auf der *Welfare* von Meuterei die Rede war. Noch ungewöhnlicher war, dass die Meuterei eine Stimme hatte. Sie gehörte nicht Henry Joyce oder einem seiner brutalen Macker, deren bedrückende Gegenwart über dem ganzen Schiff wie eine Drohung hing. Sie gehörte auch keinem der vernünftigeren Leute, die brutal ausgepeitscht worden waren und die man sonstwie zuschanden gestraft hatte. Sie gehörte auch keinem der hysterischen, fast verrückten Kerle, von denen es genügend an Bord gab. Sie gehörte Matthews.

Er hatte sich im Unterdeck an Broad herangemacht und ihn gefragt, ob sie vertraulich miteinander reden könnten. Das war an sich schon seltsam. Matthews suchte eine ganz besondere Art Vertraulichkeit. Broad zögerte. Er war auf Wache und nach unten geschickt worden, um Tauwerk nach oben zu holen. Aber es würde nicht sehr auffallen, wenn er etwas länger unten blieb, entschied er. Matthews schien es eilig zu haben, wirkte angespannt – und das war ungewöhnlich. Broad nickte also. Matthews lachte kurz auf und lief dann vor ihm her. Sie stiegen einen Niedergang hinunter, verzogen sich in eine pechschwarze Ecke, die der Macker offenbar vorher ausgesucht hatte. Hier stank es ekelerregend, und in der Bilge klatschte das Wasser hörbar unter ihnen hin und her.

Einige Augenblicke lang konzentrierte sich Jesse Broad auf das knirschende Holz und das Gurgeln. Ein paar Schritte entfernt sickerte Tageslicht durch ein offenes Luk nach unten. Er konnte aber Matthews nicht einmal im Umriss wahrnehmen. Oder stand Matthews unter Druck? War er unruhig geworden?

Dann begann Matthew zu flüstern, die Anspannung war ihm anzumerken, und die Worte waren ein Schock für Jesse Broad: »Ich kann mich auf Sie verlassen, Jesse Broad. Wir sind bereit, den Kapitän abzusetzen!«

Broad spürte, wie sein Herz schneller schlug. Beide Männer atmeten schwer. Erregung und Furcht packten Broad. Und Überraschung. »Sind Sie verrückt, Mr. Matthew? Was für ein Unsinn. Sie müssen wahnsinnig geworden sein!«

Pause. Zwei Männer, schwer atmend.

»Nicht verrückt, Jesse, aber ich habe die Schnauze voll. Wir alle. Der Kapitän ist kein Mensch, sondern ein Tyrann. Ein Verbrecher. Wenn einer an Bord verrückt ist, dann Daniel Swift. Nicht ich. Ganz bestimmt ist es Daniel Swift.«

Eine lange Pause trat ein. Die geflüsterten Worte verwehten in der Dunkelheit, als sänken sie langsam in die Bilge. Broad gelang es, wieder ganz normal zu atmen. Wenn irgendjemand im Dunkeln hockte und mithörte, war das der sichere Tod für sie.

So fragte er nur: »Wir? Du sagst wir? Wer sind wir? Und wem reicht es? Mir scheint eher, dass die Leute jetzt, da wir wieder Wind haben, sehr viel zufriedener sind als in den letzten Wochen.«

Matthew schnaubte durch die Nase, es klang wie ein leises Lachen. »Das stimmt zum Teil. Aber nur zum Teil! Du lässt dich doch nicht auch zum Narren halten, Broad? Ist dein Herz etwa dankbar gehüpft, als der Schurke uns Sport und Tanz versprach? Hast du das nicht auch für eine Finte gehalten? Für eine weitere Möglichkeit, uns so zu quälen, dass wir keine Zeit haben, etwas auszubrüten?«

»Du hast Recht. Aber die meisten sind darauf hereingefallen, lieber Gott, das kannst du nicht leugnen. Die fielen Swift in die Hand wie verdorrte Mispeln. Und dann das Wetter. Ein Trumpf, ein Trumpf.«

Matthews Atem ging schneller, härter, und das Geräusch, das Jesse jetzt wahrnahm, konnte nur Zähneknirschen bedeuten.

Plötzlich sprach Matthews wieder – laut, scharf und wie erstickt: »Wie vertrocknete Mispeln. Ja. So sind sie ihm zugefallen.«

Broad spürte eine wachsende Panik. »Klappe zu, Mann, still, um Gottes Willen. Man wird uns aufhängen.«

Etwas wie ein Seufzer stieg aus Matthews Kehle. Dann blieb er still. Jesse erinnerte sich: Er sah die Gestalt eines Seemanns in Halstuch und ausgebeulten Hosen durch die Luft fliegen. Dann schrie er stumm und fiel.

Jesse sagte sanft: »Du hast einen Macker verloren!«

Matthew atmete tief. »Das ist nicht wichtig«, antwortete er, »und das ist auch nicht der Grund.« Wieder war sein leises

Lachen zu hören. »Aber es ist ein Grund mehr. Mein Freund ging über Bord.«

Broad dachte nach. Lieber Gott, für das Wetter konnte man Kapitän Swift nicht verantwortlich machen. Einen Freund zu verlieren war schlimm genug, aber ... Er musste kurz an Hardman denken, seinen guten Freund Hardman. Dann an Mary und sein Zuhause. Traurigkeit breitete sich in ihm aus. Ihn schauderte. »Tut mir Leid«, sagte er.

»In Ordnung«, antwortete Matthews. Und dann fuhr er fort: »Aber das ist jetzt egal. Hör mal, Jesse Broad, du bist klug genug. Natürlich hat der Verlust mich getroffen. Aber das ist nicht der wirkliche Grund. Und was die anderen Männer angeht: Es gibt sehr viele mehr an Bord, als du ahnst, die auf ein einziges Wort hin meutern werden. Ich schwöre es.«

»Der Abschaum?«, fragte Broad brutal. »Dieser Henry Joyce und seine Gefolgsleute? Ich möchte lieber mit Daniel Swift den Rest meiner Tage verbringen als mit Henry Joyce. Auf Swifts Tyrannei kann man sich verlassen, Joyce ist ein lebendes Pulverfass.«

Wieder das schwere Luftholen.

»Du bist zu kritisch. Ja, viele aus der Mannschaft sind Abschaum, wenn wir uns erheben, wecken wir vielleicht unzähmbare Kräfte. Aber glaub mir, Jesse, es gibt auch noch andere. Gute Leute, verlässliche Männer, die man ausgepeitscht und erniedrigt hat. Lieber Himmel, denk an dich selbst, an den Rotzbengel, der dir einfach ins Gesicht gespuckt hat. Wolltest du dem nicht die Faust ins Gesicht schlagen? Wolltest du ihm nicht den Rücken brechen?«

»Und wenn ich's gewollt hätte?«, antwortete Jesse. »Bentley hat das Recht, wenn er will, den Tyrannen rauszukehren. Kein Gesetz wird ihn verfolgen. Aber wenn wir meutern, werden wir sterben. Wenn wir den Kapitän überwältigen, wenn wir die Offiziere ausschalten, wenn wir die verdammten Seesoldaten erledigen, die uns wie die Hunde abknallen werden, sterben wir dennoch. Die Marine vergisst nie. Und sie vergibt nicht. Man wird uns über alle Meere verfolgen, bis zum Himmel, bis in die Hölle.«

Ein Schweigen dehnte sich.

Matthew antwortete schließlich: »Jesse Broad«, sagte er, »ich bin ein guter Navigator. Ich war Offizier, wie du weißt, habe genug Erfahrung und kann was. Wir segeln nach Kap Hoorn, daran besteht kein Zweifel. Bis wir da sind, wird das Jahr sehr weit fortgeschritten sein, sehr viel weiter, als man klugerweise die Rundung von Kap Hoorn akzeptieren kann. Swift wurde vermutlich aufgehalten, entweder weil ihm Leute fehlten oder weil er auf die Befehle von der Admiralität warten musste. Das weiß Gott allein. Und dann die Kalmen. Wir sind am Äquator länger getrieben, als ich je gehört habe. Wir werden Kap Hoorn sehr spät erreichen.«

»Und?«

»Wenn wir Kap Hoorn umrunden, falls wir rumkommen, wird uns keiner folgen können. Monatelang nicht. Im Winter bläst dort ein Westwind wie vom Teufel selber geschickt. Wenn wir erst rum sind, wird uns monatelang kein Schiff folgen können, keins. Wirklich!«

Jesse Broad dachte nach. Er vertraute Matthews und wusste, dass er sich in dieser Einschätzung nicht irrte. Einen Augenblick lang war er versucht, Thomas, den armen Jungen, vor diesem brutalen Rotzbengel William schützen zu wollen, sich selber zu rächen für die Spucke in seinem Gesicht. Dann sagte er: »Matthews, ich habe dich einen Moment lang wirklich für verrückt gehalten. Dafür entschuldige ich mich. Aber es ist Wahnsinn, und das weißt du auch. Es gibt keinen Ausweg. Unser Land ist im Krieg, Gesetz ist Gesetz, die Royal Navy hat ihre Regeln. Wenn wir meutern, sind wir Verräter – machen wir uns nichts vor. Wenn wir meutern, sterben wir. Kap Hoorn oder nicht, Winter oder nicht – man wird uns überall finden. Habe ich Recht?«

»Glaubst du mir nicht? Um Kap Hoorn im Winter?«

»Doch, natürlich glaube ich dir.«

Matthews stieß langsam den Atem aus. »Also gut. Vielleicht hast du wirklich Recht. Aber wir haben viele Monate Vorsprung. Und den ganzen Pazifik für uns!« Er klang jetzt viel ruhiger. Nach ein paar Sekunden fuhr er fort: »Wie auch immer. Ich teile deine Sorgen wegen der Männer, die bereit sind mitzumachen. Viele schließen sich uns nur aus Rache an. Ich glaube, wenn man alle zusammenzählt, Offiziere, Seesoldaten und die ganze Mannschaft, dann bleibt nur eine Hand voll, die wirklich vertrauenswürdig wäre. Vielleicht sollte ich dir danken, Mann!« Er klang jetzt alt und müde.

Jesse richtete sich auf, bis sein Kopf an die schmierigen, niedrigen Decksplanken stieß. »Mir danken? Ich weiß nicht, Matthews«, sagte er, »wenn die Mannschaft sich wirklich erhebt, wird es eine blutige Angelegenheit.«

»Dann sei Gott uns allen gnädig«, sagte Matthew dumpf.

22

Die *Welfare* rauschte noch fast drei Tage lang unter gerefften Segeln dahin. Aber ehe die Routine wieder einsetzte, die Gewohnheit in nasser, kalter und harter Arbeit in schwerem Wetter, wurde der Wind schwächer. Im Laufe von zehn Stunden wurden die Reffs ausgeschüttelt, immer mehr Segel wurden gesetzt, bis die *Welfare* schließlich unter Vollzeug dahinflog. Der Bug grub sich in die immer noch schweren Seen. Aus dem Rigg klang es wie Musik, bis sie schließlich ein gesetzteres Tempo fand und das Meer seine Wildheit verlor. Die Sonne erschien, doch der Wind zähmte sie. Die *Welfare* stand jetzt sicher im Südost-Passat.

Luken wurden aufgeworfen, Stückpforten offen festgelascht,

gewaschene Kleider und Hängematten flatterten fröhlich von extra geriggten Leinen.

Kapitän Swift, der die Gunst der Stunde erfasste, ließ ansagen, dass der Sport jetzt beginnen könne. In seiner Kajüte besprach er sich mit William Bentley über die anstehenden Faustkämpfe. Er sah seinen Neffen zwar scharf an, doch kritisierte er ihn nicht offen. »Warum hat der Mann die Flöte zerbrochen?«, fragte er. »Das verdient eine Bestrafung.«

William lachte. »Ich glaube, er hat einen Grund zur Klage, Onkel. Er ist ein seltsames Bürschlein. Er denkt wahrscheinlich immer noch, dass er eigentlich nicht an Bord sein sollte und ich an seinem Schicksal schuld bin.«

»Immerhin«, überlegte Swift, »ist er ganz schön kräftig. Ich glaube, er ist älter als du!«

William lief rot an. Wollte sein Onkel damit andeuten, dass er mit so einem Bübchen nicht fertig werden könnte?

»Nun ja, Sir«, antwortete er förmlich, »das ist sicherlich richtig, älter und gewiss auch größer. Aber ich hoffe doch nicht Sir, dass Sie annehmen, ich wüsste nicht, wie ich mich zu verhalten habe. Er ist ein Bursche vom Land, ein Tölpel aus dem Volk. Ich bin überzeugt ...«

Jetzt begann Swift zu lachen und zwinkerte William zu. »Du hast die richtige Einstellung, mein Junge, und das mag ich. Ich vertraue dir ganz und gar, daran besteht kein Zweifel. Nur ...« William schwieg respektvoll. »Es ist nur ... als Strafe ist so ein Vorgehen ungewöhnlich, um es vorsichtig auszudrücken. Eigentlich verdient der Bursche die Katze. Außerdem hatte ich mir eine Tanzkapelle vorgestellt, das wäre mal etwas anderes gewesen als dieser verdammte melancholische Ire mit seinen leeren Augenhöhlen.«

William dachte an Doyle. Er war in der Tat schrecklich anzusehen! Diese verrückten Musikanten ... Sein Hass auf den Hütejungen stieg wieder hoch, und er wollte ihm nur noch ins Gesicht dreschen.

»Ich glaube, Sir«, sagte er in halbem Ernst, »man könnte ihn immer noch auspeitschen lassen, wenn ich gesiegt habe!«

Später griffen auch Williams Kumpel in ihrer Messe das Thema auf. Die Vorstellung beflügelte sie alle, obwohl James Finch, dem die Erfahrung im Umgang mit einfachen Leuten fehlte, gewaltiger Respekt vor der Größe, dem Gewicht und der Herkunft von Fox zeigte.

»Ach, William«, sagte er mit verhaltenem Atem, »ich bin schon ganz froh, dass ich mich nicht mit ihm schlagen muss.«

»Was bist du doch für ein armes Würstchen, Jimmy«, rief Evans.

Finch schüttelte protestierend den Kopf. »Bestimmt nicht«, rief er, »ich meine, doch, natürlich bin ich das. Aber wenn man den Schäfer mit Will vergleicht, ist der Kerl ganz gut bepackt.«

»Wie ein Affe, der mit den Armen schlenkert«, brummte Simon Allen.

»Er kommt immerhin vom Land«, beharrte der kleine James. »Er ist dürr, aber er hat das Arbeiten gelernt und hebt ständig schwere Lasten und so. Manche von diesen Landeiern sind stark wie Bullen.«

»Du beleidigst mich«, scherzte William mit einem Quäntchen Ernst. Dieser James Finch war manchmal nicht auszuhalten. Man sollte Kinder eben nicht auf das Meer lassen!

Finch wurde rot und begann zu stottern: »Tut mir Leid, William, wirklich. Ich wollte damit nicht sagen ... Aber auf dem Gut meines Vater ... Also da ist ...«

»Du hast mich beleidigt, Jimmy Finch«, fuhr William fort, »weil du eins übersiehst: Ich bin vierzehn Jahre alt, das mag recht jung sein, aber ich bin schon lange genug auf See. Ich arbeite auch, niemand fasst mich mit Samthandschuhen an. Willst du vielleicht behaupten, dass die Jungen vom Unterdeck bessere Mannsleute sind als wir? Lieber Himmel, wenn du glaubst, du bist denen nicht gewachsen, und ich meine nicht nur die Jungen, sondern die Männer, wenn du nicht erkennst, mein Junge, dass wir von Natur aus denen überlegen sind, dann möge Gott dir helfen.«

»Amen«, sagte Simon. »Was zum Teufel, James ...«

»Ja, was, zum Teufel«, ließ William sich nicht unterbrechen, »wenn du mich unbedingt beleidigen willst, kannst du dir ja die Meinung dieser Kerle aneignen. Sie halten den Kampf für unfair, weil ich dem Schafhirten so haushoch überlegen bin.«

James Finch schämte sich und war verwirrt. Jack Evans versuchte ihm zu erklären, was gemeint war: »Die werden das Will übel nehmen, James«, sagte er. »Das Bürschchen vom Lande ist eben nur ein Hundsfott. Aber William ist ein junger Herr. Und das werden sie für ein bisschen unfair halten.«

»Genau darum geht es«, triumphierte William. »Der Bursche ist wirklich größer als ich. Und er ist ein Kerl mit Affenarmen. Du glaubst doch nicht ernstlich, James, beim Himmel, dass ich mir einen Burschen vornehmen soll, der kleiner als ich ist oder vielleicht nur genauso groß? Unser Anteil vom Land ist größer und älter. Es ist nötig, dass man uns respektiert und gehorcht.«

Der kleinste Midshipman nickte eifrig. Er öffnete den Mund, als wolle er etwas fragen, und schloss ihn wieder. Die anderen lachten ihn aus.

William fuhr ihm mit der Hand durchs Haar. »Ich sehe schon, du verstehst das immer noch nicht, Jimmy«, sagte er. »Aber du wirst es bald begreifen, ich versprech's dir. Dieser Flegel ist groß und stark. Deshalb braucht er eine Tracht Prügel von mir. Ist das deutlich genug?«

James nickte heftig, aber alle sahen, dass er immer noch nichts begriffen hatte, und brüllten vor Lachen, als er antwortete: »Oh, ja, natürlich, William. Vielen Dank für die Erklärung.« Sie lachten noch lauter, als er ein paar Sekunden später mit einer anderen Frage kam. »Du meinst also, William, dass ich Recht hatte? Er ist ein Mann vom Land, wie die auf dem Gut meines Vaters? Und er könnte dich windelweich prügeln?«

»Ja, ja«, kam es aus William, als er wieder Luft holen konnte. »Jetzt hast du es ganz und gar verstanden, James. Er könnte mich wirklich durchprügeln. Vielleicht wird er es sogar tun.«

Unter den Leuten wurde der sportliche Wettbewerb mit unterschiedlichem Interesse und unterschiedlicher Begeisterung begrüßt. Viele sahen darin eine willkommene Abwechslung und die Chance, eine Extraportion Rum zu gewinnen. Denn man nahm an, dass die Preise in Rum vergeben würden. Woraus sollten sie sonst bestehen? Jede Backschaft wählte dann ihren Champion aus den Gewandtesten, den Stärksten, den Besten – je nachdem, um welchen Wettbewerb es ging. Den Mann trafen dann unendlich viele Ratschläge, Ermutigungen und weise Reden. Es war schon erstaunlich, wie viele der alten Salzbuckel zu ihrer Zeit berühmte Kämpfer, Läufer oder Springer gewesen waren. Wie schade nur, dass sie jetzt zu alt waren und nur noch darüber reden konnten – und die Jungen kritisieren, die ihnen zu ihren besten Zeiten nicht einmal das Wasser hätten reichen können …

An diesem heißen, windigen Nachmittag gab es viel Jubel, viel Spannung, Musik und viel zu trinken. Kapitän Swift, der wusste, wie man so etwas richtig anlegt, hatte ein neues Sonnensegel riggen lassen, und darunter standen ein gewaltiges Fass mit süßem Weißwein und ein kleines Fässchen mit braunem Rum. Der Sieger jedes Wettbewerbs wurde aufs Achterdeck geholt und durfte seinen Becher füllen – unverdünnt und ziemlich explosiv. Manchmal wurde auch ein Verlierer oder eine Verlierermannschaft eingeladen, sich mit Wein zu trösten – je nach Glück und Laune des Kommandanten. Es gab nur wenige Männer und Jungen, die noch nicht dazu gekommen waren, einen gewaltigen Schluck zu nehmen.

Die ersten Wettbewerbe bestanden aus Wettläufen, die die

Leute aufwärmten und zum Jubeln brachten. Mannschaften aus kräftigen Männern oder schmalen Burschen, schwitzend und mit nacktem Oberkörper, rannten in Staffeln vom Großmast, übergaben am Fockmast, am äußersten Bug, wieder am Fockmast und am Großmast und endeten schließlich am Besanmast, dem Ziel. Danach gab es Staffeln im Springen: Alle Zwölfpfünder auf dem Oberdeck mussten übersprungen oder überklettert werden. Mancher Kopf schlug kräftig auf, und ein paar Zähne kostete es auch. Die Zuschauer hatten sich unten im Rigg häuslich niedergelassen, schrien sich heiser und genossen die Brise.

In Fulmans Backschaft war Peter der Einzige, der sich für die Spiele begeisterte. Er ermutigte seine Favoriten oder verfluchte sie so laut, dass sein Gesicht bereits dunkelrot angelaufen war. Die Backschafter saßen auf dem Vordeck im Schatten beieinander, und niemand tat etwas gegen seine Kraftvergeudung. Manchmal versuchte er seine wilden Freudenschreie zu dämpfen, wenn er Broads ernste Blicke bemerkte und Thomas Fox sah, der still und in sich gekehrt auf den Planken hockte. Als die Reihe an ihn kam, übertraf er seine eigenen Erwartungen. Er schlug beim Klettern zur Spitze des Großmastes den schnellsten Toppsgasten an Bord und rutschte am Achterstag so schnell nach unten, dass man glaubten konnte, er würde das Deck durchschlagen. Triumphierend holte er sich seinen Becher Rum. Er siegte auch im Rennen vom Bug zum Heck. Innerhalb von fünfundzwanzig Minuten hatte er mehr als einen Liter Rum gewonnen und war so wohlhabend, wie er es sich nicht erträumt hatte.

Als die Rennen sich ihrem Ende näherten, verdüsterte sich die Stimmung von Jesse Broad und den älteren Männern der Backschaft. Fox ließ sich auf kein Gespräch ein, und die anderen drückten schlimme Ahnungen.

Doch ehe es so weit war, befahl Kapitän Swift Padraig Doyle, zum Tanz aufzuspielen. Der Blinde wurde zum Gangspill geführt, und man half ihm auf seinen üblichen Platz oben auf dem Spakenkranz. Er sah noch dünner und zusammengekrümmter aus als je zuvor und war offensichtlich nicht in der Stimmung aufzuspielen. Es hätte Jesse nicht überrascht, wenn man Thomas befohlen hätte, allein einen Tanz hinzulegen, um für die Zerstörung seiner Flöte zu büßen.

Ob er nun in der richtigen Stimmung war oder nicht, Doyle ließ bald darauf lebhafte und fröhliche Melodien aus seinem Dudelsack aufsteigen. Die angeheiterte Mannschaft begann mit großem Einsatz und recht geschickt zu tanzen. Es gab Solotänze und Tänze in Gruppen, Tänze vom Land in Fülle. Selbst Peter, der rothaarige Schiffsjunge, der in seinem ganzen Leben nie Gelegenheit gehabt hatte, auch nur den einfachsten Tanzschritt zu lernen, tanzte am Ende der langen Reihe. Unter dem Sonnensegel auf dem Achterdeck standen die Offiziere in respektvoller Entfernung von ihrem Herrn und Meister und lächelten gnädig. Auch William Bentley hielt sich dort auf, aber die fröhlich durcheinander wirbelnden Männer, die ihm mit ihren verschwitzten schmutzigen Oberkörpern und aufgerollten Hosen sehr lächerlich erschienen, waren für ihn nicht von Interesse. Er dachte nur an eins, und die Zeit für den Faustkampf war bald gekommen.

Kapitän Swift, der große Manipulator, hatte jeden Augenblick sorgfältig geplant. Er hatte Williams Entscheidung aufgehoben, dass er und Thomas Fox als Erste miteinander kämpfen sollten, und das Programm geändert, um zu einem veritablen Höhepunkt zu gelangen. Ein halbes Dutzend Kämpfe mit Stöcken, ein halbes Dutzend Ringkämpfe, ein Kampf jeder gegen jeden und dann der Wettkampf zwischen William Bentley und dem Hütejungen, so legte es der Kapitän fest. William war der einzige der jungen Midshipmen und Offiziere, der an einem Wettkampf teilnahm. Also sollte dieser Kampf den Tag krönen.

Da immer nur zwölf Männer mit Stöcken im K.-o.-Verfahren kämpfen konnten, lag die restliche Mannschaft an Deck herum oder hing im Rigg und gab sich dem Trinken hin. Die Spannung wuchs mit jedem Kampf. Der letzte Zweikampf vor dem Gipfel verlangte viel Können und Ausdauer. Die Kämpfer tauchten ab und schlugen mit fast unglaublicher Behändigkeit zu. Es lief das Gerücht um, dass der Sieger in glücklicheren Tagen an Land Fechtmeister gewesen war, und ihm beim Führen des Stocks zuzuschauen war ein großes Vergnügen. Ein Zuschauer stürzte zwanzig Fuß tief aus den Webeleinen und schrie dabei »unerlaubter Hieb«, als sein Favorit einen Schlag gegen die Schläfe erhielt. Der Mann war voll mit Wein und voller Hoffnung, dass das Geld, das er gesetzt hatte, ihn zum reichen Mann machen würde. Anschließend kletterte er wieder hinauf, als sei nichts passiert.

An Bord gab es überraschend viele Ringer, wie sich herausstellte. Viele der Männer kamen aus dem Binnenland und dem Norden. Ein Kampf zwischen zwei früheren Landarbeitern aus Wales, von denen einer angeblich ein überführter Mörder war, überraschte alle. Sie kämpften im so genannten Cumberland-und-Westmoreland-Stil und umarmten sich dabei immer wieder wie verzweifelt Liebende, grunzten und tänzelten umeinander herum. Der Gewinner traf anschließend auf einen Riesen, der sich in seinem ganzen Leben noch nie an Regeln gehalten hatte, und seine Größe und seine Schnelligkeit machten ihn zu einem beachtlichen Gegner. Daraus wurde schnell eine Komödie. Der Mann aus Wales versuchte, die herumwirbelnden Arme des anderen zu bändigen, der seinerseits versuchte, dem anderen Arme oder Beine auszureißen, sobald er etwas zu fassen bekam. Schließlich brach man unter allgemeinem Lachen und Jubel den Kampf als unentschieden ab, und jeder Kämpfer bekam vom ausgesetzten Rum die Hälfte.

Das folgende Handgemenge war sehr viel weniger freundlich – genau so, wie Swift es sich vorgestellt hatte. Henry Joyce, der sich nur für diesen einzigen Kampf gemeldet hatte,

hatte seinen Anteil an Rum schon bekommen und wurde in den Ring geführt, den man in der Kuhl zwischen Großmast und Fockmast aufgeriggt hatte. Er erinnerte Jesse Broad an einen Bullen, den sein Besitzer am Strick mit einem Nasenring führte: abgesenkte Schultern, rote, gefährliche Augen, schwankender Schritt. Überrascht schüttelte Jesse den Kopf und sagte zu Fulman: »Hier hat einer den Verstand verloren, Großväterchen. Da steht die nackte Gewalt, und hier sammeln sich die Köter, um sie zu zerreißen.«

Doch er hatte nur zum Teil Recht. Anfangs gab es nicht all zu viele in der Mannschaft, die mit Joyce in den Ring steigen wollten. Riesige Kerle gab's genug, Freunde der Gewalt gleich dutzendweise, es fehlte der Mannschaft auch nicht an mutigen Männern. Aber Swift musste den Preis erst auf einen Viertelliter Rum pro Mann erhöhen, den der Sieger oder Verlierer gleichermaßen bekommen sollte, bis sich Männer bereit erklärten, in den Ring zu steigen.

Schließlich hatten sich sechs gefunden. Sie sammelten sich an den drei Seiten des seilumschlossenen Quadrats, Joyce wartete in der vierten Ecke. Hier geht es um eine Bullenhatz auf Leben und Tod, dachte Jesse, und obwohl er so etwas ablehnte, spürte er, wie die Erregung auch ihn packte.

Den ersten Angriff startete ein wilder, zotteliger Mann aus Wales. Er war klein, aber kräftig und flink, durchquerte blitzschnell den Ring, versetzte Joyce mit der Faust einen gewaltigen Hieb an die Schläfe und tänzelte davon, ehe der Bulle auch nur eine Faust heben konnte. Henry Joyce schüttelte den Kopf, als wollte er sich von einer Fliege befreien. Doch schon war der kleine Mann zum zweiten Mal da. Und wieder traf er. Und nun griffen zwei weitere an. Hiebe hagelten auf Joyces Schädel. Er hatte keine Zeit zu reagieren. Immer wenn er den Kopf hob, waren die bissigen Gegner schon wieder verschwunden. Einen Augenblick lang oder zwei ließ er seine Arme wirbeln, aber es war niemand da. Sobald er damit aufhörte, griffen ihn vier Männer gleichzeitig mit wilden Schlägen an.

Um den Ring herum brüllten die dicht stehenden Welfares vor wilder Begeisterung und schütteten ihren Schnaps in sich hinein. Das untere Rigg war schwarz vor Männern. Joyce schaute sich wütend um. Ein Hieb hatte ihm einen offenen Riss im Gesicht beigebracht, aber sonst schien er ohne Verletzung. Broad, der ganz in der Nähe stand, hörte ein dumpfes Grollen, das aus dem Mann aufstieg.

Die sechs Männer, die mit ihm im Ring standen, hatten jetzt ihren großen Spaß. Es schien fast heiter zuzugehen. Sie lösten sich ab und hieben und schlugen mit Faust oder offener Hand auf ihren Gegner ein. Das bleiche und schmutzige Gesicht von Joyce rötete sich unter den Angriffen. Die Leute trieben schon fast ihren Spott mit ihm. War das wirklich der mächtige Joyce?

Den kräftigen Waliser, der als Erster angegriffen hatte, erwischte es als Ersten. Während er lächelnd herantänzelte, fuhr plötzlich Joyces Hand nach vorn wie eine Schlange. Der Mann, der ungefähr fünfundsechzig Kilo wiegen mochte, flog zwei Fuß hoch über die Planken. Der Hieb hatte ihn an der Kehle erwischt, und rasselnd und keuchend fiel er und blieb als zitternder Haufen liegen. Die anderen waren zu langsam – trotz dieser Warnung. Joyce sprang jetzt vor, packte zwei gleichzeitig am Genick, und es knirschte furchterregend, als ihre Köpfe zusammenprallten. Unter dem Heulen der Zuschauer jagte Joyce dann die übrigen drei durch den Ring. Das war nun endlich ein richtiges Vergnügen! Zwei flohen aus dem Ring, obwohl die Umstehenden es zu verhindern suchten. Der Dritte saß in der Falle. Doch zu seinem Glück war Joyce an der ganzen Sache nun nicht mehr sonderlich interessiert, die offenbar nur eine unangenehme Unterbrechung seines Trinkens darstellte. Mit einem kurzen Hieb hinter das Ohr legte er den Mann bewusstlos auf den Boden, stieg aus dem Ring und schob sich nach achtern durch, um seine Kanne voll Rum abzuholen. Er atmete nicht einmal schwer.

Während Becher neu gefüllt und geleert wurden, während Wetten gezahlt oder kassiert wurden, überwachten die Gehilfen des Bootsmanns erst das Heranholen einer Seekiste und ließen dann die vier Opfer des Henry Joyce nach unten tragen. Die festliche Stimmung erreichte ihren Siedepunkt, als William Bentley in den Ring stieg, in glänzend weißem Seidenhemd und blauer Kniehose. Thomas Fox sah aus wie ein Häufchen Elend, von Jesse Broad geführt. Die letzte halbe Stunde hatte er unter Deck bei Doyle und den Tieren verbracht. Er bot einen mitleiderregenden Anblick, trug eine zerrissene und schmutzige Bluse und alte, dreiviertellange Hosen. Auf seinem schmutzigen Gesicht waren die Tränenspuren deutlich zu erkennen. Wie er so den Kopf gesenkt hielt und die Schultern hängen ließ, war er kaum größer als Bentley. Eine seltsame Stimmung machte sich breit. Die Spannung und Aufregung, der Blutdurst aus dem letzten Kampf ebbten ab. Das arrogante Lächeln des jungen Bentley erzeugte Mitleid für Tom, und Wut machte sich breit. Broad hätte den blonden, geckenhaften Midshipman gern umgebracht, obwohl auch er natürlich fast noch ein Kind war.

Eine Gang wurde zwischen Ring und Achterdeck frei gemacht, damit die Offiziere den Kampf beobachten konnten.

Kapitän Swift kündigte auf seine typische Weise den Beginn des Kampfes an: »Männer«, rief er, »hier ist der Kampf, auf den ihr gewartet habt, der Kampf des Nachmittags. In meinen vielen Jahren auf See habe ich etwas Vergleichbares noch nicht erlebt.«

Er legte, auf Gelächter wartend, eine Pause ein. Stille! Allgood schaute sauertöpfisch drein. Daniel Swift lächelte Bentley ermunternd an, als wolle er sagen: Du kämpfst hier gegen dein Publikum, mein Junge!

»Also Männer«, fuhr er fort, »hier sind die Kämpfer. Dieser junge Herr und der Schafhirt. Sie werden rittlings auf der Kiste sitzen und ihr Scharmützel auf gute alte Art austragen. Ich sage nicht mehr als dies: Möge der Bessere gewinnen. Und nun: Ring frei!«

Als William Bentley sich rittlings auf die Kiste hockte, fühlte er zum ersten Mal Mitleid. Dieser Junge sah so hoffnungslos aus, war so ein Knäblein, dass es vielleicht doch nicht sehr männlich war, ihm eine derartige Lektion zu verpassen. Er sah nicht aus, als könne er auch nur den Kopf heben, von den Fäusten ganz zu schweigen. Falls er sich nicht wehrte, würde es schwierig sein, einen Kampf zu führen. Wie konnte man auf jemanden einschlagen, der nicht zurückschlagen wollte?

Dann wurde Thomas Fox auf die Seekiste gesetzt, und ermunternde Worte wurden ihm ins Ohr geflüstert. Jesse Broad hatte ihm geraten, sich fallen zu lassen: Tu so, als ob, ein paar Augenblicke lang – und dann lass dich fallen. Dafür muss man sich nicht schämen, hatte Broad gesagt, auch die übrige Mannschaft würde ihn deswegen nicht verachten. Tom wurde als Beruhigungsmittel für die Eitelkeit des jungen Bentley eingesetzt. Lass ihn sich als Sieger fühlen, lass ihn sich für einen tapferen Kämpfer halten, aber lass dich von ihm nicht verletzen, Thomas, denn das ist die Sache nicht wert, auf keinen Fall …

So begann der Kampf voll Mitleid und Verwirrung. Thomas gelang es, seine Fäuste zu heben, um sein Gesicht zu schützen. William schlug tatsächlich nur äußerst sanft zu. Er traf Thomas' Hand, und die traf sein Auge. Das schmerzte, und Toms Tränen begannen zu fließen. Er dachte an Gott, an seine Mutter und an den stillen Hof auf Portsea Island. Er dachte an Padraig Doyle unten zwischen den warmen, angenehm riechenden Schafen.

William Bentley schlug wieder zu, das Schweigen der Männer war fast mit den Händen zu greifen. Er fühlte sich unbehaglich, ja schlecht. Dieser Hütejunge reagierte nicht, obwohl er diesen Kampf weiß Gott verdient hatte. Er hatte einem Befehl nicht gehorcht, seine Flöte zerbrochen. Die gesamte Mannschaft würde verdorben, wenn eine derartige Unverschämtheit nicht bestraft wurde. Voll Wut und Entsetzen – vor allem über sich, ohne es recht zu wissen – schlug er mit einer kräftigen Rechten zu. Zur Hölle mit den Zuschauern. Wieder traf die Faust Thomas' Hand, wieder schlug die Hand in Thomas' Auge. Ein heftiger Schmerz durchzuckte den Jungen, als ein Fingernagel den Augapfel kratzte. Er stöhnte auf. Die Stimme des Kapitäns und die Stimmen der Offiziere, die wie auf ein Stichwort als Echo erklangen, lieferten Ermunterungen. Von der Mannschaft war nur leise etwas zu hören – und das klang wie Buhrufe.

William wurde wütend. Wie konnten sie ihn nur so beleidigen? Er knurrte und schlug kräftiger zu. Der Kopf vor ihm zuckte zurück und kam wieder nach vorn. William schlug wieder zu, traf so kräftig, wie er konnte. Ein Murmeln lief durch die Männer, ein dumpfes Geräusch.

Und irgendwo tief im Elend, in das Thomas Fox sich in den letzten Wochen eingegraben hatte, flackerte eine Flamme auf. Ein weiterer Hieb traf seinen Arm, dann schlugen seine Lippen gegen die Zähne. Zum ersten Mal hob er die Augen vom Deckel der Seekiste. Er sah, wie ihm eine Faust entgegenfuhr, die ihm mitten ins Gesicht traf. Als er seine Augen wieder öffnete, starrt er William Bentley an.

Die Augen des Midshipman waren die ersten, in die er seit langer Zeit wieder direkt blickte. Er entdeckte Zorn in ihnen, und sein Blick wanderte wieder weg. Er sah Hass und wandte seinen Blick erneut ab. Er entdeckte Triumph, als die Faust seine Deckung durchbrach und ihm die Lippen an den Zähnen aufschlug. Thomas Fox spuckte Blut, und in seinem Bauch loderte plötzlich die Flamme so heiß, dass er erschreckt zusammenzuckte. Er warf den Kopf zurück und hob die Faust. Plötzlich verschwamm Bentleys Gesicht. Nur die Augen glänzten. Und in ihnen war etwas Neues – reine Angst.

Als Thomas Fox mit seinem ersten Hieb traf, erhob sich ein Aufschrei wie Donnerhall. Der Midshipman taumelte und fiel fast. Als er wieder nach vorn kam, traf Thomas Fox gleich zweimal. Das Feuer in seinem Bauch brannte nun lichterloh. Plötzlich sah er das Gesicht vor sich ganz klar. In den Augen blitzten Angst, Furcht vor Schmerzen. Bentley hob seine Arme und wedelte mit ihnen, als seien sie Windmühlenflügel. Wieder holte Thomas aus, erst rechts, dann links. Er hätte schreien mögen, so erleichtert fühlte er sich. Er spürte, dass er solange dreinschlagen würde, bis das Gesicht vor ihm verschwunden war, bis der Kopf vor ihm zu blutigem Matsch geworden war. Seine Fäuste arbeiteten wie ein Blitz. Der eiserne Reifen, der sein Herz zusammengepresst hatte, brach, und als William Bentley ihm entgegenwippte, stieß einen hohen, furchterregenden Schrei aus. Und setzte einen gezielten Hieb wie einen Hammerschlag auf den blutenden Kopf.

Jesse Broad sah fasziniert zu. Um ihn herum waren die Seeleute völlig aus dem Häuschen. Sie brüllten wie die Ochsen, stampften aufs Deck und schlugen sich begeistert auf Rücken und Schultern. Der Midshipman sah schon schlimm aus. Sein Seidenhemd troff vor Blut, seine feinen Kniehosen waren zerrissen. Immer wieder schüttelte er den Kopf, versuchte die Kontrolle über sich zu gewinnen, um sich zu verteidigen. Broad wunderte sich, dass er überhaupt noch sitzen konnte. Das Gesicht von Thomas erschreckte ihn. Es war mit Blut beschmiert, die Augen rollten, die Züge waren verzerrt, er zeigte die Zähne. Broad empfand weder Freude noch Trauer. War dies nicht noch schlimmer als die Prügel, die er eigentlich für Thomas erwartet hatte? Ihn entsetzten die grölenden Kerle neben sich ebenso wie die vom Blut überströmten Kinder auf der Kiste und der Kapitän und seine Gefolgsleute, die schweigend und unbewegt auf dem Achterdeck standen.

Mr. Allgood beendete schließlich den Kampf, doch nicht einfach und geradeaus, sondern auf seine Weise. Er griff sich einen Eimer Salzwasser, hielt ihn hoch über den Kopf und sah den Kapitän an. Der nickte, und Allgood trat in den Ring. Das Brüllen der Zuschauer erstarb. Beide Jungen ließen die Arme sinken, als sich die gewaltige Figur zwischen sie schob. William Bentley atmete schwer, halb benommen. Thomas Fox war noch immer außer sich, zitterte vor Wut, die sich noch nicht entladen hatte. Seltsame Geräusche waren zu hören, ein tierisches Stöhnen, und er öffnete und schloss immer wieder die Fäuste, William ließ er dabei nicht aus den Augen. Er schien entschlossen, ihn anzuspringen, um ihn in Stücke zu zerreißen. Protestschreie kamen aus der Menge. Warum mischte Allgood sich ein?

Der Bootsmann stellte den Eimer neben die Jungen und schaute zu den Männern im Rigg und auf Deck. »Mit Erlaubnis des Kommandanten, ihr Scheißkerle«, sagte er. »Die Burschen können Luft holen und sollen sich erfrischen, ehe sie weitermachen.«

Ein gewaltiges Grölen war zu hören. Mein Gott, dachte Jesse Broad, dieser Kerl ist die Pest. Er will den Midshipman zu sich kommen lassen, damit der Kampf weitergehen kann. Lieber Gott, der arme Tom. Aber er selber ist schuld, nur er selber, warum hat er sich nicht einfach fallen lassen.

William Bentley hatte sich nun abgespült, war nass und abgekühlt. Er entspannte seine schmerzenden Schenkel auf der harten Kiste und blickte den Hütejungen an. Sein Gesicht tat weh, seine Augen schmerzten gewaltig. Kein Hass, keine Verachtung, überhaupt keine Gefühle mehr, nur noch Hoffnung, nicht zu früh zu fallen und die Entschlossenheit, auf das Beste zu kämpfen, erfüllten ihn.

Aber der Kampf war vorbei. Auch Thomas Fox hatte sich gesäubert, erfrischt und abgekühlt. Er blickte in das zerschlagene Gesicht des Midshipman und wusste, dass er nicht mehr schlagen wollte. Als der Bootsmann rief »Los!«, hatte er nicht mal seine Hand erhoben. Er saß nur da, atmete etwas langsamer und sah in das zerschmetterte Gesicht des kleinen blonden Jungen.

Die Männer schrien laut und forderten ihn mit aller Kraft auf, weiterzumachen. Als der Lärm sich gelegt hatte, sagte William fast besänftigend: »Du musst kämpfen, Thomas Fox. Du musst mich treffen, weißt du!«

»Nein«, sagte Thomas. »Ihr armes Gesicht, Sir. Ich habe dich verletzt, Kind, und das tut mir Leid.«

Geisterhafte Stille breitete sich aus. Keiner wagte fast zu atmen. William Bentleys Gesicht, bleich, wie es jetzt war, verlor seine restliche Farbe und glänzte plötzlich kalkweiß. Er öffnete den Mund, Wut blitzte wieder in seinen Augen. Doch ehe er etwas sagen konnte, war alles vorbei. Gelächter und Verachtung erhoben sich wie ein gewaltiger Sturm. Die Männer schrien sich heiser, brüllten und fielen an Deck vor Lachen.

Auch als er schon unten war und in seiner Koje unter die Decken gekrochen war, konnte William Bentley das Brüllen immer noch hören. Das ganze Schiff schien vor Lachen zu beben. Er vergrub sein Gesicht, biss sich auf die Lippen, und fluchte. Und weinte. William Bentley weinte.

23

Während der nächsten Tage zeigte das Ergebnis des Kampfes auf der Seekiste eine gewaltige Wirkung auf der *Welfare*, vor allem auf die Männer im Unterdeck. Als William Bentley nach unten verschwunden war und die Gehilfen des Bootsmanns und die Korporale der Seesoldaten versucht hatten, die Gruppen aufzulösen, griff etwas um sich, was einem Chaos gefährlich nahe kam.

Kapitän Swift hatte Mr. Allgood und dem Profos ein Zeichen gegeben und stand nun beobachtend auf dem Achterdeck. Sein Gesicht verriet nichts, doch seine Blicke waren wie Messer. Die Männer rannten freudig durcheinander, lachten und jubelten. Schnaps und Wein wanderten von Hand zu Hand, Becher wurden durch die Luft geworfen und aufgefangen. Bald hörte man die Tampen zischen, sah kämpfende Männer und dann eine allgemeine Schlägerei. Zwei Gehilfen des Bootsmanns wurden fürchterlich zusammengedroschen, ein Korporal wurde ins Rigg gejagt, und Mr. Allgood brach einem Seemann beide Arme. Der Haufen kam erst wieder unter Kontrolle, als die Seesoldaten auf dem Achterdeck eine Salve in die Luft schossen. In der plötzlichen Stille teilte Swift den Männern mit dumpfer, zitternder Stimme mit, dass die nächsten Schüsse treffen würden, es sei denn, das Deck wäre in fünf Sekunden leer.

Am nächsten Tag, während das Schiff unter warmer Sonne im funkelnden Meer in voller Schönheit gen Süden rauschte, wurde ein Mann nach dem anderen am Niedergang ausgepeitscht. Die Bestrafungen schienen kein Ende zu nehmen. Swift, dessen wilde, wütende Rache nicht zu besänftigen war, stand so nahe an der Gräting, dass das spritzende Blut sich nach und nach wie feiner Nebel über ihn legte. Als er sein Gesicht mit dem Ärmel seiner imponierenden, teuren Jacke abwischte, hatte er sein Ziel erreicht. Jesse Broad und Thomas Fox standen nebeneinander, als die Übeltäter festgebunden, ausgepeitscht und losgeschnitten wurden. Sie waren gleich nach der Schlägerei auf der Seekiste unter Deck geflüchtet, Broad hatte dabei den Jungen mit sich gezerrt. Er hatte geahnt, was da an Deck folgen würde, und alles darangesetzt, nicht dabei zu sein. Peter mit seinem Spatzenhirn war an Deck geblieben und gelegentlich sogar der Lauteste beim Jubeln, Schreien und Lachen gewesen. Jetzt mussten alle schweigend mit ansehen, wie er dafür vier Dutzend Hiebe bekam.

William Bentley stand nicht weit weg von Swift und folgte der Szene mit Angst und Schrecken. Er fühlte sich bloßgestellt vor der Mannschaft, meinte, jeder Matrose lachte ihn aus und verachtete ihn als gedemütigte Rotznase. Er spürte, dass sogar der mickrige Jimmy Finch ihn verachtete. Zorn und Verzweiflung kämpften in seinem Inneren, und er ertappte sich sogar beim Zähneknirschen. Seine Lippen waren geplatzt und geschwollen, seine Augen blau umrandet, ein Nasenflügel aufgerissen. Als er sah, wie die Männer ausgepeitscht wurden, wusste er, und zwar ganz sicher, dass Daniel Swift am liebsten ihn auch an die Gräting gebunden und ihn selber mit der Katze behandelt hätte.

Nach den Bestrafungen war während der nächsten Tage und Nächte der Kampf das Lieblingsthema aller: der Kampf, die Strafen und dass der Kapitän wieder eiserne Brutalität walten ließ. Aber solche Reden wurden jetzt gefährlich. Die Korporale waren überall, schlichen herum, um auch nur die leiseste Andeutung einer Rebellion wahrzunehmen. Noch gefährlicher waren die Gehilfen des Bootsmanns, die barfüßig und als geschickte Seeleute auch die dunklen und verschwiegenen Plätze aufsuchten, an die sich die Männer manchmal zurückzogen, um ungestört zu sein.

Die Bestrafungen wurden zur täglichen Routine. Die kleinste Übertretung, tatsächlich oder nur behauptet, wurde verfolgt. Die Männer wagten es kaum noch, Offiziere oder Midshipmen auch nur anzusehen, damit ihre Blicke nicht als Aufmüpfigkeit ausgelegt werden konnten. Alle Offiziere folgten natürlich dem Beispiel ihres Kapitäns – der flinke, dürre Hagan, der die Männer mit seinem Hinterkopf noch zu beobachten schien, der dicke Plumduff und der träge, böswillige Higgins. Alle hatten ihre Freude daran, Stöcke, Tampen, Fäuste und Peitsche einzusetzen, während die *Welfare* schnell und leicht unter heißer Sonne nach Südwesten segelte.

Die Männer hatten anfangs versucht, Thomas Fox unter Deck zu treffen, um ihm zu versichern, was für ein toller Kerl er war. Doch dann wurde deutlich, dass die Wächter über die Disziplin an Bord solche Gespräche mit größtem Misstrauen beobachteten. Nach dem Kampf hatte Tom seine Verwirrung dem blinden Musikanten gestanden, und Doyle hatte wie immer mit seinem Dudelsack auf die Klagen geantwortet. Es war eine seltsame Mischung aus Depression und Erleichterung. Der flammende Zorn, der so plötzlich in Tom explodiert war, kehrte von Zeit zu Zeit ebenso wieder wie die fantastische Erleichterung, dass all seine unterdrückten Gefühle von ganz tief innen aufgestiegen und William Bentley ins Gesicht geknallt waren. Doch immer, wenn er jetzt an Bentley dachte, zuckte er zusammen. Er schämte sich, in das weiche Gesicht des Jungen geschlagen zu haben, und hatte Angst, wie sich der junge Tyrann an ihm rächen würde. Auch während des Essens an dem Abend, als Broad ihn im Pferch der Tiere gefunden hatte und überredete, mit der Backschaft zusammenzusitzen, hatte Thomas nur kurz aufgeblickt, zu lächeln versucht und sich führen lassen. Er hielt ständig die Hand des Dudelsackspielers, aber sprach immerhin ein paar Sätze. Broad hielt das für einen Fortschritt.

Natürlich gab es keine sportlichen Veranstaltungen mehr. Sie segelten jetzt voll im Passat, also gab es keine Segelmanöver mehr, keine unsinnigen und überflüssigen Übungen in Seemannschaft. Die einzigen Unterbrechungen in Form von Routinearbeiten und notwendigen Reparaturen wurden durch nächtliche Wolkenformationen hervorgerufen, die den vorsichtigen Mr. Robinson an Böen denken ließen, auf die sie aber nur selten trafen.

Schließlich begriff Broad, dass Kapitän Swift wieder eine neue Taktik verfolgte. Zu sofortiger Bestrafung und brutaler Disziplin gesellte sich nun die Strategie, die Männer in Langeweile einzulullen. Während der Schönwettertage im Nordatlantik – vor der gewaltigen Hitze und der allgemeinen Lethargie in den Kalmen – hatte der Kapitän einmal die Woche

Exerzieren an den Kanonen, zweimal in der Woche Exerzieren mit Musketen angesetzt. Das waren harte, aber nützliche Übungen, obwohl jedem klar war, dass Swifts Befehle lauteten, allem und jedem aus dem Weg zu gehen und mit größter Geschwindigkeit das Ziel zu erreichen. Die Männer hatten über die harte Arbeit gemurrt, aber im Grunde war alles willkommen, was den Tag ausfüllte und die Monotonie vertrieb. Und der Kanonendrill ließ weiß Gott zu wünschen übrig. Doch auch jetzt – unter idealen Bedingungen – blieben die Kanonen festgezurrt. Nur ein einziges Mal, lange ehe sie den Äquator überquert hatten, waren sie ausgerannt worden. Damals hatten Matrosen an Musketen exerziert.

Er will uns durch Langeweile fertig machen, dachte Jesse. Seine Gedanken wanderten zu den Bächen und Wäldern von Langstone, zu Mary und Jem. Er knirschte mit den Zähnen. Er schaute auf seine schmutzigen, mit Hornhaut bedeckten Hände. Es war zum Verrücktwerden.

Von Meuterei war nicht mehr die Rede. In dem Klima, das jetzt an Bord herrschte, wäre es zu gefährlich gewesen. Gelegentlich schaute Matthews ihm in das schmale, hagere und verschlossene Gesicht. Doch sie sprachen nicht miteinander.

An Bord ging manch Heimliches vor sich. Es betraf nichts Konkretes, es lag mehr in der Luft, die die Männer gemeinsam atmeten. Man sprach nicht miteinander, heckte keine finsteren Pläne aus, aber etwas entwickelte sich.

Der erste Zwischenfall ereignete sich mittags und kostete Mr. Hagan fast das Leben. Den ganzen Vormittag über hatte der Master eine schwarze Wolkenwand im Blick behalten, die sich drohend über die Kimm schob. Als der Wind erst küselte und dann immer stärkere und unerwartete Böen folgten, der Himmel sich schließlich verdunkelte, sprach der Master mit dem Kapitän. Der zögerte nicht, alle Mann an Deck pfeifen zu lassen.

Murrend stiegen die Männer ins Rigg. Jeder Narr konnte erkennen, dass der Schauer sie erst nach dem Essen erreichen würde, falls überhaupt. Als der Erste Offizier auf eine Gruppe Männer in der Kuhl zuging, fiel ein schwerer hölzerner Marlspieker von oben. Es ließ sich nicht feststellen, ob vom Fockmast oder Großmast. Seine Spitze drang tief in eine Ritze zwischen den Decksplanken, keine fünf Zentimeter von seinem rechten Schuh entfernt. Hagan sprang wie ein erschrecktes Pferd zur Seite und sah wütend nach oben. Der Marlspieker zitterte im Holz, von anonymer Hand geschickt und seiner spottend. Selbst Kapitän Swift konnte nicht jeden Mann, der zu diesem Zeitpunkt aufgeentert war, auspeitschen lassen.

Am Abend waren die Offiziere zum Essen in die Kabine des Kommandanten geladen und besprachen den Zwischenfall. Auch die Midshipmen waren dabei. Daniel Swift wollte die Wachen neu einteilen lassen und die Aufgaben neu verteilen. Er aß mit großem Appetit, obwohl das Essen ohne frisches Gemüse nur vage an die frühere Qualität erinnerte.

»Nun, Mr. Hagan«, sagte er schließlich, »das ist beinahe schief gegangen. Was hätte wohl Mrs. Hagan gesagt, wenn wir Sie nach Hause gebracht hätten mit fünfundzwanzig Zentimeter Hartholz im Schädel?«

Alle lachten, auch der Erste Offizier. Auch wenn das Essen schlechter geworden war, der Keller des Kommandanten enthielt immer noch köstliche Tropfen. Deshalb waren alle guter Laune.

»Ich kann mir nicht vorstellen, Sir«, antwortete Hagan, »dass das Ding eingedrungen wäre, selbst wenn es getroffen hätte. Ich wurde für die Royal Navy erzogen, und dabei ist dann mein Schädel, wie ich selbst auch, ganz schön hart geworden. Ich glaube, ich habe Schiffszwieback schon gemümmelt, ehe ich meine Zähne bekam, und an einem Reffknoten gekaut. Um meine Gaumen als drei Monate alter Knirps hätte mich manch Erwachsener beneidet.«

»Und Ihre Nasenlöcher?«, fragte der Kapitän, als das Lachen verklungen war. »Wie steht es mit Ihrer Nase?«

Hagan sah sich irritiert um und fasste sich an die Nase, als klebte dort irgendetwas Unappetitliches.

»Ja, Ihre Nase, Mr. Hagan«, wiederholte Swift. Sein lautes fröhliches Lachen war zu hören, ein freundliches Grinsen zu sehen. »Sie haben da nichts Schlimmes, keine Sorgen. Aber was riechen Sie? An Bord? Was riechen Sie?«

William wusste sofort, was sein Onkel meinte. Er sah zu Swift hinüber, suchte die Erlaubnis zum Sprechen. Onkel und Neffe hatten über den Faustkampf kein einziges Wort gewechselt. Er erhielt Redeerlaubnis.

»Ich weiß, Sir, bei allem Respekt, Mr. Hagan«, sagte er eifrig, »es riecht nach Unzufriedenheit, Ablehnung. Stimmt doch, oder?«

Sofort machte sich Schweigen unter den Offizieren und den Midshipmen breit. Sie blickten sich um, vorsichtig und wie besorgt über die Reaktion des Kapitäns auf solche Reden.

Aber der lachte nur noch lauter. »Sei doch nicht so maulfaul, William«, rief er. »Hat kein anderer was dazu zu sagen? Sie, mein Lieber, James Finch, Sie sind ein Mann von Welt. Was riechen Sie?«

James Finch lief rot an, schwieg aber.

Dem dümmlichen Dritten Offizier traten die Augen ein bisschen vor. »Meuterei?«, fragte er leise. »Lieber Gott, Sir? Sie meinen doch nicht etwa Meuterei?«

Der Zorn war aus Swifts Worten deutlich zu hören. »Doch, genau das meine ich. Und ich würde nachts ruhiger schlafen, wenn Sie auch etwas riechen würden. Meuterei kann man riechen, Mr. Higgins, denn sie stinkt zum Himmel. Ich nehme das übel, dass die Kinder hier dafür eine Nase haben und mein Dritter Offizier nicht!«

Zu Bentleys Zufriedenheit klappte Higgins vor Scham zusammen.

Hauptmann Craig, Kommandant der Seesoldaten, hüstelte höflich. »Bei allem Respekt, Sir«, sagte er, »das Unbehagen unter den Leuten ist deutlich zu spüren. Der ... hm ... der Unfall hätte für Leutnant Hagan tödlich enden können. Ich glaube nicht, dass es der letzte Unfall war.«

Swift donnerte mit dem Messer auf den Tisch. »Ich bin absolut sicher, es war nicht der letzte, Hauptmann Craig«, antwortete er. »Und das war verdammt noch mal auch kein Unfall. Ein solcher Marlspieker oben im Rigg? Sie sind nur Seesoldat, Sir, aber ich versichere Ihnen, mit so einem Trumm von Spieker repariert man keine Toppsegel!«

Craig schüttelte den Kopf und nahm einen kleinen Schluck. »Natürlich nicht, Sir«, entgegnete er höflich. »Aber bei allem Respekt, Sir, müssen wir uns nicht Gedanken darüber machen, wo das alles enden soll?«

Wieder herrschte ungemütliche Stille. Hauptmann Craig hatte offenbar die Gabe, Fragen zu stellen, die Swifts Marineoffiziere lieber nicht äußerten. Doch wieder kam die wütende Antwort nicht, die sie eigentlich erwartet hatten. Stattdessen strahlte Swift, und sein scharfes Gesicht schien wie von der Sonne verzaubert. »Craig«, lobte er, »Sie sind ein guter Mann und als Offizier auf Draht. Meine Strategie wird Ihnen gefallen. Mir ist klar, mir ist schon seit langem klar, dass ich verdammt bin mit diesem schlimmsten Abschaum, wie vor mir wohl kaum ein Kapitän. Die Kerle taugen alle nichts, ganz und gar nichts. Aber Sie werden zugeben, auch wenn Sie nur manchmal einen Blick darauf warfen, dass ich sie im Griff habe. Und jetzt riecht es nach Meuterei. Jeder Hund kann das spüren. Die Kerle glauben, dass sie ihr Schicksal selbst in die Hand nehmen können. Darum können wir jetzt den nächsten Schritt tun. Spielen Sie Schach, Sir? Natürlich. Also, Hauptmann Craig, die Kerle sind die Bauern. Und ich habe ein paar Züge mit ihnen vor.«

Craig lächelte verkniffen. »Ich habe Bauern in einem guten

Schachspiel immer für sehr wichtig gehalten. Sie müssen mit großer Vorsicht bewegt werden.«

William Bentley traute seinen Ohren kaum. Welche Dreistigkeit war aus Craigs Worten zu entnehmen? Oder welcher Mut, seinen Standpunkt so zu vertreten?

Doch Swift lachte nur wieder, als freue er sich sehr. »Mit Vorsicht, ja, Hauptmann Craig. Ich sehe schon, wir müssen mal eine Partie spielen, Sie und ich. Meine Methode wird Sie vermutlich verwirren. Ich habe vor, ich hoffe jedenfalls, Gelegenheit dazu zu bekommen, ein paar von meinen Bauern zu opfern. Was halten Sie davon? Als Spieler müssten Sie das doch verstehen!«

Schweigen. Männer und Jungen beobachteten den Kapitän und den Hauptmann. Das Gespräch war gespannt, es klang irgendwie gefährlich.

Craig dachte nach und sagte dann: »Bauern zu opfern ist meistens sehr gefährlich, Kapitän Swift. Es sei denn, es handelt sich um eine weitergehende Strategie!«

Swift lächelte vergnügt. Er lehnte sich in den Stuhl zurück und nahm einen Schluck Wein. »Ich werde mit großem Vergnügen mit Ihnen spielen, Hauptmann Craig«, sagte er. »Doch trinken Sie erst mal!«

Dann fuhr Swift fort: »Ich kenne diese Männer«, sagte er ernst. »Ich weiß, was für ein Abschaum das ist. Ich habe sie auf ganz unterschiedliche Weise geführt und sie gut geführt. Die generelle Taktik, meine Herren, lautet: Lass Sie rätseln! Verwirr die Kerle, halt sie in Bewegung.«

Er sah sich in der Gruppe um. James Finch hielt seinem Blick nicht stand; Plumduff, der Zweite, wackelte nervös auf seinem Stuhl; und Hagan fuhr sich, wie gewohnt, mit seiner langen roten Zunge über Ober- und Unterlippe. »Aber jetzt brauchen wir einen neuen Trick«, erklärte Swift weiter. »Ich habe das Pack schon vorbereitet, langsam, aber sicher. Und nun haben wir das Ergebnis. Es riecht nach Meuterei.«

Wieder schwieg er. Alle warteten.

»Gut so! Glauben Sie mir, meine Herren, und ganz besonders Sie, Hauptmann Craig, jetzt ist die Zeit gekommen für ein paar Bauernopfer. Ich habe die Hunde sich selbst überlassen und die Peitsche nur gebraucht, wenn sie taten, was nicht sein durfte. Sie hatten Zeit, ihren Hass zu entwickeln. Und wenn ihnen alles bis oben steht – gut so, sage ich. Nun, Hauptmann Craig? Was halten Sie von meiner Generalrichtung?«

Craig kratzte sich hinterm Ohr. »Das Blutvergießen ist Teil Ihres Plans? Ich nehme doch an, es wird Blut vergossen?«

William sah hoch. Dies erschreckte ihn, und er begriff nicht ganz.

»Hauptmann Craig«, fuhr sein Onkel fort, »wir müssen unbedingt Schach spielen. Sie sind erfahren, ja. Die Möglichkeit besteht immer. Leutnant Hagan wird es Ihnen bestätigen.« Das klang wie eine Einladung an Hagan.

Aber der sagte nichts.

»Diese Männer«, hob Swift wieder an, »halten mich für ein Monstrum. Ich habe ihnen, bei Gott, mein Bestes gegeben. Ich habe sie ernährt, sie untergebracht, so gut versorgt, wie es sich gehört für einen Kommandanten. Sie mussten keinen Mangel leiden. Sie sind nur für Verbrechen bestraft worden und dann auch nur, um ihre Seelen zu retten. Aber sie halten mich für ein Monstrum. Sollen sie. Es gibt nur einen Weg, sie wieder zu Verstand zu bringen: Ich werde das Monstrum spielen. Ich werde sie mit Langeweile und Bestrafungen ablenken. Und dann, wenn sie aufmucken, dann werde ich sie zerbrechen.«

Endlich sprach Hagan: »Sie meinen, der Zwischenfall mit dem Marlspieker war nur der Anfang, Sir?«

»Natürlich«, antwortete der Kapitän. »Und listig geplant, obwohl der Schurke nicht getroffen hat. Aber sie mucken schon auf. Und es wird weitere Zwischenfälle geben.«

Stille.

Craig unterbrach sie: »Blutvergießen? Bauernopfer?«

»Ich kenne diese Leute, Hauptmann Craig. Ich bin mit ihnen groß geworden, ich bin ein geborener Seemann. Man kann sie nur unten halten, in dem man sie zerquetscht. Was ich mir wünsche, warum ich solche Zwischenfälle gern mag: Das nächste Mal werden sie schon nicht mehr so gerissen sein. Oder das übernächste Mal, wer weiß. Und dann kann ich ein paar von ihnen töten. Ich suche eine Rechtfertigung, mehr nicht. Ich will einen oder zwei hängen oder erschießen lassen, das ist mir egal. Sie haben den Respekt vor uns verloren, Mr. Craig, sie sind über sich selbst hinausgewachsen. Und wir werden sie wieder auf die Planken zurückholen!«

Als William Bentley Stunden später während der Nachtkälte in der Kuhl auf und ab ging, dachte er über das Spiel seines Onkels nach. Er hatte Recht mit der Meuterei, daran bestand kein Zweifel. Man konnte sie schon spüren. Doch seltsam, wie bei diesen Dingen sich die Stimmung seines Onkels immer wieder änderte. Hagan, der zwar seine Späße machte, war über den Zwischenfall mit dem Marlspieker deutlich entsetzt. Doch Onkel Daniel sprach fast heiter von dem, was als Nächstes passieren könnte. Wenn Bentley an die Männer dachte, kam ihm der Rogen hoch. Wie konnten sie nur rebellieren? Allen Respekt verlieren? Wie konnten sie Derartiges gegen ihre Offiziere auch nur bedenken? Die letzten Augenblicke des Faustkampfs kamen ihm wieder ins Gedächtnis, und er erzitterte vor Scham. Das genau war es: das Fehlen von Respekt; die Verachtung! Wieder hörte er das Lachen der Meute. Verflucht sei der Hütejunge. Wütender Hass auf Fox und auf alle anderen stieg in ihm auf. Sein Zittern verstärkte sich. Es war plötzlich kalt geworden.

Und dann sah er ganz plötzlich auch vorn Bewegung. Im Dunkel des Decks sah er Schatten herumschleichen. Es gab ein lautes Krachen und dann eine Art rollenden Donner, zum zweiten Mal, zum dritten, zum vierten Mal. Plötzlich kapierte er: Die Matrosen rollten Kanonenkugeln hin und her.

Schon hörte er vom Achterdeck her einen Schrei wie von einem Schwein, das geschlachtet wurde. Das Rollen verklang, das Schreien hielt an.

William wusste nicht, was er tun sollte. Mit Sicherheit war Plumduff getroffen worden. Plumduff hatte die Wache, und einige von den Kugeln mussten ihn erwischt haben. Rufe von achtern ertönten. Wenn da schon jemand kam, der sich um Plumduff kümmerte, wollte er hier lieber die Schuldigen suchen. Die Männer hatten ihn bestimmt nicht wahrgenommen. Gut so!

Er raste nach vorn. Der Abschaum erhob sich, verdammt noch mal. Man ließ schon Kanonenkugeln rollen und brach unachtsamen Offizieren die Beine. Lieber Gott, er würde es den Schuften zeigen! Ganz bestimmt!

William Bentley war unbewaffnet, aber das fiel ihm erst zu spät ein. Er hätte ohnehin keine Chance gehabt. Die Matrosen standen immer noch am Fockmast und hatten noch mehr Kugeln vor sich. Doch dann hörten sie ihn kommen und verschwanden. Bis er in seinen lauten Lederschuhen die Webeleinen erreichte, waren die barfüßigen Kerle schon im Rigg verschwunden. Sie lachten beim Klettern deutlich genug über ihn. Der Spott raubte ihm fast den Atem.

Dann stand er an den Leewanten und starrte nach oben. Mast und Rigg verschwanden im Dunkel der Nacht, die Segel sahen aus wie blasse Flecken, die im Wind zu flüstern schienen. Ein letztes Lachen war leise zu hören, doch nicht einmal der Umriss eines Mannes war zu sehen.

Das Schreien auf dem Achterdeck war verstummt. Immerhin hörte William Stimmen rufen. Das Licht aus den Laternen warf kurze wilde Schatten. Er sah sich auf dem dunklen, leeren Deck um und zitterte immer mehr. Es wurde jetzt wirklich kalt.

24

Den unglücklichen Plumduff traf die rollende Kugel vermutlich wegen seiner Größe und Gestalt sehr viel schlimmer als beabsichtigt. Eine Achtzehn-Pfund-Kugel hatte sein rechtes Schienbein getroffen, der Bruch war einfach und hätte sehr leicht heilen können. Doch im Fallen drehte er sich und schlug auf einen Lukenrand oder eine Nagelbank. Seine Hüftpfanne sprang aus dem Gelenk und ließ ihn aufschreien. Als Mr. Adamson später versuchte, sie einzurenken, stellte er fest, dass sie gebrochen war. Viele Stunden lang konnte der Zweite Offizier nur mit viel Schnaps ruhig gestellt werden.

Während der letzten Nachtstunden war die *Welfare* komplett in Unruhe. Die Seesoldaten wurden zu den Waffen gerufen, und Swift gab Pistolen an seine Offiziere aus, an den Master und an die jungen Herren – auch an James Finch. Korporale und Gehilfen des Bootsmanns patrouillierten unter Deck, um in den Quartieren alle geflüsterten Unterhaltungen zu ersticken. Doch kaum dass sie einen bestimmten Punkt passiert hatten, begann das Flüstern wieder. Trotz der Spannung, die vorn und achtern in der Luft lag, geschah weiter nichts.

Kurz vor Dämmerungsbeginn rief Kapitän Swift die jungen Herren in seine Kabine, bot ihnen ein Glas Grog an und nahm ihnen die Pistolen wieder ab. Während sie tranken, sprach er wenig, doch er hielt William zurück, als er die anderen auf eine halbe Stunde Schlaf vor Beginn ihres morgendlichen Dienstes entließ. Ruhig, fast höflich, verabschiedete er sie und dankte für ihre Mühe. Als er aber mit seinem Neffen allein war, verrieten seine Blicke etwas ganz anderes.

»Gelegenheit, ein paar von ihnen zu erschießen, das wollte ich«, sagte er knapp. »Ein paar aufhängen. Doch was habe ich bekommen? Der verdammte Zweite schreit wie eine Frau in den Wehen, und wieder mal kann man niemandem eine Schuld nachweisen. Du warst doch an Deck, William. Was war denn da oben los?«

»Es tut mir sehr Leid, Sir, aber ich konnte keinen erwischen. Sie verschwanden wie Gespenster. Ich rannte, aber mit Schuhen ... Sie sind ins Rigg geflohen. Und lachten von oben.«

Swift ließ die Luft laut durch seine gewaltige Nase entweichen. »Lachend, lachend, lachend.« Wütend schleuderte er sein Glas gegen die Wand. Die Scherben fielen über eine polierte Truhe auf die Planken. »Erst lachen sie dich aus. Dann mich. Das darf ich nicht zulassen!«

William schwieg. Lieber Gott, hoffentlich kommt Onkel Daniel jetzt nicht auf den Faustkampf zu sprechen, dachte er. Irgendwie hatte er das alles losgetreten, das spürte er. Also sagte er nichts.

»Ich werde das nicht zulassen, Mr. Bentley. Meine Offiziere sind lasch, meine jungen Herren sind ...« Er schwieg und sah William durchdringend an. Seine Augen waren noch farbloser als sonst. Er atmete unregelmäßig, und William spürte, wie sein Gesicht zu glühen begann. Er fühlte sich sehr unwohl.

»William, mein Junge«, sagte der Kapitän, »ich denke, ich habe mich geirrt. Das alles steht nicht für ganz normale Unzufriedenheiten. Ich glaube, dahinter steht ein perfider Plan. Das ist alles zu gut organisiert, zu erfolgreich. Hagan haben sie nicht getroffen – nun gut. Dafür aber den Zweiten. Gott sei Dank war es nicht umgekehrt. Aber hinter allem steckt ein Plan. Habe ich Recht?«

Wieder schluckte William. Er machte eine vage Geste, öffnete den Mund, um zu antworten. Aber er hatte nichts zu sagen.

So fuhr Swift einfach fort: »Der Hütejunge, dieser Thomas Fox, hat der dich nicht überrascht? Das Zerbrechen der Flöte. Eine Provokation. Er ist krank, oder? Er hätte die Katze spüren müssen, wir hätten ihn in Eisen legen und verrotten lassen können. Aber was ist geschehen? Dahinter stecken Absichten, sage ich dir, Absichten.«

William Bentley konnte ihm nicht ganz folgen. Irgendwie passte das alles nicht zusammen. Er fixierte seinen Blick auf ein Astloch in der Decke. Dabei erinnerte er sich mehr zufällig an das Ende des Dinners am Abend zuvor. Kapitän Swift hatte seine Taktik in seinem großen Schachspiel mit der Mannschaft erläutert und Craig aufgefordert, sie gutzuheißen. Craig hatte nicht direkt widersprochen, aber sein Nicken war knapp gewesen. »Wir müssen zusammen spielen, Kapitän Swift«, hatte er schließlich gesagt. Und dabei hatte William das Gefühl gehabt, dass der Seesoldat seine Grenzen deutlich überschritt.

»Du bist so schweigsam, mein Junge«, sagte Swift nun. »Ich weiß, was dir Kummer bereitet – die Schläge, mit denen dieser Dreckskerl dich eindeckte. Ja, ja, aber schäm dich deswegen nicht. Es war nicht, wonach es aussah, ganz bestimmt nicht.«

Vielleicht, aber auch nur vielleicht war die Erklärung des Onkels doch nicht so weit hergeholt, wie es aussah, dachte William. Er wollte jedenfalls unbedingt daran glauben, und es stimmte, das Benehmen des Jungen war reichlich seltsam gewesen. Er schwieg stets, antwortete nie, selbst auf die wildesten Beleidigungen nicht, wenn Simon Allen und der kleine James sie ihm entgegenschleuderten. Doch bei Gott, seine Fäuste waren plötzlich explodiert. Er hatte nur so getan, als sei er schwach. Und wenn auch sonst nur simulierte?

Sein Onkel fuhr fort: »Wir sind für alles gerüstet, William, und du hast Glück gehabt, dass du heute kein Messer zwischen die Rippen bekommen hast. Hast du dir überlegt, ob die Kanonenkugel nicht für dich gemeint war? Oder ob man dich nicht niederschlagen oder dich erdolchen wollte, als du nach vorne ranntest?«

Daran hatte er noch nicht gedacht. Aber so weit weg war die Idee nicht. Dieser Hütejunge! Wie hatte er sich seit dem Kampf benommen? Man hatte ihn draußen gesehen, aber er hatte sein Verhalten nicht verändert, diese Unterwürfigkeit, die

Blicke, die auf den Planken klebten? Falsches Spiel? William war sich nicht sicher. Aber er würde es herausfinden, zum Teufel. Er schaute seinem Onkel ins Gesicht und war entsetzt, wie bleich es war – fast weiß. Er atmete heftig. Die gesammelte Wut, die beim Dinner am Abend zuvor noch ganz verborgen war, wurde nun allmählich sichtbar, obwohl sie immer noch unterdrückt war.

»Du musst deine Augen für mich aufsperren, Junge«, sagte Swift mit erstickter Stimme. »Sieh dich um, wie ich es dir befohlen habe. Aber pass auf, sei stets auf der Hut. Wir halten diesen Abschaum im Griff, und wir werden ihn besiegen.«

William wollte seinen Onkel fragen, ob man sich auf den Bootsmann verlassen könne. Er wunderte sich immer wieder, wie der riesige Kerl sich um den Hütejungen kümmerte. Aber es war im Augenblick wohl besser, das Thema nicht anzusprechen. Irgendetwas schien ihn sehr zu beschäftigen.

»Wir werden ein Exempel statuieren, mein Junge«, sagte Swift. »Sieh dich um und finde jemanden, der sich dafür eignet.«

William fragte sich, wie man in einer Mannschaft ein Exempel statuieren konnte, die bereits bis zum letzten Mann ausgepeitscht worden war. Doch insgesamt spürte er wachsende Erleichterung, ja fast so etwas wie Erlösung. Diese verdammte falsche Schlange von einem Hütejungen! Wieder hörte er in der Erinnerung die Männer lachen. Sein Onkel hatte schon Recht.

Oben an Deck tönte die Schiffsglocke. Die halbe Wache war um. Daniel Swift seufzte tief und entspannte sich. Ein Lächeln breitete sich auf seinem sorgenvollen Gesicht aus.

»Auf, mein Junge«, sagte er jovial. »Pass auf, wo du hingehst. Wir sind zur Zeit Zielscheiben, aber wir werden es dem Abschaum zeigen! Finde ein Schwein, William, und wir führen es zur Schlachtbank.« Er lachte laut auf.

Als William Bentley seinen Aufgaben nachging, fragte er

sich, ob er ehrlicherweise alles glauben konnte, was sein Onkel ihm gesagt hatte. Er war müde, erschöpft, die Nacht war lang und sehr verwirrend gewesen. Doch von einem war er jetzt wirklich überzeugt – er konnte seine Schande auslöschen. Er konnte seinen Kopf wieder voller Stolz erheben. Irgendetwas bahnte sich auf dem Schiff an, und es war seine Sache, der Sache auf den Grund zu gehen.

Als er an Deck trat, überfiel ihn die plötzliche Kälte. Die Luft war eisig und biss. Er atmete erleichtert auf, sah auf die sauberen Decks und die See. Die Kälte war mit aller Kraft über die *Welfare* hergefallen. Gut! Irgendwie passte das alles zu der veränderten Stimmung. Er würde ein Opfer finden – ohne jeden Zweifel. Diesmal würde er seinen Onkel nicht im Stich lassen. Er holte Luft und zitterte wieder am ganzen Körper. Lieber Gott, es war wirklich kalt.

Wie immer sorgten das schlechter werdende Wetter und die damit einhergehende Anstrengung der Männer dafür, dass zumindest die äußeren Anzeichen der bösen Absichten außer Sicht gerieten. Der Wind drehte ständig südlicher, bis die *Welfare* mit dichtgeholten Segeln in die Wellen krachte, die immer steiler und immer kälter wurden. Der Wind nahm zu. Jesse Broad, der am späten Nachmittag an den Großbramsegeln schuftete, erschien die Luft wie scharfe Messer, die durch Jacke und Hosen schnitten. Nach einer Stunde im Rigg waren seine Füße weiß und gefühllos, seine Finger taub. In der Messe versuchte der alte Fulman Wärme in seine alten, kalten Knochen zu bekommen.

»Für dieses Wetter ist es viel zu früh«, sagte er. »So kalt dürfte es noch nicht kommen. Dieses Schiff ist verflucht – und daran ist nicht zu wackeln.«

Die Stückpforten waren wettersicher zugekeilt worden, und abends mussten auch die Luken dicht geschlossen werden. Auf dem Geschützdeck und dem Unterdeck war es bitterkalt und wurde immer noch kälter. Es begann ein reger Handel in Wollsachen und wetterfesten Jacken. Einige der notorischen Säufer, die bereits nichts mehr besaßen, mit dem sie sich schützen konnten, sorgten für Heiterkeit oder Mitleid, je nachdem, auf wen sie trafen, wenn sie um alte oder nicht mehr benutzte Kleider baten. Der Zahlmeister suchte mit sehr überzogenen Preisen neue Kunden. Und selbst die, die überhaupt nichts mehr hatten, mussten ungewöhnliche Preise akzeptieren, wenn sie sich auf Deck oder im Rigg nicht zu Tode frieren wollten.

Butterarsch nutzte die Gelegenheit, um wieder einmal die Tiere zu zählen. Einen unpassenderen Zeitpunkt hätte er nicht finden können. Im heißen und feuchten Wetter der Kalmen hatte Thomas um die Gesundheit seiner Tiere gekämpft. Die meisten Hühner waren bis dahin allerdings bereits auf den Tisch des Kapitäns gewandert, was ein Segen war, denn sie hätten kaum überlebt. Ohne weitere Erklärung hatte Allgood Tom eines Tages von seinen Pflichten an der Latrine erlöst. So hatte er mehr Zeit, aber die größeren Tiere, vor allem die Schafe, machten gewaltige Probleme. Die ständige Hitze, das fehlende richtige Futter, das schmutzige Wasser aus den Tiefen des Schiffs – voller Insekten –, das alles trug dazu bei, dass die Herde schwach und kränklich wurde.

Immer wieder hatte Thomas dem Zahlmeister melden wollen, dass die Schafe geschlachtet und verspeist werden müssten. Er wusste, das war seine Pflicht, denn der Tierpfleger musste auch entscheiden, wann die Überlebenschancen schwanden, und keinen Vorteil zum Frischfleisch mehr boten. Aber wie sollte er das bewerkstelligen? Er konnte mit Butterarsch ebenso wenig reden wie mit dem Kommandanten. Also hatte er sich alle Mühe gegeben, die Tiere am Leben zu halten. Er hatte sie gestreichelt, versorgt und aus der Hand gefüttert. Mit einer Schere und Doyles Hilfe hatte er die Wolle geschoren, um die Tiere vor der entsetzlichen Hitze unten zu bewahren, wo sie auf Befehl des Kapitäns, unabhängig vom Klima, ständig gehalten werden mussten. Er hatte gesehen, wie sie hagerer und hagerer wurden – und schwächer und schließlich immer mehr zu wandelnden Leichnamen wurden.

Jetzt stand der fette Zahlmeister vor ihm, Entsetzen und Freude mischten sich in seinem Gesicht. Thomas kniete zwischen den zitternden Schafen, deren Wolle nur wenig nachgewachsen war. Die Luft war zwischen den Decks feucht, kleine Bäche von Kondenswasser liefen an den inneren Bordwänden hinunter, und Tropfen von der Decke durchnässten alles. Es war schrecklich kalt.

»Ich bin gekommen, um mir die Schafe anzusehen, Junge«, sagte er. »Aber bei Gott, ich glaube, ich komme zu spät. Wie nennst du das hier? Gute Tierpflege? Also hör mal, so was habe ich in meinen ganzen zwanzig Jahren auf See noch nicht gesehen.«

In diesem Augenblick versuchte Thomas Fox den Brustkorb eines Schafes zu massieren. Das Herz unter seiner Hand pochte spürbar. Tiefe Furcht erfüllte ihn. Seine Gedanken drehten sich nur zur Hälfte um den fetten Zahlmeister. Er fragte sich, was aus diesem Gespräch werden würde. Die andere Hälfte galt dem Schaf. Es würde den Tag nicht überleben. Doyle hielt sich auf der anderen Seite des Tieres und versuchte, es mit seinem Leib zu wärmen.

»Also dann«, sagte Butterarsch tief befriedigt. »Kapitän Swift wird erfreut sein über diesen Zustand, da bin ich ganz sicher. Wie viele sind denn schon gestorben?«

Er schaute in seine Kladde.

Thomas antwortete flüsternd. »Keins, Sir. Wir haben noch alle!«

»Was, wirklich? Du überraschst mich. Lass sie mich mal zählen.«

Während er zum Zählen in den Pferch kletterte, schob Thomas sich zur Seite und legte seinen Arm eng um das sterbende Schaf. Unter seiner Hand klopfte das Herz wie wild. Für Tom gab es nur noch das Gebet als Ausweg. Es soll leben, lieber Gott, lass es leben, bis Butterarsch verschwunden ist.

Der Zahlmeister zählte schnell. Er war enttäuscht, denn ohne jeden Zweifel waren alle noch da. »Sie sehen krank aus«, sagte er plötzlich, »ich glaube, sie sterben. Jedenfalls machen sie es nicht mehr lange. Was schlägst du vor?«

Thomas schloss die Augen, um die richtige Antwort zu finden. »Nein, Sir, sie frieren nur. Aber sie stehen es durch.«

»Hm.« Butterarsch seufzte.

»Egal. Der Kapitän möchte, dass eins geschlachtet wird. Kümmere dich darum, Junge. Aber er wird bei Gott nicht erfreut darüber sein, wie elend sie aussehen!«

Er lachte kurz auf. »Ihr habt doch das Futter nicht selber gefressen, du und dein blinder Freund?«

Unter Thomas Fox' Hand lief das zitternde Herz langsam aus. Es zuckte noch ein- oder zweimal und fand dann einen neuen Rhythmus, wurde aber sehr viel schwächer.

Als der Zahlmeister verschwunden war, sagte Thomas: »Der Schlachter. Padraig, ich muss zum Schlachter, ehe dieses arme Schaf stirbt. Ich kann dich nicht mitnehmen. Kümmere dich um die anderen Tiere, lieber Freund. Halt sie warm, Padraig, halt sie warm.«

Das sterbende Schaf war nicht schwer, aber die Bewegungen des Schiffes erschwerten ein schnelles Vorankommen. Tom hielt das Tier, so gut er konnte, in seinen Armen, während er zur Kombüse eilte, wo er den Schlachter zu finden hoffte. Der alte verkrüppelte Koch war nicht bereit, zu verraten, wo der gepresste Mann sich aufhielt. Schließlich folgte Thomas den Hinweisen von einem halben Dutzend Händen und kletterte ins Vorschiff. Man hatte den Schlachter dort mit zwei Hackebeilen auf der Suche nach dem Gehilfen des Zimmermanns gesehen, der sie schärfen sollte.

An Deck begann das geschorene Schaf heftig im Wind zu zittern. Auch Thomas spürte die Kälte, aber er litt weniger darunter. Da! Er sah den Schlachter, der mit dem Zimmermannsmaat vom Großmast zum Bug eilte. Plötzlich trat hinter ihm der Bootsmann in den Weg. Er war in einen dicken Mantel gehüllt, sein Bart flatterte über dem Kragen wild im Wind. Er lachte dröhnend. »Na, mein Rehlein«, röhrte er, »habe ich dich endlich erwischt beim Schafestehlen!«

Das Schaf zuckte in Thomas Armen, und er versuchte an dem Bootsmann schnellstmöglich vorbeizukommen.

»Was ist hier los?«, rief Mr. Allgood in diesem Moment. Er war bester Laune, denn er liebte derartiges Wetter.

Ein paar Leute horchten auf.

»Der Schlachter, Sir«, murmelte Thomas, »ich muss den Schlachter sofort sprechen. Der Kapitän will ...«

»Sofort?«, wiederholte der Bootsmann. Er lachte wieder. »Zum Teufel. Jetzt hast du Mut! Willst du einem Bootsmann vielleicht sagen, dass du es eilig hast? Findest du das nicht ein bisschen zu frech? Hast du schon daran gedacht, dass ich dich an eine Gräting binden und dir deinen Rücken bis auf die Knochen blank legen kann? Und zwar auf der Stelle?«

Der Schlachter und der Zimmermannsmaat traten dazu. Thomas wandte ihnen sein verängstigtes Gesicht zu und entdeckte hinter dem Schlachter Butterarsch. Der fette Zahlmeister kam mit einem interessierten Grinsen im Gesicht vom Achterdeck her, neben ihm ging William Bentley.

»Oh, bitte!«, flüsterte Thomas verzweifelt, »oh, bitte, Mr. Allgood, Sir!«

Unter seiner Hand begann das Herz des Schafes wieder zu rasen, dann wurde es langsamer, langsamer und langsamer und immer noch langsamer. Es hörte auf zu schlagen, begann wieder, hörte wieder auf. Und dann starb das Tier. Thomas bearbeitete den ausgemergelten Brustkorb. Nichts! Das Herz hatte endgültig aufgehört zu schlagen.

William Bentley näherte sich mit Abscheu und einer gewissen Nervosität der Gruppe auf dem Vordeck. Den Zahlmeister konnte er nicht ausstehen, aber da war eine genaue Beschwerde geäußert worden, und wie durch Zauberei war der Mann, um den es ging, mit einem der erwähnten Schafe aufgetaucht. Irgendetwas Außergewöhnliches ging hier vor, und es war Williams Pflicht, die Einzelheiten in Erfahrung zu bringen. Er hatte mit dem Hütejungen seit dem Kampf weder gesprochen noch sich ihm genähert. Doch nun musste er sich mit dem Geschmeiß befassen. Sonst würden diese Idioten an Deck noch glauben, er fühlte sich nicht sicher oder hätte gar Angst.

In diesem Augenblick wehte ihm der Wind das dröhnende Gelächter des Bootsmanns zu und einzelne Wörter. William verstand sie nicht alle, aber er hörte »schlachte es« und »mausetot« und »wieder getötet«.

»Haben Sie das gehört, Sir?«, fragte Butterarsch und packte William aufgeregt am Ärmel. »Haben Sie gehört? Das Schaf ist tot. Ich habe es Ihnen ja gesagt.«

William beschleunigte seine Schritte. Der Zahlmeister neben ihm rannte los. Die Gruppe bewegte sich auf die Leereling zu. Plötzlich war ein Schrei zu hören, halb menschlich, halb tierisch. Und dann färbte sich das Wasser plötzlich hellrot. Einen winzigen Augenblick später tauchte der Leebug tief ein, und eine See stieg über die Reling. Der rote Fleck auf den Planken breitete sich aus, nahm ein blasses Rosa an und lief dann durch die Wasserpforten ab.

»Ahoi«, brüllte William. »Mr. Allgood, was machen Sie da, Mann?«

Wieder drehte der Bootsmann sich zu William um. Auf seinen Lippen lag ein breites, ungehöriges Grinsen. Er hielt den Körper des Schafes von sich ab wie ein ertrunkenes Kind. Der Kopf hing an einem Fetzen Haut und einigen Sehnen nach unten.

»Der Schlachter lernt gerade sein Handwerk, Mr. Bentley«, sagte er milde. »Er erprobt gerade die Schärfe, die auf seine Fleischbeile geschliffen wurde.«

William sah sich um. Der Schlachter und der Zimmermannsmaat blickten mit ausdruckslosen Gesichtern nach oben ins Rigg, und der Junge wandte wieder seinen alten Trick an und starrte auf die Planken. Seine Schultern zitterten leicht.

Wilde Wut durchfuhr den Midshipman. »Du da«, knurrte er, »Junge, sieh mich gefälligst an, oder ich lasse dich auspeitschen. Das Schaf war tot, nicht wahr? Tot!«

Thomas reagierte nicht.

Der Bootsmann machte eine überraschte Geste. »Bereits tot, als wir ihm die Kehle durchschnitten, Mr. Bentley?« Sein Ton wurde noch sanfter. »Glauben Sie etwa, ich würde unserem Kapitän minderwertiges Fleisch anbieten? Haben Sie das Tier nicht mit eigenen Ohren schreien gehört?«

William öffnete den Mund und ballte unwillkürlich die Fäuste. Dann japste er nach Luft.

Der Bootsmann grinste immer noch. »Natürlich war es bis eben nicht tot, Sir, ich schwöre es. Ich habe ihm selbst die süße Kehle durchgeschnitten, Sir, wie es sich gehört.«

»Sehen Sie sich die anderen Schafe an, Sir«, zischte Butterarsch. »Die sind in einem ebenso erbärmlichen Zustand, Sir, kurz vorm Verrecken. Glauben Sie mir, Sir, die …« Er verstummte.

William Bentley schaute den Bootsmann scharf an und sagte dann so gelassen und ruhig, wie er nur konnte: »Mr. Allgood, ich bin äußerst unzufrieden mit der Art und Weise, wie Sie diesen Vorfall behandeln. Nur der Himmel weiß, was in Ihnen vorgeht. Tiere auf dem Oberdeck zu schlachten! Ich werde sofort dem Kommandanten Meldung machen.«

Das Gesicht des Bootsmanns zeigte nur Leere. »Aye, aye, Sir«, sagte er. »Danke, Sir!«

Die Nachricht von der neuerlichen Spannung zwischen Thomas und Midshipman William Bentley verbreitete sich wie ein Lauffeuer im Schiff. Das war eine Neuigkeit, die in den Backschaften Aufregung hervorrief. Der Bootsmann entließ Fox, während der Schlachter das Schaf nach vorn trug, um es zu zerlegen. Fox schlich voll ängstlicher Vorahnungen nach unten. Sein blinder Freund wickelte die Schafe gerade in Lumpen, die er irgendwo aufgetrieben hatte, und zusammen untersuchten sie jedes einzelne Tier. Die Verzweiflung des Jungen wuchs, denn alle waren bereits halb verhungert und fast erfroren.

Obwohl der Zwischenfall die Männer sehr beschäftigt hatte, sprach keiner von ihnen mit Fox darüber. Eine seltsame Erwartung lag in der Luft, eine Spannung, wie sie von Gefahren ausgeht. Wieder einmal hatte der Hütejunge den Anlass geliefert und hatte den verabscheuenswerten Midshipman vorgeführt, wenn auch ohne Absicht. Doch seine Backschafter griffen dann doch das Problem auf, und Broad war der Erste. Eigentlich wollte der Schiffsjunge anfangen, aber der hatte sich von der Auspeitschung noch nicht erholt, die seinen hageren Körper schwer gezeichnet hatte, so dass er sich kaum bewegen konnte, obwohl er nicht mehr im Krankenrevier lag. Broad lehnte sich über die Einfassung des Pferchs und rief leise nach Fox. Nach ein paar Sekunden erschien dessen bleiches, bedrücktes Gesicht.

»Abendessen, Thomas«, sagte Broad freundlich. »Hast du uns nicht rufen hören?«

»Ach, Jesse«, flüsterte der Junge, »die Tiere sterben. Es ist viel zu kalt für sie. Wir müssen uns um sie kümmern.«

»Nein, nein«, sagte Broad, »ihr müsst etwas essen. Hol Padraig Doyle. Es gibt was Heißes zu trinken, und wir haben noch Rum, bei diesem Wetter muss man sich stets warm halten.«

»Das darf aber nicht lange dauern, Jesse. Wir haben die Schafe schon in unsere Decken gewickelt. O Jesse, dieses Schiff ist die Hölle.«

»Aber Thomas«, tröstete Broad, »es ist, wie es ist. Gib nicht auf, Mann! Reiß dich zusammen. Du bist ein Held, die Männer lieben dich. Kommt zum Essen, du und Padraig Doyle. Dann kümmern wir uns zusammen um die Tiere, ich und alle anderen. Ich stifte meine Decke – und alle anderen, wenn es sein muss!«

Thomas presste den Kopf gegen die hölzerne Umfriedung und sagte atemlos: »Mein Vetter Silas ist Seesoldat hier an Bord, Jesse. Man wird ihm bald befehlen, mir das Gehirn wegzublasen. O Jesse, dieses Schiff ist die Hölle!«

Mitleidig sah Broad in das zitternde Gesicht des Jungen, obwohl er nicht ganz verstand, was das bedeuten sollte.

»Dein Vetter? Ein Seesoldat?«, fragte er nach.

»Aye, Jesse. Ich bin sicher, dass ich ihn wiedererkannt habe. Oder irre ich mich? Es ist auch egal. Die Tiere in meiner Obhut sind krank geworden, und außerdem habe ich den Herrn schlimm verletzt. Jetzt ist alles zu Ende. O Jesse, die Tiere sind schon ganz kalt.«

Jesse Broad sprach beschwörend auf ihn ein: »Nein, nein, Thomas Fox. Glaub mir, ich bin dein Freund. Hier stimmt etwas nicht. Wir sollten eigentlich immer noch unter warmer Sonne segeln. Das ist nur ein Wettereinbruch. Und was die anderen Probleme angeht: Du hast nichts verbrochen, glaub mir. Niemand hasst dich, keiner wird dir etwas antun. Und du hast den Burschen auch nicht verletzt. Es war nicht dein Fehler.«

Er erzählte ihm, dass der alte Fulman und andere erfahrene Seeleute über diesen unvorhersehbaren Kälteeinbruch klagten und dass vielleicht schon morgen die Sonne wieder scheinen konnte. Er versprach, dass sich alle Backschafter die ganze Nacht über ablösen wollten, um die Tiere warm zu halten – mit Decken und ihrer Kleidung im Notfall.

Schließlich ließ sich der Junge zum Essen bewegen und brachte den Blinden mit. Nachts zitterten die Macker unter Lumpen, während die Tiere sich kränkelnd in den Decken der Männer wälzten.

Doch die Wetterpropheten irrten sich leider sehr. Als die Temperatur am nächsten Tag kaum über den Gefrierpunkt stieg, starben vier der sieben Schafe.

25

William Bentley berichtete, trotz der Drohung, die er in Gegenwart des Bootsmanns ausgestoßen hatte, Kapitän Swift lange nichts von dem Zwischenfall auf dem Vordeck. Higgins, der die Wache hatte, hatte wahrscheinlich nicht einmal mitbekommen, dass etwas vorgefallen war. Doch Gerüchte liefen schnell durchs Schiff, und es gab Ohren, die waren einfach zu groß. William wusste nicht, wie er den Fall darstellen sollte. Hatte man ihn zum Besten gehalten? Ihn wieder hochgenommen? Und wieder war der Bootsmann mit von der Partie gewesen! Sollte er also über seine eigene Erniedrigung Bericht erstatten und außerdem Mr. Allgood antasten? Onkel Daniel hatte manchmal Ansichten, die nach Williams Erfahrung nicht zu ändern waren. William hatte zwar keinerlei Zweifel, dass der Bootsmann ein hinterhältiger Hund war, vielleicht sogar ein Meuterer. Aber er wagte nicht, sich vorzustellen, was passieren würde, wenn er das äußerte. So kam es, dass auf dem ganzen Schiff jeder über »das Schaf, das zweimal starb« Bescheid wusste – mit Ausnahme des Kapitäns.

Er erfuhr davon durch den Zahlmeister. Und für William begann ein Albtraum.

Den ganzen folgenden Tag über versuchte Jesse Broad das schreckliche Geheimnis zu hüten, dass auch alle anderen Schafe nun gestorben waren. Währenddessen pflügte die *Welfare* unter gerefften Segeln weiter nach Süden. Fox war vor Panik zusammengebrochen, doch Jesse hegte die vage, wilde Hoffnung, dass man irgendetwas arrangieren konnte, um das Massensterben wie einen Unfall aussehen zu lassen. Wenn das Wetter sich verschlechterte und es erst Nacht wurde ...

Vielleicht könnten die verdammten Tiere einfach über Bord gehen – er war fest entschlossen, dem Jungen zu helfen, auch wenn man ihn dafür bis zur Bewusstlosigkeit auspeitschen würde. Er dachte darüber nach, mit Matthews zu sprechen, um den Aufstand loszubrechen. Oder sollte er lieber einen der wilderen Typen an Bord mit Rum bestechen, wie teuer das auch immer erkauft werden musste, damit dieser über die Pferche herfiel und die elenden Körper schlachtete. Seine Gedanken rotierten.

Fulman und die anderen Backschafter bekamen mit, dass etwas geschehen war, wussten aber nicht, was. Die Männer bekamen ihre Decken zurück und hielten den Mund, Thomas Fox und Doyle trieben sich wie immer bei ihrem verdunkelten Pferch herum. Jesse behielt sie aus kurzer Entfernung im Auge und lenkte unauffällig alle Männer ab, die zu nahe kamen. Gegen Abend wurde es wegen der dichten Wolken sehr schnell dunkel. Broad, der das Licht schwächer werden sah, das nach unten sickerte, schöpfte plötzlich Hoffnung. Er ging zum Pferch.

»Nur Mut, mein Sohn«, flüsterte er Thomas zu. »Es ist bald Nacht. Alles wird gut, Tom, keine Sorge. Du musst nur noch ein bisschen Geduld haben.«

Ungefähr zu dieser Zeit wurde William Bentley, der unglücklich in seiner Koje lag, zum Kapitän befohlen. Die anderen Midshipmen grinsten ihn an, was er als Spott interpretierte. Anscheinend lauerten sie nur auf den letzten Stoß für seinen Sturz. Er grinste verkniffen zurück.

»Verdammt«, sagte er in einem Tonfall, der locker klingen sollte, »wenn ich noch mehr Tee mit Onkel Daniel trinken muss, werde ich platzen.«

Als er sich dem Seesoldaten näherte, der vor der Kajüte

Posten bezogen hatte, schlug plötzlich die Tür auf, und Butterarsch schob sich rückwärts heraus. Er wurde rot, als er William sah, sah ihn seltsam schief an, setzte den Hut auf und verschwand nach vorn. William sackte das Herz in die Hose, als er anklopfte.

Swift, der hinter seinem Mahagonitisch saß, saß ruhig da, als sich sein Neffe langsam näherte. Nur die Finger der rechten Hand trommelten einen sanften Wirbel auf die polierte Oberfläche. Mit kalten Augen blickte er den Neffen an. In diesem Moment wurde William klar, dass er vor diesem unberechenbaren Mann große Angst hatte. Er blieb stehen, wartete, schwieg.

»Du hast den Zahlmeister gesehen?«, fragte Daniel Swift gefährlich leise.

»Ja, Sir!«

»Er hat mir etwas Interessantes erzählt, William Bentley. Etwas besonders Interessantes. Könnte an der Geschichte etwas Wahres dran sein?«

William schluckte und entschloss sich dann, sich erst dem Löwen vorzuwerfen, wenn er seine Zähne sah. »Was wird erzählt, Sir? Der Zahlmeister ist …«

»Ja, was?«

»Der Zahlmeister ist ein Mann, den ich nicht grundsätzlich als verlässlich … Doch ohne eigenes Verschulden, Sir!«

Kapitän Swift lächelte. Das breite Lächeln täuschte in seiner Freundlichkeit. »Ja, William«, sagte er. »Mr. , äh, Butterarsch ist ein stinkender, fetter Schuft.« Das Lächeln verschwand. In den Augen blitzte etwas auf. Kalte Wut schien plötzlich dort zu funkeln. »Der letzte Dreck, lieber William, und kein Mann, von dem ich wichtige Vorkommnisse zu erfahren wünsche!«

Der Junge gab sich geschlagen. Er schluckte noch einmal und stotterte dann: »Sir, ich versichere, ich wollte nichts verbergen. Der Zwischenfall war so unklar. Ich weiß bis jetzt noch nicht, ob man mich auf den Arm genommen hat. Mr. Allgood hat mir versichert, dass er selbst das Tier getötet hat!«

»Allgood? Du glaubst, mein Bootsmann würde ein Schaf schlachten? Das kann nicht wahr sein!«

»Soll ich also annehmen, dass er gelogen hat, Sir? Er hat es mir so gesagt!«

Im Licht der schwankenden Lampe starrten der Mann und der Junge einander an. Draußen stöhnte der kalte Wind.

Swift begann wieder mit den Fingern zu trommeln. »Und der Hütejunge war auch wieder dabei.«

»Ja, Sir!«

»Und der Zahlmeister sagte, er trug ein totes oder sterbendes Schaf. Und dass man mir – mir! – Fleisch von einem Tier zu essen gab, das schon vor dem Schlachten tot war!«

»Ja, Sir. So seh' ich's auch, Sir. Obwohl ... obwohl Mr. Allgood behauptete, dass das Schaf noch nicht tot war.«

Wieder herrschte lange Zeit Stille. William roch die Gefahr, eine tödliche Gefahr. Wieder überschwemmte ihn der Hass auf den Jungen. Doch er schwieg lieber.

»Unter uns, mein Junge«, begann Swift wieder, »dieser verdammte Hütejunge zeigt es dir ganz schön. Du scheinst da in eine dicke Sache geraten zu sein. Oder? Als Ränkeschmied hat er dich ganz schön bloßgestellt, oder nicht?«

Das war nicht fair. William schloss für einen Moment die Augen, knetete die Finger. Es war wirklich unfair, er stöhnte leise auf.

Nachdenklich fuhr Swift fort: »Aber ich will dir was sagen, der Vorfall wäre für jeden eine ganz schön harte Nuss, so viel ist sicher. Doch was auch immer tatsächlich geschehen ist, William Bentley, du hast mich im Stich gelassen, Sir. Und was den Jungen angeht ...«

In diesem Augenblick klopfte es. Der Kapitän gab Befehl einzutreten, und wieder erschien Butterarsch – mit triumphierendem Blick. Bebend trat er vor Swift, den Hut in der Hand.

»Nun«, sagte der Kapitän, »das ging ja schnell, Herr Zahlmeister. Was haben Sie herausgefunden?«

Der Zahlmeister versuchte alles so überhastet mitzuteilen, dass die Wörter nur bruchstückhaft aus seinem Mund kamen. Er was außer sich: »Tot, Sir. Ja, Sir. Tot, Sir. Drei oder vier. Lieber Gott, Sir. Es ist wahr. Diese Schufte.«

Swift fuhr ihn an: »Reißen Sie sich zusammen, Mann.« Doch in seinen Augen glomm deutlich sichtbar ein seltsames Licht.

»Es tut mir Leid, Sir!«, stammelte Butterarsch, schluckte ein paarmal und hatte sich dann wieder gefangen. »Sie haben mich abzulenken versucht, Sir, dieser verdammte Schmuggler, wie heißt er noch, Broad, ist der Schlimmste von allen. Und der Blinde mit dem bösen Blick! Ich schwör's! Aber ich habe alles gesehen! Tote Schafe, tote Schafe. Die haben mich verarscht, Sir! Die gehören alle aufgehängt!«

William zuckte zusammen. Der Kapitän trat hinter einen Vorhang, der den Raum teilte, und erschien wenige Augenblicke später mit einem hölzernen Kasten und einem großen blauen Mantel in den Händen. Hastig legte er den Mantel um, öffnete den Kasten und entnahm ihm eine der langen Pistolen. Kein Wort fiel, während er sie prüfte und lud. Dann schob er sie in eine der tiefen, schmalen Manteltaschen und lächelte wieder. Mit offenem Mund stand der Zahlmeister da, japste wie ein Fisch auf dem Trocknen, und sein teigiges Gesicht verlor jede Fassung.

»Danke, Herr Zahlmeister«, sagte Swift. »Verschwinden Sie jetzt und halten Sie den Mund. Wenn ich ein Wort höre, trifft Sie die Peitsche. Verstanden?«

Butterarsch verschwand, und William schritt neben seinem Onkel her, sein Herz zersprang fast vor Aufregung. Er konnte kaum glauben, was hier geschah! So etwas hatte es noch nie gegeben! Der Kapitän nahm die Sache selbst in die Hand! Hagan, dem sie begegneten, sah sie verwundert an und trat zur Seite, als der Kapitän vorbeieilte.

Überall unter Deck löste das Erscheinen des Kapitäns Erstaunen und Unruhe aus. Die Männer schlangen gerade das

Essen wie die Wölfe in sich hinein. Doch jedes Geräusch erstarb, sobald sie seiner gewahr wurden.

Schon lange, ehe er den Pferch erreicht hatte, wusste Jesse Broad, dass der Kapitän im Anmarsch war. Die Nachricht raste von Backschaft zu Backschaft vor ihm her. Als der Kapitän den Pferch erreichte, war Fulmans Backschaft angetreten. Es war eine seltsame Ansammlung von Männern, die irgendwie an das letzte Aufgebot einer Armee erinnerte, die eine Festung verteidigte. Sie hatte ohne Zweifel etwas Herausforderndes, etwas pathetisch Trotziges.

William, der über die Schulter zurückblickte, sah hundert Gesichter, die dicht an dicht immer näher rückten. In der Aufregung spürte er keine Furcht, obwohl vielleicht der Augenblick für eine Meuterei gekommen war. Doch im Augenblick hatte der Kapitän noch das Heft in der Hand.

Als der Kapitän vor den Männern stehen blieb, trat Thomas Fox, der vorher fast zusammengebrochen war, einen kleinen Schritt vor. Er starrte dem Kapitän entgegen und sagte: »Es tut mir Leid, Sir, die Tiere sind gestorben.«

Stille breitete sich aus. Man hörte das Knarren der *Welfare*, das traurige Heulen des Windes, das leisere Klatschen der Seen.

»Wer sind deine Verbündeten, Thomas Fox? Wie heißen deine Verbündeten bei diesem Verbrechen?«

Thomas Fox schwankte leicht, sein Gesicht war leer, er schwieg.

Daniel Swift wiederholte: »Wer? Sag es mir, oder dir wird es schlimm ergehen. Also wer?«

Das bleiche Gesicht des Jungen wurde noch farbloser. Langsam drehte er den Kopf hin und her, als versuche er mühsam zu verstehen, was man von ihm wissen wollte. Er schien verloren, schien nichts zu verstehen. Und antwortete immer noch nicht.

Ehe der Kapitän wieder etwas sagen konnte, entstand hinter

ihm eine leichte Unruhe. Die dicht an dicht stehenden Männer machten einen Weg frei. Mr. Allgood, mit einer Lampe in der Faust, bahnte sich an der Spitze einer Gruppe von Maaten, geleitet von einigen Korporalen der Seesoldaten, einen Weg nach vorn. Als er die seltsame Gruppe vor den Pferchen sah, blieb er stehen. Daniel Swift drehte sich kurz um und sah ihn an.

»Ah, Mr. Allgood«, sagte er mit harscher, durchdringender Stimme. »Sie kommen genau richtig. Es geht um Schafe, Mr. Allgood ... genauer: um tote Schafe.«

Allgood, der sich unter den niedrigen Decksbalken bücken musste, zuckte mit den Schultern. »Ja, Sir?«, sagte er. Sein Ton verriet nichts.

»Was die toten Schafe angeht, Mr. Allgood: Dieser junge Mann hier, dieser Thomas Fox ... Ich will, dass er bestraft wird.«

Stille umhüllte die Mannschaft.

Wieder eine Art Zucken bei Allgood: »Ja, Sir?«

William Bentley sah, wie den Hütejungen Panik überlief. Auch sein eigener Mund war trocken. Die allgemeine Angst hing in der Luft und war fast sichtbar.

Kapitän Swift atmete heftig mit ungleichmäßigen, beunruhigenden Geräuschen. Es dauerte lange, bis er wieder zu reden begann. Nun klang er ganz knapp und sachlich, als er sich an den Jungen wandte: »Thomas Fox, steig hinauf in die Großmarsrah, wenn ich bitten darf. Und bleib da. Mr. Allgood wird dich begleiten.«

Ein leiser, erstickter Laut entrang sich der Kehle von Padraig Doyle, der wie abgewürgt klang, und ein zweiter Laut kam aus der Kehle von Allgood, tief und wütend.

Mit kaltem Blick drehte sich der Kapitän zu ihm. »Haben Sie eine Erklärung abzugeben, Sir?«

Die Augen Allgoods blitzten. William Bentley sah, wie sich die großen roten Lippen öffneten, dann wieder schlossen.

»Nein, Sir«, sagte Allgood schließlich.

Ein überraschendes, strahlendes Lächeln zeigte sich auf Swifts Gesicht, doch seine Stimme klang kalt wie Eis. »Also gut. Fox wird zur Rah aufentern und dort bleiben.« Er musterte die Mannschaft kurz. »Bis ich entschieden habe, welche Strafe angemessen sein wird …«

Im wehenden Mantel drehte er sich auf den Hacken und ging nach achtern. Die Männer konnten sich kaum schnell genug aus dem Weg bringen. William musste fast rennen, um ihm folgen zu können.

Als die beiden die Kajüte wieder erreicht hatten, verlangte der Kapitän Wein und zwei Gläser. Dann hob er das funkelnde Glas und brachte einen Toast aus: »Auf die Meuterei«, sagte er. »Möge sie dem Abschaum alles Gute bringen. Was, mein Junge?«

William musste natürlich trinken, doch seine Gedanken weilten draußen in der kalten Nacht. Er stellte sich den Jungen oben auf der Rah vor. Und die Bestrafung sollte erst noch folgen! Er verschluckte sich und begann zu husten.

Sein Onkel lachte. »Lieber William«, rief er, »eigentlich müsstest du jetzt einen Trinkspruch ausbringen, denn es ist wunderbar, den Feind geschlagen zu sehen.« Er hieb ihm gewaltig auf die Schulter. »Komm, ich will mich großzügig zeigen«, fuhr er fort, »Ehre, wem Ehre gebührt. Du hast immerhin den Hütejungen zu Fall gebracht – mit ein bisschen fremder Hilfe. Aber du hast ihn entdeckt und erledigt. Sehr gut!«

Für Thomas Fox war der Aufstieg zur Rah langsam und fürchterlich. Er war das erste Mal hier oben und wurde außerdem durch seine unpassenden Kleider behindert. Unter den Augen von Allgood, der sich für einen Bootsmann mit dem Befehl zur Bestrafung seltsam nachsichtig gebärdete, hatten seine Macker ihm alle warmen Sachen übergezogen, deren sie habhaft werden konnten. Er hatte auf dem langen Weg in den Webeleinen heftige Schwierigkeiten, seine Knie und Ellbogen zu beugen.

Oft musste er pausieren, um wieder zu Kräften zu kommen. Dann schloss er die Augen und holte keuchend Luft. Das schwankende, glatte, unbekannte Rigg war für ihn ein einziger Irrgarten, und die vielen Geräusche – das Seufzen, Sägen, Trommeln, Stöhnen – ängstigten ihn zu Tode. Schweiß lief ihm in die Augen, so dass er kaum richtig zufassen konnte.

Hilfreiche Rufe von unten hatten ihn geleitet. Dann hockte er, rittlings auf dem schweren Tauwerk nahe am Mast und klammerte sich verzweifelt irgendwo fest. Die Rah war viel breiter, als er erwartet hatte, aber sie bot keinen soliden Halt. Sie bewegte sich ununterbrochen, nicht viel, aber genug, um ihm eine immer stärker werdende Todesangst einzujagen. Sie stöhnte auch ständig laut wie ein großes Tier unter Schmerzen. Und Thomas stöhnte auch. Die Geräusche verschmolzen in seinem Kopf zu einer Symphonie des Elends.

Als er den ersten Schrecken in den Griff bekommen hatte, überfiel ihn ein unbekanntes, unerwartetes Gefühl. Der Himmel stand jetzt wie eine gewaltige Kuppel über ihm, und Thomas hatte den Eindruck, als jage er in einem Käfig aus Holz und Tauwerk durch die Nacht. Es war wundervoll. Der Wind riss aus Luv an ihm und unter und neben ihm an Segeln und Mast, und das weiße Wasser, das tief unter ihm seitlich davonrauschte, blitzte und glitzerte. Reiten, reiten, reiten, dachte er, nur diese Wörter: reiten, reiten, reiten. Die Luft roch klar und ungeheuer sauber. Sie reinigte seine Lungen wunderbar. Ausatmen, einatmen, klar und kalt.

Als er sich jedoch darüber klar zu werden versuchte, was geschehen war und warum er auf dieser Rah hockte, schwammen seine Gedanken plötzlich. Es hatte irgendetwas mit den Schafen zu tun und dem armen Midshipman Bentley. Er hatte einige Schafe getötet, richtig, und dies war die Strafe. Oder doch nicht? Folgte da noch was? Wieder machten sich seine Gedanken davon, und er dachte an Padraig Doyle. Mit eiskalten Lippen versuchte er zu lächeln.

Zu diesem Zeitpunkt weinte Padraig Doyle in den Armen von Jesse Broad. Er hatte optimistisch auszusehen versucht, als er seinen Freund zum Abschied umarmte. Doch als der Junge oben verschwunden war, hatte er sich verzweifelt zu den Pferchen zurückgetastet und war in Tränen ausgebrochen. Broad hatte ihn später dort gefunden – vermutlich weil er selbst dort Trost suchen wollte. Auch er war verzweifelt. Wie viele andere an Bord! Nach der Konfrontation mit dem Kapitän hatten sich die Männer nicht einfach wieder an ihre Teller gesetzt. Die Aufregung hatte sich nicht gelegt, und alle fühlten sich wie betäubt.

Unbewegt hatte Allgood zugesehen, wie die Männer Fox ausstaffierten. So mochte ein Tier zuschauen, wenn seinem Jungen Gefahr droht, ein eng angekettetes Tier, das sich weder bewegen noch sonst wie wehren kann. Allgoods Stellung ist wirklich ambivalent, dachte Broad. Er ist ein Mann, den viele nur hassen, ein grausames, brutales Werkzeug für die Schufterei und die Disziplin an Bord. Und doch zeigte er jetzt eine andere Seite. Es schien ihn irgendetwas mit Thomas Fox zu verbinden. Natürlich musste er den sadistischen Befehl des Kapitäns ausführen, er hatte dafür zu sorgen, dass der bleiche Knabe nach oben gelangte, vielleicht zu seinem letzten Ruheplatz auf dieser Welt …

Nach der Tat waren die Männer abgetaucht. Doch die Drohung lag in der Luft, die Ahnung einer Entladung. Broad umarmte den vogeldürren Blinden und gurrte, wie er es vom jungen Thomas gehört hatte. Vor seinem inneren Auge entstand langsam ein Bild von Verzweiflung und Gewalt.

Um Mitternacht kam William Bentley zu seiner Wache an Deck und starrte in das Dunkel hinaus, bis er glaubte, die zusammengekauerte Gestalt auf der Rah ausmachen zu können. Es wehte ein kräftiger Wind, und immer wieder sprühte eisige Gischt über die *Welfare*. Obwohl er in einen dicken Wollmantel gewickelt war und seine Hände tief in die Taschen vergraben hatte, erschauerte William von Zeit zu Zeit. Er hatte an diesem Abend sehr gut gegessen, hatte Wein getrunken, doch nach nur einer Stunde an Deck war er völlig unterkühlt. Er wühlte sich immer tiefer in den Mantel mit dem hohen Kragen. Er versuchte mit aller Kraft, nicht an die kleine schwarze Gestalt auf der Rah zu denken. Doch sein Herz kehrte immer wieder dorthin zurück. Gelegentlich durchflutete ihn eine Art Furcht. Dann versuchte er, mit dem Master irgendein belangloses Gespräch zu beginnen. Der stand an Deck, um das Wetter zu prüfen, was er immer tat, wenn ein Wechsel drohte. Aber der dünne, hässliche Mr. Robinson sah den Midshipman so verächtlich an, dass dieser sich vor Einsamkeit ganz verloren fühlte. Schließlich prüfte der Master noch mal den Kompass und verschwand nach unten.

Wenn es eine Verschwörung geben sollte, oder wenn es sogar schon eine gab, überlegte William plötzlich, warum hatte Onkel Daniel dann nur gegen den Jungen etwas unternommen? Voll Panik dachte er, das sind nur verrückte Gedanken, ein Albtraum ... William biss sich auf die Lippen und ballte die Hände in den Taschen.

Nein, Onkel Daniel kannte seine Männer, kannte solche Situationen in- und auswendig. Onkel Daniel hatte immer Recht. Es gab keinen Grund, vorsorgliche Maßnahmen zu treffen, wenn er sie nicht ausdrücklich anordnete. Es reichte, den Jungen auf die Rah zu verbannen. Das würde die anderen zur Besinnung bringen. Lieber Gott, dieser Bursche würde niemals mehr ... Er biss sich wieder auf die Lippen. Und stieß zu seiner eigenen Überraschung einen dünnen Schrei aus. Ängstlich sah er sich um, ob ihn jemand gehört hatte. Nein, niemand war in der Nähe. Die Panik wuchs weiter. Was passierte hier eigentlich? Er fluchte auf den Wein, den er getrunken hatte, wurde wütend, atemlos und fluchte, schimpfte und tobte. Warum, verdammt noch mal, hatte er sich bloß auf all das eingelassen?

Kurz bevor die Wache wechselte, bat Allgood um Erlaubnis, den Zustand des Jungen zu prüfen und ihn notfalls an die Rah zu laschen. Als er zurückkam, konnte William den Bericht nicht ertragen. Er verschwand eilig nach unten und kroch unter seine Decken. Beim Wachwechsel tauschten Broad und Matthews ein paar schnelle Worte aus, in denen sie Furcht und Wut äußerten. Auch ein paar hingeworfene Worte über Fox' Vetter fielen, der Seesoldat war oder auch nicht. Dann waren die Männer auch schon wieder auseinander. Kein Bootsmannsmaat benutzte in dieser Nacht seinen Stock. Die Drohung hing in der Luft.

Thomas Fox nahm gar nicht richtig wahr, dass er zu seiner Sicherheit auf die Rah gelascht wurde. Er registrierte nur undeutlich, dass etwas passierte – mehr auch nicht. Nach der überstandenen Todesangst war ihm jetzt wieder warm. Erst hatten seine Arme und Beine, dann die Nase, dann die Lippen, dann die Partie unter den Augenbrauen, dann die Finger jedes Gefühl verloren, waren erst taub geworden. Dann kam ein stechender Schmerz, und dann kehrte die Taubheit wieder. Bei seinen Füßen dauerte alles länger und schmerzte noch mehr. Am meisten schmerzte sein Kiefer, so als drücke ihn jemand mit großer Gewalt. Schrittweise wich die Wärme aus ihm, die Kälte kroch näher und näher in das Zentrum jenes Balls, den sein zusammengekrümmter Körper bildete. Und dann war ihm wieder warm geworden.

Ihm wurde so warm, dass seine Gedanken über den sonnigen Bauernhof seines Vaters trieben. Er wanderte den Kieselsteinstrand von Portsea Island entlang und beobachtete die grüne See und die Wellen, die fröhlich auf den Strand liefen. Stundenlang spielte er mit seinen Schwestern und stillte seinen Hunger mit Keksen und Bier. Auf den Märkten erzielte er gute Preise für seine Herden und beobachtete das fröhliche Treiben der Matrosen am Point, die ihre Freizeit genossen. Er bestaunte auch die gewaltigen Kriegsschiffe, die majestätisch im Spithead vor dem üppigen Grün der Insel Wight schwoiten.

Ab und an versuchte sich etwas in seine Gedanken zu drängen, aber nach ein paar Sekunden verschwand es wieder. Manchmal öffnete er seine Augen, und es war dunkel um ihn. Das überraschte ihn. Doch meistens wärmte ihn die Sonne. Wie sehr beneidete er doch alle, die auf den großen Seglern übers Meer fahren konnten.

26

Kurz bevor der Morgen mit seinem grauen Licht anbrach, befahl Kapitän Swift, Thomas Fox nach unten zu bringen. Zufällig oder absichtlich teilte Mr. Allgood Jesse Broad mit ein, nach oben zu klettern – denn als man Thomas rief, kam von oben keine Antwort. Geschickt wie ein Affe enterte Broad eilig die Webeleinen auf und erreichte den Jungen Sekunden vor den anderen Männern. Ihm sank das Herz, als er Tom sah, einen Augenblick schloss er die Augen. Sein Freund war gewiss tot.

Doch als Broad sich über ihn beugte, fühlte er ein kärgliches Fähnchen Atem. Erfreut flüsterte er: »Thomas«, doch er erhielt keine Antwort.

Zwei Männer brauchten mehrere Minuten, um den steifen Körper aus den Laschings zu befreien. In seiner dicken Vermummung war er fast festgefroren, und sie mussten seine Glieder wie die einer hölzernen Puppe bewegen. Den eingeknickten Körper konnten sie nicht aufrichten. Thomas Fox musste abgeseilt werden wie ein zusammengeklapptes Messer. Sein Gesicht sah erschreckend aus – weiß glänzend mit dunklen roten und blauen Flecken, Haare, Augenbrauen und Lippen waren von Eis überzogen.

An Deck streckten sich viele Hände aus, um den Jungen

in Empfang zu nehmen, aber Jesse Broad wehrte alle ab. Der Bootsmann stand mit ernstem Gesicht dabei. Als Broad ihm versicherte, dass der Junge noch lebte, lief ein ungläubiges Lächeln über seine Züge. Aber es hielt sich nicht lange.

Mr. Adamson erwartete seinen Patienten schon, die unvermeidliche Flasche Brandy in der Hand. Er hatte heiße Steine bereitgelegt und trockene Wolldecken, die vor dem Kombüsenfeuer erwärmt worden waren, er arbeitete schnell und geschickt. Sein normalerweise freundliches Gesicht war grimmig verzerrt, während er den Jungen mit warmen Tüchern behandelte. Allerdings versuchte er vergeblich, ihm Brandy zwischen die fest geschlossenen Lippen zu träufeln. Solange es ging, hielt Jesse Broad sich in der Nähe auf, doch er wagte nicht die Frage zu stellen, die ihm auf dem Herzen brannte.

Als er zehn Minuten gewartet hatte, wusste er, länger konnte er seiner Station nicht fernbleiben. Er wechselte von einem Fuß auf den anderen, hüstelte.

Adamson sah auf, lächelte ihn kurz an. »Hallo, Schmuggler«, sagte er, »was willst du denn?« Eine Antwort erwartete er nicht, er wusste, worum es ging. Das eiskalte Gesicht unter seinen Händen blieb steif. Die Augenlider hatten noch nicht einmal gezittert. »Es tut mir Leid, mein Freund«, fuhr er fort. »Ich weiß nur, dass er nicht tot ist, nur das ist sicher.« Und dann schrie er plötzlich: »Zur Hölle mit dir! Ich bin Arzt, kein Zauberer. Wenn Wärme und Brandy ihn zurückholen können, dann werden sie es tun. Und wenn nicht, wird er sterben. Und nun hau ab!«

Als später Jesse und die anderen aus der Mannschaft sich wieder so diskret, wie es irgend ging, dem Krankenrevier näherten, hörten sie die ersten Schreie. Sie waren herzzerreißend. Peter, der immer noch krank und schwach unten lag, verzweifelte über die Qualen, die sein Freund erdulden musste.

Nur der alte Fulman lächelte Jesse Broad freundlich an. »Wenn er schreit«, sagte er, »wird er durchkommen. Glaub mir, Freund Jesse, ich habe so manchen fast erfrorenen Mann gesehen. Wer schreit, wird leben!«

Die Schreie waren lange zu hören, liefen über das ganze Vorschiff und übertönten selbst den brüllenden Wind und die See. Schließlich ließ der Arzt seinen Patienten in die Kombüse in die Hitze vor dem Feuer tragen, und danach wurden die Schreie noch unerträglicher. Sie zerrten an den Nerven und machten die angespannten Männer noch unruhiger. Etwas davon drang bis in die Messe der Midshipmen. Von Zeit zu Zeit sahen die jungen Herren sich an, ihre Hochstimmung war längst vergangen. James Finch war kreidebleich.

Gegen Ende des Vormittags, als die Schreie endlich aufgehört hatten, befahl Kapitän Swift alle Mann nach achtern, damit sie einer Bestrafung beiwohnen sollten.

In der Nacht hatte der Wind ein wenig nachgelassen, doch er blies immer noch kräftig genug. Die *Welfare* stampfte in der nach Nord rollenden See und riss immer wieder schwere Gischtfahnen auf, die über das Deck wehten. Die Segel waren gerefft worden, die *Welfare* lief jetzt gut und angenehm. Doch die düstere Szene, die sich in den finsteren Gesichtern vieler Männer widerspiegelte, ließ in William Bentley Panik aufsteigen. Dann traten die Seesoldaten auf dem Achterdeck an. Die Bajonette waren aufgepflanzt, die Musketen geladen und schussbereit. Die Gesichter erschienen ihm grimmig, so als erwarteten die Männer einen unerträglichen Einsatz. Und auch die Mannschaft machte William Angst. Sie hatte die Aura eines Rudels von Wölfen. Die beiden Gruppen standen sich gegenüber: die Seesoldaten in beeindruckendem Purpur, die Männer in allem, was die Kiste des Zahlmeisters hergab. Eisige Gischtfetzen trafen die Rücken der Seeleute und die Gesichter der Soldaten. Niemand zuckte. Auge in Auge standen sie sich gegenüber, tropfnass und erwartungsvoll.

Dann erschien Swift mit großem Pomp. Er trug seine prächtige blaue Jacke, ein strahlend weißes, mit Rüschen besetztes

Hemd und cremefarbene Kniehosen, keinen Mantel. Er lächelte, schien die Kälte zu missachten und betrachtete die Angetretenen, als handle es sich um reine Routine, als sei nichts geschehen. Hinter ihm stand der Rudergänger, die Hände am Rad, und fing die Seen ab. Sein Blick wanderte vom Kompass auf die Segel, auf die anrollenden Wellen und wieder auf den Kompass.

»Mr. Allgood«, rief Swift mit seiner durchdringenden Stimme, »sind alle Mann angetreten?«

Der Bootsmann trat vor. »Aye, aye, Sir«, sagte er. »Jeder Einzelne, bis auf die Kranken, die Lahmen und den Arzt!«

Der Kapitän ließ so etwas wie ein Lachen hören. »Und der Hütejunge?«, fragte er.

William Bentley wurde übel. In seinem Magen regte sich etwas. Die Szene verschwamm vor seinen Augen. Er wäre fast gestolpert.

Das Gesichts des Bootsmanns blieb unbewegt. »Aye, aye, Sir«, sagte er, » er ist beim Arzt!«

Unter Deck waren jetzt wieder Toms Schreie zu hören. Aufregung machte sich unter den Männern breit, ein dumpfes Grollen ertönte, Gesichter drehten sich in Richtung des Krankenreviers und dann wieder nach achtern – sehr irritiert. Die Schreie kamen von achtern. Und sie stammten nicht von Thomas Fox.

William Bentley, der hinter Swift stand, trat einen Schritt zurück, als der Erste Offizier meldete: »Das ist der Zweite Offizier, Sir. Er hat Schmerzen!«

Ohne um Erlaubnis zu fragen und in der Hoffnung, dass sein Onkel ihn nicht sehen konnte und ihn im schlimmsten Fall nur durch laute Rufe zurückbefehlen könnte, bewegte sich William Bentley weiter nach achtern, verhielt ein paar Augenblicke lang und schlich dann zum Niedergang. Während er nach unten verschwand, löste sich der Schmerz aus seinem Herzen. Für sein Verhalten würde er später büßen müssen, daran zweifelte er nicht. Doch wie wütend Onkel Daniel auch werden mochte – William konnte das alles nicht mehr aushalten. Er konnte nicht zuschauen, wenn man den Jungen seiner Bestrafung zuführte. Fast dankbar schob er sich neben Plumduff, machte sich an dem schmerzgepeinigten Mann zu schaffen, mischte etwas zurecht, gab es ihm zu trinken und versuchte angestrengt, an nichts anderes zu denken.

Kapitän Swift zeigte auf dem Achterdeck immer noch gute Laune. Noch ehe die Schmerzensschreie verklungen waren, wendete er sich wieder dem Bootsmann zu. Diesmal klang seine Stimmer noch fester und lauter: »Ist er so weit? Gut. Dann lassen Sie ihn in ein paar Minuten zu seiner Bestrafung holen, Mr. Allgood.«

Mit halbem Lächeln musterte er die Mannschaft. Seine Blicke schienen die Männer aufzufordern, ihre Rebellion offen zu zeigen. Nur wenige erwiderten seinen Blick. Man starrte den Kapitän zwar an, aber mit jenen leeren Blicken, die nichts verrieten. Nur Jesse Broad erlaubte sich ein kurzes Zucken. Broad verstärkte den Griff, mit dem er den kleinen Peter halb aufrecht hielt. Der Junge stöhnte vor Schmerz laut auf.

»Also, Männer«, fuhr Swift fort, und seine Stimme klang jetzt so wie immer bei Bestrafungen, doch diesmal blieb das spöttische Grinsen auf seinen Lippen: »Der Junge verdient eine Bestrafung. Und diesmal ist sie ganz besonders angemessen. Jeder, der sagt, eine Nacht im Mast sei Strafe genug, muss glauben, ich wüsste nicht, was hier an Bord vor sich geht. Muss glauben, dass ich eine Meuterei nicht rieche, wenn sie anfängt zu stinken. Mr. Allgood!«

»Aye, aye, Sir!«

»Lassen Sie zwei von Ihren Maaten den Jungen holen, wenn ich bitten darf!« Als sie gegangen waren, fuhr Swift fort: »Meuterei. Ich weiß, wie Meuterei riecht. Dieser Hütejunge, der uns allen was vormacht! Ist ja so schwach, so ängstlich! Ich weiß so genau wie jeder von euch, was in seinem dunklen Herzen vorgeht, was sich hinter dem Milchgesicht dieses Knick-Knies verbirgt!«

Die *Welfare* tauchte in ein besonders tiefes Wellental. Eine Wand aus grünem Wasser wusch über das Deck. Ein Teil traf Swifts Gesicht, das einen Augenblick verschwand. Als das Wasser von ihm ablief, war das eiserne Lächeln unverändert. Er schüttelte nicht einmal den Kopf.

»Und ich weiß auch, dass Thomas Fox nicht allein handelt. Er ist kein Anführer. Deshalb werde ich ihn jetzt fragen, wer seine Genossen sind. Und er wird sie mir nennen!«

Das Wasser lief Jesse Broad den Rücken herab, aber sein Zittern hatte mit dem kalten Nass nichts zu tun. Aus den Worten des Kapitäns klang der reine Wahnsinn, auch seine Blicke und sein Lächeln verrieten ihn – ebenso wie die verrückte Rede. Er würde von Thomas nichts erfahren, das ihn zufrieden stellen könnte. Was würde der Kapitän dem armen unschuldigen Kerl dann antun?

»Die Männer hier«, fuhr Swift mit einer Geste auf die Seesoldaten fort, »kennt ihr. Und Hauptmann Craig. Thomas Fox hat eine Nacht auf der kühlen Rah verbracht. Er wird uns verraten, was manchem von uns die Ohren klingen lassen wird. Hauptmann Craig, bitte ziehen Sie Ihren Säbel.«

Der Offizier, der wie immer unbewegt neben seinen Männern stand, zog den Säbel.

»Ja«, sagte Daniel Swift, »also gut.«

Auf ein Geräusch im Vorschiff hin wandte Jesse Broad wie viele andere seinen Kopf. Der Kapitän brüllte mit verzerrtem Gesicht einen unverständlichen Befehl.

Das Erste, was die Männer von Thomas Fox sahen, war sein Rücken. Er stolperte mehr, als er ging, hing zwischen zwei kräftigen Bootsmannsmaaten. Neben ihm, fast über ihm näherte sich der Arzt mit ängstlich gesenkten Schultern. Er war deutlich erregt, seine Füße schienen fast zu tanzen. Der Kopf des Jungen baumelte nach unten, so dass Jesse Broad von hinten nur den gekrümmten Hals sah. Der ganze Körper war in sich zusammengesunken. Als die Maate stehen blieben und sich halb dem Kapitän zuwandten, hing der Kopf bis auf die Brust, verdeckt durch die massigen Helfer.

Adamson trat vor den Kapitän, hilflos und zappelnd. »Sir«, sagte er, »ich denke, ich muss etwas sagen ... Dieser Junge, Sir ...«

»Halten Sie den Mund, Mr. Adamson, oder ich lasse Sie in Eisen legen!«

Der Arzt zuckte zusammen und machte einen oder zwei Tanzschritte. »Aber Sir, ich denke ...«

»Mr. Allgood, bringen Sie diesen Kerl zum Schweigen!«

»In Ordnung, Sir«, keuchte Adamson. »In Ordnung. Aber lassen Sie mich an Deck bleiben für den Fall ... Ich werde nichts mehr sagen. Verzeihung.«

Einer der Maate sah fragend zu Allgood hinüber. Der schüttelte den Kopf. Der Arzt reihte sich bei der Mannschaft ein.

Swift machte einen Schritt von Fox zurück und sah ihn dann an: »Kannst du mich nicht anschauen, Junge?«, fragte er sanft. »Kannst du dein müdes Haupt nicht heben, um deinem Kommandanten besser zuzuhören? Kannst du nicht auf eigenen Beinen stehen?«

Thomas Fox antwortete nicht. Niemand in der Mannschaft oder unter den Seesoldaten bewegte auch nur einen Muskel. Kein Offizier rührte sich. Nur der Rudergänger bewegte das Rad einen halben Strich.

»Ich möchte wissen, ob du zuhörst, Thomas Fox!« Swift wurde wieder lauter: »Kannst du mich hören? Schämst du dich vielleicht? Das ist es, oder? Die Scham hat dich verstummen lassen. Aus Scham lässt du den Kopf hängen. Los Fox, schau mich an!«

Irgendwo in seinem gemarterten Hirn identifizierte Thomas die Stimme des Kapitäns. Sie kam von weit her durch eine kalte, weiche, wollige Leere. Er versuchte, die Augen zu öffnen, aber nichts geschah. Er versuchte die Worte zu verstehen, aber es ging nicht. Er strengte sich übermenschlich an, sich auf den Beinen zu halten, aber der Schmerz kam heftig und blieb.

»Du bist das beste Beispiel, Fox, mein Freund, für eine miserable Brut«, sagte Swift. Broad war klar, dass er nicht mit dem Jungen sprach, sondern eher zu sich und den Männern an Deck. Er klang sanft und nachdenklich. »Du bist das beste Beispiel eines Abschaums, der Liebe mit Hass vergilt und Treue mit Verrat. Du bist wie eine Schlange im Gras.«

Noch immer gab es keine Reaktion des Hütejungen. Lieber Gott, dieser Swift glaubt, was er sagt, dachte Jesse. Er glaubt an Verrat an Bord!

Als habe er seine Gedanken gelesen, fuhr der Kapitän fort: »Du hast mich verraten, Thomas, obwohl ich dir so viel Gutes erwiesen habe. Du bist das Inbild des Verräters und stehst für viele andere. Und alle wollen mich verraten, der nur das Beste für sie wollte. Ihr seid eine Schande für die Navy!«

Erstaunt musste Broad erkennen, dass Swift tatsächlich plötzlich elend wirkte. Möge Gott uns beistehen, dachte Jesse.

Plötzlich veränderte sich Swifts gesamter Ausdruck. Sein Gesicht verdunkelte sich, die Muskeln an seinen Wangen spielten, die farblosen Augen drückten sich nach vorn, keuchend stieß er Luft aus der Nase. »Ihr da!«, schrie er die verblüfften Maate an. »Lasst ihn los! Er wird allein stehen, oder, bei Gott, ich werde ihn totschlagen!«

Die Männer ließen Fox sofort los. Mit einem Seufzen brach der Junge zwischen ihnen zusammen.

Swifts Gesicht lief dunkelrot, fast schwarz, an. Er stand auf seinen Zehenspitzen und erstarrte mit geballten Fäusten und keuchendem Atem.

»Hebt ihn hoch!« Er konnte kaum sprechen, klang irgendwie erstickt.

Die Maate hoben den Jungen auf, sein Kopf baumelte immer noch haltlos ins Leere. Die Augen blieben geschlossen.

Kapitän Swift trat zwei Schritte vor und schlug seinem Opfer hart ins Gesicht. »Fox! Fox! Hör zu. Steh, Junge. Steh – oder du wirst es bedauern. Verstehst du? Verstehst du mich?«

Irgendetwas von diesem Geschrei erreichte Thomas Fox. Er nahm alle Kraft zusammen und versuchte sich aufzurichten. Der Schmerz war heftig, blieb aber stumpf. Er keuchte.

Swift stieß einen weiten Schrei aus: »Ha! Er hört. Jetzt lasst ihn los!«

Diesmal ließen die Gehilfen ihn nicht sofort los, und etwa zwei Sekunden lang hielt der Junge sich noch zwischen ihnen. Als er wieder zusammenzusinken begann, wollten sie helfen, aber der Kapitän keifte sie an.

William Bentley hörte das alles, und sein Blut gefror. Er lehnte den Kopf gegen das raue Holz, schloss die Augen und erinnerte sich an die Pistolen im Schrank seines Onkels. Er begann zu beten.

Swift nahm ein paar Schritte Abstand von Thomas Fox, der wieder auf die Beine gezerrt wurde. Diesmal öffnete der Junge nach einigen Momenten die Augen. Das war eine große Anstrengung, die ihn alle Kraft kostete. Er sah verschwommene Schatten, hörte undeutliches lautes Geschrei. Die Stimme des Kapitäns.

»Thomas Fox«, röhrte die Stimme. Dieses Mal, zum ersten Mal, verstand er, dass er gemeint war. »Thomas Fox, ich will ihre Namen. Sieh mich an, Junge. Ich will ihre Namen.«

Tom merkte, wie einer der Maate seinen Arm losließ, und sammelte seine Kraft, um stehen zu bleiben. Ein Rasseln kam aus seiner Kehle, als sein Atem vor Anstrengung schneller ging. Der Versuch zu stehen hatte alles von ihm verlangt. Er konnte nicht gleichzeitig auch noch die Worte verstehen, auch nicht, als sie wiederholt wurden.

»Die Namen, Thomas Fox. Wie lauten ihre Namen?«

Wörter zitterten in Toms Kopf. Namen? Namen? Was für Namen? Ein Mann lockerte zögernd den Griff, und Thomas schwankte, wurde wieder angestoßen, schwankte in die andere Richtung. Sein Atem rasselte.

Jesse Broad und alle anderen waren fasziniert von der übermenschlichen Willenskraft des Jungen und angeekelt von der fanatischen Grausamkeit des Kapitäns. Fox schwankte wie betrunken, seine Augen schwammen in dem fleckenübersäten Gesicht. Der Kapitän stand vorgebeugt da wie ein Kämpfer, der gleich zuschlagen wird. Seine Augen leuchteten, die Zunge hing ihm leicht geifernd aus dem Mund.

»Thomas Fox, ich will ihre Namen. Alle Namen. Ich will die Namen von denen, die mit dir zusammen meutern wollen, mein Junge, und wenn es das Letzte ist, was ich in diesem Leben erreiche. Ihre Namen, du Schwein! Ihre Namen!«

Fox hörte die Worte, aber er verstand sie nicht. Er trat einen Schritt vor und versuchte zu sprechen. Er versuchte eine Frage zu stellen, um klar zu machen, dass er nichts begriff. Doch heraus kamen nur seltsame und hässliche Geräusche und ein langer Seufzer. Laut, sehr laut! Und sehr erschreckend!

Als Thomas seinen Schritt machte, schob sich die *Welfare* auf einen Wellenberg und begann zu krängen. Aus dem Schritt wurde ein Stolpern, aus dem Stolpern ein schwächliches Laufen. Thomas Fox streckte die Hände aus und schlitterte über das schräge Deck. Aus dem stöhnenden Seufzen wurde ein unartikuliertes Röhren. Mit weit aufgerissenen Augen stürzte er auf den Kapitän zu.

Die gesamte Mannschaft kam ins Wanken. Das Deck krängte plötzlich in die andere Richtung.

Als der Junge auf ihn zustürzte, wich Swift wie in Panik zurück. Wie gebannt starrte er ihn an. Der sabbernde Junge schwankte vor ihm mit keuchendem, rasselndem Atem. Swifts Gesicht mit den irren Augen war plötzlich kalkweiß geworden.

Die *Welfare* rollte schwer. Die ausgestreckten Hände des Jungen griffen nach dem Hals, der Jacke, den Schultern des

Kapitäns. Jetzt schrie Swift laut und irre. Er riss einen lockeren Belegnagel aus der Reling. Als der Junge auf ihn zustolperte, holte er Schwung, und knallte das schwere Eisen Thomas Fox auf den Nasenrücken. Das Knirschen zerbrechender Knochen war das Einzige, was man von Thomas Fox hörte. Ein Strahl seines Bluts schoss in die Luft und dann auf die Planken.

Swift stand bewegungslos und stumm da. Alle schwiegen. Der Wind stöhnte im Rigg.

Am Ruder stand ein Mann und tat seine Arbeit. Anluven, abfallen. Die Windseite im Blick behalten. Den Kompass. Die Wasseroberfläche. Die *Welfare* stöhnte, als ein schwerer Windstoß sie packte. Sie senkte ihren Bug und kämpfte sich weiter voran.

27

Die Stille schien endlos. Jesse Broad starrte mit offenem Mund vor sich hin. Etwas völlig Unbekanntes hatte ihn in der Gewalt, und er konnte sich nicht rühren. Er sah das Deck, über das Schaumfetzen flogen, sah die purpurroten Seesoldaten und hörte den Wind. An der Leereling stand der Kapitän, den blutigen Belegnagel noch immer in der Hand. Den Jungen konnte Jesse Broad wegen der Mauer aus dicht gedrängt stehenden Männern nicht sehen, er sah nur Swift, die Seesoldaten und ihren Hauptmann mit entsetztem starrem Gesicht.

Broad konnte auch Mr. Allgood sehen. Nach einer unendlichen, schrecklichen Pause hob der Bootsmann langsam seine Hand und presste sie vor die Augen. Ein langes gequältes Stöhnen ertönte.

Die Antwort war ein allgemeines Geräusch aus vielen Kehlen, nicht laut, mehr wie ein seufzender, pulsierender Laut. Neben Jesse Broad begann Peter schrill und anhaltend zu schreien.

Das griffen andere Jungen auf – und nach ihnen die Männer. Hysterie griff um sich. Broad fühlte sich, als ob er verrückt würde. Die Wand aus Männern begann zu schwanken.

Mit einer schnellen Bewegung warf der Kapitän den Belegnagel über Bord und zog seinen Degen. »Craig«, brüllte er, »tun Sie Ihre Pflicht.«

Der Hauptmann blickte auf die schwankende Menge und drehte sich dann abrupt zu seinen Soldaten. »Zielen!«

Sie hoben die Musketen. Jesse Broad sah bestürzt hinter dem glitzernden Stahl der Bajonette eine Reihe von Musketenmündungen auftauchen. Doch noch immer brüllte er mit den anderen Männern weiter.

Swift befahl Craig: »Feuer, verdammt noch mal. Feuern Sie!«

Craig sah plötzlich unschlüssig aus. Er starrte auf die Seeleute. Sein Säbel zitterte. Langsam begannen die Männer sich auf die Soldaten zuzubewegen.

»Feuer! Verdammt noch mal!«, schrie Daniel Swift. Sein Gesicht war rot vor Zorn, sein Degen zitterte in seiner Faust.

Mit entschiedenem Schwung hob der Hauptmann seine Waffe. »Auf die erste Reihe!«, schrie er. »Klar zum Feuern!«

Wie auf ein Signal hin brach eine plötzliche Stille aus.

Swifts Stimme klang belegt: »Feuern Sie, verdammt noch mal, Craig! Ich befehle es Ihnen!«

Broad sah, wie der Hauptmann schluckte. Sein Säbel senkte sich, und sein Mund öffnete sich langsam.

Doch Swift brüllte erneut los: »Feuer frei!«

Es gab einen Knall. Achtern wehte eine kleine Pulverwolke davon. Sie war aus einer Muskete aufgestiegen, hatte kurz über dem Kopf eines Soldaten gestanden. Broad starrte den Mann an, Seesoldaten wechselten panische Blicke. Der Mann sah elend und verzweifelt drein, doch irgendwie entschlossen, als ein einzelner Schrei ertönte.

Hauptmann Craig fiel der Säbel klirrend aus der Hand und

landete vor den Füßen von Henry Joyce. Dann knickte Craig ohne ein Wort in den Knien ein und fiel lautlos auf das Deck. Er bewegte sich nicht mehr.

Jesse Broad stimmte in das allgemeine Geheul ein, das sich nun erhob. Das Achterdeck wurde gestürmt. Wie alle um ihn herum verlor er jede Vernunft. Doch er vergriff sich nicht mit bloßen Händen an einem Feind – und dankte dafür später Gott. Trotzdem wurde ein Wilder aus ihm, ein schreiender, rächender Wüterich. Er war Teil dieser Explosion des Hasses und der ungezügelten Rache, die die *Welfare* überschwemmte.

Schon nach kurzer Zeit verlor er die Übersicht. Die Seesoldaten auf dem Achterdeck hatten das Feuer eröffnet, so viel war ihm klar. Er hörte eine Salve und nahm den scharfen Geruch von verbranntem Pulver wahr. Aber ob sie auf die Seemänner feuerten oder auf eigene Kameraden oder auf beide, konnte er nicht erkennen. Kugeln pfiffen über das überfüllte Deck, und er sah, dass zwei Männer fielen. Peter stürzte, doch nicht weil er von einem Schuss getroffen wurde, sondern aus Schwäche. Jesse Broad versuchte mit aller Kraft, zu ihm zu kommen, doch der Schiffsjunge verschwand unter den Füßen des trampelnden Mobs.

Das allgemeine Gebrüll wurde plötzlich von einzelnen Schreien übertönt. Als die Meute betrunken auf das schwankende Deck zurückkehrte, sah Broad, was geschehen war. Higgins, der Dritte Offizier, war vom Mob bei den Besanwanten gestellt worden. Er versuchte sich seiner Haut zu wehren und brüllte furchterregend. Fünf oder sechs Seeleute packten ihn dann, und im nächsten Augenblick lag er flach, wurde an Armen und Beinen gepackt und über die Kante geworfen.

Kurz darauf sah Broad, dass das Ruderrad verlassen worden war. Er fragte sich, ob man den Mann auch getötet hatte oder ob er einfach nur geflüchtet war. Dann ertönte ein donnerndes Krachen, und die Decks ruckten bösartig, weckten Jesses Instinkte für Gefahr. Selbst mit stark gerefften Segeln stand die

Welfare jetzt in großer Gefahr. Wenn sie quer zu Wind und Seen schlug, konnte sie ihre Masten verlieren oder sogar kentern. Er dachte an Matthews und fragte sich, wo er war. Lieber Gott, der Mann hatte diese Meuterei ersehnt, hatte sich Decks voller Blut gewünscht. Aber wo war Matthews jetzt?

Unten fand eine ganz eigene Raserei statt. William Bentley, der sich im Alkoven in der Kajüte seines Onkels versteckte, hörte und sah das Brechen von Holz und Glas, als die Männer nach Schnaps suchten. Er hörte Gelächter und Schreie, als der Zweite Offizier erst mit dem Messer verletzt und dann totgeschlagen wurde. Er hörte natürlich auch das entsetzliche Gebrüll von oben und die Schüsse.

William Bentley brauchte sich keine Feigheit vorzuwerfen. Er war in die Kajüte seines Onkels gerannt, um nach den Pistolen zu suchen. Aber was war inzwischen oben geschehen? Hatte ein Seesoldat etwa Thomas Fox erschossen? Oder seinen Onkel? Er starrte lange die großen Sattel-Pistolen an, die seltsam und so unpassend in den Händen eines Jungen auf See aussahen. Er fühlte sich verloren und schrecklich einsam. Als die Meuterei sich dann ausbreitete, als Dutzende bewaffneter Männer die Quartiere der Offiziere durchkämmten, beschloss er, sich zu verstecken. Hätte man ihn gefunden, hätte das seinen sofortigen Tod bedeutet.

Der Ausfall des Rudergängers beendete indirekt die Kämpfe. Endlich fand Jesse Broad Matthews. Die beiden flüchteten hinter den Kutter, um zu beratschlagen. Eine Gruppe Männer, zu der sicher Mr. Robinson und Daniel Swift zählten, verteidigte sich am Besanmast. Sie wurden von einer überlegenen Meute angegriffen, die Henry Joyce und seine Genossen anführten. Entermesser waren in ihre Hände gelangt, und das Musketenfeuer klang jetzt nur noch sehr sporadisch. Die Seesoldaten setzten nun ihre Bajonette ein.

»Wir müssen dem Wahnsinn ein Ende setzen«, sagte Jesse Broad.

»Glaub mir, Jesse, so etwas habe ich nicht für möglich gehalten!«, antwortete Matthews und schüttelte den Kopf.

»Das hat der Schurke ausgelöst!«, flüsterte Broad. »Denk an Thomas, den armen Kerl.«

Zwischen ihnen und dem Achterdeck hatte sich eine Gruppe von den Kämpfen abgesondert. Sie stand wie betäubt da, starrte auf die Toten und die Verwundeten. Einige hielten noch Entermesser in den Händen, von denen das Blut tropfte. Ein paar brachen in Tränen aus. Als die *Welfare* über holte und von oben gleichzeitig ein gewaltiges Donnern der Segel zu hören war, löste sich Mr. Allgood aus der Gruppe. Sein Gesicht war blutbeschmiert, ein Arm hing wie gelähmt herunter. Er starrte nach oben, schüttelte den Kopf.

Matthews rief ihn an: »Mr. Allgood! Wir sind hier am Kutter, schnell!«

Wieder schüttelte der Mann seinen gewaltigen Schädel und kam dann auf sie zu, als folgte er der Autorität in Matthews' Stimme. Jesse Broad war überrascht.

»Mann«, sagte Matthews zu Allgood, »wir müssen das Schiff wieder unter Kontrolle kriegen. Sonst zerschlägt die *Welfare* in tausend Stücke.«

Allgood starrte Matthews an, als sähe er durch einen Geist hindurch. Er kniff die rot geränderten Augen zusammen, sein blutiges Gesicht war bleigrau. »O Gott«, stöhnte er schließlich, »was habe ich bloß getan? O Gott, diese Schande.«

Oben knallte es wieder, ein Toppsegel war gerissen.

»Reiß dich zusammen, Mann«, fuhr Matthews ihn an.

Aber Allgood lamentierte weiter: »Ich habe das Ganze begonnen. Ich, der Bootsmann, Jack Allgood. Ich habe die Hand gegen einen Offizier erhoben. Ich habe eine Meuterei in der Marine seiner Majestät angezettelt. Lieber Gott.«

Jesse Broad wurde schlagartig zornig. »Du hast nichts angezettelt, Mister«, sagte er. »Hast du den Jungen so schnell vergessen? Hast du vergessen, was Swift Thomas angetan hat?

Du bist nicht ganz bei dir, du hast was abbekommen. Denk an Tom und komm zu dir!«

Allgoods Blick wurde etwas klarer. »Natürlich« sagte er. »Natürlich stimmt's. Der Mann ist ein Schurke. Aber meutern, eine Hand gegen einen Offizier des Königs zu erheben, Jesse Broad ...«

Da griff Matthews ein, sein schmales Gesicht wurde hart, seine Wangenmuskeln waren gespannt und zeigten Entschlossenheit. »Nichts gegen deine Gefühle, Jack Allgood. Die ehren dich. Aber noch können wir etwas retten. Wir müssen uns erst mal um die *Welfare* kümmern. Und dann müssen wir dieses Schlachten beenden. Aber schnell muss es gehen. Bei Gott!«

Wie um ihm Recht zu geben, taumelte das Schiff in das nächste Wellental. Wasser schoss über die Kuhl und schwemmte die Leichen wie schwere Stämme weg. Und dann hörte man ein splitterndes Krachen, eine Spiere war gebrochen.

Allgood starrte immer noch Matthews an. »Wir werden gehängt«, schrie er. »Es ist jetzt zu spät, die Seiten zu wechseln, mein Freund, wir werden alle gehängt.«

»Um Gottes willen«, schrie Matthews zurück, »kümmer dich endlich um deine Arbeit, verdammt noch mal. Du wirst nicht gehängt, Jack Allgood, verlass dich auf mich. Du wirst auch nicht die Fronten wechseln. Aber mach dich an die Arbeit, ehe du ersäufst und wir alle mit dir.«

Der Bootsmann entschied sich. Er drehte sich um, trat zu den Männern in der Kuhl und begann, ihnen seine Befehle zuzurufen. Zuerst schienen sie ihn gar nicht wahrzunehmen, aber als er ihnen mit dem flachen Entermesser Beine machte, begannen sie zu reagieren. Matthews sah Broad mit schiefem Grinsen an.

»Allgood wird das Schiff retten«, sagte er, »jetzt lass uns gehen und den Herrn und Meister retten.« Er hielt inne, und sein Grinsen wurde breiter. »Den ehemaligen«, fügte er hinzu.

Auf dem Weg nach achtern fanden sie in all dem Chaos ein paar Musketen, die nicht abgefeuert worden waren. Broad kletterte einige Meter an den Leewanten des Besans empor, Matthews an Luv. Sie fanden festen Halt und hielten die Waffen auf die Männer, die unten immer noch kämpften.

Der Kapitän war unten in seiner leuchtenden Uniform leicht zu erkennen, er kämpfte wie der Teufel im Zentrum einer verhältnismäßig großen Gruppe. Um sie herum lag ein ganzer Wall aus Toten und Verwundeten. Und außen herum schloss sich der Ring der Meuterer. Jesse erkannte Henry Joyce. Er hielt immer noch den Säbel des Offiziers der Seesoldaten mit der abgebrochenen Spitze in der Hand. Doch in seiner Rechten schwang er ein großes gebogenes Entermesser wie ein gewaltiges Spielzeug.

Es gab kaum noch Kampflärm. Matthews tragende Stimme veranlasste ein paar Männer, zu ihm nach oben zu blicken.

»An Deck!«, brüllte er. »An Deck. Legt sofort die Waffen nieder! Die Meuterei ist vorüber! Wir haben gewonnen.«

Kapitän Swift reagierte ebenso wenig wie Henry Joyce. Swift brüllte: »Zur Hölle mit euch allen. Mir nach, meine tapferen Freunde!«

Und wie ein Kehrreim war Henry Joyce zu hören: »Legt den Bastard um, legt ihn um, legt ihn um.«

Doch die ungezügelte Wut war schon verraucht. Die Männer zogen sich zurück. Matthews schrie: »Eine Muskete zielt auf Sie, Swift. Ergeben Sie sich mit Ihren Männern, oder Sie werden sterben. Ergeben Sie sich!«

»Und du, Henry Joyce!«, schrie Matthews. »Wir haben dich im Visier! Ruf deine Leute ab, oder wir werden schießen.«

Wütend drehte er sich ihnen zu. »Ihr seid Verräter, ihr Bastarde. Ich werde bis zum Tod kämpfen! Bis ich diesen blutigen Mörder erledigt habe!«

Das Geräusch von Stahl auf Stahl war jetzt fast verklungen. Keuchend standen sich viele Männer noch gegenüber und blickten dann plötzlich nach oben.

»Wir sind keine Verräter, Henry, aber auch keine Schlachter«, schrie einer hinauf. »Bist du einer? Und deine Leute? Wir haben gewonnen! Wir haben den Schurken in die Knie gezwungen! Wollen wir uns jetzt so verhalten wie er? Werden wir jetzt selber so blutrünstig werden wie der Fürst der Hölle?«

Das leuchtete vielen ein. Blut tropfte von einem erhobenen Entermesser nach unten. Jemand grunzte.

Swift witterte seine Chance. »Guter Mann«, rief er. »Guter Mann, bei Gott, wie immer Sie heißen, und Sie auch, Jesse Broad! Sie werden diese Stunde nie bereuen. Ich werde Goldstücke über sie regnen lassen, bis Ihre Taschen überfließen. Wenn dieser Abschaum erst hängen wird, werden Sie in allen Ehren neben mir stehen. Sie haben Ihr Glück gemacht, Männer, darauf können Sie sich verlassen. Ich werde Sie zu reichen Männern machen.«

Broad zielte mit seiner Muskete auf den Kopf des ehemaligen Kommandanten. Doch dann schaute er zu seinen Verbündeten in den Luvwanten. Swifts Worte hatten ihn verwirrt.

Henry Joyce röhrte los. Speichel lief ihm aus dem Mund, als er seinen Hass herausbrüllte. »Du bist ein dreckiger Verräter, Matthews. Du lässt dich bestechen, na klar. Du verrätst deine Kameraden an diesen Teufel! Sei verflucht, aber ich werde kämpfend sterben!«

»Kümmern Sie sich nicht um den, Matthews«, rief Swift jetzt. »Er ist ein Meuterer und ein Mörder. Alle werden von der Rah baumeln! Alle! Aber Sie beide werden reich sein, das verspreche ich.«

Die Kämpfenden formierten sich wieder.

Broad starrte zu Matthews hinüber. Er rief: »Ich will Ihr Geld nicht, Swift. Und auch Ihr dreckiges Blut nicht. Sie könnten mir die ganze Welt versprechen, ich weiß, dass Sie zur Hölle fahren werden! Und das gilt auch für dich, Joyce. Du wirst von meiner Hand sterben, wenn du auch nur noch einem Mann ein Härchen krümmst. Das verdammte Blutvergießen ist vorbei! Vorbei! Legt die Waffen nieder. Noch ein Wort, Swift, und Sie sterben.«

William Bentley überlegte in seiner Kajüte, ob er sich wieder ins Freie wagen konnte. Das unkontrollierte Taumeln der *Welfare* hatte aufgehört, doch noch immer schrie ihr Holz unter der ungewohnten Anstrengung auf. Dann war das Schlimmste vorbei, und sie rollte und stampfte auf vertraute Art. Ein Mann hatte das Ruderrad wieder übernommen. Auch der Lärm verstummte. Unter Deck hörte man nichts mehr.

William wusste noch nicht, was er tun konnte, fühlte sich aber in der Pflicht. Es erschien ihm äußerst unwahrscheinlich, dass die Meuterer ihr Ziel verfehlt hatten. Es war auch unwahrscheinlich, dass sein Onkel und die Offiziere lebten. Er beschloss zu handeln, denn William Bentley glaubte sich entschieden zu haben, was richtig und was falsch war. Die Exzesse seines Onkels gegen Tom Fox entsetzten ihn so sehr, dass ihm buchstäblich die Haare zu Berge standen. Und doch, und doch ... Meuterei? Lieber Gott, Meuterei war ein Verbrechen! Gewehrfeuer, Plumduff und dann solche dreckigen hirnlosen Kreaturen wie dieser Henry Joyce ... Er trat zögernd vor, die geladenen Pistolen in den Händen, bewegte er sich schnell und leise auf die Tür der Kajüte zu, die offen hin- und herschwang. Er blickte hinaus. Er machte einen Schritt und verhielt. Jede Unvorsichtigkeit konnte ihn das Leben kosten.

Als William beschloss, in die Kapitänskabine zurückzukehren, bewegte sich etwas direkt vor ihm im Dämmerlicht. Er starrte auf die Schatten am Niedergang zu den tieferen Decks, presste sich hinter die Tür und wartete.

Ein seltsames Seufzen und Schurren war zu hören, als der Schatten weiterschlurfte – ein Mann kletterte vom Unterdeck nach oben, keuchte, und immer wieder ertönten die Seufzer.

William wartete voller Ungeduld und Angst, ob sonst noch jemand auftauchte.

Als die Gestalt ins Helle kroch, blieb ihm fast der Atem stehen. Der Mann trug eine Perücke, eine Drahtbrille und war sturzbetrunken. Impulsiv trat William auf den Kriechenden zu und sprach ihn an: »Mr. Marner«, flüsterte er. »Mr. Marner, ich bin's, Will Bentley. Reißen Sie sich zusammen, Mann! Ich brauche Ihre Hilfe.« Er nahm an, dass Marner die ganze Zeit irgendwo unten in seine Decke gehüllt gehockt hatte und von den Meuterern übersehen worden war. Unsanft rüttelte William den Schulmeister an der Schulter. »Hoch, Mann! Hören Sie zu, verdammt noch mal! Wir finden einen, der Ihnen hilft. Dieses Schiff ist Opfer einer Meuterei geworden, Mr. Marner! Wir beide sind die beiden einzig Freien. Verstehen Sie das, Sir? Verstehen Sie? Sie müssen mir, so wahr uns Gott helfe, jetzt beistehen. Haben Sie verstanden?«

Der schmutzige, betrunkene alte Mann hockte auf seinen Händen. Ganz langsam schob er sich hoch, sabberte ein bisschen und versuchte zu lächeln. »Mr. Bentley«, murmelte er, und seine Worte verwischten sich, »wenn Sie nach unten wollen, Sir, in unsere Backschaft, dann werden Sie dort Ihren kleinen Freund finden, Jimmy Finch, Sir, den kleinen Jimmy. Gott sei ihm gnädig. Man hat ihn wie ein Schwein eingesperrt. Ich will nicht sagen, wo. Er ist tot. O ja, mausetot.« Mr. Marner sank auf seine Hände zurück und ließ ein trunkenes Kichern hören. »Und ich hoffe«, sagte er dann, »dass Sie mit Ihnen genau dasselbe machen, wenn Sie sie fangen, Sir!«

Er sackte langsam in sich zusammen und stank ekelerregend. William Bentley betrachtete ihn durch seinen Tränenflor hindurch. Dann wischte er sich mit dem Ärmel schnell über die Augen und verschwand nach achtern.

An Deck hatte sich eine sehr ungewöhnliche Lage eingestellt. Swift und die ihm ergebenen Männer hatten sich auf dem Achterdeck versammelt und starrten auf die Musketen der Seesoldaten, die sich der Meuterei angeschlossen hatten. Ihre Kleider waren zerrissen und blutverschmiert, einige ihrer Kameraden lagen blutend auf den Planken, während ihre Freunde den Verletzten grobe Schienen und Bandagen anlegten. Dumpfe Erwartung hing in der Luft. Die früheren Herren mussten damit rechnen, in ein Boot gesetzt zu werden – im besten Fall.

Es schien, als habe Matthews das Kommando übernommen, mit Jesse Broad als rechter Hand. Henry Joyce hockte gefährlich drohend ganz in der Nähe, ein Entermesser im Gürtel, zwei Pistolen in einem Bandelier quer über der Brust. Seine ziemlich betrunkenen Genossen waren ebenfalls schwer bewaffnet. Seit das Schiff wieder Fahrt aufgenommen hatte und sicher auf Kurs lag, stand Mr. Allgood an den Leewanten und starrte bedrückt auf die graue Wasserwüste. Er hatte an den letzten Vorgängen keinen Anteil genommen und jeden Kommentar verweigert, als Matthews ihn angesprochen hatte. Am Großmast hatte sich die größte Gruppe der Meuterer gesammelt, die jetzt langsam den Mut verlor. Sie fingen an, die Leichen der Kameraden über Bord zu werfen. Die Verwundeten lagen noch auf den Planken, und Mr. Adamson eilte mit Brandy von einem zum anderen und legte ihnen Bandagen an. Um den Kapitän und seine Gruppe kümmerte er sich nicht.

Dieses Bild zeigte sich William Bentley, als er vorsichtig über die Heckreling linste, nachdem er aus einem der Heckfenster der Kajüte geklettert war. Er sah die grauen Gesichter, die gebeugten und erschöpften Männer, Meuterer und Gefangene, und die vielen Blutlachen. Niemand schaute nach achtern.

Ohne lange nachzudenken, zog er sich über die Reling und näherte sich auf Schussweite Matthews, Broad und Joyce. Die Hähne seiner Pistolen waren gespannt, sie waren schussbereit, und Williams Hände zitterten nicht.

»Im Namen des Königs«, rief er, »und nach allem, was die Kriegsartikel mir erlauben, stelle ich Sie unter Arrest. Lassen Sie Ihre Waffen fallen.«

28

Die Stimme schnitt scharf in Jesse Broads Bewusstsein, der sie sofort erkannte, obwohl sie sehr schrill und unsicher klang. Blitzartig fiel ihm ein, dass er den Jungen seit dem Mord an Tom Fox nicht mehr gesehen hatte. Langsam drehte er sich um. Der Midshipman trug immer noch seine blaue Uniform, war unverletzt, zeigte nicht einmal Blutspuren, schwitzte auch nicht. Das war außergewöhnlich in dieser Situation. Nur sein Gesicht vibrierte vor Anspannung. Seine Blicke wanderten zu Swift und zur Kuhl. Broad, der im Gürtel nur ein Messer stecken hatte, ließ es hörbar auf das Deck fallen.

William beobachtete Matthews und Joyce. Matthews' Gesicht verriet nichts. Er ließ eine Pistole fallen. In Henry Joyce' wildem und schmutzigem Gesicht rollten gefährlich die Augäpfel, die Lippen verzerrten sich vor Zorn und Hass. Dumpfes Grollen entrang sich seiner Kehle. Einen Augenblick lang sah es so aus, als wollte er aufspringen.

William Bentley machte mit der verbliebenen Pistole in seiner Hand ein deutliches Zeichen. »Ich zähle bis zwei«, rief er. Seine Stimme klang sehr bestimmt, und alle spürten die Drohung. »Eins …«

Während es Broad wie eine Ewigkeit erschien, obwohl es doch nur Sekunden dauerte, bewegte sich niemand auf dem Achterdeck. Die Seesoldaten zielten mit ihren Musketen immer noch auf Swift und seine Entourage, die alle Bentley anstarrten. Die Mündung der Pistole war keinen Meter von Joyce Bauch entfernt, bis Joyce seine Pistolen mit Zeigefinger und Daumen aus dem Bandelier zog und sie fallen ließ. Das Entermesser folgte.

»An die Reling«, befahl Bentley.

Die Männer bewegten sich. Immer noch blieb es still. Angst und Unsicherheit breiteten sich aus.

Für Jesse Broad wurde dieser Albtraum immer unerträglicher. Der Tod des armen Jungen, das Blutbad, die Meuterei und die möglichen Folgen, wenn man sie erst alle vor Gericht stellte.

Es fehlte wahrscheinlich nicht viel, damit einige einen Gegenaufstand versuchten in der Hoffnung, dass man ihnen vor Gericht die Rolle vergeben würde, die sie im ersten Teil des Aufstands gespielt hatten.

William Bentley wusste genau, dass ihm nur wenig Zeit blieb. Jeder Nerv war bis zum Zerreißen gespannt. Er wusste, dass er es die nie schaffen konnte, seinen Onkel zu entwaffnen. Also setzte er auf seine Überredungskünste.

»Männer«, begann er, »ihr müsst diesen Wahnsinn beenden. Fürchterliches ist geschehen, wir alle werden uns vor Gott verantworten müssen. Aber noch ist nicht alles verloren.«

Ein Wutschrei stieg aus Henry Joyces Kehle, und William Bentley wandte sich ihm sofort zu. »Halt die Klappe!«, schrie er. »Du wirst diese Männer bestimmt nicht in den Tod führen!«

Niemand sagte ein Wort, aller Augen waren auf die kleine, entschlossene Gestalt gerichtet. Nur der Rudergänger stand mit gegrätschten Beinen am Ruder und ging blicklos seiner Pflicht nach. Die Hölle hatte sich geöffnet, aber die *Welfare* segelte weiter nach Süden.

William Bentley fuhr fort: »Ihr da, die ihr Kapitän Swift bewacht, müsst sofort die Waffen niederlegen. Es ist hoffnungslos, das seht ihr doch, hoffnungslos.« Er machte eine Pause. »Männer, es hat eine Meuterei gegeben. Ich kann denen, die daran teilgenommen haben, nichts versprechen – außer: Wenn ihr vor Gericht gestellt werdet, wird es eine faire Verhandlung geben. Und wenn ihr jetzt aufgebt, wird man das berücksichtigen. Es wird nicht vergessen werden.« Er spürte, wie ihm der Schweiß über den Rücken rann, und begann zu zwinkern, weil er ihm auch von der Stirn in die Augen lief. Das dauerte alles zu lange. Die Männer mussten die Musketen niederlegen.

»Es sind Fehler gemacht worden«, sagte er. Seine Stimme klang plötzlich fast so schrill wie die von Jack Evans. »Ja, Fehler«, stotterte er weiter. »Auf der *Welfare* ist geschehen, was nie hätte geschehen dürfen.« Plötzlich fing er an zu keuchen, der Schweiß floss jetzt in Strömen. »Hört, Männer, hier ist mein Angebot. Ergebt euch und hebt jetzt die Arme, und ich werde vor Gericht nichts verschweigen. Nicht die kleinste Einzelheit. Es wird alles vorgetragen werden.«

In der Kuhl hatten sich viele schon nach achtern bewegt, hatten ihre Waffen niedergelegt, und ein seltsamer Ausdruck lag auf ihren Gesichtern. Eine Art stumpfe Hoffnung.

Jesse Broad entdeckte Allgood unter ihnen. Sein Gesicht war gezeichnet von der Schande, und er schien demütig wie ein geprügelter Hund. Broad empfand fast schon Reue in diesem Augenblick, und auch er war geneigt, dem Jungen zu glauben. Aber er wusste auch, dass das niemanden vor dem Hängen retten würde.

Noch ehe Bentley weitersprechen konnte, ließ einer der Seesoldaten, der vor Swift stand, seine Muskete fallen. Eine halbe Minute verstrich. Dann folgte ein Kamerad seinem Beispiel. Dann der nächste. Ein vierter, ein fünfter. Rufe ertönten.

William Bentley fühlte seine Hoffnung wachsen. Er schluckte. Wenn es ihm gelingen würde … Seine Arme schmerzten vom Gewicht der schweren Pistolen, die Griffe waren vom Handschweiß schlüpfrig geworden. Wieder fiel eine Muskete. Und noch eine. Diejenigen Seesoldaten und die Maate, die ihre Waffen noch immer im Anschlag hielten, sahen sich unsicher an.

Triumphierend rief William: »Männer, wartet nicht länger! Schnell, schnell, ergebt euch.«

Ein paar Sekunden lang schien es, als habe er Erfolg. Nur noch drei oder vier Musketen zielten auf die Gruppe. Dann erhob Daniel Swift seine Stimme, die vor Erregung zitterte. Seine Augen streiften die unglücklichen Meuterer, und er platzte fast vor Verachtung. »Legt nur an, ihr Hunde«, brüllte er. »Ihr verdammten Hurensöhne! Zielt nur weiter auf mich! Lieber Gott, ich habe keine Angst! Also, haltet drauf!«

Vor Schreck schloss William Bentley die Augen. O Onkel, dachte er, schweig doch, schweig still!

»Erschießt mich kaltblütig, ihr Abschaum«, grölte Swift weiter. »Ah, ihr wagt es nicht? Ihr seid Feiglinge! Abschaum und Feiglinge! Alle zusammen!«

Ein allgemeines Gemurmel erhob sich in der Kuhl und rollte nach achtern. Die Männer mit den Musketen schwankten. Swift war wieder ganz der Alte, seine Augen blitzten, seine Falkennase ragte in die Luft.

Du Narr, dachte Bentley entsetzt. Was bist du nur für ein verdammter Narr!

Jesse Broad überraschte Swifts Arroganz, seine Dummheit, seine Fantasielosigkeit. Es schien fast, als fände die Auseinandersetzung nur noch zwischen den paar Bewaffneten, dem Kapitän und William statt. Eine Bewegung achtern machte dem Ganzen ein Ende. Das war's. Der Junge hatte verloren. Der Mann, der in diesem Moment aus der Kajüte hinauf achtern über die Heckreling geklettert war, gehörte zu Joyces Clique, ein langer, grobknochiger Kerl namens Madesly. Er wirkte betrunken, doch er bewegte sich wie ein Tänzer über das Deck. Er war ein guter Seemann. In seiner Hand trug er eine Spake von der Ankerwinsch, im Gürtel ein Entermesser. Als er an Deck erschien, änderte sich Swifts Tonfall. Aufgeschreckt stieß er einen lauten Warnschrei aus.

William Bentley drehte sich halb um. Die schwere Spake traf

sein Handgelenk und zerschmetterte es. Die Pistole zeigte nach oben, und der Schuss landete harmlos im Rigg. Dann erhielt er einen Schlag auf den Schädel und brach bewusstlos zusammen.

Henry Joyce schrie auf und riss noch im Sprung die zweite Pistole an sich. Er hielt sie an Williams blutende Stirn und zog durch. Doch sie versagte.

Ehe erneut die Gewalt ausbrach, griffen Matthews und Broad nach den herumliegenden Waffen. Dann zielte Broad in kalter Wut auf Henry Joyce und Madesly.

»Daniel Swift«, sagte Matthews, »eine Bewegung, ein Wort, und Sie sind ein toter Mann. Für Sie gibt es nichts mehr zu hoffen.«

Swifts Hassausbruch hatte dafür gesorgt, dass der Umschwung zum Frieden vergeigt war. Die Männer wollten ihn jetzt nur noch so schnell wie möglich über Bord werfen. Die Seesoldaten griffen wieder nach ihren Waffen. Auf ein paar Befehle von Matthews und Broad hin wurden Boote klargemacht, und Henry Joyce und seine Leute begriffen bald, dass Matthews der einzige Mann unter ihnen war, der etwas vom Navigieren verstand. Doch es gelang weder ihm noch Broad, Joyce und seine Clique davon abzuhalten, in Richtung Zahlmeisterkammer zu verschwinden. Bald würden sie besoffen zurückkehren.

Allgood hielt sich zunächst zurück, schien wie betäubt und angeekelt von seiner Rolle. Doch schließlich organisierte er das Einschiffen in die Boote – einfach weil so etwas in seinen Aufgabenbereich fiel. Broad ahnte, was in dem Bootsmann vorging. Sein Leben in der Royal Navy war ruiniert, sein Stolz war verflogen.

Nachdem Daniel Swift und seine Männer zum Appell angetreten und durchgezählt waren, standen die selbst ernannten Führer der Meuterer vor dem Problem, dass nicht genügend Boote für so viele Männer vorhanden waren.

Wieder versuchte Swift, ein paar Männer mehr auf seine Seite zu ziehen. »Ihr wisst, was ihr zu erwarten habt, wenn man euch erwischt, hoffe ich«, rief er Matthews zu, nachdem er sich kurz mit ihm über die Vorräte gestritten hatte, die er an Bord nehmen durfte. »Und ihr werdet gefangen, ich verspreche es. Meuterei gehört zu den schlimmsten Verbrechen in der Royal Navy. Ihr könnt sicher sein, dass dieser Tag sich blutig rächen wird.«

Er sah die Meuterer an, und viele wirkten sehr unglücklich. »Warum lasst ihr Narren euch darauf ein?«, fragte er. »Warum hört ihr diesem Verbrecher überhaupt zu? Ihr habt Waffen, benutzt sie also. Übernehmt das Schiff wieder, und ich werde dafür sorgen, dass man euch nicht hängt. Ich garantiere es mit meinem Ehrenwort.«

»Halten Sie den Mund!«, fuhr Matthews ihn an. Er wandte sich an die Männer, die immer noch zögerten. »Der redet von Ehrenwort – und ihr lacht nicht einmal? Lieber Gott, dieses Monster hat keine Ehre!«

Später unternahm Swift noch einen zweiten Versuch. Die drei Boote, die Broad und Matthews ihm und seinen Getreuen zugestanden hatten, waren bereits voll mit den Vorräten und den fünfzig Männern. »Ihr Mörder, ihr verfluchten Mörder!«, brüllte Swift plötzlich. »Wollt ihr uns in diesem eiskalten Meer ersaufen lassen? Habt ihr nicht schon genügend Schurkereien auf dem Kerbholz? Wollt ihr euch jetzt gegen Gottes Gesetz genauso versündigen wie gegen das der Menschen? In diesen drei Booten können wir nicht überleben!«

Die Wellen kamen jetzt hoch und kurz, der Wind war kalt und versprach nichts Gutes. Selbst Jesse Broad machte sich Gedanken über das Schicksal der Männer. Mit kleinen Booten kannte er sich aus, und diese waren überladen und hatten gefährliche Wasser vor sich. Doch Matthews zeigte sich hart.

»Sie sind ein Verbrecher, Daniel Swift«, rief er kalt. »Sie wissen so gut wie ich, dass Sie eine reelle Chance haben. Dieser

Wind wird Sie zum Kap der Guten Hoffnung bringen. Der Sturm ist so gut wie vorüber und dreht schon auf West. Sie werden im Handumdrehen in Kapstadt sein!«

»Eine Chance, eine Chance? Ist das alles, was Sie fünfzig Seelen bieten? Eine Chance? Sie sind ein Mörder!«

»Halten Sie die Schnauze«, schrie Matthews zurück. »Der Mörder sind Sie, und das werden wir hier niemals vergessen.« Er wandte sich an Mr. Robinson, der dicht neben Swift stand. »Sie sind doch ein guter Seemann, Sir. Sie haben sicherlich keine Zweifel, Kapstadt heil zu erreichen?«

Robinson reagierte nicht, so dass Jesse Broad schon dachte, er hätte ins Leere geredet. Doch dann erhielt er seine Antwort.

»Ich fürchte mich vor nichts, das Gott mir schickt«, sagte Robinson ruhig. »Nach Kapstadt? Wir werden vielleicht schon bald in den Hafen einlaufen. Und dann möge Gott Ihnen gnädig sein.«

Trunkenes Brüllen schallte aus der Achterluke. Jesse Broad sagte ernst: »Hier an Bord hätten Sie jedenfalls keine Chance und ...«, er beendete den Satz nicht.

Die Angelegenheit verlangte nach Eile. Mordlust lag in der Luft. Die Verletzten wurden versorgt, so gut es ging, man reichte Swift Navigationsinstrumente, Karten und seine Geheimpapiere, und das erste Boot wurde klar zum Ausschwingen gemacht. Es war die kleine Jolle.

Midshipman Simon Allen sollte das Kommando übernehmen. Er ließ seine Männer an Bord, machte die Riemen klar und wartete, denn die *Welfare* wollte unter den ungeübten Händen des neuen Rudergängers nicht beidrehen. Reichlich Schnaps war geflossen, die Atmosphäre war gespannt, und Jesse Broad war jetzt mit Pistolen bewaffnet. Obwohl die meisten Männer auf Wache nüchtern waren, konnte die Lage jederzeit außer Kontrolle geraten. Der Albtraum war noch lange nicht vorbei.

Endlich lag die *Welfare* beigedreht. Große Seen brachen sich hoch an der Bordwand, immer wieder rauschte Wasser durch die Kuhl. Als Allgood befahl, die Jolle zu Wasser zu lassen, tauchte Padraig Doyle vorn aus der Luke auf.

Sein Gesicht war erschreckend verzerrt, in der Hand hielt er den Dudelsack. Während er nach achtern stolperte, einen Arm zum Tasten ausgestreckt, erhob die Jolle sich vom Deck und hing an der Großrahtalje, die eigens geriggt worden war. Die *Welfare* tauchte tief ein, und eine Welle rauschte über Deck. Sie erwischte den Blinden voll und warf ihn fast auf die Planken. Doch Plaig gewann sein Gleichgewicht wieder und stolperte einen oder zwei Schritte weiter. Das Deck hob sich wieder, und ein zweiter Schlag traf die *Welfare*. Doyle stolperte zur Seite, die Jolle schwang auf ihn zu, erwischte ihn im Kreuz, warf ihn um – und plötzlich war er verschwunden. Jesse Broad rief laut nach ihm. Ein Dutzend Hände ließ die Fallen los, die Jolle krachte aufs Deck, Schreckens- und Schmerzensschreie und das Zersplittern von Holz waren zu hören.

Auf dem Kamm einer anrollenden Welle tauchte der Kopf des Blinden auf, sein Dudelsack auf Armlänge weggestreckt. Im stummen Schrei klaffte der Mund. Dann versank der Mann, sofort darauf der Dudelsack. Die See rollte weiter.

Wut packte jetzt die Männer an Deck, auch Jesse Broad. Die Jolle war nicht mehr zu reparieren, wurde von den Taljen abgeschlagen und die Einzelteile über Bord geworfen. Ihre Insassen wurden in die beiden restlichen Boote gezwungen. Swift führte die Barkasse zusammen mit Mr. Robinson, und Simon Allen saß bei Hagan im Kutter. Der Kutter schwang aus, landete sauber auf einer anrollenden Welle und kam frei. Er lag gefährlich tief im Wasser, hielt sich aber. Das Luggersegel wurde mit einem Reff gesetzt, während sie auf ihre Kameraden warteten.

Da die Barkasse viel mehr Passagiere bekam, als sie tragen konnte, entschlossen sich einige gesunde Männer auf der *Welfare* zu bleiben, und ein paar Bewusstlose wurden einfach ungefragt zurückgelassen.

Daniel Swift, der im Heck saß, rief Broad zu: »Sie da, Sie Verrückter, wir brauchen noch ein Boot! Wir werden sonst sinken. Gib uns noch ein Boot!«

»Zur Hölle mit Ihnen, Swift«, schrie Jesse Broad zurück. »Klar zum Ausschwingen, Männer!«

Swift stand in der Barkasse, und in seinem Gesicht zuckte es. »Verdammt noch mal, ich verlange ein weiteres Boot!«

»Setzen Sie sich, Swift«, rief Broad heiser zurück, »sonst erschieße ich Sie. Sie haben weiß Gott genug angerichtet. Wir haben die Geduld verloren. Setzen Sie sich, ehe meine Kugel Sie trifft.«

»Ich will meinen Neffen«, brüllte Swift. »Welche Chance hat William Bentley, wenn er bei Ihnen bleiben muss?«

Jesse Broad blickte auf den bewusstlosen Midshipman. »Keine, denke ich«, rief er hasserfüllt. »Keine, Sie Bastard! Welche Chance ... welche Chance ...«

Er hustete.

Swift schwieg. Die Barkasse hob sich, zögerte an der Reling und sank dann gut in die Wellen. Zehn Minuten später waren beide Boote in der Dunkelheit verschwunden. Swift stand bis zuletzt im Heck, schrie seine Verwünschungen und drohte mit geballter Faust in Richtung *Welfare*.

29

Als William Bentley fast achtundvierzig Stunden später wieder klar denken konnte, hatte Jesse Broad ihm mehr als einmal das Leben gerettet. Der Junge schloss seine Augen sofort wieder, weil das Licht schmerzte. Seine ganze linke Seite schrie. Von seinem Handgelenk jagten Schmerzen wie ein Feuerstrahl den Arm hinauf.

Mit geschlossenen Augen versuchte er zu rekonstruieren,

was geschehen war. Er konnte sich nicht erklären, wie er in diesen Zustand gelangt war. Seine letzte Erinnerung bestand aus Entsetzen über seinen Onkel, der die mit Musketen bewaffneten Männer mit seinen Worten schwer attackiert hatte. Durst quälte ihn. Sein Mund war knochentrocken und schmeckte faulig.

Mit Mühe öffnete er seine Augen. Sonnenlicht sickerte durch die Fenster der Kapitänskabine. Er zuckte. Diese Kabine? Was tat er hier? War die Meuterei fehlgeschlagen? Er versuchte zu rufen, aber ihm gelang nur ein Krächzen. Daraufhin erschien Jesse Broad. Er grinste, trug Pistolen im Gürtel und einen Säbel, und er sah sauber und lässig aus. Also doch kein Fehlschlag? Die Meuterer hatten das Schiff in ihrer Gewalt!

Obwohl es ihm schwer fiel, sich zu konzentrieren, und die Übelkeit ihm immer heftiger zu schaffen machte, verstand William Bentley sofort, was Jesse Broad ihm berichtete. Gleichzeitig trank er ein Glas vom besten Wein seines Onkels. Bald fühlte er einen gewaltigen Brand nach frischem Wasser, aber Frischwasser gab es an Bord längst nicht mehr.

Nachdem die Barkasse und der Kutter abgelegt hatten, erläuterte Broad, warum William Bentley von den Männern in das überfüllte Krankenquartier geschleppt worden war, wo Mr. Adamson ihn auf das Beste versorgte. Adamson hatte an der Meuterei nicht aktiv teilgenommen, es aber auch abgelehnt, mit Swift von Bord zu gehen. Er wollte sein Glück lieber auf der *Welfare* versuchen als in einer dieser verdammten Nussschalen. Doch alle wussten, dass der seltsame Mann einfach davon ausging, dass er auf der *Welfare* dringender gebraucht wurde.

»Ich glaube, mein Onkel hasste ihn«, flüsterte William.

Broad lachte. »Ja, kein Zweifel. Aber wen hat Swift nicht gehasst? Mr. Adamson hat jedenfalls Ihr Leben gerettet.«

»Wirklich?«

»Und nicht nur mit Hilfe der Medizin! Sie waren noch nicht

sehr lange unten, als ein paar der Burschen, die weder vergeben noch vergessen wollten, sich entschlossen, Sie hängen zu sehen.«

William Bentley fühlte wieder seinen Magen.

»Oh«, murmelte er nur.

»Mr. Adamson ist ein bisschen zu klein, um gegen solche Kerle mit der Faust zu kämpfen oder gar mit der Brandy-Flasche. Aber mit seiner scharfen Zunge und seinem hellen Verstand hat er sie überzeugt, dass das Vergnügen, sie baumeln zu sehen, größer wäre, wenn Sie erst wieder genug Leben in sich hätten, um zu strampeln. Gleichzeitig schickte er einen Jungen nach achtern, der uns zu Hilfe holen sollte.«

Jesse musterte mitleidig das sorgenvolle Gesicht des Jungen.

»Was machen die anderen?«, fragte Bentley nach einer Weile.

»Sie meinen Ihre Fraktion?«, antwortete Broad.

Das klang nicht böse, er fühlte keinen Hass gegen den Jungen. William war jung, in festen Strukturen erzogen worden und konnte sich selbst nicht helfen. Außerdem war er krank, sehr krank und hatte schreckliche Angst.

»Die sind einigermaßen davongekommen«, sagte Jesse. »Bluthund Swift verfluchte uns und drohte uns mit Strick und Ketten und Folter. Vermutlich werden sie es in einen Hafen schaffen; das Wetter ist besser geworden, der Wind schwächer, und die Holländer am Kap werden sich gut um sie kümmern, nehme ich an. Aber uns werden sie nicht fangen, keine Sorge!« Er beobachte Bentleys zerquältes Gesicht. »Außer Ihnen ist niemand verletzt worden«, fuhr er fort. »Ihre Pistole entlud sich, und das war der letzte Schuss, der fiel. Swift hat um die fünfzig loyale Männer in seinen Booten mitgenommen, dazu Hagan und Robinson. O ja, und Simon Allen.«

»Und die anderen? Die Offiziere und ... und ... Stimmt es, dass sie dem kleinen James etwas angetan haben?«

Broad wollte lachen, aber es klang mehr nach einem humorlosen Grunzen. »O ja, das stimmt. Ein äußerst schweres Verbrechen! Und dem anderen auch, diesem Kind mit der quietschenden Stimme, Evans ... Plumduff haben sie umgelegt. Higgins über Bord geworfen und den Zahlmeister ... Lieber Gott, was haben sie dem armen alten Butterarsch nicht alles angetan! Ich glaube, der Scheißkerl hat es auch verdient.«

»Und ich wurde gerettet? Lieber Gott, die warten doch jetzt nur darauf, mich zu töten.«

»Ja«, bestätigte Broad sachlich. »Auf unserer Seite«, fuhr er dann fort, »haben wir den Dudelsackpfeifer verloren. Ich habe ihn untergehen sehen, dabei hätte ich doch so gern irgendwann von ihm erfahren, was er in Irland erlitten hat, ehe er zu uns kam, der arme Kerl!«

William Bentley schauderte. Er erinnerte sich, als er den Dudelsackpfeifer zum ersten Mal gesehen hatte, an den Schock und das Entsetzen, das ihn befallen hatte. Er hatte den alten Mann gehasst, ihn verachtet – grundlos. Ein Anflug von Scham kroch in ihm hoch.

»Nun ja«, fuhr Jesse fort, »er hatte seinen einzigen Freund an Bord verloren. Ich habe keine Ahnung, wo er sich während des Aufstands verkrochen hatte. Ich hatte keine Zeit, mich auch noch um Padraig Doyle zu kümmern. Aber er tauchte dann ja wieder auf, ganz von allein, und nach meiner Meinung hat er es jetzt besser als je im Leben. Ich habe viele Freunde verloren, junger Mann, an jenem Tag.« Er schwieg einen Augenblick und fuhr dann scharf fort: »Mehr als Sie, nehme ich an. Dolby starb, müssen Sie wissen, als er das Leben und die Ehre von Evans und James Finch retten wollte. Für Sie ist Dolby kein Verlust, falls Sie sich überhaupt noch an seinen Namen erinnern.«

William Bentley drehte sich weg. Der arme Dolby, den die Midshipmen mit Spott und Hohn überschüttet hatten und mit demütigenden, schmutzigen Arbeiten. Er schämte sich. Es war schrecklich, alles war schrecklich und schlimm.

Broad versank in Schweigen und kehrte in seinen Gedanken in die Vergangenheit zurück. Es wäre leicht, seine Rache jetzt an diesem hilflosen Jungen auszulassen, aber so etwas lag nicht in seinem Charakter. Die letzten Tage hatten seine ganze Kraft und sein ganze seemännische Erfahrung gefordert.

Denn kaum waren die beiden Boote verschwunden und die *Welfare* wieder auf Kurs, als bereits die erste gefährliche Situation entstand. Die Männer verlangten laut nach Wein und Rum und forderten die Delikatessen aus dem Vorrat des Kapitäns für sich. Joyce, Madesly und die Clique hatten das Fasslager bereits aufgebrochen und sich Rum besorgt, doch dann hatte Joyce in seinem Egoismus die Türe glücklicherweise wieder abgeschlossen und den Schlüssel an sich genommen. Gut die Hälfte der Männer war zu diesem Zeitpunkt nicht arbeitsfähig, und die andere Hälfte war auch wild entschlossen, ihre neu gefundene Freiheit zu feiern und sich lieber voll laufen zu lassen. Zwar war es nicht zu tätlichen Auseinandersetzungen gekommen, die sehr gefährlich hätten werden können, denn es gab jetzt reichlich viele Waffen in den falschen Händen. Matthews und Broad machte der Gedanke schwer zu schaffen, dass sie auf einem Pulverfass saßen. Sie hatten versucht, Allgood in ihre Gespräche einzubinden, doch der war nicht ansprechbar. Eigentlich hatte er Swift bitten wollen, ihn mitzunehmen, doch ihm war klar gewesen, was dieser ihm geantwortet hätte. Jetzt schmorte Allgood in seiner eigenen dunklen Hölle.

Matthews und Broad hatten sich mit Joyce zusammengesetzt und beratschlagt, wie sie die Situation meistern könnten. Matthews musste das Kommando übernehmen, er war der einziger Navigator und erfahrene Blauwasser-Seemann und hatte die Autorität, Befehle zu erteilen. Broad wurde sein Stellvertreter, seine Qualifikationen waren zwar etwas nebulös, doch als erfahrener Seemann hatte er Schiffe zumindest an der Küste entlang und über den Englischen Kanal geführt.

Er wusste mit den Männern umzugehen, war gebildet, und die meisten mochten ihn. Beide waren entschlossen, im Notfall Gewalt gegen Gewalt zu setzen.

Joyce und seine Leute wollten anfangs den Beschluss nicht akzeptieren. Sie wollten ihre Freiheit und keinen neuen Swift oder sogar zwei. Die Lage wurde zunehmend brenzliger, Joyces Anhänger waren in der Überzahl und bewaffnet. Wie die Zahlenverhältnisse genau aussahen und wie die Unentschlossenen sich verhalten würden, war zu diesem Zeitpunkt völlig offen.

Doch wie schon so oft, seit Broad auf die *Welfare* gekommen war, lösten Schiff und Wetter die anliegende Frage wie von selbst. Der Wind war seit einiger Zeit nach Westen ausgeschossen, doch mit Einbruch der Dunkelheit baute sich eine Front auf. Es blies nicht lange, aber extrem hart, und wer dazu noch in der Lage war, kam an Deck. Die Männer hatten gut zu tun, denn während die einen schufteten, verschwanden viele nach unten und tranken bis zum Umfallen. Am nächsten Morgen waren jedoch Wärme und Sonnenschein zurückgekehrt. Alle Segel wurden gesetzt, und den halben Vormittag rauschte die *Welfare* mit voller Geschwindigkeit dahin. Erleichterung machte sich breit.

Am späten Vormittag versammelte Matthews alle Mann achtern. Noch immer waren einige betrunken, und es hagelte laute Proteste, weil es wie in alten Zeiten zuging. Wann würde die Peitsche wieder auftauchen? Die Frage, die sich Broad besorgt stellte, war, wer die Aufmüpfigen wohl führte. Er hatte das ungute Gefühl, dass es genügend Freiwillige geben würde, falls es zum Konflikt käme.

Matthews hielt seine ruhige Ansprache mit großer Autorität und überzeugte. Viele Männer waren davon ebenso überrascht wie Broad. Mit einem Mal begriff er die Verzweiflung, die in dem ernsten, stillen Offizier der Handelsschifffahrt gebrannt haben musste, nachdem er – brutal und gegen alle Gesetze – aus seiner Welt gerissen worden war. Die Zwischenrufe verstummten bald. Alle hörten ihm zu, während er ein klares, ernüchterndes Bild ihrer Lage zeichnete und die Chancen von Erfolg und Misserfolg abwog.

Er erwog auch die Überlebenschance für Swifts Boote. Falls sie die Nacht überstanden hatten – falls die Männer also überhaupt erlebt hatten –, schätzte er ihre Aussichten hoch ein, einen Hafen oder zumindest die Küste zu erreichen. Falls Swift in Kapstadt seine Aussagen machte, bedeutete das noch kein Desaster für die Meuterer. Matthews hatte die Karten zu Rate gezogen – mit etwas Glück konnten sie davonkommen.

Die Mannschaft klammerte sich wie Ertrinkende an seine Worte, das verschaffte ihm einen Vorteil, um sie zu führen.

»Wegen der Bummelei der Admiralität oder wegen dieses Herumhängens in den Kalmen erreichen wir Kap Hoorn in einer sehr gefährlichen Jahreszeit. Warum wir überhaupt auf dieser Route sind, weiß nur der liebe Gott – ich glaube nicht, dass wir es je erfahren werden. Der Westwind wird uns jetzt die Pforten der Hölle öffnen. Wir werden auf gewaltige Stürme treffen. Und in den Verschnaufpausen werden uns Orkane überfallen. Die Kälte wird sogar den Rum in den Fässern einfrieren lassen. Habt ihr das verstanden?«

Henry Joyce wollte etwas dazwischenrufen, aber man brachte ihn zum Schweigen.

Matthews fuhr fort: »Was ich euch sagen will, ist: So spät im Jahr ist Kap Hoorn ein tödliches Revier. Aber wir müssen es trotzdem schaffen. Und dann, Männer, was machen wir dann? Drei Monate lang oder vielleicht vier sind wir in Sicherheit, denn niemand mit gesundem Menschenverstand wird versuchen, uns zu folgen. Wenn wir rum sind, sind wir in Sicherheit.«

Jesse Broad erinnerte sich gut an die Jubelrufe. Und ebenso an den zweiten Teil von Matthews Rede. So viel wussten alle:

Man würde ihnen später nachsetzen. Falls Swift es nach Kapstadt schaffte und die Royal Navy dort ein Schiff hätte, sei es auch nur ein Handelsfahrer der Ostindischen Gesellschaft, ja, sei es auch nur ein Holländer, der die Männer nach St. Helena brachte – dann würde man der *Welfare* folgen. Andererseits: Je schneller sie das Kap rundeten, desto besser stand die Aussicht, davonzukommen.

Und dann?

»Dann haben wir die Wahl«, erklärte Matthews den lauschenden Männern. »Zwischen vielen Möglichkeiten. Einige sind nur gut, andere sind fast wunderbar, und noch andere sind so wunderbar, dass man sie mit Worten kaum beschreiben kann.« Zuerst einmal würden sie nordwärts segeln in wärmere Wasser. Dabei würden sie viele geeignete Plätze für ihr weiteres Leben finden. Fernandez zum Beispiel, wo Robinson Crusoe gehaust hatte und es ihm gut ergangen war, wie man in dem alten Buch nachlesen konnte. Oder wo Anson geankert hatte und wieder zu Kräften gekommen war, ehe er die spanischen Schatzschiffe aufgebracht hatte. Sie würden Zeit haben, erst einmal dort Anker zu werfen, selbst wenn es für ihre Sicherheit noch nicht weit genug nördlich war. Man würde sehen. Weiter im Norden gäbe es berühmte Regionen, wo die spanischen Dons sich an Wein und Orangen labten. Noch besser, vielleicht als Endziel, kämen die Inseln in Frage, eine Million Inseln, die es da geben sollte, wo Milch und Honig flossen. Wo es Gold gab – und Frauen …

Diese Rede stieg allen zu Kopf, und die Inseln waren der Höhepunkt. Millionen Inseln sanfte, braunhäutige Frauen. Broad spürte fast körperlich, wie die Seeleute von der warmen Sonne und dem sanften Wind träumten. Er versuchte, alles andere aus seinem Kopf zu verdrängen: die Kannibalen, von denen Anson geschrieben hatte, die Krankheiten, die Riffe, die fürchterlichen Stürme. Matthews machte sich nichts vor, wie Broad merkte, nur den anderen.

»Also, Männer?«, fragte er nach einer Pause, »macht ihr mit? Wollt ihr mir und Jesse Broad aus der Hölle ins Paradies folgen?«

Lauter Jubel brandete auf. Henry Joyce und ein paar seiner Leute versuchten, dagegenzuhalten, aber sie wurden einfach niedergeschrien. Broad beobachtete das Geschehen mit gemischten Gefühlen.

Als der Jubel verklungen war, fuhr Matthews mit seinen Vorschlägen fort, seine ernste Stimme überzeugte. Mehr und mehr stimmten ihm begeistert zu.

Also, zuerst das Kap, einverstanden?

Jetzt waren alle dafür.

Die Weststürme werden die reinste Hölle sein.

In Ordnung, in Ordnung, die stehen wir durch, die schaffen wir.

Wir brauchen Disziplin – und zwar eine straffe, wie bei der Royal Navy.

Ja, ja, das stimmt, wenn du das sagst.

Ich werde Kommandant sein, Broad ist Leutnant: Wir werden führen.

Ja, ja.

Ihr seid die Mannschaft. Es gibt die gewohnten Wachen und nicht mehr Schnaps als bisher. Essenrationen wie bisher.

Einverstanden, einverstanden. Sie führen uns, Mr. Matthews.

»Und dann, ihr tapferen Männer …«

Lieber Gott, dachte Jesse, das klang ja fast wie Daniel Swift.

»Und danach die Freiheit. Inseln, Frauen, Schnaps. Dann kann das Leben richtig losgehen.«

Vor Vorfreude waren die Männer fast außer sich. Als der Jubel etwas leiser geworden war, ergriff Henry Joyce das Wort. Er war nicht ganz nüchtern, und seine Vorstellung von totaler Freiheit stieß plötzlich auf Ablehnung. Die Männer hatten die Gefahr erkannt, in der sie schwebten. Ein Schiff, groß wie eh und je, aber eine verkleinerte Besatzung! Sie würden schuften müssen wie die Knechte, denn ihr Leben war gefährdet! Matthews beendete alles klug mit einer Abstimmung. Als Joyce überstimmt war, bat Matthews um eine zweite Abstimmung, ob der Schlüssel für das Alkohollager zurückgegeben werden sollte. Joyce verlor wieder. Zuerst schien es, als wolle er darum kämpfen, den Schlüssel zu behalten, Aber dann holte er ihn aus der Tasche und warf ihn an Deck. Ohne seine Würde zu gefährden, bückte Matthews sich und hob ihn auf. Und als Broad schon meinte, er habe es mit den Abstimmungen übertrieben, bat er noch einmal um ein Handheben – es ging um die Waffen. Wieder gab es eine große Mehrheit: Alle Musketen, Entermesser und Handwaffen von Seeleuten und Seesoldaten wurden eingesammelt und in einem der Vorratslager achtern, in Schussweite der Kajüte, eingeschlossen. Joyces Clique gab klaglos nach, Broad schien das verdächtig. Es konnte nur bedeuten, dass die Männer an anderer Stelle noch einige Waffen verborgen hielten.

Wachen wurden eingeteilt, Unteroffiziere ausgesucht. Matthews wandte sich nicht an Allgood, denn er und Broad hatten beschlossen, erst mit ihm zu reden, wenn er wieder bei klarem Verstand war. Ohne sein Können und seine Autorität würde die Aufgabe hundertfach schwerer.

Später fragte Joyce: »Was geschieht eigentlich mit denen, die nicht mit gemeutert haben? Sollen sie nicht degradiert werden?«

Matthews wollte das nicht. Jeder solle das tun, wofür er ausgebildet ist, schlug er vor. Kein Vollmatrose sollte Krüge waschen oder Töpfe scheuern. Sein Können wurde schließlich gebraucht.

»Und die Rotznase?«, röhrte Joyce. »Soll der junge Herr etwa auf dem Achterdeck auf und ab stolzieren?«

Jesse Broads Gedanken kehrten in die Gegenwart zurück.

Vor ihm lag William Bentley in seiner Koje. Er lächelte kläglich, nicht ganz ohne Mitleid.

»Es wurde beschlossen, Mr. Bentley«, sagte er, »dass sie sich um die überlebenden Tiere kümmern werden. Und den Abtritt reinigen.«

30

Die Stimmung an Bord blieb gut, während die *Welfare* sich ihren Weg in Richtung Kap Hoorn suchte. Die Sonne schien, die Quartiere der Männer und die Kleider konnten endlich trocknen, und sie kamen gut voran. Die Rumrationen waren wie vorher, es gab für jeden mehr zu essen, und wegen des guten Wetters mussten die Männer nicht übermäßig schuften. Wenn sie wachfrei waren, konnten sie tun und lassen, was sie wollten – sie mussten nicht mehr das Deck scheuern und das Messing polieren, bis die Finger bluteten. Doch vor allem gab es keine täglichen Bestrafungen mehr. Alle fühlten sich von großer Pein befreit. Auf Broads Vorschlag hin waren fast alle Peitschen und alle Rohrstöcke über Bord geworfen worden. Selten wurde mal die Disziplin verletzt – in kleineren Vergehen. Das einzige wirkliche Problem war immer wieder Trunkenheit, aber im Ganzen war es eine sonnige, angenehme Reise.

Nach ein paar Tagen riefen Matthews und Broad Allgood nach achtern und versuchten ihn für sich zu gewinnen. Er saß in der Kajüte, nippte an einem Glas Wein – ein gebeugter, eingeschüchterter Riese. Matthews war einverstanden gewesen, dass Broad das Gespräch führte.

»Mr. Allgood«, begann Broad schließlich, »es wird Zeit, dass Sie wieder zu uns stoßen. Wir brauchen Ihre Hilfe.«

Allgood drehte sich ihm zu. »Warum? Sie haben doch keine Probleme. Die *Welfare* segelt fantastisch, die Stimmung der

Leute ist gut, sie erledigen ihre Pflichten. Lassen Sie mich in Ruhe.«

»Hören Sie, Mann«, ging Broad ihn an. »Vergessen Sie endlich Ihr Selbstmitleid. Ich teile Ihre Gefühle zum großen Teil, Meuterei ist ein schreckliches Verbrechen. Für Sie war das eine Art Gotteslästerung, das weiß ich wohl. Für viele andere auch, glauben Sie mir, auch für die, die vorher sehr geprügelt wurden. Sie sind an Bord nicht der Einzige mit Ihren Gefühlen.«

Einen Moment lang blitzte es wie früher in Allgoods Augen. Er hob den Kopf und sah Jesse Broad an. »Einige sind«, murmelte er, »mit Swift gegangen. Die haben ihr Leben riskiert, um innerhalb …«

»… des Gesetzes zu bleiben?«, fragte Broad ganz direkt. »Ach, Jack Allgood, um das Gesetz hat sich Swift nie gekümmert. Und das wissen Sie verdammt gut, Mann. Er hätte Ihnen ins Gesicht gespuckt, wenn Sie ihn gebeten hätten, Sie mitzunehmen.«

Der frühere Bootsmann starrte auf das Deck.

»Ich habe die Sache ins Rollen gebracht.« Broad sprach sehr leise.

»Sie haben die Sache nicht gestartet, Mann! Sie war unvermeidlich von dem Augenblick an, als der Alte das wehrlose Kind in den Mast schickte, damit es dort erfrieren sollte.« Er machte eine Pause. »Ein Kind, das Sie liebten.« Allgood sah ihn überrascht an, Broad hielt seinem Blick stand.

»Ich habe den Jungen auch geliebt«, sagte er. »Und Peter. Und der blinde Doyle. Swift hat sie alle umgebracht, und das wissen Sie genau!«

In dem großen, bärtigen Gesicht veränderte sich nichts. Allgood schien aber nachzudenken. Und schüttelte dann wieder den Kopf. »Ich kann mich Meuterern nicht anschließen«, sagte er. »Ich bin Bootsmann. Ich habe ein Patent. Ich kann mich mit dem Abschaum nicht gemein machen, das ist unmöglich.«

»Dann kommen Sie zu uns. Die Männer hassen Sie sowieso, falls sie nicht alles vergessen haben. Waren Sie nicht in den Augen der Mannschaft ein bösartiger Schurke? Waren Sie nicht der harte Kerl, der einen Seemann wegen einer Kleinigkeit verstümmeln ließ? Ned Rogers hat Ihretwegen zwei gebrochene Arme, einer ist nun schief wie eine Ankerflunke.«

»Das war keine Bösartigkeit«, blitzte Allgood zurück. »Es ging um Disziplin, nur um Disziplin. Die Menschen sind Herdenvieh, man muss sie entschlossen führen. Ich bin nie grausam gewesen!«

Matthews lachte leise. »Mr. Allgood«, sagte er ohne hörbare Spur von Ironie, »ich weiß das so wie Jesse Broad – darum wollen wir Sie ja bei uns haben. Lassen Sie uns ganz offen reden. Wir brauchen Sie, Mr. Allgood. Die Männer brauchen Disziplin, wenn wir überleben wollen. Falls Joyce und seine Clique sich im Härtefall widersetzen, dann werden wir alle nicht durchkommen.«

»Denken Sie bitte drüber nach«, ergänzte Broad. »Nach dem Gesetz gelten Sie wahrscheinlich als Meuterer, aber Sie und wir wissen es besser. Lassen Sie uns verschwinden und einen sicheren Ort für den Rest unseres Lebens finden. Wer weiß, was uns noch alles widerfahren wird.«

Noch am gleichen Tag kam Allgood zurück und akzeptierte. Er wurde nach Matthews und Broad der dritte Mann an Bord – und das gab man der Mannschaft bekannt. Fulman, der als Broads Augen und Ohren bei den Leuten fungierte, berichtete, dass die Nachricht allgemein gut angenommen worden war. Unter Swift hatte man Allgood gehasst, doch unter den neuen Bedingungen hielt man ihn für fair, wenn auch für gefährlich. Doch am wichtigsten war, dass dieser gewaltige Seemann die wilden Hunde beherrschen konnte. Diese wilden Hunde fanden die Lösung natürlich nicht so gut. Fulman regte an, Mr. Allgood vor Joyce und seiner Clique zu warnen. Vermutlich warteten sie nur auf eine Gelegenheit, ihn umzubringen.

William Bentley hatte vom Entschluss des Bootsmanns gehört, und es stimmte ihn sehr nachdenklich. Nie zuvor hatte er darüber auch nur nachgedacht, ob die Männer unten im Bauch der *Welfare* überhaupt Gefühle hatten oder ob Allgood, der ihn ganz sicher verachtete, von den anderen gehasst oder gefürchtet wurde. Ihm war niemals der Gedanke gekommen, dass ein so kantiger und brutaler Mann Skrupel haben könnte, weil er an einem Aufstand teilgenommen hatte. Pflichtgefühle in so einem Tier? Scham darüber, dass er heiliges Vertrauen, das man in ihn gesetzt, zerstört hatte? William dachte an all die Treffen, bei denen Allgood ihn mit kaum verhohlener Unverschämtheit abgebürstet hatte. Er dachte an das zweimal gestorbene Schaf. Er hatte angenommen, ja er war überzeugt, dass der Bootsmann die Meuterei ausgelöst hatte und der Anführer gewesen war. Wie passte das alles jetzt zusammen? Und was war von dem Gerede über Thomas Fox zu halten? Und von dem Gerede gar über die Liebe?

Krank und fiebernd hatte er hinter einem Vorhang in einer Koje in der Kapitänskajüte gelegen, Jesse Broad hatte sich um ihn gekümmert. Auch das verwirrte ihn, denn jedes Mal, wenn er in das freundliche, lächelnde Gesicht schaute, tauchte – sehr gegen seinen Willen – das Bild von dem Gesicht auf, als er es angespuckt hatte. Scham brannte in ihm. Es brachte ihn ziemlich durcheinander, dass dieser Mann, ein Meuterer und das häufige Opfer von Williams Arroganz, jetzt so gütig zu ihm war, ihn pflegte, ja ihm sogar das Leben gerettet hatte.

Broad sprach nicht von der Vergangenheit, aber irgendwann entschloss William Bentley sich, die Angelegenheit selbst anzuschneiden. Als Broad an einem Nachmittag ihm das Gesicht gewaschen, ihm etwas zu trinken gegeben und ihm das Lager etwas bequemer gemacht hatte, sagte er: »Erinnern Sie sich, Mr. Broad, dass ich Sie einmal angespuckt habe?«

Jesse Broad lächelte. »Pst, mein Junge«, erwiderte er, »du wirst dich aufregen. Versuch zu schlafen, oder ich übergebe dich an Mr. Adamson und seine Betreuung mit der Brandyflasche.«

Bentley lächelte auch, die Drohung mit dem Arzt war so etwas wie ein ständiger Witz zwischen ihnen. Sein Kopf schmerzte. Schon beim bloßen Gedanken an Schnaps als Medizin wurde ihm übel. »Bitte nicht«, flehte er. »Ich muss darüber reden. Ich möchte Ihnen sagen, dass es mir Leid tut. Und dann habe ich auch eine Frage.«

»Also frag«, antwortete Broad. »Ich bin ja nur ein einfacher Mann. Viel wirst du von mir nicht erfahren. Aber was das Spucken angeht – das ist vergeben und vergessen.«

»Warum? Warum ist das vergeben? Warum erweisen Sie mir so viel Gutes? Warum bloß?« Er sah in das nachdenklich gewordene Gesicht des ruhigen, sachlich dreinblickenden Seemanns.

Lange Zeit sprach Broad überhaupt nicht. Seine Lippen formten Worte, verwarfen sie. Schließlich stellte er eine Frage: »Was ist denn Spucke? Ein Gesicht, von dem es tröpfelt. Mein eigenes Kind könnte mir das ein Dutzend Mal am Tag antun. Warum reden wir nicht über Thomas Fox? Er ist tot, wie du weißt.«

Der Kopfschmerz verschlimmerte sich sofort. William Bentley holte Luft. Sein Gesicht verzog sich vor Qual. Schließlich zwang er sich zu reden: »Also gut. Thomas Fox. Lieber Gott, das kann niemand mir vergeben. Ganz bestimmt nicht.«

Eine lange Stille trat ein, in der nur das Knarren des Holzes, die rauschende See und der leise stöhnende Wind zu hören waren.

»Ja«, sagte Jesse Broad schließlich, seine Stimme war tief und klang etwas rau, »dir ist vergeben, denke ich. Du konntest dein Unrecht nicht erkennen, du bist ein dummes, blindes Kind, das keine Erfahrungen hat. Ich denke, Gott wird dir vergeben.«

»Und Sie, Sir?«, rief Bentley. Tränen liefen ihm über die Wangen. »Vergeben Sie mir, Mr. Broad?«

Diesmal folgte eine kürzere Pause.

»Ja, mein Junge, ich vergebe dir. Möge dir das zum Guten gedeihen. Aber jetzt schlaf, du bist immer noch sehr krank.«

Dankbar lächelte William Bentley durch den Tränenschleier hindurch. Die Vergebung dieses Mannes war für ihn unendlich wichtig, viel wichtiger als die Gottes. Glücklich schlief er ein.

Tage später, als er sich schon besser fühlte, aber immer noch nicht auf eigenen Beinen stehen konnte, stellte William Broad noch eine Frage, die schon lange in ihm rumort hatte: »Du sagtest mal, Jesse, dass du ein Kind hast. Das wusste ich nicht.«

Jesse Broad saß in der Nähe der Koje und flickte ein Hemd. Er unterbrach die Arbeit, und sein Gesicht verdunkelte sich. An sein Zuhause, seine Frau oder sein Kind hatte er schon lange nicht mehr gedacht – oder nur ganz flüchtig. Die Wunde schmerzte. Er versuchte – manchmal schier verzweifelnd – jeden Gedanken daran zu vermeiden.

»Darüber kann ich nicht reden«, sagte er. »Stell also keine Fragen!«

Langsam antwortete Bentley: »Ich habe daran einfach nicht gedacht.«

Broad antwortete schnell und mit rauer Stimme: »Ich bin etwas über dreißig Jahre alt. Ich lebe in einem Dorf bei Portsmouth, direkt an der Küste. Ich bin wohlhabend und nicht gerade hässlich. Meine Frau heißt Mary. Wir haben ein Kind, ein Baby. Ich kam gerade von der Arbeit nach Hause, von ehrlicher Arbeit in der Nacht, um bei der Taufe meines Kindes dabei zu sein, als ich geschnappt wurde. Von dir, William Bentley. Vergisst du das so einfach? Ich werde meine Familie bestimmt nie wiedersehen!«

Er lief aus der Kabine, das graue alte Hemd blieb auf dem Boden liegen.

Der Junge schloss die Augen, die Scham drückte ihn wieder.

Und doch … und doch … Er dachte nach, dachte elend lange nach, Stunde für Stunde. Es war alles viel zu verwickelt, zu kompliziert. Ein Land im Krieg gegen einen Todfeind; Männer mussten zur Marine gepresst werden; Disziplin war nötig; diese fürchterlichen Gestalten, die als Mannschaft dienten; die Grausamkeit seines Onkels; und dann Männer wie Broad, Aufrechte, gute, ja fast noble Männer; und doch Schmuggler, die Geschäfte mit Frankreich machten, während der Krieg tobte.

Jesse und William führten viele Gespräche, ehe der Junge so weit war, seine Aufgabe zu übernehmen: den Abtritt zu reinigen. Langsam klärte sich manches in seinen Einstellungen. Stundenlang hörte er Broad zu, erfuhr zum Beispiel, dass dieser Mann die Franzosen mochte und ihre Sprache fließend beherrschte und oft in Frankreich gewesen war. Außerdem war er Pate von vier französischen Kindern und hielt seinen Beruf als Schmuggler für nötig und ehrbar. Eines Tages fragte Jesse vorsichtig nach Williams Familie. Und hörte staunend, dass es auf dem Gut von Williams Vater, den Besitzungen seiner Verwandten und in all den Häusern, die er in London besucht hatte, wozu auch die von ein paar Admirälen zählten, französischen Brandy in Fülle gab, Brandy vom Feinsten. – Broad sprach auch über die Ursachen der Meuterei, über den Charakter von Daniel Swift, und viel von dem, was Bentley an seinem Onkel immer sehr beeindruckt hatte, brach unter der Betrachtung, die Broad ihm angedeihen ließ, zusammen. Er lachte zum Beispiel laut, als der Junge zaghaft erwähnte, wie gut der Kapitän seine Mannschaft gekannt oder die drohende Meuterei erahnt hätte, während er alle über seine nächsten Schritte im Unklaren ließ.

»Er war selbst im Unklaren«, erklärte Broad. »Er hat nichts gewusst, verstehst du. Er hat ständig etwas gesucht, mit dem er uns zusetzen konnte, aber das war verrückt. So benimmt sich ein Mann in Panik.«

»Aber«, sagte Bentley, »das Sportfest und all das, das hat doch allen Spaß gemacht – oder?«

»Spaß? Nur in einer Hinsicht: Für eine kurze Zeit wurde die mörderische Arbeit unterbrochen. Aber begreifst du, junger Freund, er ist einfach nur im Dunkeln herumgetappt.«

Bentley schwieg.

Nachdenklich fuhr Broad fort: »Dein Onkel Daniel konnte nie voraussehen, was seine Männer dachten. Er nahm an, dass alle Menschen so einfach gestrickt sind wie er. Aber natürlich waren für ihn die Männer nur Vieh, das man ruppig behandeln muss. Er hat sich viel ausgedacht, um uns alle auf Trab zu halten, aber er ahnte nicht, was er damit auslöst. Zum Beispiel Henry Joyce. Dessen Widerstandsgeist kannst du nicht mit der Peitsche brechen, das macht ihn nur noch beharrlicher. Swift hat das nie begriffen – und das war seine Tragödie.« Broads Stimme klang nicht nach bitterem Groll, nicht nach Hass.

»Jesse Broad«, brach es schließlich aus William heraus, »vergibst du sogar meinem Onkel? Und siehst selbst in Henry Joyce noch etwas Gutes?«

Broad lächelte. »Vergeben ist das falsche Wort, begreifst du? Da gibt es nichts zu vergeben, nur zu bedauern. Auf beiden Seiten, bei uns allen hier auf diesem unglücklichen Schiff. Sieh mal die andere Seite: Allgood ist nicht der Einzige, der Meuterei hasst. Auf diesem elenden Schiff gibt es keinen Salzbuckel, der sich nicht wünscht, es wäre nichts geschehen. Meuterei ist erniedrigend für jeden loyalen Briten, ein schändliches Verbrechen. Aber das Leben ist hart, Essen und Trinken sind ungenießbar, die Lebensumstände kaum menschlich, die Disziplin ... und schon sind wir wieder bei Daniel Swift. Der Mann tat nur seine Pflicht – so wie er sie sah!«

Verzweifelt antwortete der Junge: »Das ist alles so hoffnungslos. So viel Hass auf so einem kleinen Schiff. Es gibt doch gar keine Hoffnung. Die Männer, die Offiziere, selbst die Seesoldaten – jeder gegen jeden und jeder total verrannt.«

»Du siehst das wieder ganz einseitig. Selbst Seesoldaten sind Menschen, verstehst du! Ein Seesoldat hat den ersten Schuss abgegeben, der dann alles in Bewegung brachte. Er war vielleicht mit Thomas Fox verwandt, vielleicht sein Vetter.«

»Lieber Gott«, stöhnte Bentley, sein Blick wurde unruhig. »Thomas Fox hat einen Vetter hier an Bord gehabt? Auf der *Welfare*? Einen Seesoldaten?«

»Na ja«, seufzte Broad. »Vielleicht auch nicht, wer weiß. Das werden wir nie mehr erfahren. Der Mann, der den ersten Schuss abgab und Hauptmann Craig tötete, lebte selbst nicht mehr lange.«

Als er wieder in der Lage war, an Deck zu gehen, hatte William Bentley begriffen, dass er die Dinge jetzt mit anderen Augen sehen musste. Er war Jesse Broad sehr dankbar dafür und hoffte, dass er in ihm einen dauerhaften Freund gefunden hatte. Er nannte ihn mittlerweile beim Vornamen. Offensichtlich fühlte er sich ihm irgendwie zugetan und riet ihm nun, an Deck immer auf der Hut zu sein und sich auf keinerlei Provokationen einzulassen.

Plötzlich schien William das Deck schön zu sein und die *Welfare* ebenso, die grauweiße, geblähte Leinwand, das endlose Meer mit den weißen Wellenkämmen, der kräftige Wind. Er atmete tief ein und breitete die Arme aus. Es war schön, wieder gesund zu sein. Nichts schien sich geändert zu haben, nur die Decks hatten das strahlende Weiß verloren, das sie früher nach stundenlangem Scheuern mit Sandstein und Wasser angenommen hatten. Doch sie waren nicht verschmutzt. Das Schiff war sauber, das Rigg ohne Tadel, alle Segel waren gesetzt und arbeiteten. Die Männer machten es sich bequem, genossen die Sonne – und das alles erschien William gar nicht seltsam. Ihren Blicken setzte er ein vorsichtiges Lächeln dagegen. Und der eine oder andere reagierte sogar darauf. Aus tiefstem Herzen war William für einen Lehrmeister wie Jesse Broad dankbar. Die Männer schienen sich verändert zu haben, kamen William nicht mehr wie träge Affen vor. Sie waren Menschen und er glaubte, sie zu verstehen.

Selbst die schmutzige Aufgabe, die man ihm zugewiesen hatte, akzeptierte William Bentley mit so etwas wie Vergnügen. Er wusste, die nächste Zeit würde hart werden, aber vor harter Arbeit fürchtete er sich nicht. Er wusste, die Männer würden über ihn spotten und johlen, aber das störte ihn nicht mehr. Seine Einstellung hatte sich geändert. Sie konnten ihn nicht beschämen. Er hatte solche Behandlung verdient und erwartete keine Gnade. Er würde ihnen schon beweisen, dass man ihn ernst nehmen musste. In der Vergangenheit war er mit vielen hart umgesprungen – Teil des Systems der Unterdrückung. Jetzt – nachdem sein Mentor es ihm gezeigt hatte – wollte er den Männern zeigen, dass er etwas dazugelernt hatte, dass er nicht der hirnlose Tyrann war, für den sie ihn gehalten hatten.

William sammelte in der Last seine Utensilien ein – den Mop, den Eimer, die Sicherungsleine – und schritt entschlossen nach vorn. Überall an Deck begegnete er denselben Blicken und antwortete mit einem vorsichtigen Lächeln. Einige Männer starrten ihn voller Bitterkeit an, bei anderen spürte er echte Freundlichkeit. Er verstand, dass sie noch nicht recht wussten, wie sie auf ihn reagieren sollten. Dieser Bursche war zum ersten Mal wieder an Deck, zuletzt hatten sie ihn mit zwei Pistolen gesehen, mit denen er die Meuterei beenden wollte. Was erwartete er also? Man rief ihm aber nichts hinterher, und niemand spuckte vor ihm aus.

Doch die Hoffnung trog. Als er auf der unteren Plattform stand und sich mit der Schulter an den zitternden Bugspriet lehnte, den schweren Mop mit seinen schwachen Armen schwenkte und gegen die Übelkeit ankämpfte, die der Gestank von Exkrementen und Urin in ihm auslöste, hörte er einen heiseren Ruf. Die Tür im Schott am Bug stand offen, zwei oder drei Männer blockierten sie. Unsicher blickte William nach oben, spürte, wie die Angst in ihm hinaufkroch. Natürlich war Joyce dabei, aber er hielt sich im Hintergrund. Die beiden, die nach vorne traten, kannte William nur vom Sehen. Er konnte sich nicht erinnern, mit ihnen je etwas zu tun gehabt oder sie gar bestraft zu haben – nichts, nur zwei aus der Menge. Aber in ihren Blicken loderte Mord.

Sie kamen schnell nach vorn. William schrie auf und schleuderte ihnen den Eimer entgegen. Der leerte sich über dem Ersten und ließ ihn stoppen. William schrie lauter, in seiner Angst klang er wie ein abgestochenes Schwein. Der Mann kam wieder näher und hatte plötzlich einen Belegnagel in der Faust. William sah, wie der zweite mit dem Messer nach der Sicherungsleine zielte. Ein weiterer Angstschrei entrang sich ihm. Er schloss die Augen, und all die blutigen Bilder und die Albträume kamen wieder zurück. Dann gab es einen gewaltigen Ruck an der Sicherheitsleine um seinen Bauch, und etwas schlug mit voller Wucht gegen seine Schläfe.

Am Nachmittag fiel der Luftdruck wie ein Stein ins Bodenlose, bis Matthews seinen Augen nicht mehr traute, wenn er auf das Glas starrte. Er rief Broad und Allgood.

»Heute Nacht werden wir kämpfen müssen«, sagte er. »Ich hatte noch ein bisschen länger mit gutem Wetter gerechnet. Wenn das jetzt schon losgeht, sind die Chancen, dass es noch mal besser wird, sehr gering. Wir sind nahe an Kap Hoorn. Wenn dies ein Weststurm wird, dann ist es nur der erste von vielen.«

Allgood grunzte.

»Das Schiff wird es schaffen, Sir, keine Sorgen. Vielleicht steht dahinter sogar ein versteckter Segen. Die Kerle werden ruhelos, die brauchen wieder harte Arbeit. Und Disziplin.« Er wandte sich an Broad. »Verzeihen Sie, Sir, Ihre Gefühle in allen Ehren, aber ich bitte um Erlaubnis, wieder die Peitsche einzusetzen. Wennn's hart auf hart geht, muss die Katze für Disziplin sorgen.«

Broad und Matthews sahen sich an.

»Wir sind unterbesetzt, Sir«, fuhr Allgood fort. »Die guten

Leute werden von den schlechten verdorben. Wir müssen wenigstens Tampen einsetzen. Das ist überlebenswichtig.«

»Mr. Allgood«, sagte Broad fast hilflos, »wir sind nicht mehr in der Royal Navy. Das ist nicht unsere Art. Das ist völlig unmöglich.«

Der große Kerl zuckte auf seine typische Art mit den Schultern. Er sah durch ihn hindurch. »Tut mir Leid, Sir, aber wir sind doch in der Royal Navy. Einmal in der Navy, immer in der Navy. Sie verweigern also Ihre Erlaubnis, Sir?«

»Halten Sie sie nur einsatzbereit während des Sturms, Mr. Allgood«, sagte Matthews. »Über die anderen Probleme werden wir später nachdenken. Lassen Sie alle Pforten dichtmachen, und sichern Sie sie, schalken Sie alle Luken, setzen Sie Sturmsegel.«

»Aye, aye, Sir.«

»Hören Sie um Gottes willen mit dem Sir auf, Mann«, sagte Broad.

»Aye, aye, Sir«, sagte Allgood und drehte sich um. Ihm war offenbar nicht bewusst, was er gesagt hatte.

Broad machte sich daran, in der Kajüte alles zu sichern. Dabei dachte er über Allgood nach. Der Mann war gebrochen, ohne allen Zweifel. Broad war sich ziemlich sicher, was in dem Mann vorging. Allgood hatte für sich entschieden, so zu tun, als ob nichts geschehen wäre. Er hatte seine Gefühle begraben und war zur Routine zurückgekehrt. Er war jetzt wieder der Bootsmann der *Welfare*, die um Kap Hoorn segelte, mit schlimmem Wetter voraus und einer Mannschaft aus faulen Dreckskerlen. Doch er würde dem Überleben mit all seiner Kraft dienen und den Offizieren gehorchen. Er würde mit den Männern nur Gnade kennen, wenn sie sie verdient hätten. Er würde sie nur dann loben, wenn Lob angebracht war. Es wird ihn nicht vor dem Strick retten, dachte Jesse, wenn wir je gefangen werden. Aber vielleicht konnten sie verhindern, dass man sie alle je wieder einfing.

Der Sturm war ein solider Weststurm. Stunde um Stunde wehte er mit solcher Wut, wie Broad es nicht für möglich gehalten hatte. Die Temperatur begann zu fallen und auch die nächsten Tage noch. Die *Welfare* kämpfte verbissen. Die Mannschaft erschöpfte sich im Turnus von vier Stunden Wache und vier Stunden frei, wobei »Alle Mann an Deck« immer wieder zwischendrin gepfiffen wurde. Als der Sturm sich ausgeblasen hatte, waren die Gesichter die Männer grau. Sie hatten kaum Zeit, etwas Trockenes anzuziehen und eine warme Mahlzeit zu essen, als schon der nächste Sturm aus Westen sich meldete. Sie waren nun wirklich vor Kap Hoorn.

Jesse Broad meinte, sie hätten das Schlimmste schon hinter sich, aber Matthews gab sich keiner solchen Illusion hin. Das Feuer in der Kombüse erlosch und konnte nicht wieder entfacht werden. In den Messen breitete sich Schimmel aus, der sich umgehend in Eis verwandelte, und das Krankenrevier war völlig überfüllt. Während des vierten Sturms starb Mr. Marner an einem Schluck Brandy, sechs weitere Männer folgten ihm in den nächsten sieben Tagen. Ihre Kameraden beteten, den Toten nachzufolgen. Und offensichtlich war Gott in der Stimmung, ihre Gebete zu erhören. Anfangs versuchte man noch, den Toten so etwas wie eine Beisetzung zu gönnen, ließ sie über die Reling auf einem Brett in die eisigen, tobenden Wasser gleiten, aber das hörte auf, als ein Leichnam von einer schäumenden See zurück an Bord gespült und in der Kuhl hin und her geschleudert wurde. Danach ließ man die Toten einfach liegen, bis es eine Ruheperiode gab, und hievte sie dann ohne jede Feierlichkeit über Bord.

Jeder an Bord verlor immer mal wieder die Beherrschung wegen der rheumatischen Schmerzen, die älteren Männer konnten tagelang ihre Hängematten nicht verlassen, einige kamen überhaupt nicht mehr lebend heraus. Bronchitis brach aus, Lungenentzündung. Auch William Bentley bekam eine Bronchitis, kaum dass er sich von dem gefährlichen Schlag erholt hatte, den er im Bug eingefangen hatte, ehe Allgood ihn an der Leine in Sicherheit gezerrt hatte. Er lag hustend und schwitzend in der Koje, blieb zwanzig Stunden sich selbst überlassen. Einmal fragte er Broad, warum er auf dem Abtritt angegriffen worden war.

Jesse sah ihn ungläubig an. »Oh, du Narr, hast du es noch immer nicht begriffen?«, fragte er. »Männer hassen, Mr. Bentley, ich habe Ihnen doch gesagt, Sie sollen aufpassen.«

Mr. Allgood war jetzt wieder ganz Bootsmann, trug seine blaue Jacke und einen Tampen und kämpfte gegen Sturm und Männer wie der Teufel. Breitbeinig stand er an Deck, packte bei jeder Aufgabe zu und machte den Männern Beine, die fast zu erschöpft waren zum Atmen, ganz zu schweigen davon, aufzuentern oder Schoten dicht zu holen. Als die *Welfare* Wasser nahm, ließ er die Pumpen arbeiten. Es schien, als ob seine gewaltige Energie, seine immense körperliche und geistige Kraft das Schiff und seine Mannschaft stärkten. Er war brutal und machte Mut, er verbreitete Schrecken und Hoffnung gleichermaßen.

Nach der dritten Woche im Sturm war ein Ende in Sicht. Die Männer waren so geschwächt, dass sie kaum noch auf die Beine kamen. Das Wasser stieg im Schiff und siegte über die Pumpen. Am dreiundzwanzigsten Tag starb Mr. Adamson, und sein Tod hatte eine schreckliche Auswirkung auf die Männer.

Während der Beisetzungszeremonie weinten viele Männer ganz ungeniert. Eine Kanone wurde abgefeuert. Dann öffnete man zu Adamsons Ehren ein Fass Brandy. Die Männer versammelten sich achtern für ihren Schnaps, und als sie unter dem Rigg mit seinen Eismänteln und Eiszapfen standen, hielt Matthews eine kurze Ansprache.

»Männer«, sagte er, »wir haben heute einen guten Kameraden verloren und einen edlen Mann. Ich fürchte aber, wir haben noch mehr verloren. Heute hat uns das Kap Hoorn geschlagen, obwohl ihr so wild und tapfer gekämpft habt. Ich dachte, wir würden siegen und in die Sicherheit segeln, aber das haben wir nicht geschafft. Wir sind zu wenige, um bei solchem Wetter ein so großes Schiff zu beherrschen. Und darum müssen wir umdrehen. Wir müssen nach Osten laufen und werden einer anderen Gefahr begegnen. Aber wenn wir nicht umkehren, werden wir auf jeden Fall sterben.«

Er sah die nassen, frierenden Männer schaudernd zusammenstehen. Die meisten blickten nach unten aufs Deck.

»Aber noch ist nicht alles verloren, glaubt mir«, fuhr er fort. »Noch kann viel passieren, und es gibt viele Orte, freundliche Orte, wohin wir segeln können. Davon später mehr, wir werden die Möglichkeiten durchplanen. Aber jetzt müssen wir umkehren. Das ist unausweichlich. Möge Gott mit uns allen sein.«

Das Schiff war geschlagen, der Kampf fast vorbei.

31

Diesmal gab es keine Jubelrufe nach Matthews' Rede. Der Brandy war schnell weggetrunken, das Fässchen ging über Bord, und die müden Seeleute begaben sich an ihre Stationen, um zu halsen. Als sie Wind und Seen von achtern hatten, bewegte die *Welfare* sich leichter und lief wie ein Rennpferd – gejagt von enormen Kräften. Obwohl der Druck auf Fallen und Schoten und auf die Männer nachließ, blieb die Kälte ein unbarmherziger Peiniger, und obwohl sie jetzt länger ohne Unterbrechung schlafen konnten, lagen sie in nassen, gefrorenen Decken, die in Schuss und Kette vor Eis krachten.

Die *Welfare* machte aber viel Wasser trotz der Pumpen, die vierundzwanzig Stunden am Tag bemannt waren. Der Zimmermann war mit Swift davongesegelt und die Zurückgebliebenen waren in diesen Arbeiten nicht sehr erfahren. Jesse Broad, der einst so manches Boot selbst gebaut hatte, sammelte Männer zum Kalfatern um sich, aber das Schlimmste konnten sie nicht verhindern: Einige Fugen in der Nähe des Kielschweins standen weit offen, so dass das Wasser mit großem Druck in die Bilge strömte.

Am nächsten Morgen trug der Sturm den Besantoppmast davon und riss einen Spalt in den Besanmast. Ohne Besan würde die *Welfare* überaus schwierig zu steuern sein. Und mit offenen Fugen, ihrem schlechten Trimm und den Schäden an Segeln und Rahen brauchten sie den Mast dringender den je, um Kurs zu halten.

Trotz Matthews' aufmunternder Worte an die Mannschaft waren er und Jesse sich klar darüber, wie gering ihre Chancen waren, auch nur mit dem Leben davon zu kommen. Sie beugten sich im Licht der schwankenden Lampen in der dunklen und ungemütlichen Kajüte über die Seekarten.

»Was sollen wir tun? Wir können nach Norden segeln oder nach Osten. Falls dieses lecke Fass sich nicht, ohne uns zu fragen, für einen ganz anderen Kurs entscheidet, direkt zum Meeresgrund.«

»Was erwartet uns im Norden?«, fragte Jesse zweifelnd. »Ein paar unbekannte Inseln und eine unbekannte, unfreundliche Küste. Oder dachtest du etwa an die Karibik?«

Matthews strich sich über sein Kinn und seufzte. »Das wäre in den guten alten Zeiten ein passabler Ort für uns gewesen. Tausend Inseln und zehntausend Freunde, Gold, keine Gesetze und die Seeräuberei. Wir hätten als Piraten gelebt, auch wenn wir nie geplündert hätten.«

»Und jetzt?«, wollte Jesse wissen. »Solche Tage sind doch sicher längst vorbei.«

»Aus den alten Zeiten ist nur eins übrig geblieben: Seuchen. Kein Piratenleben, keine Gesetzlosigkeit, nur das Gelbfieber, die Ruhr. Natürlich wimmelt es von Schiffen Seiner Majestät. Obwohl – so ganz stimmt das nicht. Es gibt immer noch ein paar sichere Häfen für Piraten, aber die Chancen stünden schlecht für uns.«

»Also nach Osten? An Afrika vorbei?«

»Was sonst? Ums Kap kommen wir nicht rum, in der Karibik können wir uns nicht verstecken. Wir haben nur eine einzige Chance: Wenn wir das Kap der Guten Hoffnung erreichen, können wir von Osten her Kurs in den Pazifik nehmen. Falls das Schiff nicht vorher absäuft und wir nicht verhungern. Gut, es wird lange dauern. Zuerst das Kap, das ist ein paar Wochen entfernt. Dann van Diemens Land, das kann Monate dauern. Dann Kurs in ein Meer, von dem keine Karten existieren. In dieser Saison könnten die Stürme uns die ganze Zeit über begleiten. Wir könnten sinken, auseinander brechen, den Besan ganz und gar verlieren. Und dann«, fuhr er fort, »das Problem mit dem Essen und dem Trinken. Wir brauchen einen sicheren Hafen nicht nur wegen der Reparaturen, sondern auch um Proviant und Wasser zu nehmen. Wenn wir unvorbereitet in die heißen Zonen kommen, werden wir ziemlich sicher sterben. Wir könnten St. Mary's anlaufen oder Madagaskar oder Mauritius, aber dort könnten wir auf Franzosen stoßen, vielleicht sogar auf die britische Marine.«

Jesse Broad trommelte mit den Fingern auf den Tisch, wie Swift das auch zu tun pflegte. »Ist das dein Ernst? Du sprichst überhaupt nicht davon, Kapstadt anzulaufen. Was, wenn Swift dort bereits eingetroffen ist?«

»Wir können Kapstadt sowieso nicht anlaufen. Wir müssen weitersegeln und hoffen. Es wird auf unserer Route Inseln geben, vielleicht finden wir sie. Aber etwas anderes müssen wir bedenken.«

Broad zog die Brauen zusammen. Er schaute in das schmale, unglückliche Gesicht vor ihm. »Wenn der verdammte Swift Kapstadt erreicht hat, was wird er dann tun? Sich erholen? Eine Kur antreten? An Frau und Kinder schreiben?«

Broad blies zwischen den Zähnen durch.

»Siehst du«, fuhr Matthews fort. »Er wird ein holländisches Schiff kaufen oder sich mit einem Kapitän der Royal Navy abstimmen und Kurs auf Kap Hoorn nehmen. Er könnte jetzt schon nach Westen aufkreuzen, während wir hier reden.«

»Lieber Gott!«, stöhnte Jesse Broad.

»Lieber Gott? Falls Gott auf unserer Seite ist, mein Freund, dann liegt Swift, dieser Bastard, hundert Faden tief unter uns, und seine Knochen sind bereits sauber abgenagt. Darum bete ich.«

Eine lange Pause trat ein.

»Keine andere Möglichkeit?«, fragte Broad endlich.

»Wir werden sie finden«, antwortete Matthews. »Wir müssen sie finden. Aber es gibt nicht viele andere Möglichkeiten.« Er lachte plötzlich, und es klang fast fröhlich. »He, Jesse Broad, nicht verzweifeln. Es kann hart werden, aber solange wir atmen, gibt's Hoffnung. Noch können wir's packen. Im Moment ist noch nichts unmöglich. Kümmere dich um die Leute, mein Freund, kümmere dich um sie.«

Als Broad ein paar Tage später auf dem Achterdeck stand, erinnerte er sich lebhaft an Matthews' Worte. Die Decks vor ihm waren menschenleer, bis auf die Gestalt am Rad, die in einen dunklen Mantel gehüllt dort stand. Die See war wieder eine graue Wüste, wild, unfreundlich, fremd, und die *Welfare* stolperte unter dicht gerefften Vormars- und Großmarssegeln dahin und grub ihren Bug immer wieder in die steilen Rücken der Seen. Der Wind stöhnte im eisbehangenen Rigg und durchdrang alles. Broads Schädel schmerzte.

Er wusste, dass es unter Deck noch desolater aussah, das Innere des Schiffs erinnerte an ein Leichenschauhaus, das gewaltig nach Tod roch. Darein mischte sich der Geruch von Schimmel und von verrottendem nassem Zeug. Doch noch etwas anderes war zu riechen, und das beschäftigte ihn vor allem. Es war der Geruch von Unzufriedenheit, der Geruch einer drohenden Revolte. Es roch nach Meuterei!

Das hatte sich zuerst auf kleine Gruppen beschränkt, immer häufiger war es zu Schlägereien gekommen, Messer waren gezückt worden. Ein Mann verlor zwei Finger, ein anderer erhielt einen tiefen Schnitt quer über den Brustkorb. Rum war immer wieder im Spiel, denn das Gesöff floss jetzt noch leichter bei der Kälte. Es stand nur eine Frage an: Würden die Männer vor Kälte elend sterben, oder würde die Rumlast geplündert?

Die Stimmung unter Deck fiel hoffnungslos. Und mit der Hoffnungslosigkeit wuchs die Wut. Und die Wut bekam bald eine Speerspitze. Die Anführer der ersten Meuterer sorgten dafür, dass die Unzufriedenheit auf alle übersprang. Hass und Verzweiflung wuchsen spürbar und mit ihnen Gewalt und drohende Gefahren. Die Mannschaft fiel auseinander.

Jesse Broad beobachtete und wartete. Matthews und er hatten mit einigen Männern gesprochen, die an Bord Verantwortung trugen. Sie spürten deren dringenden Wunsch, loyal zu bleiben, aber sie fürchteten sich vor Henry Joyce und seiner Clique. Joyce, Madesly und ihre Freunde stahlen schwächeren Männern ganz ungeniert den Rum und ihr Essen. Auf die Seesoldaten konnte man nicht mehr zählen, sie hatten keinen Offizier mehr und waren verloren, denn sie besaßen auch keine Waffen mehr. Allgood stand allein als Fels in der Brandung, ein letzter Garant der alten Ordnung.

Während die *Welfare* sich durch die wilde Wasserwüste nach Osten durchkämpfte, hielt sich die kleine Welt an Bord in einem seltsamen Gleichgewicht. Im südlichen Ozean herrschte Chaos, an Bord drohte Chaos.

Während ihm seine Bronchitis noch sehr zusetzte, konnte William den langen Gesprächen zwischen Jesse Broad und Matthews kaum folgen. Doch als die Wellen sanfter wurden, und seine Krankheit sich langsam verabschiedete, schlürfte er immer wieder ein bisschen Rum und hörte schweigend den

Beratungen zu. Auch diese beiden Männer waren nicht immer nüchtern, trotz der Gefahren, die sie stündlich bedrohten. Dann schwätzten sie über das Leben in England und ihre frühere Arbeit. William erkannte langsam, welches Verbrechen man an Matthews begangen hatte. Eine gute Zukunft als Kaufmann und Seemann war ihm zerstört worden. Matthews und zwei seiner Cousins hatten damals gerade ein Schiff für eine Reise in den Fernen Osten ausgerüstet, die ihnen vermutlich ein Vermögen eingebracht hätte. Er hatte sich auch als Navigator und Kartograph verdient gemacht und hatte vorgehabt, unbekannte Gewässer zu vermessen, was für die Royal Navy von großem Nutzen gewesen wäre.

Auch Broad gab weitere Einzelheiten aus seiner Vergangenheit preis. Er erklärte auch sehr eindringlich, dass ein Krieg zwischen zwei Regierungen nicht gleich zwei Völker zu Monstern machte, sondern nur zu Menschen, die schlecht geführt worden waren.

Eines Nachts erzählte Broad von seiner Frau und dem Kind, über das Dorf in Hampshire, über Bootsbau und Fischerei. Er sprach von einem Mann namens Hardman, den er sehr geschätzt hatte, und zeichnete ein so aufregendes Bild von diesem Seemann, dass William seinen rechten Arm dafür gegeben hätte, ihn kennen zu lernen. Als er Jesse fragte, was der Mann jetzt wohl mache, zuckte er zusammen, da er nicht einmal gemerkt hatte, dass William zuhörte. Dann sagte er mit einem traurigen Lächeln, er sei tot. Broad hatte auch Mitleid mit Joyce. Mit Joyce, Madesly und all den anderen.

»Aber Jesse«, widersprach William Bentley, »die sind doch nun wirklich Abschaum. Bei allem guten Willen!«

»Vom Achterdeck aus sehen die meisten Männer wie Abschaum aus«, antwortete er. »Und, Mr. Bentley, sind sie natürlich auch. Henry Joyce besonders, ich weiß, und Madesly gehört auch dazu. Aber wie werden sie auch behandelt? Und wir alle? Wir sind alle der letzte Dreck in den Augen der Offiziere.

Ehrlos, erniedrigt, ausgehungert, geschlagen, zu besoffenen Tieren gemacht. Ich frage mich, ob sie uns auszahlen werden, wenn dieser Krieg vorbei ist. Man könnte uns einpökeln, damit wir die nächste Generation ernähren.«

Matthews lachte laut, William lächelte nur leicht.

»Aber ihr seid jetzt Offiziere, Jesse. Du und Mr. Matthews. Hat sich dadurch nicht etwas geändert?«

»Ich empfinde nur Mitleid für sie«, sagte Jesse Broad. »Man hat sich mehr an diesen Kerlen versündigt, als dass sie selber sündigen, das ist die reine Wahrheit.«

»Man muss nicht allzu viel ausgefressen haben, um sich in der Royal Navy wiederzufinden«, fügte Matthews ernst hinzu. »Hier ist Jesse Broad und hier bin ich. Unser Leben, junger Freund, ist verwirkt.«

William Bentley wunderte sich. Sie schienen eher traurig als wütend über ihr Schicksal zu sein. Und nahmen es hin. So wie sie Schmutz hinnahmen, Läuse, Kälte und offene Wunden.

Weder Broad noch Matthews waren an Deck, als alles zu scheitern begann. Matthew prüfte gerade den Schaden an der Ruderanlage, den eine Welle angerichtet hatte, die das Schiff fast von achtern überrollt hätte. Broad saß in der Kapitänskabine und schlang gerade kalten Erbsenbrei und Zwieback in sich hinein. Nichts deutete zunächst auf Ungewöhnliches hin. Dann schlug die Tür auf, und der alte Fulman, krumm gezogen vor Rheumatismus, stürzte herein und keuchte vor Anstrengung. »Jesse, komm nach oben, um Gottes willen. Nimm deine Pistolen mit, los. Es geht um Allgood, um Allgood«, schrie er.

Broad ließ das Messer fallen und zog die Pistole aus dem Gürtel. Er prüfte sorgfältig die Zündung, denn die ständige Feuchtigkeit machte das Pulver häufig unbrauchbar.

Fulman lehnte mit fliegendem Atem in der Tür. »Schnell, Jesse. Es ist die Clique von Joyce. Die haben Allgood in der Ecke, beeil dich.«

Broad war nur Sekunden später an Deck, aber er kam zu spät. Allgood war in der Nähe der Fockwanten umzingelt worden, und die anderen waren deutlich in der Überzahl. Es war wie bei einem Bärenbeißen, und die beiden Anführer waren in der Tat groß wie Bären. Broad eilte nach vorn, spannte den Hahn von einer der Pistolen. Aber ehe er den Fockmast erreichte, hielt man ihn auf. Drei von Joyces Männern lungerten, ebenfalls mit Pistolen bewaffnet, vor der Nagelbank herum. Sie zielten auf ihn mit einem seltsamen, fast hysterischen Grinsen.

»Komm nicht näher, Jesse«, sagte einer. »Wir tun dir nichts, Mann, aber komm nicht näher.«

Broad wog seine Chancen ab. Er überlegte, nach achtern zu verschwinden, Verstärkung zu holen, im Zwischendeck nach vorne zu eilen und dann unerwartet von der anderen Seite wieder aufzutauchen. Doch wenn er sich jetzt umdrehen würde, würden sie ihn umbringen. Also entspannte er den Hahn, schob die Pistole zurück in den Gürtel und ging auf sie zu. Die Männer ließen ihn auf ein paar Fuß an sich herankommen. Einer der Männer kicherte. Es war ein hoher, unangenehmer Laut.

Allgood stand gebeugt wie ein Kämpfer mit dem Rücken zu den Wanten. Seine blaue Jacke war zerrissen, die Nase blutete. Ihm gegenüber lauerte ähnlich gebeugt Henry Joyce nur in Hemd und Kniehose, mit einem langen, gebogenen Messer in der Hand. Die Fäuste des Bootsmanns waren geballt, und Blut sickerte zwischen der Fingern heraus. Joyce hatte sich, um nur ja keine böse Überraschung zu erleben, neben Allgood Madesly und zwei andere kräftige Kerle postiert. Madesly hielt ein Messer, die anderen Eisenstangen in den Fäusten.

Den Mut von Jack Allgood hatte noch nie jemand bezweifelt. Mit einem plötzlichen wilden Aufschrei warf er sich mit all seiner Kraft auf Joyce. Die beiden Männer waren fast gleich groß und gleich schwer, gewaltige Kerle, stark und hart. Wie ein Blitz bewegte sich Joyce zur Seite, um dem Angriff auszuweichen, aber er war nicht schnell genug. Allgoods tellergroße Hand ergriff im Fallen Joyces Arm und drehte ihn wie einen Kreisel. Beide stürzten zu Boden und kämpften an Deck. Vorsichtig näherten sich seine Kumpane, um ihm zu helfen. Dann erhob sich aus der Wuling heraus ein Arm. Ein Messer stieß einmal, zweimal, dreimal zu. Etwas rollte zur Seite, die Kämpfenden trennten sich. Jack Allgood stolperte auf die Füße, stand schwankend da, Blut machte ihn blind. Das Fleisch an einer Seite seines Gesichts klaffte in einer offenen Wunde, der Knochen glänzte weiß.

Henry Joyce brauchte etwas länger, um auf die Beine zu kommen. Sein Gesicht war verquollen, als sei er halb erdrosselt worden. Sein Atem rasselte, das Fleisch um ein Auge hing in Fetzen.

Der Bootsmann wischte sich mit einem Arm über das Gesicht, sein Blick wurde für einen Augenblick frei. Wieder sprang er zu und grunzte. Diesmal war Joyce nicht schnell genug. Unter dem Angriff brach er zusammen, und man hörte ein scharfes Keuchen, als Allgood ihm den Atem aus dem Leib presste. Dann flog sein Messer davon und fiel sechs Fuß weiter in den Wassergang, während in der von achtern anlaufenden See die *Welfare* plötzlich zu tanzen begann.

Wäre Joyce allein gewesen, wäre Allgood davongekommen. Die beiden Männer kämpften minutenlang weiter, still und verbissen und rollten übereinander, mal der eine, dann der andere oben, schnell wechselnd. Aber als Allgood freikam, sich rittlings auf Joyces Brustkorb hockte und mit den vom Blut triefenden Händen seine Luftröhre gepackt hielt, näherte das Pack sich, um ihn zu töten. Auf das Kommando von Madesly droschen die Männer mit den Eisenstangen auf Allgoods Kopf ein. Erst nach ein paar Hieben lockerte er seinen Griff. Joyce ruckte nach oben, und der Bootsmann rollte blutüberströmt auf die Seite. Als Joyce keuchend wieder aufrecht stand, rang er minutenlang um Luft. Jesse Broad, der sich ein paar Meter wegbewegt hatte, während seine Männer gebannt auf den mörderischen Kampf starrten, rief: »Du Mörder, du Bastard, Henry Joyce. Was hast du jetzt vor? Du glaubst doch selber nicht, dass du davonkommst?«

Der Mann mit dem kahlen Vorderschädel drehte sich zu ihm, seine Schweinsaugen waren zugequollen. Es dauerte ein paar Augenblicke, bis er antworten konnte. »Hab keine Sorge, Jesse Broad«, keuchte er. »Dich wollen wir nicht flachlegen. Nur Allgood, den Verräter. Du wirst uns ins Paradies bringen mit dem Schiff.« Er versuchte ein hustendes Lachen. »Oder bis zur Hölle? Bis zur Hölle!«

Mit größter Anstrengung richtete der Bootsmann sich noch einmal auf. Er kam auf die Knie, keuchte, und Blut floss ihm beim Atmen aus dem Mund. Endlich stand er wieder auf den Beinen. Er schwankte und stolperte.

Madesly sah hinterhältig und böse grinsend zu Joyce hinüber. »Ich glaube, Mr. Allgood möchte einen kleinen Spaziergang machen«, sagte er.

Vor dem Messer und zwischen den Eisenstangen fiel der blutende, benommene Bootsmann auf die Seite, sanft wie ein Lamm. Broad wartete nicht ab, bis man ihn über die gebrochene Reling über Bord stieß. Er eilte nach achtern. Im Handumdrehen hatte er die Waffenkammer erreicht. Sie war immer noch verschlossen, mit mächtigen Schlössern gesichert. Sie war nahe genug an der Kajüte, um nötigenfalls von dort verteidigt zu werden. Also hatten die Kerle Waffen versteckt, wie er angenommen hatte. In den nächsten Minuten hatte der die Ladungen und die Zündungen der Waffen geprüft, die sie in der Kajüte hatten. Als Matthews auftauchte, beratschlagten sie kurz, was zu tun sei. Beide waren sich einig, dass eine allgemeine Bewaffnung nicht sinnvoll sei. Die Stimmung an Bord war gefährlich, Furcht und Hass regierten. Waffen an alle auszugeben oder wenigstens an die, die man für zuverlässig halten konnte, würde nur den Kampf zwischen den Männern anfachen. Henry Joyce und seine Clique – das waren nicht viele Männer, und sie waren all den anderen verhasst. Wenn sie nicht viele Waffen besaßen, würden sie keinen Aufstand wagen.

»Allgood haben sie von Herzen gehasst. Nun ist der Mann tot. Gott sei ihm gnädig. Allein können Joyce und die anderen Lumpen das Schiff nicht führen, so viel ist sicher. Und wenn sie sich erheben, dann müssen sie wissen, dass ein paar sterben werden, was auch immer sonst noch passiert«, überlegte Broad laut.

Matthews biss sich nachdenklich auf die Lippe. »Wir brauchen aber bewaffnete Männer, auf die wir uns verlassen können, auch Leute wie Fulman und den alten Samuel. Obwohl ich bezweifle, dass sie bei dieser Kälte überhaupt abdrücken können. Ein paar von meinen Mackern in der Backschaft sind noch am Leben. Auf die kann ich mich verlassen.«

»Und in der Nacht?«

»Verlassen wir uns auf den lieben Gott. Wir dürfen sie nicht noch mehr aufstacheln, die haben Blut gerochen. Also bleiben wir ruhig, passen gut auf und gehen die Wache ganz normal. Gott befohlen!«

Aus dem Alkoven kam ein leises Geräusch. William Bentley schaute heraus, blass und ängstlich. »Es gibt noch einen an Bord, den sie wie Allgood hassen«, sagte er leise. »Ich bin bereit, aufzustehen und mich zu ergeben, wenn euch das hilft, Freunde. Wirklich!«

Broad und Matthews schwiegen lange. »Selbst wenn es zu einem Blutbad kommt, junger Freund«, sagte Jesse Broad, »dann wirst du nicht der Erste sein, der geht, das kann ich dir versprechen.« Er lächelte, aber ohne jeden Humor. »Aber du wirst der Dritte werden, falls Mr. Matthew und ich beide tot sind.«

32

Als das Ende kam, hatte es nichts mit Henry Joyce oder der langen Nacht zu tun. Männer, auf die man sich verlassen konnte, hatten Dienst auf dem Achterdeck und hätten Broad oder Matthews nach oben gerufen, wenn das Wetter sich deutlich verändert hätte oder ein Schaden im Rigg eingetreten wäre. Doch vorsichtshalber blieb immer einer der beiden auf dem Achterdeck, mit Pistolen und Entermesser bewaffnet, immer auf der Hut vor einem neuen Aufflackern tätlichen Widerstands.

Auch in der Kajüte war William Bentley mit einer Pistole des Typs bewaffnet, die sein Onkel bevorzugt hatte. Broad oder Matthews dösten abwechselnd in einem Sessel in der Nähe der Tür und mit einer Muskete in Griffweite.

Während sich die Stunden lang hinzogen, dachte William über seine Lage nach: Als Midshipman in Seiner Majestät Navy, mit guten Verbindungen und illustren Paten, noch keine fünfzehn Jahre alt, saß er hier in der Falle. Er war in Lebensgefahr, weil eine Clique von Mördern einen weiteren Aufstand vorhatte. Er teilte die Kapitänskabine mit zwei Männern – beide Meuterer! –, die sein Leben verteidigen würden. Er hielt inne, doch sie würden ihn unter Einsatz ihre Lebens verteidigen. Lieber Gott, dachte er, das ist doch verrückt, unmöglich. Wie konnte es nur so weit kommen?

Er sah Jesse Broad an, der schnarchend im Sessel seines Onkels hing. In den letzten Monaten hatte er den Mann geschmäht, hatte ihn erniedrigt und verachtet. Er hatte ihn nicht als menschliches Wesen geachtet, und doch hatte Jesse Broad mehr für ihn getan als jeder andere Mensch, den er kannte.

Er ließ seinen Tränen freien Lauf, hinter denen Broads Gesicht im schwankenden Lampenlicht verschwamm. Ein neues Bild stand ihm vor Augen. Broad und Matthews baumelten von einer Rah – und er sah zu. Er versuchte, das Bild zu verdrängen, schüttelte den Kopf, presste die Augen zu. Er weinte und weinte.

Der Angriff kam nicht. Im kalten grauen Morgenlicht kämpfte sich die *Welfare* nach Osten und drehte dann leicht nach Norden. Broad und Matthews standen müde, doch erleichtert auf dem Achterdeck, um zu entscheiden, ob sie Waffen ausgeben oder den Dingen einfach ihren Lauf lassen sollten. Ohne lange nachzudenken, war ihnen beiden klar, dass Joyce sofort und schnell zugeschlagen hätte, wenn er die *Welfare* hätte übernehmen wollen. Er brauchte Broad und Metthews also noch, so viel war sicher.

»Ich bin mir nicht sicher, ob die Kerle ohne uns überhaupt noch ein Schiff hätten«, brummte Matthews. »Sieh dir mal den Besan an, Jesse. Ich muss mir den Bruch ansehen. Von hier aus sieht er schlimm aus. Ich würde mir wünschen, dass wir auf die Segel dort nicht angewiesen wären, lieber Himmel.«

Er schwang sich in die Luvwanten und enterte so leichtfüßig auf, als hätte er die letzte Nacht ungestört in seinem Bett geschlafen. Aus vierzig Fuß über Deck stieß sein Schrei wie Eis in Broads Herz: »Ein Segel, lieber Gott, ein Segel!«

Jesse Broad blickte nach oben und folgte dann der Richtung des ausgestreckten Arms. Er starrte in den düsteren Morgen, fast genau voraus, doch er sah nichts. Das Deck war bis auf den Rudergänger leer, und der war ganz konzentriert aufs Segeln. Broad enterte eilends auf zu Matthews.

Die *Welfare* fuhr jetzt schon lang ohne Ausguck, doch das Schiff, das sich ihnen näherte, hatte sicherlich einen Mann im Krähennest. Man hatte die *Welfare* mit Sicherheit bereits entdeckt.

»Ich glaube nicht an Zufälle«, sagte Matthews endlich. »Das da ist eine britische Fregatte – ich wette tausend Pfund. Vielleicht auch nur eine Sloop. Sie hat jedenfalls nicht unsere Größe.«

Sie waren wie betäubt, kein Plan bot sich an.

»Könnte Swift einen Hafen erreicht haben und uns jetzt schon verfolgen?«, fragte dann Jesse Broad. »Viel Zeit ist nicht vergangen!«

»Er ist wohl eher auf See gefunden worden«, antwortete Matthews. »Vielleicht ein Patrouillendienst. Und die hat er überredet oder ihnen den Befehl gegeben, uns zu hetzen!«

»Meinst du wirklich?«, sagte Jesse. »Ist das wirklich ein britisches Schiff? Ein Kriegsschiff auf der Suche nach uns?«

Die Frage klang reichlich rhetorisch, die Antwort lag nahe.

Matthews sagte: »Ich kann sie noch nicht ausmachen, aber ich schwöre, das Schiff ist britisch. Und was sollten sie hier wollen, außer uns zu jagen? Es macht sonst keinen Sinn, im Winter Kap Hoorn zu runden. Daniel Swift würde selbst mit einem Sieb durch den Orkan segeln, um uns zu finden, das weißt du so genau wie ich. Sie suchen uns.«

Die *Welfare* jagte dahin, und die Entfernung zwischen den beiden Schiffen nahm stetig ab.

»Können wir verschwinden?«

Pause.

»Wollen wir das überhaupt?«, fragte Matthews ernst.

Jesse starrte ihn an.

»Können wir noch verschwinden?«, fragte er dann wieder. »Wir haben den besseren Wind. Die haben uns vielleicht noch gar nicht ausgemacht!«

Matthews lachte verzweifelt. »Unser Besan ist angeknackt, unser Rigg voller Schäden, wir nehmen Wasser wie ein Korb. Wenn wir abhauen, werden sie uns abfangen, wohin auch immer wir uns wenden. Und uns nicht sehen? Ich freue mich jedenfalls sehr, dass du in deinem Herzen immer noch Hoffnung hast, mein Freund.«

»Wie lange? Eine halbe Stunde? Sollen wir alle Mann rufen lassen?«

Beide hatten zur gleichen Zeit denselben Gedanken. Wenn

sie den Mund hielten, die Fregatte nicht meldeten, würde Blutvergießen vermieden oder sehr gering werden. Wie würden die Männer reagieren, wenn sie das Ende direkt und unvermutet vor sich hatten?

Doch dann erübrigte sich jede weitere Diskussion. Ein Mann kam an Deck, entdeckte die beiden oben im Rigg, schaute in ihre Blickrichtung. Das Schiff voraus war jetzt bereits klar zu erkennen, die Stückpforten auch. Ein britisches Schiff, eine Fregatte, die klar Schiff zum Gefecht machte.

Im Handumdrehen waren alle, die dazu in der Lage waren, an Deck. Die meisten rannten wie kopflose Hühner umher, wussten nicht, was zu tun war. Ein Mann schrie immer wieder wiehernd wie ein Pferd, das den Verstand verloren hatte. Andere brüllten Befehle. Die Panik dauerte ein paar Minuten, in denen sich die Entfernung zwischen der *Welfare* und der Fregatte immer weiter verringerte.

Doch dann wurde aus dem allgemeinen Durcheinander eine Bewegung in Richtung Achterdeck. Nur die Ängstlichsten stierten starr vor Angst und Schrecken voraus. Matthews und Broad standen vor dem Besan mit Pistolen in den Händen.

Joyce, Madesly und vier oder fünf andere ausgesuchte Halunken drängten sich nach vorn, Schulter an Schulter. Sie waren mit Pistolen, Entermessern und Dolchen bewaffnet. Unter den hellen Segeln war Joyce bleich geworden. Er schien vor Wut zu kochen.

»Du hast das alles geplant, Matthews«, schrie er. »Das ist kein Zufall, das ist kein Pech, das ist unmöglich auf dem weiten Ozean!«

Um ihn herum gab es laute Zustimmung.

Broad hatte geahnt, dass die Männer an Verrat denken würden.

»Du bist verrückt, Joyce«, röhrte er. »Glaubst du, ich habe mich mit meinem eigenen Tod verabredet? Die da drüben wollen uns töten, alle – mit Kugeln oder durch Hängen. Spiel nicht verrückt, sondern reiß dich zusammen!«

Joyce spuckte fast vor Wut. »Kein Pech? Kein Pech? Glaubt ihr dem noch, Männer? Das Meer hat Millionen Meilen Raum. Und da treffen wir eine britische Fregatte? Diese Männer sind Verräter. Tötet sie!«

Auch die loyalsten und vernünftigsten Männer waren jetzt starr vor Angst. Sie schauten zu Broad und Matthews, dann zu Joyce und seiner Clique. Die Pistolen in den Fäusten peitschten die Stimmung auf.

»Noch eine halbe Stunde Dunkelheit, und wir hätten uns verpasst«, brüllte Joyce. »Oder eine Meile oder zwei weiter entfernt, und wir wären aneinander vorbeigesegelt. Und das nennt ihr Zufall?«

Matthews setzte seine Stimme ein wie ein Messer, eiskalt und scharf. Er lachte laut und voller Hohn auf. »Ja, eine halbe Stunde so oder so. Doch ich habe es geschafft. Danke, Henry für deine Glückwünsche! Ich bin also der beste Navigator, der je die Meere befahren hat. Ich konnte gestern nicht mal die Mittagshöhe nehmen wegen einer Wolkenbank. Das werden dir alle bestätigen, die an Deck waren.«

Einen Augenblick herrschte Schweigen.

Jesse Broad ergriff das Wort: »Eine halbe Stunde«, rief er. »Seht euch doch verdammt noch mal um. Da kommt eine Fregatte genau auf uns zu. Was können wir machen? Das ist alles, was zählt!«

Plötzlich spürte Jesse Broad großes Mitleid. Diese armen, verlorenen Kerle mit ihren erwartungsvollen, Hoffnung suchenden Gesichtern. Sie erwarteten von ihm und Matthews, einen Fluchtweg zu finden. Nur Madesly, der früher auf Küstenschiffen gefahren war, klopfte auf seine Pistole, die er in den Gürtel zurückgeschoben hatte, und trat vor die anderen.

»Also, was schlägst du nun vor, Broad? Dass wir Ruder in Lee legen und uns freisegeln? Dass wir alles Tuch setzen, was unsere Süße tragen kann, und dem Bastard da unser Heck zeigen? Ihr habt schon Recht, Männer«, fügte er lachend hinzu, »wir sind das größere und schnellere Schiff. Also los! Reffen wir die Segel aus! Du da«, befahl er dem Rudergänger, der nur ein paar Schritte entfernt stand, »Ruder in Lee und schnell über Stag! Bring die Lady hart an den Wind! Wir werden versuchen wegzulaufen!«

Der Rudergänger blickte stur nach vorn und beobachtete dann die Segel. Die anderen Männer waren verwirrt und wussten nicht, ob das ein guter oder ein schlechter Vorschlag war, dem sie folgen sollten.

»Nun?«, rief Madesly höhnisch, »laufen wir ab oder nicht, Mr. Matthews?«

»Du weißt genau, dass wir das nicht schaffen, Arthur Madesly«, schrie Matthews zurück. »Unser Besan ist angeknackt, unser Rigg beschädigt. Wir haben nicht genügend Männer, alle Segel zu setzen. Und wenn wir am Wind sind, bricht uns der Mast weg. Das wisst ihr alle ganz genau.«

Von hinten rief einer: »Aber wenn wir nicht fliehen können, was dann, Sir?«

»Wir ergeben uns«, lautete Matthews' brutale Antwort. »Wir saufen bald ab. Wir müssen uns ergeben!«

Jesse sah die Männer an und wusste, sie hätten das schweigend hingenommen. Doch nicht so Joyce und Madesly. Warum sollten sie auch? Beide waren verrückte Hunde, kein Zweifel, und die sollten aufgeben und ohne Widerstand sterben?

»Ergeben?«, meldete Joyce sich wieder. Es klang wie ein Aufheulen. Und dann hörte man ihn weiter: »Und was dann, ihr beiden Überläufer? Wird dann dieser Arsch von Bentley für unser Überleben sorgen? Habt ihr das nicht alles in der Bettkammer des Kapitäns arrangiert?«

Matthews Gesicht zuckte nicht unter den Beleidigungen. Als Joyce schwieg, antwortete er so ruhig wie immer: »Wenn wir uns ergeben, werden wir vermutlich hängen. Du ganz bestimmt, Henry Joyce, und ich und Jesse Broad und dein Freund Madesly. Aber es gibt viele Männer an Bord, die nicht hängen werden. Natürlich wird man Exempel statuieren mit den Schurken, die wir hier an Bord sind.«

Er sah die Männer vor sich ernst an.

»Freunde, ich bitte euch genau zuzuhören. Wenn wir uns nicht ergeben, wird die Lage nur noch schlimmer. Ergeben wir uns, wird es Bestrafungen hageln, nicht wenige von uns werden in Portsmouth oder Spithead baumeln. Aber ich versichere euch, wir können nicht fliehen. Die *Welfare* schafft es nicht mehr, obwohl sie größer ist.«

Das Schiff in Lee war jetzt ganz deutlich zu erkennen. Es war vermutlich eine Fregatte mit vierundzwanzig Kanonen. Sie war gelb bemalt und sah tipptopp aus, alle Segel strahlten weiß. Es würde nur noch ein paar Minuten dauern, und sie würden aufeinander treffen.

Henry Joyce entschied die Situation. Er kochte nicht mehr vor Wut, sondern hatte sich kaltblütig entschieden. Er riss seine Pistole aus dem Gürtel und zielte auf Broad. Madesly folgte seinem Beispiel und deckte Matthews. Die anderen aus der Clique spannten ebenfalls die Hähne. Niemand hielt sie auf.

»Es gibt noch einen Ausweg«, schrie Joyce. »Und den gehen wir. Wir stehen und kämpfen und blasen sie in Stücke. Die da drüben können mit unseren Kugeln nicht mithalten. Eine Breitseite und die verdammte Fregatte ist unterwegs zur Hölle. Also, wir kämpfen!«

»Lieber Gott«, schrie Jesse Broad, als eine Kugel an ihm vorbeiflog. Seine Hand fuhr zu seinem Gürtel hinunter und hielt inne – ein halbes Dutzend Mündungen waren auf seinen Kopf gerichtet. Aus einer Pistole von Henry Joyce stieg Rauch. Er tauschte sie grinsend gegen eine frisch geladene aus.

»Halt den Mund, Freund, und gib uns den Schlüssel zur Waffenkammer«, sagte er. Dann wandte er sich an die Leute. »Männer«, rief er, »was meint ihr? Ihr habt jetzt alle Seiten gehört. Wir ergeben uns entweder, oder wir fliehen, aber beides wird uns nicht retten. Wenn wir uns wie die Lämmchen ergeben, dann werden wir alle baumeln. Wenn wir fliehen, wird es noch schlimmer. Denn Mr. Matthew, der ja ein vertrauenswürdiger Mann ist, wie ihr wisst, hat uns versichert, dass der Besan seinen Geist aufgeben und über Bord gehen wird. Also hört gut zu, verdammt noch mal. Wir haben bei einem Kampf nichts zu verlieren. Matthews ist nämlich ein Feigling und ein verdammter Lügner dazu. Wenn ihr meint, wir werden nicht alle gehängt, dann lebt ihr im Wahnsinn. Der Royal Navy ist ein Seemann nichts wert! Sie werden uns alle hängen, vom ersten bis zum letzten Mann – und auch euch arme Unschuldige, die wir Rebellen an jenem Tag an Bord behalten haben! Es gibt einen einzigen Kerl an Bord, der nicht baumeln wird – und das ist dieser kleine Arsch Bentley. Ich sag' euch eins: Wenn wir erst den Holzbecher da drüben versenkt haben, dann werden wir ihn als Ersten hängen. Lasst uns Bill Bentley aufknüpfen – und dann seine Macker. Lasst uns Matthews und Jesse Broad in Fesseln legen und ihm Gesellschaft leisten. Aber jetzt kämpfen wir erst mal! Wir sind keine beschissenen Angsthasen!«

Irgendwie war Jesse Broad weit weg von all dem. Er blickte zu dem Schiff in Lee hinüber und konnte jetzt Männer entdecken – im Rigg und an Deck. Henry Joyce hatte die Welfares überzeugt, kein Zweifel. Broad versuchte, ein Fazit zu ziehen. Würde er die Mannschaft bewaffnen? Oder würde ihm das zu gefährlich erscheinen? Was würde geschehen, wenn erst alle bewaffnet waren? Der Gedanke, auf ein Schiff der Royal Navy zu schießen, war verrückt, reiner Wahnsinn.

Aber Henry Joyce war jetzt voll in Fahrt. »Also los, Männer, los. Keine Sorge, wir schicken die Bastarde auf den Meeresgrund! Wir werden uns bewaffnen, jeder bekommt einen Säbel und eine Muskete. An die Kanonen! Stückführer ran! Sorgt dafür, dass ihr kriegt, was ihr braucht. Los jetzt und alles klar zum Feuern ...« Dann überbrüllte er alle anderen Geräusche:

»Ich und Madesly und unsere Freunde führen euch von jetzt an. Und jeder Feigling, der nicht kämpfen will, bekommt Stahl zu spüren. Oder eine Kugel. Verstanden?«

Jetzt stiegen bereits einzelne Jubelrufe auf, und die Männer rannten wild durcheinander. Einige wussten, wohin, andere waren verloren, andere verwirrt und ängstlich. Madesly hielt sich neben Henry Joyce, doch der Rest seiner Clique irrte mal hierhin mal dorthin. Einige organisierten mit Hilfe ihrer Pistolen Stückmannschaften. Das Ganze war chaotisch und lächerlich, und währenddessen näherte sich die Fregatte immer weiter. Soweit Broad schätzen konnte, war sie fast schon in Schussweite. Es konnte nur noch wenige Minuten dauern.

Joyce und Madesly hielten Pistolen in der Hand, Matthews und Broad nicht. Aber zwischen ihnen lagen ein paar Meter Deck, das Rad und der Besanmast. Als die beiden neuen Anführer sich näherten, zogen auch Matthews und Broad ihre Pistolen.

»Ich will die Schlüssel, Matthews. Wir werden das wie britische Seeleute auskämpfen und nicht wie Feiglinge. Wenn die da längsseits kommen, werden wir Mann gegen Mann kämpfen!«

»Joyce, du bist verrückt. Wir können nicht gewinnen, Mann. Reicht das nicht? Gib auf, Joyce, gib auf.«

»Du Idiot«, schrie Joyce, »dir ist wohl immer alles egal. Willst du dich hängen lassen? Einfach so?« Sein Gesicht war bleich, die Augen glänzten wild, seine Stimme klang bitter.

Broad fühlte nur noch Mitleid. Er sah die Männer an Deck ziellos und wie verloren herumlaufen. Wieder musste er an Hühner denken und lächelte fast. Wir werden sicher bald alle unseren Kopf verloren haben, dachte er.

»Los«, wiederholte Joyce, »gib mir die Schlüssel. Wenn du nicht den Mut hast zu kämpfen, dann gib wenigstens uns eine Chance. Ihr beide werdet sowieso hängen. Wenn ihr also nicht im Kampf fallen wollt, dann überlasst die Sache uns.«

Ein erstes Donnern war zu hören, flach und zerrissen. Alle blickten auf das Schiff in Lee. Eine Rauchfahne trieb im Wind davon – aus der Bugkanone. Und ein paar hundert Meter vor ihnen stieg eine Fontäne aus der grauen See, brach in sich zusammen und verschwand. Die Fregatte hatte der *Welfare* einen Schuss vor den Bug gesetzt.

»Wenn du vorhast, das Schiff klar zum Gefecht zu machen«, sagte Matthews ruhig, »schlage ich vor, dass du dich mal um die Kanonen kümmerst.«

Die winzigen Schweinsaugen von Joyce glänzten vor Hass. »Und ihr?«

Broad antwortete mit kalter Stimme: »Wir werden uns nicht einmischen. Darauf unser Wort!«

Joyce und Madesly sahen sich an, Madesly drehte sich um. »Dann zum Teufel mit euch feigen Dreckskerlen«, kreischte Joyce, »ich hoffe nur, dass ich lange genug am Leben bleibe, um euch beide eigenhändig zu töten.«

Es sah fast aus, als wolle er vor ihnen auf die Planken spucken. Geräuschvoll machte er seine Kehle frei. Dann zuckte er nur mit den Schultern und folgte Madesly nach vorn.

33

Jesse Broad und Matthews standen wie gelähmt auf dem Achterdeck und beobachteten die seltsame Szene, die sich vor ihnen entfaltete. Sie sahen in Lee die Fregatte klar zum Gefecht, sie sahen die Offiziere in der Nähe des Hecks, und sie sahen, wie perfekt gedrillte Männer die Kanonen ausrannten. Die Fregatte lag mehr oder weniger beigedreht wartend in einer unruhigen, bleifarbenen See, während sich die *Welfare* unter kleinstem Zeug schnurgerade, doch unendlich langsam dem Punkt näherte, an dem ihr Schicksal auf sie wartete.

Auf Deck und unter Deck wurden die Kanonen in einem wilden Durcheinander feuerbereit gemacht. Das Ganze sah sehr lächerlich aus. Die Hälfte der Leute hatte vom Schießen keine Ahnung, die andere Hälfte hatte bereits alle Hoffnung aufgegeben. Joyce und seine Kameraden rannten wie Furien hin und her, aber viele Männer bewegten sich nur träge in Richtung Kanonen und starrten ins Rigg oder an Deck, sobald ihr Einpeitscher verschwunden war.

Während er so dastand, fragte sich Broad, warum Swift eigentlich den Drill an den Kanonen so vernachlässigt hatte. Den Kapitän hatte das offenbar wenig interessiert. Seit dem Äquator, ja eigentlich schon vorher, war keine einzige Kanone mehr ausgerannt worden. Das hing wohl mit seinen Befehlen zusammen. Ein Auftrag, der nie erfüllt werden würde, dessen Inhalte auch Jesse Broad nie erfahren würde. Oder war es nur ein Versagen des Kapitäns gewesen?

Die Kanonen begannen bereits unkontrolliert hin und her zu rollen, nur die Brocktaue hielten sie kurz. Männer versuchten sie auszurennen, aber ohne großen Erfolg. Ein Mann stürzte schreiend. Jesse zuckte zusammen, als der schwere Wagen knapp den Fuß verfehlte. Wenn sich eins dieser Monster losriss … Die Zwölfpfünder auf dem Oberdeck wogen mindestens eine Tonne, schätzte er. Wenn sie sich erst über das rollende, schwankende Deck bewegten.

»Das ist doch Wahnsinn, Jesse«, sagte Matthews leise. »Sehen die das nicht? Sie werden keine zwölf Kanonen klar kriegen.«

Broad antwortete nicht. Wieder überlegte er, ob er die Männer mit Waffengewalt überwältigen könnte. Doch dafür war es zu spät. Der Mob war entschlossen oder verzweifelt oder verrückt oder was auch immer. Aber vielleicht war alles besser, als dass Swift am Ende triumphieren konnte.

»Die Hälfte der Kanonen wird bestimmt nicht feuern«, fuhr Matthews fort. »Ich bin ja kein Fachmann, aber sogar unsere

Kabine ist nass und feucht und beschlagen – und die ist an Bord die beste Unterkunft. Als wir noch eine komplette Mannschaft an Bord hatten, machten sich der Stückmeister und seine Männer ständig am Pulver zu schaffen, um es trocken zu halten. Jetzt sieht es aus wie Haferbrei. Und was ist mit den Kugeln? Einige sind verrostet, einige sind weich geworden wie Sitzkissen. Das hier ist der reinste Wahnsinn.«

Das Schiff in Lee war kampfbereit. Der Kommandant hatte einen Trick angewandt, um die *Welfare*, sobald sie in Schussweite war, mit einer Steuerbordbreitseite vom Bug bis zum Heck bestreichen zu können. Selbst wenn die *Welfare* Kanonen für eine Breitseite bemannt hätte, hätte sie jetzt nur noch das vordere Viertel nutzen können. Sie taumelte aber bereits genau vor die Kanonen der Fregatte.

»Ob wohl Madesly selber das Ruder übernimmt?«, fragte Matthews nachdenklich.

»Lieber Gott, Matthews«, antwortete Broad, »das hier ist wirklich verrückt. Wir reden hier wie ein paar Admiräle, die im Sessel sitzen, und jeden Augenblick kann der Kampf beginnen.«

»Das glaube ich nicht. Da ...« Matthews Stimme änderte sich. »Ja, Madesly geht ans Ruder, genau wie ich dachte.« Er blickte nach oben. »Pass auf, Jesse, gleich werden wir den Besanmast verlieren.«

Madesly eilte nach achtern und machte dem Rudergänger Zeichen wegzutreten. Die *Welfare* bockte in den gischtenden Seen, und ein Zittern lief durch den Rumpf, als sie losschoss, fast auf Kurs und auf Backbordbug. Madesly übernahm das Ruder.

Die Offiziere an Bord der Fregatte hatten sich auf dem Achterdeck gesammelt. Auch sie spielten auf Zeit. Die Kugeln sollten keinen langen Weg haben, wenn sie erst mal flogen. Jesse Broad war hilflos und doch gespannt erregt. Joyce musste die Flagge streichen, ehe es zu spät war! Auf diese kurze Entfernung konnte es nur ein Blutbad geben. Zwei britische Schiffe waren kurz davor, das Feuer aufeinander zu eröffnen.

Dann schien die *Welfare* anzugreifen, schnitt wie ein Hai durch das Wasser. Broads Mund war trocken, er hielt die Fäuste geballt. Sein Blick sprang hin und her zwischen dem Deck der *Welfare* und der Fregatte und weiter zu Madesly. Es sah aus, als seien etwa ein halbes Dutzend Kanonen auf dem Oberdeck bemannt, die Zwölfpfünder. Unter Deck waren sicherlich einige Achtzehnpfünder ausgerannt. Viele Männer standen nur hilflos herum. Niemand hatte Deckung gesucht, niemand hatte Schoten oder Brassen bemannt für den Fall einer Kursänderung. Für Jesse Broad schien die Zeit fast stillzustehen. Die Schiffe hingen jetzt eine Ewigkeit in einer Art Vorhölle.

Plötzlich tauchte Joyce aus dem vorderen Niedergang auf. »Anluven«, schrie er. »Wir pusten sie jetzt aus dem Wasser.«

Doch Madesly antwortete nicht, nach ein paar Augenblicken reagierte die *Welfare* langsam. Ihr Heck schwang sanft auf die wartende Fregatte zu, drehte weiter und weiter, bis mehr Kanonen das Ziel auffassen konnten. Niemand kümmerte sich um die Segel, es war ein heilloses Chaos.

Matthews starrte auf den Besanmast und nach Steuerbord. Broad starrte auf den Gegner. Das aggressive Manöver der *Welfare* hatte ihn überhaupt nicht berührt, der Kommandant wartete anscheinend nur darauf, dass die Kanonen der *Welfare* sprachen.

»Fast könnte man rüberspucken«, dachte Jesse.

Joyce brüllte den Männern an Deck etwas zu und verschwand nach unten.

»Feuer frei!«

Wieder schien die Zeit stillzustehen. Broad sah deutlich, wie die Männer ihre Luntenstöcke ansetzten und dann zurücksprangen. Er sah in den Schlussstücken zwei Blitze, kurz danach einen dritten. Dann gab es eine Pause, die unvorstellbar lange dauerte.

Als die Kanonen feuerten, versuchte Madesly am Ruder den Wind wieder achterlich zu bekommen, um das Ziel zu verkleinern, das die *Welfare* dem Gegner bot.

Doch es war zu spät. Ihr Bug verschwand in einer Rauchwolke. Das Deck zitterte. Während die Explosionen ihm noch im Ohr dröhnten, hörte Broad Matthews rufen: »Runter. Er halst!«

Der Besanmast schwankte bereits. Der Wind hatte das Segel gepackt und es aus seinen Niederhaltern gerissen. Ein gewaltiges Stück Tuch peitschte über das Achterdeck. Broad und Matthews warfen sich auf die Planken und hörten das Krachen über ihren Köpfen.

Als die Rah nach Backbord schlug, ertönte ein Splittern, dann kam von oben alles. Mast, Wanten, Stagen. Jesse und Matthews wurden unter vereister Leinwand begraben. Als sie sich endlich wieder freigekämpft hatten, war das Ende nahe.

Der Besanmast hing über die Seite, hatte die Großrah und das Großmarssegel mitgerissen. Wie durch ein Wunder lag das Schiff fast auf dem alten Kurs und wurde langsam durch das gereffte Vormarssegel vor den Wind gezogen. Aufgrund der Tatsache, dass zwei Kanonen noch immer ausgerannt waren, konnten nur die drei, die Jesse bemerkt hatte, gefeuert haben. Und wenn er den Lärm richtig einschätzte, dann konnten seiner Rechnung nach auch unten nur drei oder vier Achtzehnpfünder geschossen haben. Nun denn. Er sah den Gegner, beängstigend nahe. Nichts deutete drüben auf einen Treffer hin. Er fuhr sich mit der Zunge über die Lippen, sah Matthews fragend an. Sechs oder sieben Kanonen aus kürzester Entfernung und kein einziger Treffer?

Joyce und Madesly brüllten die Stückmannschaften an, versuchten sie zum Nachladen und Ausrennen zu bringen. Die Männer an den Kanonen starrten ihn dümmlich an. Ein Mann griff wie verloren nach dem Wischer, warf ihn dann von einer Hand in die andere. Niemand tat auch nur einen Schritt auf eine Kanone zu. Alle anderen an Deck starrten auf die Fregatte, die nur ein paar Meter vor ihnen lag. Wenn sie aus dieser Entfernung das Feuer eröffnete, würde sie die *Welfare* total zusammenschießen.

Broad sah, wie ein Offizier in blauer Uniform ans Ruder trat. Offensichtlich wurde gerade ein Befehl erteilt. Als die *Welfare* auf gleiche Höhe kam, war klar, wie der Befehl lautete: Das Schiff bewegte sich nach Lee, drehte sich auf dem Heck, um längsseits an die verkrüppelte *Welfare* zu gehen. Doch bei solcher See wäre es viel zu gefährlich, längsseits zu liegen.

Als die Schiffe nebeneinander herliefen, wurden die Absichten schnell deutlich. Stückpforte an Stückpforte traten drüben die Stückführer der sichtbaren Kanonen an ihre Plätze, um zu feuern.

Die verstümmelte *Welfare* trieb nach Lee und schleppte träge den Besan mit. Broad atmete gleichmäßig trotz aller der hoffnungslosen Grausamkeit dieser Szene.

Ein unglaubliches Krachen, ein Blitz, beißender, schmutziger, brennender Gestank folgten. Die *Welfare* stolperte, zitterte, schüttelte sich. Alles verschwand komplett in erstickendem Rauch. Sekundenlang, minutenlang, ja für den Zeitraum einer Ewigkeit war Jesse Broad taub, blind, schmerzverzerrt – weder lebendig noch tot.

Als der Rauch verweht war, als er wieder hören und sehen konnte, war die *Welfare* ein Wrack. Der Fockmast war nur noch ein Stumpf von zwei bis drei Metern, die Großwanten an Backbord waren verschwunden, und Trümmer lagen auf dem Deck wie in einer Werft. Überall lagen gebrochene Spieren, geschwärzte Leinwand und haufenweise verdrehtes Tauwerk. Rauch hing überall in den Wolken, drehte sich, löste sich auf und wehte von einem Trümmerhaufen zum nächsten.

Jesse hörte nichts als ein rhythmisches Klingeln in seinen Ohren. Er konnte nur Matthews entdecken, der neben ihm kniete. Dann ertönte ein Stöhnen und schließlich immer lautere Schreie, Angst-, Schmerzens- und Schreckensschreie. Unter den Trümmern an Deck krochen die ersten Gestalten hervor, einige blutend, einige waren schwarz verkohlt, andere fahl im Gesicht. Manchen fehlten Arme und Beine. Dann tauchten aus dem Kanonendeck über die Niedergänge Männer auf, von denen einige kaum noch kriechen konnten. Nicht nur das Oberdeck der *Welfare* war zerschlagen worden.

Die Fregatte hatte sich nach achtern zurückfallen lassen und wartete ab. Falls die *Welfare* nach mehr verlangte. Als sie in ein Wellental sank, erkannte Broad Männer, die Boote klar zum Wassern machten. Es gab keinen Zweifel mehr, die *Welfare* hatte genug.

»Die Fregatte wird nicht längsseits kommen«, sagte Matthews. »Gott sei Dank haben wir verhindert, dass Waffen ausgegeben wurden.«

»Wird die *Welfare* absaufen nach dieser fürchterlichen Salve?«

»Das, mein lieber Freund, soll nicht länger unsere Sorge sein.« Er lachte. »Ich bezweifle es aber. Die *Welfare* ist ein gutes, kräftiges Schiff. Man kann ein Behelfsrigg riggen und eine Mannschaft an Bord bringen. Und dann schafft sie es sicher nach Kapstadt!«

»Bin ich froh, dass ich dann nicht an Bord sein werde«, sagte Jesse Broad. »Ich werde mit Sicherheit hängen. Lieber Gott, ich glaube, ich kann sogar glücklich sterben, wenn ich nur erst von diesem Schiff weg bin!«

Die *Welfare* schlingerte im kalten, südlichen Ozean. Ihr Deck war voll von verwirrten Männern, weinenden, verletzten, toten und sterbenden Männern.

Das erste Boot der Fregatte war inzwischen sauber freigekommen. Das Enterkommando war schweigend und gut bewaffnet angetreten, das Boot hatte sich von den Fallen gelöst und kämpfte sich durch die kurzen Seen.

Hinter einem Haufen von Trümmern beim Großmast der

Welfare tauchten Henry Joyce und Arthur Madesly auf. Bei ihnen waren zwei weitere Männer. Sie kamen nach achtern und trugen Entermesser. Broad und Matthews erkannten erst nach einiger Zeit, was sie vorhatten. Trotz des Durcheinanders kamen die vier schnell vorwärts, sie hatten ein Ziel.

Entsetzt packte Broad Matthews am Arm. »Der Junge«, sagte er nur.

Matthews begriff sofort. Er grunzte, und sie kämpften sich beide aus den Trümmern frei.

Joyce stoppte, als er sie sah. »So«, rief er, »ihr versteckt euch wie die Würmer im Holz. Bleibt stehen, ihr Hunde, oder wir hauen euch zusammen.«

Broad und Matthews ließen sich auf nichts ein, sondern stolperten vorwärts. Joyce schnaufte vor Wut und begann hinterherzurennen. Es war fast lächerlich, wie die sechs Männer stolpernd, keuchend und jeweils als Erste den achteren Niedergang zu erreichen suchten.

Matthews stürzte nach unten, Broad einen oder zwei Schritte nach ihm. Madesly zog eine Pistole, die aber nicht feuerte. Ein zweiter Mann versuchte zu schießen. Der Funken zündete, eine Kugel streifte Matthews an der Schulter, er fiel die Leiter hinunter, sah aber im Fallen noch zurück, ob Jesse in Ordnung war. Wütend schleuderte Madesly seine Pistole nach Broad und traf ihn leicht an der Schläfe. Als er die Stufen hinunterglitt, waren ihm die Verfolger dicht auf den Fersen.

Unten versuchte Broad die Tür zuzuschlagen und sie zu verriegeln, aber es war zu spät. Die vier warfen sich von außen dagegen. Jesse wurde zurückgeschleudert, schlug mit der Hüfte gegen den Tisch in der Kajüte, verlor seine Pistole und brach sich fast das Handgelenk. Als er sich wieder halb aufgerichtet hatte, war die Kajüte voller Männer. Matthews stand rechts neben ihm, Entermesser und Pistole in Händen. Ein Blitz, aber kein Krachen.

Joyce zielte auf Matthews und krümmte den Finger. Auch

diese Pistole versagte. Der Letzte der vier sah fast komisch aus, als er seine Waffe hob, er hatte eigentlich keine Hoffnung, doch diesmal krachte es. Statt Triumph zeigte der Mann blankes Entsetzen, schmerzliche Überraschung. Aus einer Wunde unter seinem Arm pulste Blut, dann fiel er zu Boden. William Bentley, der gefeuert hatte, hing halb über einem Stuhl, erschöpft von der Mühe, die es ihn gekostet hatte, aus dem Bett zu kriechen und sich anzukleiden. Der Rückschlag der Muskete hatte seinen Brustkorb schmerzhaft getroffen. Er keuchte, fühlte sich benommen, ihm war übel.

Matthews schrie laut auf und stürzte sich auf die Kerle. Er griff sie mit der Spitze eines Entermessers an – und das war ein Fehler. Das Messer drang sofort in den Körper von Madesly, der aufjaulte, Blut auf den Boden hustete und dann zusammenbrach. Wild zerrte Matthews, um das Entermesser wieder frei zu bekommen. Da holte Joyce zu einem gewaltigen Hieb mit seinem eigenen Entermesser aus. Es knallte, als er einen Knochen traf, und es knirschte, als der brach. Dann war Matthews linker Arm nutzlos. Zu spät kam er von Madesly frei und taumelte zurück. Er hatte noch genügend Kraft und Schnelligkeit, um Joyces zweiten Hieb mit dem gesunden Arm zu parieren.

Broad stand wieder auf den Beinen und bewegte sich auf den dritten Mann zu. Bentley beobachtete den blutigen Kampf von seinem Stuhl aus. Das Blut, das Matthews entströmte, machte den Boden glitschig. Die Kämpfenden rutschten, grunzten und spuckten aus. Matthews Gesicht wurde immer weißer, während er mit letzter Kraft ums Überleben kämpfte.

Bentley wünschte sich, er hätte irgendwie dieses letzte Blutvergießen verhindern können. Doch selbst wenn man ihm die Kehle durchgeschnitten hätte, was Joyce natürlich vorhatte, hätte es die Freunde nicht gerettet. Joyce war gekommen, einen Dämonen mit seinem Blut zu vertreiben, und seine Freunde wollten ihn wegen seiner Hilflosigkeit beschützen. Erfolglos. Matthews starb, als er ein letztes Mal sein Entermesser zu heben versuchte, dann fiel ein Kumpan von Joyce, dem Jesse Broad das Messer in den Bauch gerammt hatte.

Die beiden Überlebenden standen sich schwer atmend und blutüberströmt gegenüber. Sie starrten sich einen Moment lang an, dann zogen beide langsam und vor Erschöpfung zitternd ihren Arm zurück.

»Und jetzt werde ich dich töten, Jesse Broad«, sagte Joyce.

In diesem Augenblick tauchte Daniel Swift auf. Er stand in der Tür, Bentley sah ihn, und der Mund stand ihm offen. Er konnte nichts sagen. Sein Onkel sah krank aus, hager, krank und furchteinflößend, mit einer langen Pistole in der Hand.

Einen Augenblick lang herrschte Stille. Die beiden Männer, deren Atem fürchterlich rasselte, richteten sich darauf aus, bis zum Ende zu kämpfen. Bentley starrte mit offenem Mund seinen Onkel hilflos an. Der stand gebeugt da, sein Körper schien geschwächt, sein hohlwangiges Gesicht war von Geschwüren bedeckt, seine Augen glänzten fahl. Nur die Nase erhob sich wie eine Sichel.

Als Joyce und Broad ihre Entermesser hoben, begann Swift zu schreien. Die Männer sprangen vor Schreck zur Seite, als hätten sie einen Schock. Wie immer vibrierten sie vor Hass. »Legt die Messer nieder, ihr Hunde, oder ich erschieße euch auf der Stelle!«

Joyces Gesichtszüge veränderten sich. Schreck, Entsetzen und Unverständnis machten sich breit. Der Blick aus den Schweinsäuglein senkte sich. Gurgeln stieg aus seiner Kehle auf. Joyce schluckte. Dann senkte er sein Entermesser und begann Daniel Swift anzustarren. Der Adamsapfel hüpfte auf und ab, wieder war ein Gurgeln zu hören.

Ein schwarzer, elender Schmerz explodierte in diesem Moment in Jesses Magen, sein Arm verkrampfte sich, er holte mit solcher Gewalt aus, dass er fast das Gleichgewicht verlor. Als das Messer tief, tief in Joyces Hals schnitt, schrie dieser dumpf und zitternd vor Schmerz auf.

Da hob Daniel Swift seine Pistole und schoss ihm in die Brust. Broad sank ohne eine weiteren Laut zusammen.

34

Das letzte, woran William Bentley sich erinnerte, waren die Sekunden, nachdem Broad gefallen war. Sein Onkel hatte im Türrahmen gestanden, er triumphierte und grinste verzerrt. William spürte, dass er kurz vor der nächsten Ohnmacht stand.

Swift betrat seine Kajüte, indem er sorgfältig um alle Blutlachen herumging. »Ah, William«, sagte er. »Ich habe dich Gott sei Dank gerettet, mein Junge, Gott sei Dank!«

William presste die Augen zusammen, um seinen Onkel verschwinden zu lassen. Und bei der Anstrengung schien er das Bewusstsein verloren zu haben, denn es dauerte viele Stunden, ehe er wieder zu sich kam.

Die nächsten Tage verbrachte er in einer Art Dämmerzustand. Wann immer er aufwachte und die Erinnerung zurückkehren wollte, zog er den Vorhang des Vergessens davor. Vielleicht stand er unter dem Einfluss von Drogen, vielleicht erlitt er einen Rückfall. Jedenfalls lag er sehr sehr lange in einer gut ausgestatteten Kajüte der Fregatte *Wentworth*, aß kaum, trank kaum und erkannte niemanden. Der Arzt tat sein Bestes, William war dankbar dafür. Der Arzt der *Wentworth* hatte andere Methoden als Mr. Adamson. Zur Ader lassen war sein Patentrezept, nicht Brandy. Und so wurde der Junge zunehmend schwächer und näherte sich dem Tode. Bei der Ankunft in Kapstadt fieberte er und war völlig ausgezehrt. Doch die Ärzte an Land gaben ihn nicht auf, sondern kämpften um sein Überleben.

Ironischerweise kam der Wendepunkt ein paar Wochen später, gerade als ein Schiff der Royal Navy auf dem Weg nach England – die *Wentworth* war verspätet nach Indien abgesegelt – die Gefangenen und die Überlebenden der *Welfare* an Bord nahm. Zuerst hieß es, William sei nicht gesund genug, um die lange Reise mitzumachen. Swift sprach sich dafür aus, dass der Junge in dem angenehmen Klima bei den befreundeten Holländern erst ganz und gar genesen sollte, um nachzukommen, wenn er wieder ganz gesund war. William hörte zu, ohne die Augen zu öffnen. Er konnte den Anblick von Daniel Swift einfach nicht ertragen.

»Wie auch immer, mein Junge«, sagte Swift gütig, »diese Reise wird sehr unangenehm werden. Das Schiff ist nicht sehr groß. Und wir werden es vor allem als Gefangenenschiff führen. Ich könnte mir vorstellen, dass du dein Krankenlager nicht neben solchem Abschaum wie Jesse Broad aufschlagen möchtest.«

Die Stimme sollte spaßig und herzlich klingen, doch sie bewirkte, dass William die Augen öffnete. Zum ersten Mal seit Tagen sprach er einen ganzen Satz. »Broad? Lebt Jesse Broad?«

Daniel Swift lachte vor Vergnügen. »Er redet! Das ist wunderbar, mein Junge, wunderbar! Bei Gott, du wirst es schaffen! Ich werde es den Ärzten gleich melden.«

Ungeduldig unterbrach ihn Bentley: »Lebt er? Lebt Jesse Broad?«

»Ja, beim Himmel«, antwortete Swift. »Aber keine Sorge, nicht mehr lange.« Dann fügte er hinzu: »Ich hoffe, er übersteht die lange Reise. Es ist nicht sicher, weil er sehr krank ist.« Und nachdem er tief Atem geholt hatte: »Hoffen wir also weiter. Wenn Gott es will, wird er lange genug leben, um aufgehängt zu werden.«

»Gibt es eine Verhandlung? In Portsmouth?«

»Ja, sobald wir die Unschuldigen von den Schuldigen getrennt haben. Deine Hilfe wird dabei sehr nötig sein, denn du bist ja gezwungenermaßen auf der *Welfare* geblieben. Doch bei dem Mann bestehen natürlich keinerlei Zweifel.«

William war zu erschöpft, um noch etwas zu sagen. Er wusste außerdem, dass Widerspruch keinen Zweck hatte. Sein Onkel verließ ihn, und William versank in seine Gedanken. Jesse Broad war am Leben. Das hatte er nicht zu hoffen gewagt. Er fühlte, spürte, wie neue Energie ihn durchströmte. Das war der Wendepunkt. Es gab jetzt keinen Zweifel mehr! Er musste zurückkehren, er musste wieder auf die Beine kommen. Nicht nur, um Broad zu sehen, sondern vor allem, um ihn vor dem Galgen zu retten. William hatte Tagträume, delirierte. Er hatte ein Versprechen abgegeben und würde es halten. Er fantasierte: Broad wurde in Freiheit gesetzt. Durch einen Freispruch. Er lächelte.

Drei Tage vor der Einschiffung hatte er genügend Fortschritte gemacht, um die Ärzte zu überzeugen. Sie hatten zwar immer noch Bedenken, ihn gehen zu lassen, willigten aber schließlich ein. Alle Überlebenden von der *Welfare* kehrten nach England zurück bis auf ein paar Vollmatrosen unter den Meuterern, die ins Hinterland geflohen waren, um ihr Glück bei den Eingeborenen zu versuchen. Während der Reise erfuhr William dann auch, wie es zu der Rettung gekommen war. Swift saß neben Williams Koje und berichtete die Details. William hielt seine Augen ständig geschlossen, antwortete nur mit Grunzen. Und hörte genau zu.

Die Reise in den Booten war die Hölle gewesen, mehrere Männer waren gestorben. Als die Boote auf ihre Retter trafen, waren die Chance zum Überleben nur noch gering gewesen. Swift hatte dann seine ganze Kraft dareingesetzt, den Kommandanten der *Wentworth* zu überreden, von seinem Kurs Abstand zu nehmen und die *Welfare* zu suchen. Bitterste Wut und Verbindungen zu den höchsten Kreisen in der Royal Navy hatten sein Anliegen gefördert. Er wäre der *Welfare* dreimal zur Hölle und zurück gefolgt. Als sie sie dann entdeckten, führte er selbst den Kampf. Die *Welfare* war so schwer mitgenommen worden, dass sie vermutlich nie wieder eingesetzt werden konnte. In dieser Saison war ihr Schicksal in der Tafelbucht jedenfalls besiegelt, unabhängig von den Entscheidungen, die man in London fällen würde, doch Swift würde keinerlei Konsequenzen dafür zu tragen haben, dass er ein so teures Schiff zerstört hatte.

Auf der ganzen langen Reise nach England zurück behielt William Bentley seinen *status quo* bei. Er erholte sich, aber nur sehr langsam. Er fand das Atmen schwierig, er aß und trank wenig und war nie stark genug, um länger als ein paar Minuten auf den Beinen zu stehen. Immer wenn sie auf schlechtes Wetter trafen, verschlechterte sich sein Zustand. Bei Sonnenschein und sanften Winden trug man ihn aufs Achterdeck und überließ ihn dort seinem Schicksal. Er hatte an Bord schnell deutlich gemacht, dass er keine Konversation wünschte. Einige Midshipmen versuchten erst, sich mit ihm anzufreunden, gaben aber schnell auf. Er benahm sich wie ein alter, mies gelaunter Kriegsversehrter und knurrte jeden an. Swift verlor sehr bald die Geduld mit ihm und hörte auf, aus vollem Herzen zu schwadronieren, wie viele Schufte er hängen sehen wollte. William widersprach ihm nicht und verriet mit keinem Wort, was er dachte. Er starrte mürrisch auf das Deck und hoffte eines Tages Jesse Broad zu Gesicht zu bekommen. Aber die Gefangenen kamen nie an Deck. Die loyalen Männer von der *Welfare* mussten arbeiten. Sie hätten nicht gewagt, ihn zu grüßen.

Auch Jesse Broad war krank. Einige der verwundeten Meuterer starben, doch Jesse Broad sollte nicht sterben – Daniel Swift tat alles, um das zu verhindern. Er ließ ihn sogar ins Krankenrevier unter die sanfte Fürsorge des Arztes verlegen. Jesse empfing die beste Pflege, und in einer schwierigen Operation entfernte man die Kugel. Doch seine linke Schulter und ein paar seiner Rippen waren schwer zerschlagen, weshalb er wochenlang zwischen Leben und Tod schwebte. Er träumte im Delirium – aber nicht von Bentley. Der Albtraum der letzten Monate mischte sich mit Bildern aus dem früheren Leben. Manchmal glaubte er, als freier und glücklicher Mann nach Langstone zurückgekehrt zu sein. Bei anderen Gelegenheiten stiegen blutige Schatten vor ihm auf. Er wachte dann auf, von Schreien oder Seufzern gequält. Oft träumte er von Thomas Fox.

Als sie sich England näherten und seine wachen Perioden sich mehrten, hegte Jesse Broad keine guten Vorahnungen. Am längsten überlegte er, ob er vor seinem Tod mit seiner Frau Verbindung aufnehmen sollte oder ob es besser war, alles so zu belassen. Falls das Boot, in dem Hardman und er aufgebracht worden waren, je gefunden worden war, nahmen sicherlich alle an, dass die beiden einen Unfall auf See erlitten hatten. Selbst wenn jemand auf die Idee gekommen war, dass Presstrupps dabei eine Rolle spielten, war es keineswegs seltsam, dass man nie wieder etwas von ihm hörte. Mary hatten sich inzwischen wahrscheinlich an den Verlust gewöhnt, und es wäre herzlos, dumm und grausam, sie wissen zu lassen, dass er lebte – bis man ihn hängte.

Der Tag, als ihm dämmerte, dass sie bestimmt alles erfahren würde, war einer seiner schlimmsten. Schwarze Verzweiflung überfiel ihn, und er wand und quälte sich auf seinem Strohsack. Denn natürlich galt er als Anführer der Meuterer. Der Prozess um die Meuterei auf der *Welfare* würde im ganzen Land für Aufregung sorgen. Man würde seinen Namen auf öffentlichen Anschlägen lesen, er würde zu einem Begriff werden, den jeder kannte. Seine arme Frau würde es also nicht nur erfahren, sie würde auch die Qual der Verhandlung und seines Hängens mit erdulden müssen. Er verfiel sogar auf die Idee, seine Wunden wieder zu öffnen, den zusammenwachsenden Knochen wieder zu brechen, um noch an Bord sterben zu können, aber es gelang ihm nur, wieder ohnmächtig zu werden.

Später versuchte Broad noch einmal, sich selber zu töten. Er kroch gerade durch das Krankenrevier auf eine Kiste zu, in der er scharfe Instrumente vermutete, als ein Arzthelfer ihn entdeckte. Er weinte vor sich hin, als man ihn wegtrug, und es waren Tränen reiner Verzweiflung. Der Arzt, ein erfahrener Mann, verstand sehr gut Jesses Beweggründe, und von diesem Augenblick an wurde er an sein Bett gefesselt.

Es fiel Jesse nie ein, dass William Bentley für ihn aussagen oder gar die Wahrheit über die Vorfälle an Bord berichten könnte. William Bentley aber wollte dem Gericht Rede und Antwort stehen. Beide Männer schliefen unruhig, als der Anker früh an einem strahlenden Sommermorgen in die grünen Tiefen des Spithead sank.

Als ein paar Tage später allen klar wurde, was William im Schilde führte, wurde es fast gefährlich für ihn. Er war zu Hause, im Gutshof in der Nähe von Petersfield, zwanzig Meilen von Portsmouth entfernt, lag in seinem eigenen Zimmer, in seinem eigenen Bett, und der Arzt, der ihn von Kindesbeinen an versorgt hatte und täglich nach ihm sah, erklärte, er sei auf dem Weg der Besserung. William war die meiste Zeit des Tages tief in Gedanken versunken und atmete gegen die Kissen gelehnt die saubere, freundliche Landluft, die durch das Fenster hereinwehte. Seinen Vater und seinen älteren Bruder hatte er mit einer gewissen Kühle begrüßt, seine Mutter, ja sogar seine Schwestern kamen ihm irgendwie fremd vor, und er hatte eine gewisse Distanz bewahrt. Onkel Daniel hatte sich eine Zeit lang hier aufgehalten und vermutlich erläutert, warum sich William in einem so desolaten Zustand befand.

Als man im Familienkreis endlich auf die Verhandlung zu sprechen kam, erläuterte William seine Position mit großer Sorgfalt. Zuerst berichtete er seinem Vater alles über die Meuterei und holte so weit aus, dass der bald ungeduldig zu knurren begann. Aber William widerstand der Versuchung, sich seinem Vater zu unterwerfen, der ihm nahe legte, auch nicht die kleinste Kritik an Onkel Daniel zu äußern; obwohl es ihm schwer fiel, versuchte William seine eigenen Fehler objektiv darzustellen, doch man brachte ihn zum Schweigen. Am Ende dieses Nachmittags war der Arzt entsetzt von dem erneut verschlechterten Zustand seines Patienten.

Sein Vater war kein dummer Mann. Und seine polternde, herzhafte Art wich schnell seriösen und ernsthaften Argumenten. Er saß in einem hohen Ohrensessel mit dem Rücken zum Fenster, das Gesicht im Schatten, sagte wenig, widersprach an keiner Stelle, dass William schon glaubte, der Vater hätte verstanden und vergeben. Er schilderte leidenschaftlich, was Broad und Matthews getan hatten, und malte die Szene von Fox' Tod in allen grausigen Einzelheiten aus. Ganz zum Schluss machte William klar, was er vom Kriegsgericht hielt. Er verhedderte sich dabei fast in seinen sorgfältig gewählten Worten. Onkel Daniel solle vor Gericht angeklagt werden und vielleicht sogar er selber. Die Reise sei ein Blutbad gewesen, ein Massaker, das langsam immer schlimmer wurde. Er könne nicht einfach zusehen, wie der Schuldige, der das alles verursacht hatte, den Vorsitz führte und ein weiterer Mord an den unglücklichen Männern verübt wurde. Denn alle Meuterer, die überlebt hätten, verdienten ein besseres Schicksal, nicht nur Jesse Broad. Es dürfe keine weiteren Toten geben …

Sein Vater hatte schweigend das Zimmer verlassen. Im schwächer werdenden Tageslicht lag William erschöpft, aber nicht unglücklich da. Erst sehr viel später, als man Daniel Swift informiert hatte und dieser seine Version berichtete, schloss die Familie sich zusammen. Ein Sturm brach los, der Albtraum begann. William, schon geschwächt, wurde noch schwächer. Er hatte den Verdacht, dass man sogar seine Schwäche instrumentalisieren wollte, um seinen Widerstand zu brechen. Doch er kämpfte weiter, trotz aller Bedrohungen und Verwünschungen, trotz aller Appelle, doch ja die Familienehre nicht zu beschmutzen, trotz aller Hinweise auf eigene Fehler. Daraus wurde ein Anker für ihn, an dem er festhielt. Die Wahrheit musste ans Licht.

Am Ende war er dann wieder sehr krank. Viel zu krank, wie ihm vorgehalten wurde, um vor dem Kriegsgericht auszusagen, obwohl er unter den gegebenen Umständen der einzige Zeuge mit Offiziersstatus war, der alles in eigener Anschauung miterlebt hatte. Außerdem sagte man ihm erst hinterher, dass die Verhandlung bereits stattgefunden hatte. Und sieben Mann gehängt würden. Unter ihnen Jesse Broad.

Nachdem das Schiff im Spithead Anker gesetzt hatte, wurden Jesse Broad und die anderen Gefangenen binnen zwei Tagen verlegt. Man hatte ihnen die Augen nicht verbunden, und der Anblick von Portsdown Hill, den Stränden und den Häusern von Portsmouth war zu viel für sie alle gewesen. Manche waren in Tränen ausgebrochen, weinten, alle waren verstummt. Broad wurde auf einer Trage in das wartende Boot gehievt. Er blickte in die blassen, schmutzigen Gesichter seiner Freunde, und in weniger als drei Stunden später waren sie an Bord eines anderen Schiffs, einer feuchten, faulig stinkenden Hulk in der Mündung des Fareham Creek, einem Gefangenenschiff mit einem dreckigen Krankenrevier ohne jede Luftzufuhr. Dort blieben sie ohne Besucher, ohne Briefe, ohne Kontakt zur Welt. Jesses Gedanken an Mary verwirrten sich, der Wahnsinn war immer nahe. Er ließ sich gehen, seine Gesundheit machte ihm keine Sorgen mehr, denn er würde sterben, ohne sie je wiederzusehen und ohne zu wissen, ob sie etwas von seinem Schicksal erfahren hatte. Vielleicht war das, alles in allem, sogar das Beste.

Die Kriegsgerichtsverhandlung fand auf einem Schiff statt, zu dem die Gefangenen jeden Tag gebracht wurden. Die Zeugenaussagen waren lang und einseitig. Broad hörte nicht mehr genau hin, er lag auf seiner Trage, starrte an die Decke, doch es überraschte ihn nicht sehr, dass William Bentley nicht anwesend war, obwohl sein Name immer wieder fiel. Offensichtlich war er sehr krank. Broad warf ihm sein Fehlen nicht vor, der Junge hatte genug erduldet.

Einige Angeklagte hielten leidenschaftliche Reden, aber die interessierten kaum jemanden. Die Klagen wegen der schlechten Behandlung und der Brutalitäten klangen in der eleganten, gut durchlüfteten Tageskajüte des Linienschiffs unglaubwürdig, auf dem die Verhandlung stattfand. Der Kommandant der *Welfare*, still und zurückhaltend in glänzender Seide und in Blau, blickte bescheiden vor sich hin, hauchte sich gelegentlich auf die Fingernägel und polierte sie. Währenddessen schrien Männer mit brutalen Gesichtern und wenig Sprachvermögen ihre hasserfüllten Anklagen hinaus oder tischten haarsträubende Geschichten über den Kapitän als grausames Monstrum auf. Schließlich kamen nur die, die sich auf Verwirrung und verminderte Zurechnungsfähigkeit hinausredeten, am Strick vorbei. Man wollte in der Tat nicht so viele hängen, aber es gab ja genug Gefängnisse. Jesse Broad, als Anführer dieser Verbrecher eingestuft, lehnte es ab, eine Aussage zu machen. Er lächelte abwesend, als man ihm sagte, er werde hängen.

Als Tag der Urteilsvollstreckung wurde – sicherlich ein Zufall – William Bentleys fünfzehnter Geburtstag bestimmt. Diesmal gab es kein Entkommen. Es ging ihm gesundheitlich jetzt viel besser, sein Vater hatte ihm seine Aussichten in Bezug auf seine finanzielle Zukunft sehr klar geschildert, und die Lords der Admiralität bestanden auf seiner Anwesenheit. Falls William Bentley sich an diesem klaren Morgen nicht an Bord der *Duchess* im Hafen von Portsmouth einfinden würde, stünde er ziemlich allein in der Welt, hatte man ihm von allen Seiten klar gemacht.

Die Offiziere traten auf dem Achterdeck an, und die Sache lief sehr formell und völlig korrekt ab. William hörte die Zeremonie nicht, hörte die letzten Worte nicht, hörte die Kanonen nicht und sah die Körper nicht, die plötzlich zappelnd vom Deck zur Rah aufstiegen. Bis Jesse Broad an der Reihe war, der als Anführer, als Letzter gehängt werden sollte.

Jesse Broad konnte nicht ohne Hilfe seinem Tod entgegengehen, sosehr er es auch wollte. Er versuchte verzweifelt, aus eigener Kraft aufrecht stehen zu bleiben, aber das gelang ihm nicht. Zwei Männer mussten ihn festhalten, mussten sogar seinen Kopf anheben, um ihm die Schlinge um den Hals zu legen. In diesem Augenblick traf sein Blick den von William Bentley.

Sie starrten sich an, und es schien eine Ewigkeit zu dauern. Dann schwangen mit einem Ruck Jesse Broads Füße nach oben. Ein letztes Mal traf sein Blick den von William Bentley. Jesses Augen waren bereits prall von Blut. Dann zappelte er an seinem Strick. Ein letztes Mal schien sein Blick Spithead zu suchen, dann den Strand von Gosport, die Anhöhe – und dann schwang der leblose Körper wieder herum.

William Bentley konnte nicht mehr hinschauen, er hatte genug gesehen.

»Die besten marinehistorischen Romane, die je geschrieben wurden.« **New York Times Book Review**

Die Chronologie der bisher bei Ullstein erschienenen Jack-Aubrey-Romane

Kurs auf Spaniens Küste
ISBN 3-548-25317-2
Feindliche Segel
ISBN 3-548-25318-0
Duell vor Sumatra
ISBN 3-548-25319-9
Geheimauftrag Mauritius
ISBN 3-548-25203-6
Sturm in der Antarktis
ISBN 3-548-25208-7
Kanonen auf hoher See
ISBN 3-548-25212-5
Verfolgung im Nebel
ISBN 3-548-25320-2
Die Inseln der Paschas
ISBN 3-548-25329-6
Gefahr im roten Meer
ISBN 3-548-25435-7
Manöver um Feuerland
ISBN 3-548-25443-8
Hafen des Unglücks
ISBN 3-548-25642-2
Sieg der Freibeuter
ISBN 3-548-25643-0
Tödliches Riff
ISBN 3-548-25721-6
Anker vor Australien
ISBN 3-548-25730-5
Inseln der Vulkane
ISBN 3-548-25770-4
Gefährliche See vor Kap Hoorn
ISBN 3-548-25774-7
Der Triumph des Kommodore
ISBN 3-548-25902-2
Der gelbe Admiral
ISBN 3-548-25903-0
(September 2004)

ULLSTEIN TASCHENBUCH

Mar. 28

Alexander Kent – Die Bolitho-Romane

Die Feuertaufe
Richard Bolitho - Fähnrich zur See
Roman, 208 Seiten
Ullstein TB 24614

Strandwölfe
Richard Bolithos gefahrvoller Heimaturlaub
Roman, 176 Seiten
Ullstein TB 23693

Kanonenfutter
Leutnant Bolithos Handstreich in Rio
Roman, 320 Seiten
Ullstein TB 24311

Zerfetzte Flaggen
Leutnant Richard Bolitho in der Karibik
Roman, 288 Seiten
Ullstein TB 23192

Klar Schiff zum Gefecht
Richard Bolitho - Kapitän des Königs
Roman, 256 Seiten
Ullstein TB 23932

Die Entscheidung
Kapitän Bolitho in der Falle
Roman, 160 Seiten
Ullstein TB 2477

Bruderkampf
Richard Bolitho - Kapitän in Ketten
Roman, 304 Seiten
Ullstein TB 23219

Der Piratenfürst
Fregattenkapitän Bolitho in der Java-See
Roman, 336 Seiten
Ullstein TB 23587

Fieber an Bord
Fregattenkapitän Bolitho in Polynesien
Roman, 432 Seiten
Ullstein TB 23930
Des Königs Konterbande

Kapitän Bolitho und die Schattenbrüder
Roman, 328 Seiten
Ullstein TB 23787

Nahkampf der Giganten
Flaggkapitän Bolitho bei der
Blockade Frankreichs
Roman, 304 Seiten
Ullstein TB 23493

Feind in Sicht
Kommandant Bolithos
Zweikampf im Atlantik
Roman, 336 Seiten
Ullstein TB 20006

Der Stolz der Flotte
Flaggkapitän Bolitho vor der Barbareskenküste
Roman, 352 Seiten
Ullstein TB 24485

Eine letzte Breitseite
Kommodore Bolitho im östlichen Mittelmeer
Roman, 320 Seiten
Ullstein TB 24606

Galeeren in der Ostsee
Konteradmiral Bolitho vor Kopenhagen
Roman, 272 Seiten
Ullstein TB 20072

Admiral Bolithos Erbe
Ein Handstreich in der Biskaya
Roman, 296 Seiten
Ullstein TB 23468

Der Brander
Admiral Bolitho im Kampf um die Karibik
Roman, 368 Seiten
Ullstein TB 23927

Donner unter der Kimm
Admiral Bolitho und das Tribunal von Malta
Roman, 312 Seiten
Ullstein TB 23648

Mar. 01

ULLSTEIN TASCHENBUCH

Alexander Kent – Die Bolitho-Romane

Die Seemannsbraut
Sir Richard und die Ehre der Bolithos
Roman, 320 Seiten
Ullstein TB 22177

Mauern aus Holz, Männer aus Eisen
Admiral Bolitho am Kap der Entscheidung
Roman, 304 Seiten
Ullstein TB 24730

Das letzte Riff
Admiral Bolitho - verschollen vor Westafrika
Roman, 384 Seiten
Ullstein TB 23783

Dämmerung über der See
Admiral Bolitho im Indischen Ozean
Roman, 432 Seiten
Ullstein TB 23921

Dem Vaterland zuliebe
Admiral Bolitho vor der Küste Amerikas
Roman, 384 Seiten
Ullstein TB 24181

Unter dem Georgskreuz
Admiral Bolitho im Kampf um Kanada
Roman, 384 Seiten
Ullstein TB 24409

Die Feuertaufe/ Strandwölfe
Zwei Romane, 384 Seiten
Ullstein TB 23405

Der junge Bolitho
Die Feuertaufe/Strandwölfe/Kanonenfutter
Drei Romane, 514 Seiten
Ullstein TB 20913

Bolitho in den Tropen
Kanonenfutter/Zerfetzte Flaggen
Zwei Romane, 560 Seiten
Ullstein TB 23527

Bolitho wird Kapitän
Klar Schiff zum Gefecht!/
Die Entscheidung/
Zerfetzte Flaggen
Drei Romane, 626 Seiten
Ullstein TB 22016

Fregattenkapitän Bolitho
Bruderkampf/Der Piratenfürst
Zwei Romane, 640 Seiten
Ullstein TB 22097

ULLSTEIN TASCHENBUCH

»Die Barkasse des Admirals lag an den hölzernen Stufen. Die Besatzung trug schneidige Peajackets und weiße Leinenhosen. Falls auch sie zu den Meuterern gehörte, verriet sie es mit keinem Anzeichen. Keinerlei Disziplinlosigkeit war zu entdecken.«

Tiefe Depressionen haben Harry Ludlow aus einem Ehrenmann in einen unberechenbaren, streitsüchtigen Kapitän verwandelt, während er die *Bucephalas* in die englischen Gewässer zurückbringt. Im Kanal stößt er auf einen Frachter der ostindischen Handelskompanie, der gerade von einem französischen Korsaren geentert wird. Harry stellt den Franzosen, wobei die *Bucephalas* schwer beschädigt wird, und auf dem Weg zur Werft gerät Harry mitten in die Wirren der Großen Meuterei von Spithead ...

Der sechste Band aus der berühmten Serie um Harry Ludlow, den Detektiv der Meere.

David Donachie

Abstieg zu den Fischen

ISBN 3-458-24740-7

In unserem Hause sind außerdem von ihm erschienen:

Klar Schiff zur Höllenfahrt

Im Windschatten des Schreckens

Kurs ins Ungewisse

Die zweite Chance

Im Kielwasser: Verrat

ULLSTEIN TASCHENBUCH

Mar. 07